星际战争

刘慈欣 等著

北京联合出版公司
Beijing United Publishing Co.,Ltd.

目　录

白冰指指屏幕说："现在显示的就应该是发生那场战争时特洛伊海岸的真实情景，我们再前后移动五百年……"白冰小心地移动鼠标，屏幕上的海岸线在白昼和黑夜的高频转换中急剧闪动，树丛的形状也在飞快地变化，沙滩尽头闪过几个小棚屋，时而还能看到几个一闪而过的小小的人影，棚屋时多时少，但最多时也没有超过一个村庄的规模，"看到了吗，伟大的特洛伊城只是在那些游吟诗人的想象中存在过。"

孩子僵硬地转过身，看到母亲被一群裸体男人围在中央，发出快乐与痛苦并存的尖叫声。

"……爸爸，妈妈……"孩子站在狂欢的餐厅中央，喃喃自语。屏幕上如木炭般发红发亮的，是被特里尼蒂 β 太空站一分钟激光照射所毁灭的提米蒙。

千年历史的绿洲，因特里尼蒂项目而重新繁荣的小镇，拥有美丽红色砂岩旧城墙和繁华新居住区的沙漠城市，三万六千人的家。一分三十秒的时间。提米蒙连同三万六千沉睡的居民，安静地从世界地图上消失了……

154 肮脏算法

"这是阴谋，先生们，几个财团的阴谋。而我们尤擅此道。既然在这里猜想和分析前方的情报已经走入瓶颈，倒不如直接秘密逮捕'伊甸园'的负责人唐稣。适当给他加点儿花样，估计他也什么都会说的。"国家勘测局特派员塞拉斯的语气一如往常般冷峻，那双深陷的眼睛里时常闪过分金碎石的精光。

212 心　机

我注意到，自从踏入这个房间以来，墙上的钟已经走过二又四分之一圈。所有的东西都远离了原先的计划，我们彻底脱轨失控了，没有什么是靠谱的。

也许，只有眼前的这个外星人是靠谱的。

"……我们的兄弟带来了震撼人心的新技术，同时，他们也从我们这里学到了许多关于内在世界的知识。两种文明的交融和碰撞并没有像之前想象的那般残忍而可怕，我猜，这里面有幸运的成分，类似的文明发展阶段与存在观、互补的技术优势，也有必然的因素，一种根源上的同胞情结。"

238 海市蜃楼

在宇宙尽头的巨墙下，我终于忍不住号啕大哭起来。

忽然，在极远的地方，一些奇异的光芒引起了我的注意。这本应该是纯黑色的死亡之墙，在那里，任何物理过程都无法发生。但我却看到了超乎想象的耀眼亮斑。它们点缀在黑色巨墙上，如果黑白反色的话，这个场景就好像苏格拉底的哲理寓言中，那些投影在山洞岩壁上的影子。这就是类星体。一些在宇宙间来回折射的光线汇聚于此，收敛为一点，然后在零光速的墙上反射，便形成了这耀眼的宇宙航标灯。它们大都在高速移动，边缘带着旋转的星系的影子，有的转速可能比正常光速还要快，因为它们也是一些虚幻的光影。

269　绘星者

因为瘟疫，人类获得了史无前例的团结，任何利益冲突都迎刃而解。人们彼此支持互助，安慰打气，纷纷说着不知道真伪的愿景：等瘟疫过去，一切都会好起来。

现在人们看我已经不像以前那样热情，但还是有很多人愿意暂时停下脚步，让我为他们画下一颗星星。但不幸的是，我每天最多只能画下一百颗星星，而人类一天死亡的人数却不止一万。

288　异质纪年

陆平放慢速度，小心翼翼地飞向那架穿梭机。距离越来越近，三十米，二十米，十米 ……穿梭机依然纹丝不动地贴在小行星侧面，仿佛是它的一部分。陆平甚至已经可以看到穿梭机表面漆上去的编号和所属机构名，但舷窗里黑洞洞的，没有灯光，也探测不到任何引擎运转的迹象。然而我们地图上的红点表明，它的确有发出信号，不然雷达会把它当作那颗小行星的一部分。

镜　子

追　捕

随着探索的深入，人们发现量子效应只是物质之海表面的涟漪，是物质更深层规律扰动的影子。当这些规律渐渐明朗时，在量子力学中飘忽不定的实在图像再次稳定下来，确定值重新代替了概率，新的宇宙模型中，本认为已经消失了的因果链再次浮现并清晰起来。

办公室中竖立着国旗和党旗，宽大的办公桌旁有两个人。

"我知道首长很忙，但这件事必须汇报，说真的，我从来没遇到过这种事。"桌前一位身着二级警监警服的人说。他年近五十，但身躯挺拔，脸上线条刚劲。

"继风啊，我清楚你最后这句话的分量，三十年的老刑侦了。"首长说。他说话的时候看着手中一支缓缓转动的红蓝铅笔，仿佛在专心观察削出的笔尖形状。大多数时间他都是这样将自己的目光隐藏起来，在过去的岁月中陈继风能记起来首长直视自己的次数不超过三次，每一次都是自己一生中的关键时刻。

"每次采取行动之前目标总能逃脱，他肯定预先知道。"

"这事你不是没碰到过吧？"

"当然，要只是这个倒没什么，我们首先想到的就是内部问题。"

"你手下这套班子，不太可能。"

"是不可能。按您的吩咐，这个案子的参与范围已经压缩到最小，组里只有四个人，真正知道全部情况的人只有两个。不过我还是怕万一，就计划召集开一次会议，对参加人员逐个盘查。我让沈兵召集会议，您认识的，十一处很可靠的那个，宋诚的事就是他办的……但这时，邪门的事出现了……您，可别以为我是在胡扯，我下面说的绝对是真的。"陈继风笑了笑，好像对自己的辩解很不好意思似的，"就在这时，他来了电话，我们的追捕目标给我来了电话！我在手机里听到他说：你们不用开这个会，你们没有内奸。而这个时刻，距我向沈兵说出开会的打算不到三十秒！"

首长手中的铅笔停止了转动。

"您可能想到了窃听，但不可能，我们谈话的地点是随意选的，在一个机关礼堂中央，礼堂里正在排演国庆大合唱，说话得凑到耳根才能听清。后来这样的怪事接连发生，他给我们来过八次电话，每次都谈到我们刚说过的话或做过的事。最可怕的是，他不仅能听到一切，还能看到一切！有一次，沈兵决定对他父母家进行搜查，组里两个人刚起身，还没走出局里的办公室呢，就接到他的电话。他在电话里说：'你们的搜查证拿错了，我的父母都是细心人，可能以为你们是骗子呢。'沈兵掏出搜查证一看，首长，他真的拿错了。"

首长轻轻将铅笔放在桌上，沉默地等待陈继风继续说下去，但后者好像已经说不出什么了。首长拿出一支烟，陈继风忙拍拍衣袋找打火机，但没有找到。

桌上两部电话中的一部响了。

"是他……"陈继风扫了一眼来电显示后低声说。首长沉着地示意了一下，他按下免提键，立刻有话音响起——声音听上去很年轻，有一种疲惫无力感，"您的打火机放在公文包里。"

陈继风和首长对视了一下，拿起桌上的公文包翻找起来，一时找不到。

"夹在一份文件里了，就是那份关于城市户籍制度改革的文件。"目标在电话中说。

陈继风拿出那份文件，啪的一声，打火机掉到了桌子上。

"好东西。法国都彭牌的，两面各镶有三十颗钻石，整体用钯金制成，价格……我查查，是三万九千九百六十元。"

首长没动，陈继风却打量了一下办公室。这不是首长的办公室，而是事先在大办公楼上任意选的一间。

目标在继续炫耀自己的力量："首长，您那盒中华烟还剩五根，您上衣袋中的降血脂麦非奇罗片只剩一片了，再让秘书拿些吧。"

陈继风从桌上拿起烟盒，首长则从衣袋中掏出药的包装盒，都证实了目标所说准确无误。

"你们别再追捕我了，我现在也很难，不知道该怎么办。"目标继续说。

"我们能见面谈谈吗？"首长问。

"请您相信，那对我们双方都将是一场灾难。"说完电话挂断了。

陈继风松了一口气，现在他的话得到了证实。要知道让首长认为他在胡扯，比这个对手的诡异更让人不安。"见了鬼了……"他摇摇头说。

"我不相信鬼，但看到了危险。"首长说。有生以来第四次，陈继风看到那双眼睛直视着自己。

犯人和被追捕者

近郊市第二看守所。

宋诚在押解下走进这间已有六个犯人的监室中，这里大部分是待审期较长的犯人。宋诚面对着一双双冷眼，看守人员出去后刚关上门，一个瘦小的家伙就站起来走到他面前："板油！"他冲宋诚喊。看到后者迷惑的样子，他解释道："这儿按规矩分成大油、二油、三油……板油，你就是最板的那个。喂，别以为爷们儿欺负你来得晚，"他用大拇指向后指了指斜靠在墙根的一个满脸胡子的人，"鲍哥刚来三天，已经是大油了。像你这种烂货，虽然以前官不小，但现在是最板的！"他转向那人，恭敬地问："鲍哥，怎么接待？"

"立体声。"那人懒洋洋地说。

几个躺着的犯人呼啦一下站了起来，抓住宋诚将他头朝下倒提起来，悬在马桶上方，慢慢下降，使他的脑袋大部分伸进马桶里。

"唱歌儿，"瘦猴命令道，"这就是立体声，就来一首同志歌曲《左右手》什么的！"

宋诚不唱，那几个人一松手，他的脑袋完全扎进了马桶中。

宋诚挣扎着将头从恶臭的马桶中抽出来，紧接着大口呕吐起来。他现在知道，诬陷者给予他的这个角色，在犯人中都是最受鄙视的。

突然，周围兴高采烈的犯人们一下散开，闪回到自己的铺位上。门开了，刚才那名看守警察又走了回来，他厌恶地看着蹲在马桶前的宋诚说："到水龙头那儿把脑袋冲冲，有人探视你。"

宋诚冲完头后，跟着看守来到一间宽大的办公室，探视者正在那里等着他。来人很年轻，面容清瘦，头发纷乱，戴着一副宽边眼镜，拎着一个很大的手提箱。宋诚冷冷地坐下，没有看来人一眼。被获准在这个时候探视他，而且不去有玻璃断隔的探视间，直接到这里面对面，宋诚已基本上猜出了来人是哪一方面的。但对方第一句话让他吃惊地抬起了头，大感意外："我叫白冰，气象模拟中心的工程师，他们在到处追捕我，和你一样的原因。"来人说。

宋诚看了来人一眼，觉得他此时的说话方式有问题。这种话好像是应该低声说出的，而他的声音正常高低，好像所谈的事根本不用避人。

白冰似乎看出了他的疑惑，说："两小时前我给首长打了电话，他约我谈谈我没答应，然后他们就跟踪上了我，一直跟到看守所前。之所以没有抓我，是对我们的会面很好奇，想知道我要对你说什么，现在我们的谈话都在被窃听。"

宋诚将目光从白冰身上移开，又看看天花板。他很难相信这人，同时对这事也不感兴趣。即使他在法律上能侥幸免于一死，在精神上的死刑却已执行，他的心已死，此时不可能再对什么感兴趣了。

"我知道事情的全部真相。"白冰说。

宋诚的嘴角隐现一丝冷笑，没人知道真相，除了他们，但他已懒得说出来了。

"你是七年前到省纪委工作的，提拔到这个位置还不足一年。"

宋诚仍沉默着，他很恼火，白冰的话又将他拉回到他好不容易躲开的回忆中。

大　案

自从本世纪初郑州市政府首先以一批副处级岗位招聘博士以来，很多城市纷纷效仿这种做法，后来这种招聘上升到一些省份的省政府一级，而且不限毕业年限，招聘的职位也更高。这种做法确实向外界显示了招聘者的大度和远见，但实质上只是一种华而不实的政绩工程。招聘者确实深谋远虑，他们清楚地知道，这些只会谋事不会谋人的年轻高知没有任何从政经验，一旦进入陌生险恶的政界，就会陷入极其复杂的官场迷宫中不知所措，根本不可能立足。这样，到最后在职位上不会有什么损失，产生的政绩效益却是可观的。就是这样的机会，使当时已是法学教授的宋诚离开了平静的校园和书斋投身政界。与他一同来的那几位不到一年就全军覆没，垂头丧气地离去，唯一的收获就是对现实的幻灭。但宋诚是个例外，他不但在政界待了下来，而且走得很好。这应该归功于两个人，其一是他的大学同学吕文明，宋诚本科毕业考研那年，吕文明就考上了公务员，依靠优越的家庭背景和自己的奋斗，十多年后成了中国最年轻的省委书记。是他力劝宋诚弃学从政的，这位单纯的学者刚来时，他不是手把手——而是手把脚地教他走路，每一步踏在哪儿都细心指点，终于使宋诚绕过只凭自己绝对看不出来的处处雷区，一路走到今天。他还要感谢的另一个人就是首长……想到这里，宋诚的心抽搐了一下。

"必须承认，这一切都是你自己的选择，不能说人家没给你退路。"白冰说。

宋诚点点头，是的，人家给你退路了，而且是一条光明的康庄大道。

白冰接着说："首长和你在几个月前有过一次会面，你一定记得很清楚。那次是在远郊阳河边的一幢别墅里，首长一般不在那里接见外人的。你一下车就发现他在门口迎接，这是很高的礼遇了。他热情地同你握手，并拉着你的手走进客厅。别墅给你的第一印象是简单和简朴，但是你错了。那套看上去有些旧的红木家具价值百万；墙上唯一一幅不起眼的字画更陈旧，细看还有些虫蛀的痕迹，那是明代吴彬的《宕壑奇姿》，从香港佳士得拍卖行以八百多万港币购得；还有首长亲自给你泡的那杯茶，那是中国星级茶王赛评出的五星级茶王，五百克的价格是九十万元。"

宋诚确实想起了白冰说的那杯茶，碧绿的茶水晶莹透明，几根精致的茶叶在小小的清纯空间中缓缓漂动，仿佛一首古筝奏出的悠扬仙乐……他甚至回忆起当时的随感：要是外面的世界也这么纯净该多好啊。宋诚意识中那层麻木的帷帐一下被掀去了，模糊的意识又聚焦起来，他瞪大震惊的双眼盯着白冰。

他怎么知道这些？这件事处于秘密之井的最底端，是隐秘中的隐秘，这个世界上知道的人算上自己都不超过四个！

"你是谁？！"他第一次开口。

白冰笑笑说："我刚才自我介绍过，我只是个普通人，但坦率地告诉你，我不仅仅知道很多，而且我什么都知道，或者说什么都能知道。正因为这个他们也要除掉我，就像除掉你一样。"

白冰接着讲下去："首长当时坐得离你很近，一只手放在你膝盖上，他看着你的慈祥目光能令任何一位晚辈感动，据我所知（记住，我什么都知道），他从未与谁表现得这样亲近。他对你说：年轻人，不要慌张，大家都是同志，有什么事情，只要真诚地以心换心，总是谈得开的……你有思想、有能力、有责任感和使命感，特别是后两项，在现在的年轻干部里面真如沙漠中的清泉一样珍贵啊，这也是我看中你的原因，从你身上，我看到了自己年轻时的影子啊。这里要说明一下，首长这番话可能是真诚的。以前在工作中你与他交往的机会不是太多，但有好几次，在机关大楼的走廊上偶尔相遇，或在散会后，他都主动与你攀谈几句。他很少与下级，特别是年轻下级这样，这些人们都看在眼里。虽然组织会议上他从没为你说过什么话，但他的那些姿态对你的仕途是起了很大作用的。"

宋诚又点点头，他知道这些，并曾经感激万分，一直想找机会报答。

"首长抬手向后示意了一下，立刻进来一个人，将一大摞材料轻轻放到桌子上。你一定注意到，那个人不是首长平时的秘书。首长抚着那摞材料说：就说你刚刚完成的这项工作吧，充分证明了你的那些宝贵素质。如此巨量艰难的调查取证，数据充分而翔实，结论深刻，很难相信这些只用了半年时间就完成了。你这样出类拔萃的纪检干部要是多一些，真是党的事业之大幸啊……你当时的感觉，我就不用说了吧。"

当然不用说，那是宋诚一生中最惊恐的时刻。那份材料先是令他如触电似的颤抖了一下，然后像石化般僵住了。

"这一切都是从对一宗中纪委委托调查的非法审批国有土地案的调查开始的。嗯……我记得你童年的时候，曾与两个小伙伴一起到一个溶洞探险。当地人把它叫老君洞，那洞口只有半米高，弯着腰才能进去，但里面却是一个宏伟的黑暗大厅，手电光照不到高高的穹顶，只有纷飞的蝙蝠不断掠过光柱，每一个小小的响动都能激起悠长的回声，阴森的寒气侵入你的骨髓……这就是这次调查的生动写照：你沿着那条看似平常的线索向前走，它把你引到的地方令你越来越不敢相信自己的眼睛。随着调查的深入，一张全省范围的腐败网络气势磅礴地展现在你的面前，这张网上的每一条经络都通向一个地方，一个人。现在这份本来要上报中纪委的绝密纪检材料，竟拿在这个人手中！对这项调查，你设想过各种最坏的情况，但眼前发生的事是你万万没有想到的。你当时完全乱了方寸，结结巴巴地问：这……这怎么到了您手里？首长从容一笑，又轻轻抬手示意了一下，你立刻得到了答案——省委书记吕文明走进了客厅。

"你站起身，怒视着吕文明说：你，你怎么能这样？你怎么能这样违反组织原则和纪律？

"吕文明挥手打断你，用同样的愤怒质问道：这事为什么不向我打个招呼？你回答说：你到中央党校学习的一年期间，是我主持纪委工作，当然不能打招呼，这是组织纪律！吕文明伤心地摇摇头，好像要难过地流出泪似的：如果不是我及时截下了这份材料，那……那是什么后果嘛！宋诚啊，你这人最要命的缺陷就是总要分出个黑和白，但现实全是灰色的！"

宋诚长长地叹息了一声，他记得当时呆呆地看着老同学，不相信这话是从他嘴里说出的，因为他以前从未表露过这样的思想。难道那一次次深夜的促膝长谈中表现出的对党内腐败的痛恨，那一次次触动雷区时面对上下左右压力时的坚定不移，那一次次彻夜工作后面对朝阳流露出的对党和国家前途充满使命感的忧虑，都是伪装？

"不能说吕文明以前骗了你，只能说他的心灵还从来没有向你敞开到那么深，他就像那道著名的人称火焙阿拉斯加的菜——爆炒冰激凌，其中的火热和冰冷都是真实的……首长没有看吕文明，而是猛拍了一下桌子，说：什么灰色？文明啊，我就看不惯你这一点！宋诚做得非常优秀，无可指摘，在这点上他比你强！接着他转向你说：小宋啊，就应该这样。一个人，特别是年轻人，失去了信念和使命感就完了，我看不起那样的人。"

宋诚当时感触最深的是，虽然他和吕文明同岁，但首长只称他为年轻人，而且反复强调，其含义很明显：跟我斗，你还是个孩子。而宋诚现在也不得不承认这一点。

"首长接着说：但是，年轻人，我们也应该成熟起来。举个例子来说，你这份材料中关于恒宇电解铝基地的问题，确实存在，而且比你已调查出来的还严重，因为除了国内，还涉及外资方勾结政府官员的严重违法行为。一旦处理，外资肯定撤走，这个国内最大的电解铝企业就会瘫痪。为恒宇提供氧化铝原料的桐山铝钒土矿也要陷入困境；然后是橙林核电厂，由于前几年电力紧张时期建设口子放得太大，现在国内电力严重过剩，这座新建核电厂发出的电主要供电解铝基地使用，恒宇一倒，橙林核电厂也将面临破产；接下来，为橙林核电厂提供浓缩铀的照西口化工厂也将陷入困境……这些，将使近七百亿的国家投资无法收回，三四万人失业，这些企业就在省城近郊，这个中心城市必将立刻陷入不稳定之中……上面说的恒宇的问题还只是这个案件的一小部分，这庞大的案子涉及正省级一人、副省级三人、厅局级二百一十五人、处级六百一十四人，再往下不计其数。省内近一半经营出色的大型企业和最有希望的投资建设项目都被划到了圈子里，盖子一旦揭开，这就意味着全省政治经济的全面瘫痪。而涉及面如此之广的巨大动作会产生其他什么更可怕的后果还不得而知，也无法预测，省里好不容易维持的政治稳定和经济良性增长的局面将荡然无存，这难道就对党和国家有利？年轻人，你现在不能延续法学家的思维，只要法律正义得到伸张，哪管他洪水滔天！这是不负责任的。平衡——历史都是在各种因素间建立的某种平衡中发展到今天的，不顾平衡一味走极端，在政治上是极其幼稚的表现。

"首长沉默后，吕文明接着说：这个事情，中纪委方面我去办，你，关键要做好专案组那几个干部的工作，下星期我会中断党校学习，回来协助你……"

"混账！首长再次猛拍桌子，把吕文明吓得一抖。你是怎么理解我的话的？你竟认为我是让小宋放弃原则和责任？！文明啊，这么多年了，你从心里讲，我是这么一个没有党性原则的人吗？你什么时候变得这么圆滑？让人伤心啊。然后首长转向你：年轻人，在这件事上你们前面的工作做得十分出色，一定要顶住干扰和压力坚持下去，让腐败分子得到应有的惩罚！案情触目惊心啊，放过他们，无法向人民交代，天理也不容！我刚才讲的你绝不能当成负担，我只是以一个老党员的身份提醒你，要慎重，避免不可预测的严重后果。但有一点十分明确，那就是这个大腐败案必须一查到底！首长说着，拿出一张纸，郑重地递给你：这个范围，你看够吗？"

宋诚当时知道，他们也设下了祭坛，要往上放牺牲品了。他看了一眼那个名单，够了，真的够了，无论从级别上还是从人数上，都真的够了。这将是一个震惊全国的腐败大案，而他宋诚，将随着这个案件的最终告破而成为国家级的反腐英雄，将作为正义和良知的化身而被人民敬仰。但他心里清楚，这只是蜥蜴在危急时刻自断的一条尾巴，蜥蜴跑了，尾巴很快还会长出来。他当时看着首长盯着自己的样子，一时间真想到了蜥蜴，浑身一颤。但宋诚知道他害怕了，自己使他害怕了，这让宋诚感到自豪。正是这自豪，使他一时间大大高估了自己的力量，更由于一个理想主义学者血液中固有的那种东西，他做出了致命的选择。

"你站起身来，伸出双手拿起了那摞材料，对首长说：根据党内监督条例规定，纪委有权对同级党委的领导人进行监督。按组织纪律，这材料不能放在您这里，我拿走了。吕文明想拦你，但首长轻轻制止了他，你走到门口时听到老同学在后面阴沉地说：宋诚，过分了。首长一直送你到车上，临别时他握着你的手慢慢地说：年轻人，慢走。"

宋诚后来才真正理解这句话的意味深长：慢走，你的路不多了。

宇宙大爆炸

"你到底是谁？！"宋诚充满惊恐地看着白冰，他怎么知道这么多？绝对没有人能知道这么多！

"好了，我们不回忆那些事了。"白冰一挥手中断了讲述，"我说说事情的来龙去脉吧，以解开你的疑问——你……你知道宇宙大爆炸吗？"

宋诚呆呆地看着白冰，他的大脑一时还难以理解白冰最后那句话。后来，他终于做出了一般正常人的反应，笑了笑。

"是的是的，我知道太突兀了，但请相信我没有毛病，要想把事情讲清楚，真的得从宇宙诞生的大爆炸讲起！这……妈的，怎么才能向你说清楚呢？还是回到大爆炸吧。你可能多少知道一些，我们的宇宙诞生于二百亿年前的一次大爆炸，在一般人的想象中，那次爆炸像漆黑空间中一团怒放的火焰，但这个图像是完全错误的。大爆炸之前什么都没有，包括时间和空间，都没有，只有一个奇点，一个没有大小的点，这个奇点急剧扩张开来，形成了我们今天的宇宙。现在一切的一切，包括我们自己，都来自这个奇点的扩张，它是万物的种子！这理论很深，我也搞不太清楚，与我们这事有关的是这一点：随着物理学的进步，随着弦论之类的超级理论的出现，物理学家们渐渐搞清了那个奇点的结构，并且给出了它的数学模型，与这之前的量子力学的模型不同。如果奇点爆炸前的基本参数确定，所生成的宇宙中的一切也都确定了，一条永不中断的因果链贯穿了宇宙中的一切过程……嘿，真是，这些怎么讲得清呢？"

白冰看到宋诚摇摇头，那意思或是听不懂，或是根本不想听下去。

白冰说："我说，还是暂时不要想你那些痛苦的经历吧。其实，我的命运比你好不到哪里去。刚才介绍过，我是一个普通人，但现在被追杀，下场可能比你还惨，就是因为我什么都知道。如果说你是为使命和信念而献身，我……我他妈的纯粹是倒了八辈子霉！所以我比你更惨。"

宋诚悲哀的目光表达了一个明确的意思：没有人会比我惨。

诬　陷

在与首长会面一个星期后，宋诚被捕了，罪名是故意杀人。

其实宋诚知道他们会采用非常规手段对付自己，对于一个知道这么多又在行动中的人，一般的行政和政治手段就不保险了，但他没有想到对手行动这样快，出手又这样狠。

死者罗罗是一个夜总会的舞男，死在宋诚的汽车里。车门锁着，从内部无法打开，车内扔着两罐打火机用的丙烷气，罐皮都割开了口子，里面的气体全部蒸发，受害人就是因高浓度的丙烷气体中毒而死的。死者被发现时，手中握着已经支离破碎的手机，显然是试图用它来砸破车窗玻璃。

警方提供的证据很充分，有长达两个小时的录像证明宋诚与罗罗已有三个多月的不正常交往，最有力的证据是罗罗死前给110打的一个报警电话。

罗罗："……快！快来！我打不开车门！我喘不上气，我头疼……"

110："你在哪里？把情况说清楚些！"

罗罗："……宋……宋诚要杀我……"

……

事后在死者手机上发现一小段通话录音，录下了宋诚和受害人的三句对话。

宋诚："我们既然已经走到了这一步，你就和许雪萍断了吧。"

罗罗："宋哥，这何必呢？我和许姐只是男女关系嘛，影响不了咱们的事，说不定还有帮助呢。"

宋诚："我心里觉得别扭，你别逼我采取行动。"

罗罗："宋哥，我有我的活法儿。"

……

这是十分专业的诬陷，其高明之处就在于，警方掌握的证据几乎百分之百是真实的。

宋诚确实与罗罗有长时间的交往，这种交往是秘密的，要说不正常也可以，那两段录音都不是伪造的，只是后面那段被曲解了。

宋诚认识罗罗是由于许雪萍，许是昌通集团的总裁，与腐败网络的许多节点都有着密切的经济关系，对其背景和内幕了解很深。宋诚当然不可能直接从她嘴里得到任何东西，但他发现了罗罗这个突破口。

罗罗向宋诚提供情况绝不是出于正义感，在他眼里，世界早就是一块擦屁股纸了，他是为了报复。

这个笼罩在工业烟尘中的内地都市，虽然人均收入排在全国同等城市的最后，却拥有多家国内最豪华的夜总会。首都的那些高干子弟，在京城多少要注意一些影响，不可能像民间富豪那样随意享乐，所以他们就会在每个周末在高速公路疾驶四五个小时，来到这座城市消磨荒淫奢靡的两天一夜，在星期天晚上又驱车赶回北京。罗罗所在的蓝浪夜总会是最豪华的一处，这里点一首歌最低三千元，几千元一瓶的马爹利和轩尼诗一夜能卖出两三打。但蓝浪出名的真正原因并不在于此，而是因为它是一个只接待女客的夜总会。

与其他的同伴不同，罗罗并不在意其服务对象给的多少，而在意给的比例。如果是一年收入仅二三十万的外资白领（在蓝浪她们是罕见的穷人），给个几百他也能收下。但许姐不同，她那几十亿的财富在过去几年中威震江南，现在到北方来发展也势如破竹，交往几个月后，却扔出四十万就把他打发了。让许姐看上也不容易，要放到同伴们身上，用罗罗的话说他们要美得肝儿疼了。但罗罗不行，他对许雪萍充满了仇恨。那名高级纪检官员的到来让他看到了报复的希望，于是他施展自己这方面的能力，又和许姐联系上了。平时许雪萍在面对罗罗时嘴也很严，但他们在一起喝多了或吸多了时就不一样了。罗罗又是个很有心计的人，总是选黎明前最黑暗的时候，从熟睡的许姐身边无声地爬起来，在她的随身公文包和抽屉里寻找自己和宋诚需要的东西，用数码相机拍下来。

警方手中那些证明宋诚和罗罗交往的录像，大都是在蓝浪的大舞厅拍的，往往首先拍的是舞台上面一群妖艳的年轻男孩在疯狂地摇摆着，镜头移动，才看到那些服饰华贵的女客人，在幽暗中凑在一起，对着舞台指指点点，不时发出暧昧的低笑。最后镜头总是落到宋诚和罗罗身上，他们往往坐在最后面的角落里，头凑在一起密谈着，显得很亲密。作为唯一的男客，宋诚自然显得很突出……宋诚实在没有办法，大多数时间他只能在蓝浪找到罗罗。舞厅的光线总是很暗，但这些录像十分清晰，显然使用了高级的微光镜头，这种设备不是一般人能拥有的。这么说，他们从一开始就注意到自己了，这也让宋诚看到自己与对手相比是何等的不成熟。

这天，罗罗约宋诚通报最新情况。宋诚在夜总会见到罗罗时，罗罗一反常态，要到他车里去谈。谈完后，罗罗说现在身体不舒服，不想上去了，上去后老板肯定要派事儿，想在宋诚的车里休息一会儿。宋诚以为罗罗的毒瘾又来了，没办法只好将车开回机关，把车停在机关大楼外面，自己到办公室去处理一些白天没干完的工作，罗罗就待在车里。四十多分钟后他下来时，已经有人发现罗罗死在充满丙烷气体的车里。车门只有宋诚能从外面打开。后来，参与侦破此案的一位公安系统的密友告诉宋诚，他的车门锁没有任何破坏的痕迹，从其他方面也确实能够排除还有其他凶手的可能。这样，人们理所当然地认为是宋诚杀了罗罗，而宋诚则知道只有一个可能——那两个丙烷罐是罗罗自己带进车里的。

这让宋诚彻底绝望了，他放弃了洗清自己的努力。如果一个人以自己的生命为武器来诬陷他，那他绝对是逃不掉的。

其实，罗罗的自杀并没让宋诚觉得意外，他的 HIV 化验呈阳性。但罗罗以死来诬陷自己，显然是受人指使的，那么罗罗得到了什么样的报酬？那些钱对他还有什么意义？他是为谁挣那些钱？也许报酬根本就不是钱，那是什么？除了报复许雪萍，还有什么更强烈的诱饵或恐惧能征服他吗？这些宋诚永远不可能知道了，但他由此进一步看到了对手的强大和自己的稚嫩。

这就是他为人所知的一生了：一个高级纪检干部，生活腐化变态，因同性恋情杀被捕，他以前在男女交往方面的洁身自好在人们眼里反倒成了证据之一……像一只被人群踏死的臭虫，他的一切将很快消失得干干净净，即使偶尔有人想起他，也不过是想起了一只臭虫。

　　现在宋诚知道，他以前之所以做好了为信念和使命牺牲的准备，是因为根本不明白牺牲意味着什么。他曾想当然地把死作为一条底线，现在才发现，牺牲的残酷远在这条底线之下。在进行搜查时他被带回家一次，当时妻子和女儿都在家，他向女儿伸出手去，孩子厌恶地惊叫，扑在妈妈的怀里缩到墙角。她们投向自己的那种目光他只见过一次，那是一天早晨，他发现放在衣柜下的捕鼠夹夹住了一只老鼠，他拿起夹子让她们看那只死鼠……

　　"好了，我们暂时把大爆炸和奇点这些抽象的东西放到一边，"白冰打断宋诚痛苦的回忆，将那个大提箱提到桌面上，"看看这个。"

超弦计算机、终极容量和镜像模拟

　　"这是一台超弦计算机，是我从气象模拟中心带出来的，你说偷出来的也行，我全凭它摆脱了追捕。"白冰拍着那个箱子说。

　　宋诚将目光移到箱子上，显得很迷惑。

　　"这是很贵重的东西，目前省里只有两台。根据超弦理论，物质的基本粒子不是点状物，而是无限细的一维弦，在十一维空间中震动，现在，我们可以操纵这根弦，沿其一维长度储存和处理信息，这就是超弦计算机的原理。

　　"在传统计算机中的一块 CPU 或一条内存，在超弦机中只是一个原子！超弦电路是基于粒子的十一维微观空间结构运行的，这种超空间微观矩阵，使人类拥有了几乎无限的运算和储存能力。过去的巨型计算机与超弦机相比，就如同我们的十根手指头同那台巨型计算机相比一般。超弦计算机具有终极容量，终极容量啊，就是说，它可以将已知宇宙中的每一个基本粒子的状态都储存起来并进行运算，如果是基于三维空间和一维时间，超弦机能够在原子级别上模拟整个宇宙……"

宋诚的眼光在箱子和白冰之间来回切换，与刚才不同，他似乎在很注意地听白冰的话。其实他是在努力寻找一种解脱，让这个神秘来人的这番不着边际的话，将自己从那痛苦的回忆中解脱出来。

白冰说："很抱歉说了这么多莫名其妙的话，大爆炸奇点超弦计算机什么的，与我们面对的现实好像八竿子打不着，但要把事情解释清楚，就绕不开这些东西。下面谈谈我的专业吧。我是个软件工程师，主要搞模拟软件，也就是建立一个数学模型，在计算机里让它运行，模拟现实世界中的某种事物或过程。我是学数学的，所以建模和编程都搞，以前搞过沙尘暴模拟、黄土高原水土流失模拟、东北能源经济发展趋势模拟等，现在搞大范围天气模拟。我很喜欢这个工作，看着现实世界的某一部分在计算机内存中运动演化，真是一件很有意思的事。"

白冰看看宋诚，后者的双眼正一动不动地盯着他，似乎仍在注意听着，于是他接着说下去："你知道，物理学近年来连续地大突破，很像20世纪初那阵儿。现在，只要给定边界条件，我们就可以拨开量子效应的迷雾，准确地预测单个或一群基本粒子的运动和演化。注意我说的一群，如果群里粒子的数量足够大，它就构成了一个宏观物体，也就是说我们现在可以在原子级别上建立一个宏观物体的数学模型。这种模型被称为镜像模拟，它能以百分之百的准确率再现模拟对象的宏观过程，因为宏观模拟对象建立了一个数字镜像。打个比方吧，如果用镜像模拟方式为一个鸡蛋建立数学模型，也就是将组成鸡蛋的每一个原子的状态都输入模拟的数据库，当这个模型在计算机中运行时，如果给出的边界条件合适，内存中的那个虚拟鸡蛋就会孵出小鸡来，而且内存中的虚拟小鸡与现实中的那个鸡蛋孵出的小鸡一模一样，连每一根毛尖都不差一丝一毫！你往下想，如果这个模拟目标比鸡蛋再大些呢？

大到一棵树，一个人，很多人，大到一座城市，一个国家，甚至大到整个地球？"白冰说到这里激动起来，开始手舞足蹈，"我是一个狂想爱好者，热衷于在想象中把一切都推向终极，这就让我想到，如果镜像模拟的对象是整个宇宙会怎么样？！"白冰进入一种不能自已的亢奋中，"想想，整个宇宙！奶奶的，在一个计算机内存中运行的宇宙！从诞生到毁灭……"

白冰突然中断了兴奋的讲述，警觉地站起来，这时门无声地开了，走进来两个神色阴沉的男人。其中一位稍年长些的对着白冰抬抬双手，示意他照着做，白冰和宋诚都看到了他敞开的夹克中的手枪皮套，白冰顺从地举起双手，年轻的那位上前在他身上十分仔细地上下轻拍了一遍，然后对年长者摇摇头，同时将那个大手提箱从桌上提开，放到离白冰远一些的地方。

年长者走到门口，对外面做了一个"请"的手势，又进来三个人。第一个人是市公安局局长陈继风，第二个是省委书记吕文明，最后进来的是首长。

年轻人拿出一副手铐，但吕文明冲他摇了摇头，陈继风则将头向门口的方向微微偏了一下，两个便衣警察走了出去，其中的一人走前从办公桌桌腿上取下一个小东西放进衣袋，显然是窃听器。

初始条件

白冰脸上丝毫没有意外的表情，他淡淡一笑说："你们终于抓到我了。"

"准确地说是你自投罗网，得承认，如果你真想逃，我们是很难抓到你的。"陈继风说。

吕文明表情复杂地看了宋诚一眼，欲言又止。首长则缓缓地摇摇头，语气沉重地低声道："宋诚啊，你，怎么堕落到这一步呢……"他双手撑着桌沿长久地默立着，眼睛有些湿润，谁看到都不会怀疑他的悲哀是真诚的。

"首长，在这儿就不必演戏了吧。"白冰冷眼看着这一切说。

首长没有动。

"诬陷他是您策划的。"

"证据？"首长仍没有动，从容地问。

"那次会面后，关于宋诚您只说过一句话，是对他说的。"白冰指指陈继风，"继风啊，宋诚的事你当然知道意味着什么，还是认真办一办吧。"

"这能证明什么？"

"从法律意义上当然证明不了什么，这是您的精明和老练之处，即使密谈都深藏不露。但他……"白冰又指了指陈继风，"却领会得很准确，他对您的意思一直领会得相当准确，对宋诚的诬陷是他指示刚才那两个人中的一个具体干的，那个人叫沈兵，是他手下最得力的人，整个过程可是一个复杂的大工程，我就不用细说了吧。"

首长缓缓转过身来，在办公桌边的一把椅子上坐下，两眼看着地板说："年轻人，必须承认，你的突然出现有许多令人吃惊的地方，用陈局长的话说叫见鬼了。"他沉默了一会儿后，语气变得真诚起来，"说明你的真实身份吧。如果你真是上级派来的，请相信，我们是会协助工作的。"

"不是，我多次声明自己是个普通人，身份就是你们已经查明的那样。"

首长点点头，看不出白冰的话是让他感到欣慰还是更加忧虑。

"坐，都坐吧。"首长对仍站着的吕、陈二人挥挥手，然后俯身靠近白冰，郑重地说，"年轻人，今天我们把一切都彻底讲清楚，好吗？"

白冰点点头："这也是我的打算。我，从头说起吧。"

"不，不用，你刚才对宋诚说的那些我们都听到了，就从中断处接着说吧。"

白冰语塞，一时想不起刚才说到哪儿了。

"在原子级别模拟整个宇宙。"首长提醒他，但看到白冰仍然不知从何说起，他便自己接着说下去，"年轻人，我认为你这个想法是不可能实现的。不错，超弦计算机具有终极容量，为这种模拟运算提供了硬件基础，但是你想过初始状态问题吗？对宇宙的镜像模拟必须从某个初始状态开始，也就是说，要在模拟开始时的某个时间断面上，将宇宙的全部原子状态一个一个地输入计算机，在原子级别上构建一个初始宇宙模型，这可能吗？别说是宇宙了，就连你说的那个鸡蛋都不可能，构成它的原子数比有史以来出现过的所有鸡蛋的数量都要大几个数量级；甚至一个细菌都不可能，它的原子数量也是令人望而生畏的。退一步说，就算动用了难以想象的人力和物力将细菌甚至鸡蛋这类小物体的原始状态从原子级别上输入计算机，那么它们运动和演化所需要的边界条件呢？比如鸡蛋孵小鸡所需要的温度、湿度等，这些边界条件在原子级别上的数据量同样大得不可想象，甚至可能要大于模拟对象本身。"

"您能对技术问题进行如此描述，我很敬佩。"白冰由衷地说。

"首长是高能物理专业的高才生，是改革开放恢复学位后国内的第一批物理学硕士之一。"吕文明说。

白冰对吕文明点点头，又转向首长："但您忘了，存在着那样一个时间断面，宇宙是十分简单的，甚至比鸡蛋和细菌都简单，比现实中最简单的东西都简单，因为它那时的原子数是零，没有大小，没有结构。"

"大爆炸奇点？"首长飞快地接上话，几乎没有空隙，显示出他沉稳迟缓的外表下灵敏快捷的思维。

"是的，大爆炸奇点。超弦理论已经建立了完善的奇点模型，我们只需要将这个模型用软件实现，输入计算机运算就可以了。"

"是这样，年轻人，真是这样。"首长站起身，走到白冰身边拍拍他的肩膀，显出了少有的兴奋。对刚才的那番话不甚了了的陈继风和吕文明则用迷惑的目光看着他。

"这是你从那个科研中心拿出来的超弦计算机吗？"首长指着那个大手提箱问。

"偷出来的。"白冰说。

"呵，没关系，宇宙大爆炸的镜像模拟软件一定在里面吧？"

"是的。"

"做做看。"

创世游戏

白冰点点头，把箱子提到桌面上打开了它。除了显示设备外，箱子中还装着一个圆柱体容器，超弦计算机的主机其实只有一个烟盒大小，但原子电路需要在超低温下运行，所以主机浸在这个绝热容器里的液氮中。白冰将液晶显示器支起来，动了一下鼠标，处于休眠状态的超弦计算机立刻苏醒过来，液晶屏亮起来，像睁开了一只惺忪的睡眼，显示出一个很简单的界面，仅由一个下拉文本框和一个小小的标题组成，标题是：

请选择创世启爆参数。

白冰点了一下文本框旁边的箭头，下拉出一行行数据组，每组有十几个数据项，各行看上去差别很大。"奇点的性质由十八个参数确定，参数组合原则上是无限的，但根据超弦理论的推断，能够产生创世爆炸的参数组是有限的，但有多少组还是个谜。这里显示的只是其中的一小部分，我们随便选一组吧。"

白冰选中一组参数后，屏幕立刻变成了乳白色，正中凸现了两个醒目的大按钮：

引爆　　取消

白冰点了引爆按钮，屏幕上只剩一片乳白。"这白色象征虚无，这里没有空间，时间也还没有开始，什么都没有。"

屏幕左下角出现了一个红色数字"0"。

"这个数字是宇宙演化的时间，0的出现说明奇点已经生成，它没有大小，所以我们看不到。"

红色数字开始飞快增长。

"注意，宇宙大爆炸开始了。"

屏幕中央出现了一个蓝色的小点，很快增大为一个球体，发出耀眼的蓝光。球体急剧膨胀，很快占满整个屏幕，软件将视野拉远，球体重新缩为遥远处的一点，但爆炸中的宇宙很快又充满了整个屏幕。这个过程反复重复着，频率很快，仿佛是一首宏伟乐曲的节拍。

"宇宙现在正处于暴胀阶段，它的膨胀速度远远超过光速。"

随着球体膨胀速度的降低，视野拉开的频率渐渐慢了下来。能量密度逐渐降低，球体的颜色由蓝向黄渐变，后来宇宙的色彩在红色时固定了下来，并渐渐变暗，屏幕上视野不再拉远，变成黑色的球体在屏幕上很缓慢地膨胀着。

"好，现在距大爆炸已经一百亿年了。这个宇宙处于稳定的演化阶段，我们进去看看吧。"白冰说完动了动鼠标，球体迅速前移，屏幕完全黑了下来，"好，现在我们就在这个宇宙的太空中了。"

"什么也没有啊？"吕文明说。

"我们看看……"白冰说着，按动鼠标右键弹出了一个很复杂的界面，一个程序开始统计这个宇宙中的物质总量，"呵，这个宇宙中只有十一个基本粒子。"他又调出了一大堆信息仔细读着，"有十个粒子结成了五个粒子对，相互环绕对方运行，不过每个粒子对中的两个粒子相距几千万光年，要上百万年才能相对运动一毫米；还有一个粒子是自由的。"

"十一个基本粒子？！说了半天还是什么都没有。"吕文明说。

"有空间啊，近千亿光年直径的空间！还有时间，一百亿年的时间！时空是最实在的存在！要说这个宇宙，还是创造得比较成功的，以前创造的相当多的宇宙连空间都很快湮灭了，只剩时间。"

"无聊。"陈继风哼了一声，转身不再看屏幕。

"不，很有意思，"首长高兴地说，"再来一次。"

白冰退回到引爆界面，重选了一组参数，再次启动大爆炸。这个新宇宙诞生的过程看上去与刚才基本相同，也是一个在膨胀中渐渐暗下来的球体。在创世后的一百五十亿年，球体完全变黑，宇宙的演化稳定下来。白冰再次让视点进入宇宙内部，这时，连最不感兴趣的陈继风也惊叹起来。广漠的黑色天空下，一张银色的大膜向各个方向伸至无穷远处，大膜上点缀着各种色彩的小球体，像滚动在镜面上的多彩露珠。

白冰又调出了分析界面，看了一会儿后，说："运气好，这是个丰富多彩的宇宙，半径约四百亿光年，其中一半是液体，一半是空间。也就是说，这个宇宙就是一个深度和表面半径都是四百亿光年的大洋！宇宙中的固体星球就浮在洋面上！"白冰将画面推向洋面，可以看到银色的洋面在缓缓波动着，画面中出现了一个星球的近景，"这个漂浮着的星球有……我看看，木星那么大吧。啊，它还在自转哪！看它表面的那些山脉，在出水和入水时是何等壮观！我们就把这液体叫水吧。看那被山脉甩到轨道上的水，在洋面形成了一个半圆的彩虹环！"

"是很美，但这个宇宙是违反物理学基本定律的。"首长看着屏幕说，"别说四百亿光年深的海洋，就是四光年，那水体也早在引力下坍缩成黑洞了。"

白冰摇摇头说："您忘了最基本的一点。这不是我们的宇宙，这个宇宙有自己的一套物理定律，与我们宇宙中的完全不同。在这个宇宙中，万有引力常数、普朗克常数、光速等基本物理常数与我们的宇宙完全不同；在这个宇宙中，一加一甚至都不等于二。"

在首长的鼓励下，白冰继续做下去，第三个宇宙被创造出来，进入其中后，屏幕上出现了一堆极其混乱的色彩和形状，白冰立刻将它关掉了。"这是一个六维宇宙，我们无法观察它，其实大多数情况都是这样。我们创造的前两个都是三维宇宙，那只是运气好而已。宇宙从高能冷却后，被释放到宏观的维数为三的概率只有三十比十一。"

第四个宇宙出现时，所有的人都很迷惑：宇宙呈现一个无际的黑色平面，有无数银光闪闪的直线与黑的平面垂直相交。看过分析数据后，白冰说："这个宇宙与上面的相反，维数比我们的低，是个二点五维的宇宙。"

"二点五维？"首长很吃惊。

"您看这个黑色没有厚度的二维平面就是这个宇宙的太空，直径约五百亿光年；那些与平面垂直的亮线就是太空中的恒星，它们都有几亿光年长，但无限细，只有一维。分数维的宇宙很少见，我要把这组创世参数记下来。"

"有个问题，"首长说，"如果你用这组参数再次启动大爆炸，所得到的宇宙和这个完全一样吗？"

"是的，而且其演化过程也完全一样，一切在大爆炸时就决定了。您看，物理学穿过量子迷雾后，宇宙又显出了因果链和决定论的本性。"白冰依次看看每个人，郑重地说，"我请各位都牢记这一点，如果要理解我们后面将要面对的那些可怕的事，这是关键。"

"真的很有意思。做上帝的体验，超脱而空灵，很长时间没有这种感觉了。"首长感叹道。

"我的感觉同您一样，"白冰离开了计算机，站起来来回走着，"所以我就一遍又一遍地玩创世游戏，到现在为止，我已经启动了一千多次大爆炸，那一千多个宇宙，其神奇壮观，很难用语言形容。我像吸毒似的上了瘾……本来我可以这样一直玩下去，我们之间将永远素不相识，不会有任何关系，我们双方的生活都会按正常的轨迹进行下去，但……唉，真他妈的……那是今年年初一个下雪的晚上，已经午夜两点了，很静很静，我启动了那天最后一个大爆炸，在超弦计算机中诞生了第 1207 号宇宙，就是这一个……"

白冰回到计算机前，将文本框拉到底，选择了最后一组创世参数，启动了宇宙大爆炸。新的宇宙在蓝光急剧膨膨后熄灭为黑色。白冰移动鼠标，在创世之后的一百九十亿年进入了这个他编号为 1207 的宇宙。

这一次，屏幕上出现了灿烂的星海。

"1207 的半径约二百亿光年，宏观维数是三；这个宇宙中，万有引力常数是六点六七乘十的负十一次方，真空中的光速是每秒三十万千米；这个宇宙中，电子电量是一点六零二乘十的负十九次方库仑；这个宇宙中，普朗克常数是六点六二六……"白冰凑近首长，用令人胆寒的目光逼视着他，"这个宇宙中，一加一等于二。"

"这是我们的宇宙。"首长点点头，他仍很沉着，但额头有些潮湿了。

历史检索

"得到 1207 号宇宙后，我花了一个多月时间做了一个搜索引擎，以模式识别为基础。然后我就从天文资料中查到银河系与仙女座、大小麦哲伦等相邻星系的几何构图，在全宇宙范围内查询这种构图，得到了八万多个结果。下一步我就在这个范围内用银河系和邻近星系本身的形状进行查询，很快在宇宙中定位了银河系。"以漆黑的太空为背景，一个银色大旋涡在屏幕上显示出来，"太阳的定位就更容易了，我们已经知道它在银河系中的大致范围——"白冰用鼠标在大旋涡的一个旋臂顶端拉出一个小矩形框，"仍用模式识别的方法，在这个范围中很快就定位了太阳。"屏幕上出现了一个耀眼的光球，光球周围环绕着一个雾蒙蒙的大环，"哦，这时太阳系的行星还没有诞生，这个星际尘埃构成的环就是构成它们的原材料。"白冰在屏幕下方调出了一个滚动条，"看，用这个来移动时间。"他将滑块缓缓前移，越过了两亿年的漫漫时光，太阳周围的尘埃环消失了，"现在九大行星已经诞生。这是真实尺度的图像，不是天象演示。所以找到地球还要费事些，我把以前储存的坐标调出来吧。"于是原始地球在屏幕上出现了，一个灰蒙蒙的球体。白冰转动鼠标的滚轮，说："我们降低高度，好，现在，大约是一万多米高吧。"下面的大陆仍笼罩在迷雾之中，但雾中纵横交错的发着红光的网线显现出来，像胚胎上的血管，白冰指着那些网线说："这是岩浆河。"他继续转动鼠标滚轮，穿过浓浓的酸雾，褐色的海面出现了。紧接着视点扎入海中，一片浑浊，有几个微小的悬浮物，它们大多是圆形的，也有其他较复杂的形状。与悬浮物最明显的区别是，它们自己在运动，而不是随水漂移。"生命，刚出现的生命。"白冰用鼠标点点那些微小的东西说。他很快地反向转动滚轮，将视点重新升到太空中，再次显示出古地球的全貌，然后移动时间滚动条，亿万年时光又飞逝而过，笼罩在地球表面的浓雾消失了，海洋在变蓝，大陆在变绿，后来，巨大的冈瓦纳古陆像初春的冰块一样分崩离析，"如果愿意，我们可以看到生命进化的全过程，包括几次大灭绝和随之而来的生命大爆发。但是算了吧，省些时间，我们就要看到关系到咱们命运的谜底了。"古陆的各个碎块继续漂移，终于，一幅熟悉的世界构图出现了。白冰改变了时间滚动条的比例，开始以较慢的速度移动时间，并在一点停住了，"好了，在这里，人类出现了。"他又将滑块小心地前移一小段，"现在，文明出现了。"

"对于上古的历史，一般只能宏观地看看，检索具体事件不太容易，具体人物就更难了。一般的历史检索是靠两个参数：地点和时间。这两点在上古历史记载中很难准确，我们做一次来看看吧。来，我们下去了！"白冰说着，将鼠标在地中海范围的一个位置双击了一下，视点高度令人目眩地急剧降低，最后，一个荒凉的海滩出现了，黄沙的尽头，是一片连绵的橄榄丛。

"古希腊时代的特洛伊海岸。"白冰说。

"那……你能移到木马屠城的时间吗？"吕文明兴奋地问。

"从来就没有过什么木马。"白冰淡淡地说。

陈继风点点头："那种东西像儿戏，在实际的战争中是不可能的。"

"从来没有过特洛伊战争。"白冰说。

首长很惊奇："这么说，特洛伊城是因为别的原因毁灭的？"

"从来没有过特洛伊城。"

另外三个人惊奇地面面相觑。

白冰指指屏幕说："现在显示的就应该是发生那场战争时特洛伊海岸的真实情景，我们再前后移动五百年……"白冰小心地移动鼠标，屏幕上的海岸线在白昼和黑夜的高频转换中急剧闪动，树丛的形状也在飞快地变化，沙滩尽头闪过几个小棚屋，时而还能看到几个一闪而过的小小的人影，棚屋时多时少，但最多时也没有超过一个村庄的规模，"看到了吗，伟大的特洛伊城只是在那些游吟诗人的想象中存在过。"

"怎么会呢？"吕文明惊叫起来，"本世纪初有考古发现证实啊！当时还挖出了……阿伽门侬的黄金面具。"

"阿伽门侬的面具？"白冰大笑一声。

"随着历史记载的增多和准确性的提高，往后的检索就越来越容易，再做一次。"白冰将视点升回地球轨道，这次他没有使用鼠标，而是手动输入了时间和地理坐标，视点向亚洲西部降落。很快，屏幕上显示了一片沙漠，在一处红柳丛的阴影下躺着几个人。他们穿着破旧的粗布袍，皮肤黝黑，头发很长而且被沙尘和汗水弄成一缕缕的，远远看去像一堆破烂的废弃物。白冰说："这里离穆斯林村庄不远，但鼠疫流行，他们不敢去。"有一个身形瘦长的人坐了起来，四下看看，确认别人都睡熟了后，拿起旁边一个人的羊皮水囊喝了一通，又从另一个人的破行囊中拿出一块饼，掰下三分之一放到自己的包里，随后满意地躺下了。

"我用正常速度运行了两天，看到他五次偷别人的水喝，两次偷别人的饼。"白冰用鼠标点着那个刚躺下的人说。

"他是谁？"

"马可·波罗。检索到他可不容易，关押他的那个热那亚监狱的时间和地点都比较准确，我在那里定位了他。随后往回跟踪他经历了那次海战，提取了一些特征点，又往回跳过一大段时间跟到这里，这是在那时的波斯、现在的伊朗巴姆市附近，不过都白费劲了。"

"那他是在去中国的路上了，你应该能跟着他进入忽必烈的宫殿。"吕文明说。

"他没有进入过任何宫殿。"

"你是说，他在中国期间只是在民间待着？"

"马可·波罗根本就没有来过中国，前面更加险恶的漫漫长路吓住了他。他们就在西亚转悠了几年，后来他把从西亚道听途说来的传闻讲给了那位作家狱友，后者写成了那本伟大的游记。"

三个人再次面面相觑。

"再往后，检索具体的人和事就更加容易了。再来一次，到近代吧。"

在一间很暗的大屋子里，一张很宽的木桌子上铺着一张大地图，桌旁围着几个身着清朝武官服的人，看不清他们的面容。

"这是北洋海军提督署的一次会议。"

有一个人在说话，画面传出的声音很模糊，且南方口音重，听不懂。

白冰解释说："这个人在说，在近海防御中，不要一味追求大炮巨舰。

就这么点儿钱，与其从西洋购买大吨位铁甲舰，不如买更多数量的蒸汽鱼雷快艇，每艘艇上可装载四至六枚瓦斯鱼雷，构成庞大的快艇攻击群，用灵活机动的航线避开日舰舰炮火力，抵近攻击……我曾请教过多位海军专家和史战研究者，他们一致认为，如果当时这人的想法得以实施，北洋水师将是甲午战争中的胜利者。这人的高明和超前之处在于，他是海战史上最早从新式武器的出现发现传统大炮巨舰主要缺陷的人。"

"他是谁？邓世昌？"陈继风问。

白冰摇摇头："方伯谦。"

"什么？就是那个在黄海大战中临阵脱逃的怕死鬼？"

"就是他。"

"直觉告诉我，这些才像真实的历史。"首长沉思着说。

白冰点点头："是啊，到这一步，超脱和空灵消失了。我陷入了郁闷中，我发现，我们基本上被自己所知道的历史骗了。那些名垂青史的人物并非全是英雄，他们中也有卑鄙的骗子和阴谋家，他们用权势为自己树碑立传而且成功了。而那些为正义和真理献身的人，有很多默默惨死在历史的尘埃中，没有人知道他们的存在；也有很多在强有力的诬陷下遗臭万年，就像现在宋诚的命运；他们中只有极少数的人得到了历史正确的记载，其比例连冰山的一角都不到。"

这时人们才注意到一直沉默的宋诚，看到他已经悄悄振作起来，两眼放出光芒，像一个已经倒地的战士又站了起来，拿起武器并跨上一匹新的战马。

现实检索

"然后，你就进入了1207宇宙中的现实，是吗？"首长问。

"是的，我在那个镜像中将时间调到现在。"白冰说话的同时将屏幕上的时间滑块推到尽头，这时视点又回到了太空中，蓝色的地球看上去与古代并没有什么不同，"这就是1207镜像中的现实：我们这个内地省份，经过几十年不间断的能源和资源输出，除了矿产开采和电力输出之外，至今也未能建立起一个像样的工业体系，只留下了污染，农村的大片土地仍处于贫困线以下，城市失业严重，治安状况恶化……我自然想看看领导和指挥这一切的人是怎样工作的，最后看到了什么，我不用说了。"

"你这样做的目的呢？"首长问。

白冰苦笑着摇了摇头："别以为我有他那样崇高的目的，"他指指宋诚，"我只是个普通老百姓，自得其乐地过日子，你们干什么，和我有什么关系？我根本不想惹你们的，但……我为这个超级模拟软件费了这么大劲，自然想通过它得些实惠。于是，我就给你们中的几个人打电话，想小小地敲一笔钱……"他说着突然变得愤怒起来，"你们干吗要这么过激反应？！干吗非要除掉我？！其实给我那笔钱不就完了嘛……好了，现在我把一切都讲清楚了。"

五个人陷入了长时间的沉默，他们都默默地盯着屏幕上的地球，这是现实中地球的数字镜像，他们也在这镜像中。

"你真的能够在这台计算机中观察到世界上发生过的一切？"陈继风打破沉默问。

"是的，历史和现实的所有细节，都是这台计算机中运行的数据。数据是可以随意解析的，不管多么隐秘的事情，观察它们不过是从数据库中提取一些数据进行处理。这个数据库以原子级别储存着整个世界的镜像，所有数据都是可以随意提取的。"

"能证明一下吗？"

"这很容易。你出去，随便到什么地方，随便干一件什么事，然后回来。"

陈继风依次看了看首长和吕文明，转身走出了房间。两分钟后他回来了，无言地看着白冰。

白冰移动鼠标，使视点从太空急剧下降，悬在这个城市上空，城市一览无遗地展现在屏幕上。白冰移动画面仔细寻找，很快找到了近郊的第二看守所，找到了他们所在的这栋三层楼房。视点随即进入了楼房内，在二楼空荡的走廊中移动，画面上出现了坐在走廊中长椅子上的两个便衣警察，其中的沈兵正在点一支烟，最后画面中出现了他们所在的办公室的门。

"现在的模拟画面，只比发生的现实滞后零点一秒，让我们后退几分钟。"白冰将时间滑标向后移了一点点。

屏幕上，门开了，陈继风走了出来，坐在长椅上的两个人看到他后立刻站了起来。陈向他们摆摆手示意没事，就向另一个方向走去，视点紧跟着他，像有人用摄像机跟踪拍摄。镜像画面上，陈继风进了卫生间，从裤子口袋中掏出手枪，拉了一下枪栓后装回裤袋。白冰将这个画面定住，并使其像三维动画一样旋转至各个方位。陈继风走出卫生间，画面跟着他回到了办公室，并显示出了正在等待的另外四个人。

首长不动声色地看着屏幕，吕文明则抬头警觉地看了陈继风一眼。

"这东西确实厉害。"吕文明阴沉着脸说。

"下面我为您演示它更厉害的地方。"白冰说着，使屏幕上的画面静止了，"由于镜像模拟的宇宙是以原子级别存储的，所以我可以检索到这个宇宙的每一个细节。下面，让我们看看陈局长上衣口袋中装着什么。"

白冰在静止的画面上拉出一个方框，圈住陈继风的上衣口袋范围，然后弹出一个处理界面，经过一系列操作，上衣口袋外侧的布被去除了，显示出放在口袋中的一张折叠起来的小纸片。白冰使用拷贝软件将纸片复制下来，然后启动了一个三维模型处理软件，将拷贝的数据粘贴到软件的处理桌面上。又经过几项操作，那张折叠的纸片被展开来，那是一张外汇支票，数额是二十五万美元。

"下面我们就追踪这张支票的来源。"白冰说着关闭了图像处理软件，又回到四个人的静止画面上来。白冰在陈继风上衣口袋中那张已被选定的支票上按右键调出功能选项，选择了 trace 一项，支票闪动起来，画面也立刻活动了，时间在逆向流动，显示首长一行三人退出办公室，又退出了大楼，退回到一辆汽车上，其中陈继风和吕文明戴上了耳机，显然是在监听白冰和宋诚的谈话。跟踪检索继续进行，场景不断变换，但那张闪动的支票作为检索键值一直处于画面中央，陈继风仿佛被它吸附着，穿过一个又一个场景。终于那张支票跳出了陈的上衣口袋，钻进了一个小篮子，那个篮子又从陈的手中跳到了另一个人手中。这个时候，白冰令画面停止了。

"就从这里开始放吧。"白冰说着，启动了画面以正常速度播放。这好像是陈继风家的客厅里，屏幕上一个穿黑西装的中年人拎着那个水果篮站在那里，好像刚进来，陈继风则坐在沙发上。

"陈局长，温哥托我来看看您，也是表示一下上次的谢意。他本来想亲自来的，但觉得为了免去一些闲话，这种走动还是少些好。"

陈继风说："你回去告诉温雄，现在他条件好了，一定要走正道，总是出格对谁都没好处，也别怪我不客气！"

"是是，温哥怎么能忘记陈局长的教诲呢？他现在不但为社会积极贡献，在贫困地区建了四所小学，政治上也要求进步，已经当选市人大代表了！"来人说着，将果篮放在茶几上。

"东西拿走。"陈继风挥挥手说。

"哪敢带什么好东西，那不是成心惹陈局长生气嘛，一点儿水果，表表心意。您是不知道，温哥一说起您，都眼泪汪汪的，说您是我们的再生父母啊。"

来人走后，陈继风关上门后回到茶几旁，将果篮里的水果全倒出来；从篮底拿出那张支票放进了上衣口袋。

首长和吕文明都冷冷地看了陈继风一眼，这些他们显然也都不知晓。温雄是利成集团的总裁，这是个运营着餐饮、长途客运等众多业务的庞大公司。其原始积累来自温雄黑社会体系的贩毒利润，他们使这座城市成为云南至俄罗斯毒品通道上的一个重要枢纽。现在温雄在合法商业上发展顺利，他的毒品业务也在前者的补充和滋养下更快地膨胀起来，致使这座内地城市毒品泛滥，治安恶化。而陈继风这个后台是其生存的重要保证。

"收的是美元？一定是要给儿子汇去吧。"白冰笑着说，"您儿子在美国读书的钱可全是温雄出的……对了，想不想看看他现在在地球那一边干什么？很容易的，现在波士顿是午夜，不过上两次我看到他时，他都还没睡觉。"白冰将视点升到太空，将地球旋转了一百八十度，然后将北美大陆放大，在大西洋海岸找到了那座灯火阑珊的城市。然后很快定位了他以前显然找到过的一座公寓，视点进入卧室后，显示出一幅令人尴尬的画面——那个黄皮肤男孩正和一黑一白两个妓女鬼混。

"陈局长，看到您儿子是怎样花您的钱了吗？"

陈继风恼怒地将液晶显示屏反扣到箱子上。

被深深震慑了的几个人再次陷入长时间的沉默中，然后吕文明问："这些天，你为什么只是逃跑，没想到通过更……正当的方式摆脱困境呢？"

"您是说我到纪委去举报？真是个好主意，我开始也这么想过，于是便在镜像中对纪委领导班子进行查询，"白冰抬起头看了看吕文明，"您应该知道我都看到了什么，我不想落到您老同学这样的下场。那么我能去检察院和反贪局吗？郭院长和常局长对大部分重大举报肯定会严格秉公办理，对一小部分会小心地绕开；而我将举报的那些，一说出口他们就会同你们一样要了我的命。那么还能去哪儿呢？让媒体将这一切曝光吗？省里新闻媒体的那几个关键人物我想你们都清楚，首长的政绩不就是他们捧出来的吗？那些记者与妓女的唯一区别就是出卖的部位不同……这是一张互相连接在一起的大网，哪一根线都动不得啊，我哪儿有地方可去。"

"你可以去中央。"首长仔细观察着白冰，不动声色地说。

白冰点点头说："这是唯一的选择了。但我是个普通的小人物，所以首先来见见宋诚，找到一个稳妥可靠的渠道，也顾不得你们的追杀了。"白冰犹豫了一下，接着说，"但这个选择并不轻松，你们都是聪明人，知道这样做最终意味着什么。"

"意味着这项技术将公布于世。"

"很对。那时，笼罩在历史和现实上的所有迷雾将一扫而光，一切的一切，在明处和暗处的，过去和现在的，都将赤裸裸地展现于光天化日之下。到那时，光明与黑暗，将不得不进行一场史无前例的大决斗，世界将陷入一片混乱……"

"但最后的结果，是光明取得胜利。"一直沉默的宋诚终于说话了。他走到白冰面前，直视着他说，"知道黑暗的力量来自哪里吗？就是来自黑暗，也就是说来自它的隐蔽性，一旦暴露在明处，它的力量就消失了，如腐败之类的，大多如此。而你的镜像，就是使所有黑暗全部暴露的强光。"

首长和陈、吕二人互相交换了一下目光。

沉默，超弦计算机的屏幕上，原子级别的镜像静静地悬浮在太空中。

"有一个机会，"首长突然站起身，对陈、吕二人说，"好像有一个机会。"首长接着扶着白冰的肩膀说："为什么不将镜像中的时间标尺移向未来？"

白冰和陈、吕二人不解地看着首长。

"如果我们能够准确地预见未来，就能够在现在改变它。这样我们就能控制未来历史的走向，也就控制了一切……年轻人，你认为这没有可能吗？也许，我们能够一起肩负起创造历史的使命。"

白冰明白过来，苦笑着摇摇头，站起身走到计算机前，用鼠标将时间标尺拉长，在零时标后面拉出了一个未来时段，然后对首长说："您自己来试试吧。"

单程递归

首长扑向计算机，动作敏捷得如饥饿的鹰见到地面上的小鸡，令人恐惧。他熟练地移动鼠标，将时间滑标滑过零时点，在滑标进入未来时段的瞬间，一个错误提示窗口跳了出来：

Stack over flow……

白冰从首长手中拿过鼠标："让我们启动错误跟踪程序，Step by step 吧。"

模拟软件退回到出错前，开始分步运行。当现实中的白冰将滑块移过零时点，镜像中虚拟的白冰也正在做着同样的事：错误跟踪程序立刻放大了镜像中那台超弦计算机的屏幕，可以看到，在那台虚拟计算机的屏幕上，第二层的虚拟白冰也正在将滑块移过零时点；于是，错误跟踪程序又放大了第三层虚拟中那台超弦计算机的屏幕……就这样，跟踪程序一层层地深入，每一层的白冰都在将滑块移过零时点。这是一套依次向下包容的永无休止的魔盒。

"这是递归，一种程序自己调用自己的算法。正常情况下，当调用进行到有限的某一层时会得到答案，多层自我调用的程序再逐层按原路返回。而我们现在看到的是无限调用自己、永远得不到答案的单程递归，由于每次调用时都需将上层的现场数据存入堆栈，就造成了刚才看到的堆栈存贮器溢出，由于是无限递归调用，即使超弦计算机的终极容量也会被耗尽的。"

"哦。"首长点点头。

"所以，虽然这个宇宙中的一切过程早在大爆炸发生时就已经决定，但未来对我们来说仍是未知的。对讨厌由因果链而产生的决定论的人来说，这也是一个安慰吧。"

"哦……"首长又点点头，他"哦"的这一声很长很长。

镜像时代一

白冰发现，首长发生了奇怪的变化，仿佛他身上的什么东西被抽走了似的，整个身躯在萎缩，似乎失去了支撑自身的力量而摇摇欲坠。他脸色苍白，呼吸急促起来，双手撑着椅子慢慢地坐下，动作艰难且小心翼翼，好像怕压断自己的哪根骨头。

"年轻人，你，毁了我的一生。"首长缓缓地说，"你们赢了。"

白冰看看陈继风和吕文明，发现他们也与自己一样不知所措。而宋诚则昂然挺立在他们中间，脸上充满了胜利的光彩。

陈继风缓缓站起来，从裤子口袋中抽出握枪的手。

"住手。"首长说。声音不高，但威严无比，使陈继风手中的枪悬在半空不动了。

"把枪放下。"首长命令道，但陈仍然不动。

"首长，到了这一步，必须果断。他们死在这儿说得过去，不过是因拒捕和企图逃跑被击毙……"

"放下枪，你这条疯狗！"首长低沉地喝道。

陈继风拿枪的手垂了下来，慢慢地转向首长："我不是疯狗，我是条好狗，一条知道报恩的狗！一条永远也不会背叛您的狗！！像我这样从最底层一步步爬上来的，对让自己有今天的上级，就具有值得信任的狗的道德，脑子当然没有那些一帆风顺的知识分子活。"

"你什么意思？"好长时间没有说话的吕文明站了起来。

"我的意思谁都明白。我不像有些人，每走一步都看好两三步的退路，我的退路在哪儿？到这时候我不自卫能靠谁？！"

白冰平静地说："杀我没用的，如果你想把镜像公布于世，这是最快捷的办法。"

"傻瓜都能想到这类自卫措施，你真的失去理智了。"吕文明低声对陈继风说。

陈继风说："我当然知道这小子不会那么傻，但我们也有自己的技术力量，投入全力是有可能彻底销毁镜像的。"

白冰摇摇头："没有可能。陈局长，这是网络时代，隐藏和发布信息是很简单的事。我在暗处，跟我玩这个你赢不了的，就算你动用最出色的技术专家都赢不了。我就是告诉你那些镜像的备份在哪儿，我死后它如何发布，你也没办法。至于那组创世参数，就更容易隐藏和发布了，打消那念头吧。"

陈继风慢慢地将手枪放回裤袋，颓然坐了下来。

"你以为自己已经站在历史的山巅上了，是吗？"首长无力地对宋诚说。

"是正义站在历史的山巅上了。"宋诚庄严地说。

"不错，镜像把我们都毁了，但它的毁灭性远不止于此。"

"是的，它将毁灭所有罪恶。"首长缓缓地点点头。

"然后毁灭所有虽不是罪恶但肮脏和不道德的东西。"

首长又点点头，说："它最后毁灭的，是整个人类文明。"

他这话使其他人都微微一愣。

宋诚说："人类文明从来就没有面对过如此光明的前景，这场善恶大搏斗将洗去它身上的一切灰尘。"

"然后呢？"首长轻声问。

"然后，伟大的镜像时代将到来，全人类将面对着同一面镜子。每个人的一举一动都能在镜像中精确地查到，没有任何罪行可以隐藏，每一个有罪之人，都不可避免地面临最后审判。那是没有黑暗的时代，阳光将普照到每个角落，人类社会将变得水晶般纯洁。"

"换句话说，那是一个死了的社会。"首长抬起头直视着宋诚说。

"能解释一下吗？"宋诚带着对失败者的嘲笑说。

"设想一下，如果 DNA 从来不出错，永远精确地复制和遗传，现在地球上的生命世界会是什么样子？"

在宋诚思考之际，白冰替他回答了："那样的话现在的地球上根本没有生命，生命进化的基础——变异，正是由 DNA 的错误产生的。"

首长对白冰点点头："社会也是这样，它的进化和活力，是以种种偏离道德主线的冲动和欲望为基础的。水清则无鱼，一个在道德上永不出错的社会，其实已经死了。"

"你为自己的罪行进行的这种辩解是很可笑的。"宋诚轻蔑地说。

"也不尽然。"白冰紧接着说，他的话让所有人都有些吃惊。他犹豫了几秒，好像下了决心地说下去，"其实，我不愿意将镜像模拟软件公布于世，还有另一个原因，我……我也不太喜欢有镜像的世界。"

"你像他们一样害怕光明吗？"宋诚质问道。

"我是个普通人，没什么阴暗的罪行。但说到光明，那也要看什么样的光明，如果半夜窗外有探照灯照你的卧室，那样的光明叫光污染……举个例子吧：我结婚才两年，已经产生了那种……审美疲劳，于是与单位新来的一个女大学生有了……那种关系，老婆当然不知道，大家过得都很好。如果镜像时代到来，我就不可能这样生活了。"

"你这本来就是一种不道德不负责任的生活！"宋诚说，语气有些愤怒。

"但大家不都是这么过的吗？谁没有些见不得人的地方？这年头儿要想过得快乐，有时候就得人不人鬼不鬼的，像您这样一尘不染的圣人，能有几个？如果镜像使全人类都成了圣人，一点儿出轨的事儿都不能干，那……那他妈的还有什么劲啊！"

首长笑了起来，连一直脸色阴沉的吕、陈二人都露出了些笑容。首长拍着白冰的肩膀说："年轻人，虽然没有上升到理论高度，但你的思想比这位学者要深刻得多。"他说着转向宋诚，"我们肯定是逃不掉的，所以你现在可以将对我们的仇恨和报复欲望放到一边。作为一个社会哲学知识博大精深的人，你不会真浅薄到认为历史是善和正义创造的吧？"

首长这话像强力冷却剂，使处于胜利狂热中的宋诚沉静下来。

"我的职责就是惩恶扬善匡扶正义。"他犹豫了一下说，语气和缓了许多。

首长满意地点点头："你没有正面回答，很好，说明你确实还没有浅薄到那个程度。"首长说到这里，突然打了一个激灵，仿佛被冷水从头浇下，使他从恍惚中猛醒过来，虚弱一扫而光，那刚失去的某种力量似乎又回到了他的身上。他站起身，郑重地扣上领扣，又将衣服上的皱褶处仔细整理了一下，然后极其严肃地对吕文明和陈继风说："同志们，从现在起，一切已在镜像中了，请注意自己的行为和形象。"

吕文明神情凝重地站了起来，像首长一样整理了一下自己的仪容，长叹一声说："是啊，从此以后，苍天在上了。"

陈继风一动不动地低头站着。

首长依次看了看每个人，说："好，我要回去了，明天的工作会很忙。"他转向白冰，"小白啊，你在明天下午六点钟到我办公室来一趟，把超弦计算机带上。"然后转向陈、吕二人："至于二位，好自为之吧。继风你抬起头来，我们罪不可赦，但不必自惭形秽，比起他们，"他指指宋诚和白冰，"我们所做的真不算什么了。"说完，他打开门，昂头走出去。

生　日

第二天对于首长来说确实是很忙的一天。

一上班，他就先后召见省里主管工业、农业、财政、环保等领域的负责人，向他们交代了下一步的工作。虽然同每位领导谈的时间都很短，但凭借丰富的工作经验，首长还是言简意赅地讲明了工作重点和最需要注意的问题。同时，他以老到的谈话技巧，让每个人都以为这只是一次普通的工作交代，没发现任何异常之处。

上午十点半，送走了最后一位主管领导。首长静下心来，开始写一份材料，向上级阐明自己对本省经济发展和解决省内国有大中型企业面临的问题的意见。材料不长，不到两千字，但浓缩了自己这几十年的工作经验和思考。那些熟悉首长理念的人看到这份材料应该很吃惊，这与他以前的观点有很大差别。这是他在权力高端这么长时间以来，第一次纯粹从党和国家最高利益的角度，在完全不掺杂私心的情况下发表自己的意见。

材料写完已经是中午十二点多了，首长没有吃饭，只是喝了一杯茶，便接着工作。

这时，镜像时代的第一个征兆出现了。首长得知陈继风在自己的办公室里开枪自杀；吕文明则变得精神恍惚，不断地系领口的扣子，整理自己的衣服，好像随时都有人给他拍照似的。对这两件事，首长一笑置之。

镜像时代还没有到来，黑暗已经在崩溃了。

首长命令反贪局立刻成立一个专案组，在公安和工商有关部门的配合下，立刻查封自己儿子拥有的大西商贸集团和儿媳拥有的北原公司的全部账目和经营资料，并依法控制这些实体的法人。对自己其他亲戚和亲信拥有的各类经济实体也照此办理。

下午四点半，首长开始草拟一份名单。他知道，镜像时代到来后，省内各系统落马的处级以上干部将数以千计，现在最紧要的是物色各系统重要岗位的合适接任人选，他的这份名单就是向省委组织部和上级提出的建议。其实，在镜像出现之前，这份名单就已经在他的心中存在了很长时间，那都是他计划清除、排挤和报复的人。

这时已是下午五点半，该下班了，他感到从未有过的欣慰，自己至少做了一天的人。

宋诚走进了办公室，首长将一份厚厚的材料递给他："这就是你那份关于我的调查材料，尽快上报中纪委吧。我昨天晚上写了一份自首材料，也附上了，里面除了确认你们调查的事实外，还对一些遗漏做了补充。"

宋诚接过材料，神情严肃地点点头，没有说话。

"过一会儿，白冰要来这里，带着超弦计算机。你应该告诉他，镜像软件马上就要上报上级。一开始，上级领导会考虑到各方面的因素谨慎使用它，要防止镜像软件提前泄漏到社会上，那会产生很大的副作用，非常危险。基于这个原因，你让他立刻将自卫所用的备份，在网上或什么其他地方的，全部删除；还有那个创世参数，如果告诉过其他人，让他列出名单。他相信你，会照办的。一定要确认他把备份删除干净。"

"这正是我们想要做的。"宋诚说。

"然后，"首长直视着宋诚的眼睛，"杀了他，并毁掉那台超弦计算机。现在，你不会认为我这样做还是为自己着想吧。"

宋诚一愣，随后摇头笑了起来。

首长也露出笑容："好了，我该说的都说完了，以后的事情与我无关。镜像已经记下了我说的这些话，在遥远的未来，也许有那么一天，会有人认真听这些话的。"

首长对宋诚挥了挥手让他走，然后仰在椅子的靠背上长长地出了一口气，沉浸在一种释然和解脱中。

宋诚走后，下午六点整，白冰准时走进了办公室。他的手里提着那个箱子，提着历史和现实的镜像。

首长招呼他坐下，看着放在办公桌上的超弦计算机说："年轻人，我有一个请求，能不能让我在镜像中看看自己的一生？"

"当然可以，这很容易的！"白冰说着打开箱子启动了电脑。镜像模拟软件启动后，他首先将时标设定到现在，定位了这间办公室，屏幕上显示出两个人的实时影像后，白冰复制了首长的影像，按动鼠标右键启动了跟踪功能。这时，画面急剧变幻起来，速度之快使整块屏幕看起来一片模糊，但作为跟踪键值的首长的影像一直处于屏幕中央，仿佛是世界的中心，虽然这影像也在急剧变化，但可以看到人越变越年轻。"现在是逆时跟踪搜索，模式识别软件不可能根据您现在的形象识别和定位早年的您，它需要根据您随年龄逐渐变化的形象一步步追踪到那时。"

几分钟后，屏幕停止了闪动，显示出一个初生儿湿漉漉的脸蛋儿，产科护士刚刚把他从盘秤上取下来，这个小生命不哭不闹，睁着一双动人的小眼睛好奇地打量着这个世界。

"呵呵，这就是我了，母亲多次说过，我一生下来就睁开眼睛了。"首长微笑着说，他显然在故作轻松地掩盖自己心中的波澜，但这次很例外，他做得不太成功。

"您看这个，"白冰指着屏幕下方的一个功能条说，"这些按钮是对图像的焦距和角度进行调整的。这是时间滚动条，镜像软件将一直以您为键值进行显示。您如果想检索某个时间或事件，就如同在文字处理软件中查阅大文件时使用滚动条差不多，先用较大时间跨度走到大概的位置，再进行微调，借助于您熟悉的场景前后移动滚动条，一般总能找到的。这也类似于影碟的快进退操作，当然这张碟正常播放将需……"

"近五万小时吧。"首长替白冰算出来，然后接过鼠标，将图像的焦距拉开，显示出产床上的年轻母亲和整间病房。房间里摆放着那个年代式样朴素的床柜和灯，窗子是木制的，引起他注意的是墙上的一块橘红色光斑，"我出生时是傍晚，时间和现在差不多，这可能是最后一抹夕阳了。"

首长移动时间滚动条，画面又急剧闪动起来，时光在飞逝，他在一个画面上停住了。一盏从天花板上吊下的裸露的电灯照着一张小圆桌，桌旁，他那戴着眼镜衣着俭朴的母亲正在辅导四个孩子学习，还有一个更小的孩子，也就是三四岁，显然是他本人，正笨拙地捧着一个小木碗吃饭。"我母亲是小学教师，常常把学习差的学生带回家里来辅导，这样就不耽误从幼儿园接我了。"首长看了一会儿，一直看到幼年的自己不小心将木碗儿中的粥倒了一身，母亲赶紧起身拿毛巾擦时，才再次移动了时间滚动条。

时光又跳过了许多年，画面突然亮起了一片红光，好像是一个高炉的出钢口。几个穿着满是尘污的石棉工作服的人影在晃动，不时被炉口的火焰吞没又重现。首长指着其中的一个说："我父亲，一名炉前工。"

"可以把画面的角度调一下，调到正面。"白冰说着要从首长手中拿过鼠标，但被首长谢绝了。

"哦不不，这年厂里创高产加班，那时要家属去送饭，我去的。我第一次看到父亲工作，就是从这个角度，以后，他炉火前的这个背影一直在我脑子里印得很深。"

时光又随着滚动条的移动而飞逝，在一个晴朗的日子停止了。一面鲜红的队旗在蓝天的背景上飘扬，一个身穿白衣蓝裤的男孩子在仰视着它。一双手给男孩儿系上红领巾，孩子右手扬过头顶，激动地对世界宣布他时刻准备着，他的眼睛很清澈，如同那天如洗的碧空。

"我入队了，小学二年级。"

时光跳过，又一面旗帜出现了，是团旗，背景是一座烈士纪念碑。一小群少年对着团旗宣誓，他站在后排，眼睛仍像童年那样清澈，但多了几分热忱和渴望。

"我入团，初一。"

滚动条移动，他人生中的第三面红色旗帜出现了，这次是党旗。这好像是在一间很大的阶梯教室中，首长将焦距调向那六个宣誓的年轻人中的一个，让他的脸庞占满了画面。

"入党，大二。"首长指指画面，"你看看我的眼睛，能看出些什么？"

那双年轻的眼睛中，仍能看到童年的清澈、少年的热忱和渴望，但多了一些尚不成熟的睿智。

"我觉得，您……很真诚。"白冰看着那双眼睛说。

"说得对。直到那时，我的那个誓词还是真诚的。"首长说完，在眼睛上抹了一下，动作很轻微，没有被白冰注意到。

时间滚动条又移动了几年。这次移得太过了，经过几次微调，画面上出现了一条林荫道，他站在那里看着一位刚刚转身离去的姑娘。那姑娘回头看了他一眼，眼睛含着晶莹的泪，一副让人心动的冰清玉洁的样子，然后在两排高大的白杨间渐行渐远……白冰知趣地站起身想离开，但首长拦住了他。

"没关系，这是我最后一次见到她了。"说完，他放下了鼠标，目光离开了屏幕，"好了，谢谢，把机器关了吧。"

"您为什么不继续看呢？"

"值得回忆的就这么多了。"

"……我们可以找到现在的她，就是现在的，很容易！"

"不用了，时间不早了，你走吧。谢谢，真的谢谢。"

白冰走后，首长给保卫处打了个电话，让机关大院的哨兵到办公室来一下。很快，那名武警哨兵进来，敬礼。

"你是……哦，小杨吧？"

"首长记性真好。"

"我叫你上来，也没什么事，就是想告诉你，今天是我的生日。"

哨兵立刻变得手足无措起来，话也不会说了。

首长宽容地笑笑："向战士们问好，去吧。"在哨兵敬礼后转身离去之际，他像突然想起来似的说，"哦，把枪留下。"

哨兵愣了一下，还是抽出手枪，走过去小心地把它放在宽大的办公桌的一端，再次敬礼后走了出去。

首长拿起枪，取出弹夹，把子弹一颗颗地退出来，只留下一颗在弹夹里，再把弹夹推上枪。下一个拿到这枪的人可能是他的秘书，也可能是天黑后进来打扫的勤杂工，那时空枪总是安全些。

他把枪放到桌面上，把退出来的子弹在玻璃板上摆成一小圈，像生日蛋糕上的蜡烛。然后，他踱到窗前，看着城市尽头即将落下的夕阳，它在市郊的工业烟尘后变成一个深红色的圆盘，他觉得它像镜子。

他做的最后一件事，就是将自己胸前"为人民服务"的小标牌摘下来，轻轻地放到桌面上小幅国旗和党旗的基座上。

然后，他在办公桌旁坐下，静静地等候着最后一抹夕阳照进来。

未　来

当天夜里，宋诚来到气象模拟中心的主机房，找到了白冰，他正一个人静静地看着已经启动的超弦计算机的屏幕。

宋诚走过去拍拍他的肩说："小白，我已经向你的单位领导打了招呼，马上有一辆专车送你去北京。你把超弦计算机交给一位中央领导，听你汇报的除了这位领导，可能还有几名这方面的技术专家。由于这项技术非同寻常的性质，让人完全理解和相信可不是一件容易的事，你讲解和演示的时候要耐心……白冰，你怎么了？"

白冰没有转过身来，仍静坐在那里。屏幕上的镜像宇宙中，地球在太空中悬浮着，它的极地冰盖形状有些变化，海洋的颜色也由蓝转灰了些，但这些变化并不明显，宋诚是看不出来的。

"他是对的。"白冰说。

"什么？"

"首长是对的。"白冰说着，缓缓转身面对宋诚，他的双眼布满血丝。

"这是你思考了一天一夜的结果？"

"不，我完成了镜像的未来递归运算。"

"你是说……镜像能模拟未来了？！"

白冰无力地点点头："只能模拟很遥远的未来。我在昨天晚上想出了一种全新的算法，避开较近的未来，这样就避免了因得知未来而改变现实对因果链的破坏，使镜像直接跳到遥远未来。"

"那是什么时间？"

"三万五千年后。"

宋诚小心翼翼地问："那时的社会是什么样子？镜像在起作用吗？"

白冰摇摇头："那时没有镜像了，也没有社会了。人类文明消亡了。"

震惊使宋诚说不出话来。

屏幕上，视点急剧下降，在一座沙漠中的城市上空悬停。

"这就是我们的城市，是一座空城，已死去两千多年了。"

死城给人的第一印象是一个正方形的世界，所有的建筑都是标准的正立方体，且大小完全一样，这些建筑横竖都整齐地排列着，构成了一个标准的正方形城市。只有方格状的街道上不时扬起的黄色沙尘，才使人不至于将城市误认为是画在教科书上的抽象几何图形。

白冰移动视点，进入了一幢正立方体建筑内部的一个房间，里面的一切已经被漫长岁月积累的沙尘埋没了，在窗边，积沙呈斜坡升上去，已接上了窗台。沙中有几个鼓包，像是被埋住的家电和家具，从墙角伸出几根枯枝似的东西，那是已经大部锈蚀的金属衣帽架。白冰将图像的一部分拷贝下来，粘贴到处理软件中，去掉了上面厚厚的积沙，露出了锈蚀得只剩空架子的电视和冰箱，还有一张写字台样的桌子，桌上有一个已放倒的相框。白冰调整视点，使相框中的那张小照片占满了屏幕。

这是一张三口之家的合影，但照片上的三人外貌和衣着几乎完全一样，仅能从头发的长短看出男女，从身材的高低看出年龄。他们都穿着样式完全一样的类似于中山装的衣服，整齐而呆板，扣子都是一直扣到领口。宋诚仔细看了看，发现他们的容貌还是有差别的，之所以产生一样的感觉，是因为他们那完全一致的表情，一种麻木的平静，一种呆滞的庄严。

"我发现的所有照片和残存的影像资料上的人都是这样的表情，没有见过其他表情，更没有哭或笑的。"

宋诚惊恐地说："怎么会这样呢？你能查查留下来的历史资料吗？"

"查过了，我们以后的历史大略是这样的：镜像时代在五年后就开始了，在前二十年，镜像模拟只应用于司法部门，但已经对社会产生了实质性的影响，人类社会的形态发生了重大变化。以后，镜像渗透到社会生活的各个角落，历史上称为镜像纪元。在新纪元的头五个世纪，人类社会还是在缓慢发展之中。完全停滞的迹象最初出现在镜像 6 世纪中叶，首先停滞的是文化，由于人性已经像一汪清水般纯洁，没有什么可描写和表现的，文学首先消失了，接着是整个人类艺术都停滞和消失。接下来，科学和技术也陷入了彻底的停滞。这种进步停滞的状态持续了三万年，这段漫长的岁月，史称'光明的中世纪'。"

"以后呢？"

"以后就很简单了，地球资源耗尽，土地全部沙漠化，人类仍没有进行太空移民的技术能力，也没有能力开发新的资源，在五千年的时间里，一切都慢慢结束了……就是我们现在显示的这个时候，各大陆仍有人在生活，不过也没什么看头了。"

"哦——"宋诚发出了像首长那样长长的一声，过了很长时间，他才用发颤的声音问道，"那……我们该怎么办？我是说现在，销毁镜像吗？"

白冰抽出两根烟，递给宋诚一根，将自己的点着后深深地吸了一口，将白色的烟雾吐在屏幕上那三个呆滞的人像上："镜像我肯定要销毁，留到现在就是想让你看看这些。不过，现在我们干什么都无所谓了，有一点可以自我安慰，以后发生的一切与我们无关。"

"还有别人生成了镜像？"

"它的理论和技术都具备了，而根据超弦理论，创世参数的组合虽然数量巨大，但是有限的，不停试下去总能碰上那一组……三万多年后，直到文明的最后岁月，人们还在崇拜和感谢一个叫尼尔·克里斯托夫的人。"

"他是谁？"

"按历史记载，虔诚的基督教徒，物理学家，镜像模拟软件的创造者。"

镜像时代二

五个月后，普林斯顿大学宇宙学实验中心。

当灿烂的星海在五十块屏幕中的一块上出现时，在场的科学家和工程师都欢呼起来。这里放置着五台超弦计算机，每台中又设置了十台虚拟机，共有五十个创世模拟软件在日夜不停地运行，现在诞生的虚拟宇宙是第32961号。

只有一个中年男人不动声色。他浓眉大眼，气宇轩昂，胸前那枚银色的十字架在黑色的套衫上格外醒目。他默默地画了一个十字，问：

"万有引力常数？"

"六点六七乘十的负十一次方！"

"真空光速？"

"每秒二十九点九八万千米！"

"普朗克常数？"

"六点六二六！"

"电子电量？"

"一点六零二乘十的负十九次方库仑。"

"一加一？"

他庄重地吻了一下胸前的十字架。

"等于二。这是我们的宇宙，克里斯托夫博士！"

刘慈欣 / 文

刘慈欣，科幻作家，中国科幻领军人物。从 1999 年至今，已 9 次获得中国科幻银河奖。其作品宏伟大气、想象绚丽，成功地将极致的空灵和厚重的现实结合起来，同时注重表现科学的内涵和美感，深受广大"磁铁"喜爱。

太阳坠落之时

引　子

他们在太空中俯视地球。这不是最适合观察的距离，肉眼看不清三万五千八百公里之外地球的细节，可那颗嵌在观察窗中央的蔚蓝星球仍旧牢牢吸引着他们的视线。无论从什么角度观察，它都美得令人忘记呼吸，恍若一个闪烁光芒、具有魔力的蓝水晶球。

有人打破了无线电的静默。

"我突然想起了一首歌。"

第二个人立刻回应："我也是。*Boom De Yada*①，对不对？"

"啊，这首歌在电视上播放的时候我刚满五岁，就是它让我爱上太空的。"第三个人说。

第一个人提议："记得歌词吗？那我们从头开始。"

"附议。"

---

① 歌曲名 *I love the world*，2008 年 Discovery 频道宣传片主题歌。

"好的。"

清清嗓子，一个略显低沉的男声开口了："It never gets old, huh？"

"Nope。"另一个声音回答，"It kinda make you wanna … break into song？"

"Yep！"清亮的女声唱起了歌儿的旋律：

"I love the mountains,

"I love the clear blue skies, I love big bridges,

"I love when great whites fly,

"I love the whole world,

"And all its sights and sounds."

三个声音合唱："Boom De Yada！Boom De Yada！Boom De Yada！Boom De Yada！"

这段副歌重复了许多遍，直到他们笑得喘不过气来为止。

距离第一次发射：2 小时 45 分 30 秒
美国新墨西哥州奥特罗县，阿拉莫戈多市西南方六十英里，沙漠

一只暗黄色的沙漠角蜥从沙土中探出头来，用布满棘刺的皮肤感知初升太阳的温度。它要尽快提升自己的体温，然后开始一天之中最重要的捕猎。用不了多久，阳光就会将整片沙漠烤热，在体温过热之前，它必须完成狩猎，回到这棵五英尺高的牧豆树树荫下，用凉爽的沙子把自己掩埋起来。

它缓缓舒展四肢，钻过一蓬茂密的丝兰，向沙丘移动。沙丘的背面生长着一片梭梭树与红柳，树丛中有一窝蚂蚁——一窝美味的墨西哥蜜蚁。沙漠角蜥花了二十分钟攀上沙丘，站在一块岩石上稍作休息。太阳已经升得相当

高，沙漠开始蒸发出潮湿的热气，它的体温达到了最佳状态，随时准备进行捕猎，同时应付任何可能出现的危险。

角蜥张开下颌，用腮囊中的水滋润口腔，同时转动眼球观察四周。它的右侧视野中有一片银亮的色斑，在灰黄色的沙漠背景中显得颇不协调，但蜥蜴并没有浪费时间调节晶状体焦距，静止物体它一向视而不见。几秒钟后，它跃下石块向沙丘背面快速前进，转瞬间消失在那片红柳林中。

矗立在沙漠中的是一片低矮而庞大的建筑群，十英尺高的钢结构围墙覆盖着反射板，以建筑群中央的黑色基准点为圆心，十万块反射镜、光伏板、温差超导电池板组成复杂的几何形状，占地一点五公顷的设备整体安装在相位结构模块上，悬浮在地底的导电聚合物池中，可以通过聚合物的熔化与结晶度随时调整相位角度。最初的设计图并没有可移动结构，但随着工程的推进，这个基地变得越来越精密复杂，早已超出了建设者们最初的构想。

建筑物的大门口没有显著标识，只挂着两块钢制铭牌，上面分别刻着：

特里尼蒂[①]发射场遗址。1945 年 7 月 16 日，世界第一颗原子弹在此爆炸，人类大规模利用原子能的时代就此开始。

特里尼蒂 α 地面站，2055 年 4 月 26 日启用，人类即将迈向一个崭新的时代。试验日期（日期后面没有刻字，而是用黑色记号笔潦草地写着）：今天。

距离第一次发射：2 小时 42 分 25 秒

俄罗斯莫斯科市郊外，"星城"太空基地

夜色中飘着雪花，三辆黑色涂装的 BTR–100 轮式装甲运兵车发出低沉

---

① TRINITY，意为"三个，三合一"。

的怒吼，出现在夜幕中。

门卫闻声冲了出来，面对钢铁猛兽车顶杀气腾腾的三十毫米机关炮瞠目结舌，僵立当场，眼睁睁看着凶悍的装甲运兵车推积木一般撞开了俄罗斯联邦宇航局第一设计所宿舍区的大门。

装甲车停在9号楼门口，将两栋宿舍楼之间的通道堵死，身穿黑色作战服的士兵鱼贯跃出车厢，军靴踩乱了雪地上的车辙。

两个在楼下闲聊的男人被眼前发生的一幕吓呆了，他们在装甲运兵车雪亮的灯光中浑身僵直，用手遮挡住眼睛，大声喊："你们是谁？你们要做什么？"

冰凉的枪管触碰喉结，这两个男人的怒吼被扼在喉咙里面，手持AK–105短突击步枪的士兵沉声咆哮："闭嘴，转身跪下！"这并非命令或请求，而是一种预告。几秒后，两个男人就被推倒在路边，双手被一次性手铐锁紧，脸朝下栽进白雪覆盖的冬青丛中。

喊叫声和灯光引起了住户们的注意，许多人推开窗户向下望。9号楼与10号楼是联邦宇航局高级科研人员的宿舍楼，科学家们对噪声十分敏感。

壮硕剽悍的指挥官走下运兵车，确认战术终端中的行动等级——几分钟前，这次行动的自由度刚刚提升到A。他举起右手，简单地打了几个手势，两名士兵转动榴弹发射器的弹药选择盘，瞄准天空。

"砰……轰！轰！"两枚广域震撼弹在五十米高度爆炸，强烈的声与光瞬间将两栋楼宇间的缝隙填满，上百扇窗户同时出现裂纹。人们从窗前痛苦地栽倒，抱着头颅蜷缩起身体。雷鸣声在整个星城太空基地回荡，无数鸟儿振翅飞向夜空。

没有等待技术兵上前，指挥官就用卡拉什尼科夫自动步枪的三发点射代替钥匙，打开了宿舍楼的大门。一队士兵旋风般冲入大楼，向三楼的目标包抄前进，他们身上的自适应迷彩迅速改变颜色，光学纤维管编织成的织物表面变为墙壁般的浅灰。

三十秒后，幽灵般的士兵来到 3007B 房间门外，将切割爆破索贴在门框上。在一串噼啪轻响声中，屋门向外倾倒，激光指示器的红点立刻覆盖了屋子的每一个角落。

睡眼惺忪的老妇人坐在床上，手中举着伏特加瓶子。而起居室的地板上，一名东亚人模样的老人刚刚从震撼弹的巨大刺激中恢复，正用睡衣下摆擦拭红肿的眼睛。

"你被捕了！"一名士兵大吼道，走过去一拳将他打晕。

幽灵们从楼门口鱼贯而出，迷彩服恢复为黑色，两具失去知觉的人体被丢进装甲运兵车。车轮卷起雪花，装甲运兵车倒出通道，咆哮着冲出宿舍区大门。

指挥官在战术终端上提交了这次突袭的资料：两分零六秒。鉴于目标是毫无反击之力的科学家，这成果一点儿都不值得骄傲。

装甲车驶离五分钟后，一次性手铐自动解除，跪在雪里的两个男人狼狈地爬起来，其中一个人大吼："我看见他们的徽章了，是卢比扬卡①的 A 小组②！可恶，这和克格勃时代有什么分别？！"

另一个人喊道："被带走的是平·肖！肯定是天上的项目出问题了！"

由于震撼弹造成的暂时性耳聋，他们谁也不知道对方在喊些什么。

距离第一次发射：1 小时 30 分 33 秒

德国巴登 - 符腾堡州，康斯坦茨大学数学和自然科学院大讲堂

布兰登·巴塞罗缪博士平常讲课时都会关掉手机，但今天他忘了这件

---

① 俄罗斯莫斯科的卢比扬卡广场，FSB 所在地。

② 特别行动部队。

事情。手机开始振动的时候，他正在黑板上写下德裔犹太精神分析学家艾瑞克·弗洛姆的名言："因不得不超越自我之故，人类终极的选择，是创造或者毁灭，爱或者恨。"

此时已到了午饭时间，他名为《有关爱的行为动力学研究》的讲座还有五分之一的内容没来得及讲，巴塞罗缪博士难免有点儿焦急。他的额头微微出汗，用躲在眼镜后的目光偷偷观察学生们脸上的表情。手机开始振动，他手中的粉笔折断了，"见鬼！"他小声咒骂着，右手伸进裤兜握住手机，摸索着挂断通话。

旁边的讲师看到他脸上的异样，站起来替他解围："各位，经过学院的同意，巴塞罗缪博士的讲座将延长到下午两点。我们休息三十分钟，大家请先去用午餐，十二点三十五分讲座在此继续。"掌声响起，学生们收拾书本站了起来，布兰登·巴塞罗缪忙举手致礼，顺便把手机取出来，瞄了一眼屏幕。屏幕上显示的是"胡佛"。

博士戴上耳机走到教室的角落，接通了电话。骨传导耳机里响起一位女性的声音："巴塞罗缪博士，这是保密线路，局长要跟您通话。"

"当然。我这里安全。"六十四岁的前 FBI 行为分析师、行为分析部首席顾问摘下眼镜，整理了一下乱糟糟的花白胡子，把喉振动麦克风贴在颈部。

几秒后，联邦调查局局长的声音响起："布兰登，有大麻烦了。"

"什么样的麻烦？9·11 等级？"博士说。

"不，更大的麻烦。到最近的安全屋去，有人会告诉你详情。我在去白宫的路上，稍后联系。"局长停顿了一下，"你的大学……在吉斯山，最近的安全屋在斯图加特，来不及了。找间办公室，锁好门，用安全链接接入系统吧，一个外勤小组会尽快赶到你那里。靠你了，布兰登。"

"明白了。"

布兰登·巴塞罗缪花了十五分钟找到正在吃午餐的康斯坦茨大学校长，

说服对方准备一间设备完善、安全性高的办公室。他一进房间，就拔掉了所有电器的插头，用随身携带的小玩意儿检查每一面墙壁，开启信号干扰器，将电脑和手机连接起来，展开便携天线，通过通信卫星建立了安全链路。他做完这一切时，两名 FBI 的探员已经赶到，他们在房间外布下了警戒线。

博士戴上眼镜，登录了系统。NCAVC^{①} 主任的面孔出现在屏幕上，没有一句废话，语气急促地说："我会尽可能快地给你做简报，然后播放几段视频和直播画面，你需要根据其内容做出判断。这判断将影响白宫的决策，所以，必须百分之百准确。"

巴塞罗缪博士盯着屏幕上的脸回答："我负责的 BAU^{②} 的工作职能是支援联邦和州政府进行刑事犯罪调查，我猜你要说的事情不在这个范围之内。"

"不。"对方简洁地回答，"这属于 BAU 第一小组的业务范围'恐怖活动'，由我直接负责。但白宫需要你的专业知识，整个 NCAVC 找不出比你更可靠的人选。"

"我的意思是，别把匡提科^{③}的家伙们卷进来。我会做出判断，并承担责任。"

"我知道。心理侧写^{④}不需要团队合作，白宫需要的是你三十年的心理学和行为分析学经验，巴塞罗缪博士。"

"好，开始吧。"

博士拿出笔记簿和钢笔，坐正在桌前。

---

① 美国国家暴力犯罪分析中心。

② 行为分析部。

③ 美国维吉尼亚州匡提科 FBI 犯罪实验室，BAU 所在地。

④ 侧写指根据罪犯的行为方式推断出他的心理状态，从而分析出他的性格、生活环境、职业、成长背景等。

距离第一次发射：0 小时 25 分
德国巴登 – 符腾堡州，康斯坦茨大学办公室

巴塞罗缪博士写下最后一个关键词，放下钢笔，"我不太明白。"

"没有人明白，没有人。"NCAVC 主任在镜头前解开领带结，用手绢擦拭粗壮的脖颈，显得有点儿焦躁，"还有二十五分钟，我们要在二十五分钟之内做点儿什么。"

博士看着笔记簿上的几行字：

0 时，休斯敦收到来自特里尼蒂 α 的文字信息："变更预定计划，10 小时后进行自主试射。"2 小时，休斯敦将信息发送给白宫，因为特里尼蒂 α 中断了一切通信，并切断了远程控制通信链。

6.5 小时，总统召开远程会议，中俄空间发展联盟与 EuroNER[①] 分别确认与特里尼蒂 β 和特里尼蒂 γ 失去联系。

8.5 小时，特里尼蒂 α 开启视频通信窗口，发布了一段简短的视频。白宫与五角大楼成立应急政策小组，国土安全部将威胁预警等级提升至橙色。

9.5 小时，现在。

"特里尼蒂是美国、中国、俄罗斯、欧洲联合开发的天基太阳能发电项目，我看过新闻。"博士在纸上画了个三角形，"今天预定进行第一次对接试验，但出了点儿岔子，对吗？我要看那段通话视频。"

"视频很短，不过没时间让你多看几遍，博士。请仔细看。"视频画面由三个镜头拼合而成，每个镜头的背景都是相同的：明亮的银色舱室，闪烁的仪表灯光，从镜头下方的代码能够分辨，从左至右三个画面分别来自特里尼蒂项目的 α 、β 、γ 三个站点。

---

① 欧洲新能源共同体。

博士开启手边的平板电脑，快速翻阅 FBI 系统内特里尼蒂项目的相关资料。他跳过大段技术描述，找到了自己关心的章节：

"简述 – 章节 12-2：发射站的空间展开。

"经过 221 次发射，两年又 128 天的时间，特里尼蒂 α 空间站在低轨道组装完成。经过 3 次变轨，休斯敦宣布 α 站成功进入 35800 公里高的地球静止轨道，照射投影位于美国新墨西哥州阿拉莫戈多市西南 60 英里处。

"展开作业花费了 90 天时间，每展开一块反射镜都需要进行细微姿态调整。尽管空间站自重只有 1.3 万吨，但展开后面积超过 1000 万平方公里，超过人类历史上所有空间飞行器的投影面积总和。

"完全展开后的复合抛面集中器呈中国鼓腹瓷花瓶的形状，集中器通过姿态调整确保进光量，将阳光聚焦于球锥型谐振腔，经太阳光泵浦固体激光器转化为激光束传向地面接收站。由于外表面采用黑色涂装，发射站从地球角度很难观测，不过在夜间，当复合抛面集中器达到最大偏移角度时，可以观测到'花瓶'瓶口反射的弧形光带。

"特里尼蒂 α 空间站成功进行了低负荷启动和激光太空传输试验，俄罗斯与 EuroNER 负责装配的 β、γ 站在六个月后先后进入地球静止轨道。三个空间太阳能电站完全展开后，将与地面站进行激光 – 太阳能传输试验。

"α 站由 NASA 宇航员里克·威廉斯操作，地面站位于美国新墨西哥州阿拉莫戈多；β 站乘员为法国宇航员莫甘娜·科蒂，地面站位于阿尔及利亚阿德拉尔省提米蒙沙漠；γ 站乘员为俄罗斯籍华裔宇航员别列斯托夫·肖，地面站位于俄罗斯中西伯利亚高原的伊尔库茨克州。"

这时视频开始播放，巴塞罗缪博士抬起头，画面上出现三位宇航员的面孔，三个人各自简短地说了一句话。

α 站的美国宇航员长着一副标准的超级英雄面孔，亚麻色鬈发下是迷人的蓝灰色眼睛。他首先开口，用洪亮的声音说："我们是特里尼蒂的操作者，你好。"

β站的法国女性留着短短的金色寸头，身材瘦削，脸上有些雀斑。"我们在此宣布第一次发射将如约进行。"她的眼神并没有看镜头。

γ站的俄罗斯人端端正正地坐在镜头前，即使身在太空中，他也保持着军人的笔挺坐姿，中国血统明显的国字脸上架着一副老式玳瑁框眼镜。巴塞罗缪博士之所以能认出这种材质，是因为他那生于20世纪40年代的祖父有一副古老的玳瑁眼镜，那大约是第一次世界大战末期的产品了。"第一次发射后二十分钟，我们会开启实时通信。那么，再见。"俄罗斯人说。

视频结束了，总长度四十秒。

"他们想干什么？我只想问这个问题。不，是总统先生迫切需要一个答案。"NCAVC主任的脸占据了电脑屏幕，"告诉我，博士，他们是恐怖分子，还是别的什么人？"

博士犹豫了一下，说："这不是侧写的领域，其他的心理专家可能更擅长从动作和语言中捕捉动机，找出他们隐藏的语义。而我……"

"不不不，没有什么心理专家，所有的外包项目都被保密协议排除在外。你还没理解到事情的严重性。"画面中的人神经质地搓着粗脖子，"说什么都好，告诉我一些事情，让我去应付局长、白宫幕僚团和国防部，什么都好。"

"我需要更多资料。"

"特里尼蒂宇航员培训项目中，使用了FBI标准心理测试题，三人的卷宗已经上传至临时数据库了。另外，个人资料页也更新完毕，我们的技术员挖掘到一些简历上没写的东西，你可能会感兴趣。"

"好。"

"在此之前，说点儿什么，快。没时间了。"

巴塞罗缪博士扫了一眼屏幕上的文件，眼神落在三个人的头像上面，"仅凭这些信息我没法得出结论，但我能告诉你一件事情，伙计。无论这些人想干什么，他们是认真的，比基地组织的自杀炸弹预告还要认真一千倍。"

FBI 官员瞪大灰蓝色眼睛，白衬衫衣领出现了明显的汗迹。几秒钟后，他点点头，抓起电话，"这就够了……接线员，给我接白宫。"

博士抓紧时间追问："告诉我，他们能用特里尼蒂太空站做什么？我看不太懂技术参数。"

对方用粗脖颈和肩膀夹住电话机，右手指着左手腕上的爱彼皇家橡树自动表，做了个秒针旋转的手势，随即切断了视频。巴塞罗缪博士在屏幕右下角发现了一个红色的倒计时数字，那是技术员根据对方声明的"发射时间"而设定的。

时间还剩一分三十秒。

距离第一次发射：0 小时 1 分 30 秒
阿尔及利亚阿德拉尔省，提米蒙绿洲

这是一个尘土飞扬的沙漠小镇。一个有着八百年历史的地下淡水湖滋养着这片撒哈拉沙漠中的绿洲，从阿尔及利亚北部山区迁徙而来的人们聚集在这里，种植椰枣树，筑起红色砂岩的城堡，至今仍有上千人居住在奥斯曼帝国时期建立的古城之中。三十年前这里更加兴旺，但随着塔曼拉塞特省优质天然气田的发现，阿德拉尔省所有绿洲城市的居民便朝圣般涌向相邻省份，留下不愿迁徙的人们守着旧城和每年春季准时到来的沙尘暴。

三年前，一帮法国人出现在提米蒙绿洲，开着丰田越野车进入沙漠，用激光指示仪圈定了一大块土地。随后，浩大的工程开始了，无数覆盖着银白色反光膜的设备装满轮船，从马赛、直布罗陀、热那亚和巴伦西亚运往阿尔及尔，又被集装箱卡车送至提米蒙。没人知道法国人在修建什么，但工作机

会和崭新的欧元钞票是真实的，全镇的男人都被雇了，尤其是文化程度较高的青年人。

"今天爸爸为什么没有按时上班？"七岁的查奥·阿克宁站在屋顶用玩具望远镜眺望远方，然后抬头问自己的母亲。

"因为今天是发射的日子。"他的母亲一边晾晒衣服，一边回答，"所有人都不能进入基地，他们去山上的观察点了。"

"可爸爸是朝基地的方向走的，我看见他的摩托车向那边开。"小阿克宁指着风沙遮蔽的西方说。

"因为他是爸爸。我们只要等他回来吃晚饭就好了。"母亲回答道，"去洗洗手，吃块哈尔瓦①，多蘸些蜂蜜，记得刷牙。不过，电视只能看半小时。困了的话，你就先睡一会儿。"

"我要午睡的话，你会给我唱摇篮曲吗？"

"我不会唱你说的摇篮曲，查尼②。以后别再问这个问题啦。"

"好的，妈妈。"在跑下楼梯之前，查奥四处望了一圈，他们的二层小楼位于提米蒙新城的边缘地带，从这里能清楚地看到五公里外的那座赭红色砂岩的小山丘，山上搭起一片蓝色的遮阳棚，应该就是妈妈所说的观察点；而西方荒凉沙漠的深处，那条两车道水泥路的尽头，就是整个提米蒙新城居民赖以为生的基地所在。那个基地远在六十公里之外，根本看不到基地闪亮的银色围墙，可查奥知道父亲正在去往那个地方。当所有人都撤离的时候，只有他骑着摩托车绕过城市进入沙漠，父亲想要做什么？小查奥想不出答案，这事一直困扰着他，以至于在哈尔瓦点心上浇了太多的蜂蜜，吃起来甜得吓人。

---

① 阿拉伯点心。

② 查奥的昵称。

距离第一次发射：0 小时 0 分 20 秒
地球静止轨道，特里尼蒂 α 太空站控制室

如果将特里尼蒂太空站视作一只巨大的花瓶，控制室就是花瓶底座侧面的一个小突起，在以上千公里为计量尺度的太空站的衬托下，直径十五米的圆柱形控制室渺小得微不足道。太空站分为两个主要部分：喇叭口的复合抛面集中器依靠一万二千个姿态调整喷射口转移角度，始终对准太阳方向；而光泵浦激光器与控制室的部分则同时进行反推，保持发射器与地面站的同步。

从控制室的角度来看，地球是嵌在脚底下那块舷窗中的蓝色圆球。虽然身处太空，没必要遵循地球引力方向，不过里克·威廉斯还是习惯性地将面向地球的窗户称作"下方"，抛面集中器的方向为"上方"。

"所以说，睡觉的时候得找到正确的方向才行，你们没有这样的习惯吗？比如说，头朝巴黎或者莫斯科什么的……"他对其他两位特里尼蒂宇航员说。

"没有。"戴着老式眼镜的俄罗斯人简短地回答。

莫甘娜·科蒂没有说话。她在空中盘膝打坐，轻轻触碰舱壁让自己原地旋转起来。她一直以这样的方式来消除紧张感。

"哦……还有十秒，坐标已经校准过了，我的摄像头开着，不过目标地点上空云层很厚，恐怕没法取得清晰的图像。"美国人用小手指勾着挂钩将自己拉到控制台前，触摸屏幕上的按钮，"集中器角度没问题，遮光板开启，介质棒状态 OK，功率 35%，照射时间一分钟。那么，我要按下启动键了，各位。"

"你已经迟了五秒。"别列斯托夫·肖说。

里克露出灿烂的微笑，对镜头竖起大拇指，"守时是重要的品德，可谁

又能挡得住意外发生呢？延迟十秒，预备……发射。"

肖沉默着，莫甘娜停止旋转，闭上眼睛，说："阿门。"

千万平方公里的阳光汇入四百米直径的谐振腔，在掺钕钇铝石榴石晶体棒的激励下，光子向高能级跃迁，点亮了万亿千瓦超级太阳能电站的能量之火。这并非人类历史上创造出的最强激光，但与实验室中以毫秒为单位发生的超高能激光脉冲不同，特里尼蒂创造的是地球与太空的激光通路，一条传输着庞大能量的、无比稳定的激光电缆。

——如果激光照射点是 α 地面站的话。

三个人通过特里尼蒂 α 站的摄像头注视着遥远的地球，注视着蔚蓝的海洋、宁静的大陆和舒卷的云团，注视着那一束激光照射的地方。一切似无改变，但每个人都知道，世界更新的时刻已经来临。

悄无声息，无法观测，激光在零点一二秒之后到达地球，在电离层边缘留下一圈五彩斑斓的浮光。波长一千零五十纳米的近红外激光贯穿大气层，将空气、云层和尘埃电离，粉红色等离子光团在水蒸气形成的云柱中若隐若现，勾勒出无形巨柱的轮廓。

仿佛神迹降临。

第一次发射
美国新墨西哥州奥特罗县，阿拉莫戈多市西南方六十英里，沙漠

日头已经升得太高，沙漠角蜥还没能吃饱。即使在红柳的遮蔽下，这片沙地也正逐渐变得滚烫，它决定放弃狩猎，回到自己的栖息地，在凉爽的石缝里度过漫长而灼热的白天，耐心等待傍晚到来。

沙漠角蜥吞吃了几片草叶以补充水分，接着飞快地爬上山坡。这时候，

某种不祥的征兆出现了，它的棘刺之间有静电火花噼啪作响，空气正急速湿润起来。这显然是反常的，不需要多高的智力，它会用本能判断出静电与湿度之间的对应关系。

角蜥停在一块岩石上，转头观察那片银白色的建筑，那里很安静，什么事情都没发生。危险来自遥远的地方，它转动眼球，注视着六十英里外的天空。天空变得漆黑，仿佛整片沙漠的乌云正向那里聚集，太阳的光芒暗淡了，异常的光和热从彼方缓缓膨胀。

沙漠角蜥跳下岩石，疯狂地向隐蔽处狂奔。

阿拉莫戈多市是一座有着三万人口的小镇，以旅游观光、疗养院和导弹基地而闻名。特里尼蒂项目启动后，阿拉莫戈多作为地面站工作人员的居住地而保持着活力。试验前夕，以地面站为中心七十英里半径内的人口被逐渐疏散，阿拉莫戈多被清空了，数十台传感器安装在城市各个角落，用以记录激光输电对周边环境可能造成的不利影响。

所有的传感器在同一时间停止工作。直径一百五十米的激光光斑击中了小镇中心，仿佛一千个太阳坠落，光芒化为灼热的冲击波在整个小镇掀起火海！上千栋房屋在一瞬间同时爆燃，火龙缠绕着无形的激光柱盘旋而上，升入五百米的高空。照射中心的地面不断塌陷，水泥和沥青气化燃烧，光斑核心温度迅速提升至上万度，激光蒸发了钢铁、土壤、地下水与岩石，随即将所有物质化为等离子体。燃烧的小镇开始向内坍缩，如同一颗在日光暴晒下很快干瘪的葡萄。

夹杂着尘埃的热蒸气伴随火焰升高，在热圈的外围凝聚，紧接着下起一场黑色的暴雨。冒火的建筑在雨中发出呻吟，房屋、街道、汽车、树木、残存的阿拉莫戈多市遗骸扭曲着向中心流动，热冲击波如推土机一样制造出岩浆的波浪，由内而外扩散。

突然间，光柱消失了。火龙在翻卷呼啸，黑云在雨中缓缓升起，原本被称作阿拉莫戈多市的地方，化为一片火海。短短六十秒的激光照射，释放了相当于七千二百吨 TNT 炸药的惊人能量，如一枚打击精准无比、因直接作用于地面而效率成倍提高的战术核武器，将阿拉莫戈多市从地图上彻底抹去。

同激光钻井的原理一样，激光束的强大热冲击使地层材质粉碎为细小颗粒，照射点中心的碎粒蒸发、熔化，边缘位置的岩粒则被热蒸气吹上百米高空，化为滚烫的黑色尘暴。赤红岩浆倒灌倾泻而入，一个超过百米直径、深达五十米的巨坑出现了，坑底蓄满熔岩。这炽热的岩浆湖需要几个月的时间才能彻底冷却，漫长的时间过后，这里会成为一个光滑的墨绿色玄武岩深坑，在雨季中蓄满水，变成一个漂亮的新生湖泊。

然而现在，这里是下着黑雨的灼热地狱。

一切只花了六十秒时间。

第一次发射
德国巴登－符腾堡州，康斯坦茨大学办公室

布兰登·巴塞罗缪感觉到某些事情正在发生。屏幕上的倒计时已经归零，保密终端没有更新信息，老人等待了十分钟，忍不住点击鼠标接通匡提科的分析师，发出询问："究竟发生了什么？告诉我。"

没有回应。

他抓起手机准备拨给 FBI 总部，这时计算机发出嘀嘀的蜂鸣声，红色的倒计时数字重置为十小时。屏幕被锁死了，一行文字浮现："准备接入白宫紧急会议，安全协议生效。"博士站起身来望向窗外，发现整栋楼的教师与学生正在被有序疏散，一架洛克希德·马丁公司制造的电子干扰无人机悄无

声息地悬浮在树梢，为办公室窗户覆盖反激光窃听的不可见光屏障。手机失去信号，灯光忽明忽暗，大楼某处响起低沉的柴油发电机运转声，技术人员已经切断楼体与外界的强、弱电联系，制造出信息世界中的绝对孤岛。

随着 Milstar 军事卫星天线架设完毕，横跨大西洋的保密线路接通了，屏幕锁定解除，一个视频窗口弹了出来，出现在镜头前的是美国总统国家安全事务助理，一位表情自命不凡的爱尔兰人后裔。"请落座，先生们。"他说，"现在切换至会议模式，总统先生将主持这次紧急反恐会议。"

巴塞罗缪博士整理了一下衣领，坐在桌前。虚拟圆桌在屏幕上展开，美国举足轻重的大人物们依次入座，博士看到 FBI 局长与 NCAVC 主任肩并肩坐在橡木桌前，背景看起来是白宫西翼地下的战略情报室。国务卿、国防部长与国土安全部长坐在长桌的另一侧，总统背后的情报屏幕快速滚动着数据，在 LED 屏幕冷光的映衬下，这位四十九岁的美印混血总统面色阴冷，如同刚刚出土的耆那教石雕。

"十七分钟前，美国遭到了'9·11'事件以来最严重的一起恐怖袭击——不，是二次世界大战以来美国本土遭遇的最大规模袭击。"总统嘴边的法令纹如刀锋般深刻，"看视频。"

一个静谧的小镇出现在屏幕上，几秒后，它如乐高玩具般崩坏了，火焰升起，大地沸腾，架在山上的望远镜头在热风中剧烈震荡起来。冲击波吹起飞石，镜头倒下了，最后一个画面是指向天空的黑红色云柱，爆炸云逐渐舒卷，如一个漆黑的微笑。

"攻击来自特里尼蒂 α 空间站。没错，那个花费了万亿美元的新能源项目，我们头顶上的太阳能发电站。"总统说，"没有人员伤亡，他们攻击的是被疏散的市镇，这是一次该死的示威，先生们。"

"……以及女士们。"国防部副部长补充道。她在会议系统中发布了一则简报，"激光照射持续了一分钟时间，按照初步估算，其威力与 W79mark-

II 五千吨级战术增程核炮弹相仿。一枚核弹毁灭了城市，就像 1945 年 8 月 6 日的广岛，不同的是，这次我们是被轰炸的一方。"

安全事务助理点亮话筒，"总统先生，与特里尼蒂公司高层依然无法取得联络，他们的技术部门声称被三个特里尼蒂空间站单方面切断的通信与远程控制功能是无法恢复的，只能等待对方主动联络。另外这次发射……并非全功率运行。"

总统揉着眉心，"给我数据。"

"数据还未上传。他们似乎有所隐瞒。"

"看来必须做些什么。"

"是的，总统先生，我们的行动组已经进驻特里尼蒂公司的波士顿总部……"

"闭嘴！联络时间到了。"总统低喝道，"FBI 的心理专家在场吗？"

巴塞罗缪博士按下话筒，回复："我是 BAU 的行为分析学顾问，先生。"

"很好。我跟他们对话，你告诉我这些兔崽子究竟想要什么，必要的时候，我会拉你加入对谈。"

视频窗口展开，一片漆黑。沉默在蔓延，喘息声清晰可闻，博士能嗅到空气中有迷惑、不安、愤怒和恐惧的味道。这些大人物如同刚刚被郊狼袭击的羊群，丧失了行动的能力，呆滞地矗立在血腥味的夜色中。美国已经和平太久了，从诺曼底、朝鲜、越南到伊拉克、伊朗和阿富汗，美国人只习惯于把炸弹砸在别人头上。博士做了个深呼吸，大口喝下冷掉的咖啡。

第一位宇航员出现在屏幕中，接着是第二位、第三位。俄罗斯人，美国人，法国人。男人，男人和女人。戴眼镜的人，不戴眼镜的人。强壮的人，中等身材的人。黑发的人，金发的人。布兰登·巴塞罗缪紧盯画面，捕捉对方每一个微小的动作细节，试图找出三个人之间的某种关键联系。

这时，俄罗斯人首先开口了。

"是总统先生吗？你好。"左手推一推玳瑁框眼镜，别列斯托夫·肖微微点头致意，"来自特里尼蒂 γ 空间站的问候，先生。"

"我就算了。没心情。"金发的法国宇航员挥了挥手，闭着双眼，继续在空中盘膝慢慢旋转。

美国宇航员笑了起来，露出洁白整齐的牙齿，他敬了个似是而非的军礼，说道："特里尼蒂 α 站的里克·威廉斯向您报到。这儿很高，空气不错，要是循环装置里没有尿骚味就更好了，先生。"

总统的表情显得非常平静，"如果说错的话请打断我。二十分钟前发生在阿拉莫戈多的事情，应该并非误射，你们在与美利坚合众国正面为敌。一位美国公民，NASA 宇航员，美国海军陆战队第一陆战步兵师上尉连长的儿子，你背叛了自己的国家和父辈。小威廉斯先生，我对你感到非常失望。"

"啊，对不起，愿他老人家能够安息。"美国人轻快地回应道，"那么说说正事儿吧。刚才只是温和地说出'你好'而已，我本来想毁掉大一点儿的城市，比如罗斯维尔或者拉斯克鲁塞斯①。但我的中俄混血兄弟是个仁慈的家伙，他告诉我，《三国演义》里有句话叫作'先礼后兵'，打招呼的时候要带着微笑才行。瞧，没人死去，皆大欢喜。"

"你们代表谁？"总统双手交握撑起下巴，用阴沉的深灰色眼睛盯着三万六千公里外的男人。

莫甘娜背对镜头，线条柔和的肩膀起伏不停。里克·威廉斯摆摆手说："看来你们还是没搞明白。我们不代表谁，我们是特里尼蒂，三位一体。我们代表我们自己，总统先生。"

"那让我换个说法……你们想要什么？"总统说。

---

① 均为新墨西哥州城市。

"很好。"美国宇航员正色道，"九小时四十分之后我们会进行第二次发射，发射功率和照射时间都会增加，你能想象到那会产生什么结果。我们要求美国政府说服其他理事国申请召开联合国紧急特别会议，特里尼蒂将列席会议，十个小时的时间用来筹备会议，我想足够了。如果紧急特别会议如期召开，我们将延缓第二次发射，否则，高能激光会命中一座小型城市，杀死城市中的所有人，以及所有鸟类、啮齿类和昆虫，对不起，还有猫和狗。我们不会提前告知将攻击哪座城市，也不接受其他任何形式的妥协。"

沉默降临。

巴塞罗缪博士观察着三位宇航员的表情与动作，在笔记本上记录着什么。没有人说话，屏幕上的总统足足静默了一分钟，特里尼蒂的宇航员们也默契地保持安静，似乎想给地球上的人们一点儿反应时间。

"十小时后，美国大部分地区将进入夜晚，你们没法发动攻击！"这时副总统忍不住开口。

肖推一推玳瑁框眼镜，做出回答："第一，特里尼蒂空间站位于三万六千公里高的地球静止轨道，若具有基本的中学物理知识，你就会发现我们受到地球阴影遮挡的概率微乎其微，白天和夜晚，对太阳能抛面集中器的性能没有影响；第二，这次发射的目标选择不限于美国本土，我们的激光照射范围覆盖地球上 85% 的陆地面积，换言之，将覆盖 99% 的人类聚居区域。"

"所以，这不是针对美国的恐怖主义行动……你们想要更多。"总统的声音很低沉，"召开联合国大会是异想天开的想法，就算以大规模恐怖袭击作为威胁……"

里克·威廉斯打断了他，"联合国大会第 A/RES/377(V) 号决议，安全理事会遇似有威胁和平、破坏和平或侵略行为发生之时，如因常任理事国未能一致同意，而不能行使其维持国际和平及安全之主要责任，则大会应立即考虑此事，俾得向会员国提出集体办法之妥当建议；倘系破坏和平或侵略行为，并得建议于必要时使用武力，以维持或恢复国际和平与安全。当时如属闭幕期间，大会得于接获请求后二十四小时内举行紧急特别届会。紧急特别届会之召集应由安全理事会依任何七理事国之表决请求为之，或由联合国过半数会员国请求为之——七个理事国，听起来没那么难。"

总统猛然推开椅子站了起来，"美国不接受任何恐怖分子的威胁！我要结束通话，这场闹剧到此为止！"

威廉斯微笑道："火种已经点燃，你没法阻止火焰蔓延，总统先生。美国政府对新闻媒体的控制是徒劳的，无数人早已从社交网络上看到了阿拉莫戈多毁灭的景象，我们安置的信息炸弹在发射的同时引爆，特里尼蒂项目的真实资料将逐步泄露至互联网。这个世界已经知晓我们的名字，现在，他们会意识到我们的力量。你们必须接受要求，因为那是全球性恐慌唯一的抑制剂，没错，这是一个新时代的起始，这是风暴的开端，先生们！"

"我讨厌你用百老汇腔说话。"旋转着的莫甘娜说。

"特别紧急大会召开时，请在有线电视网发布正式新闻，我们会看的。"肖说，"当然，如果你们进行无线电屏蔽的话，别忘了在联合国总部大楼楼顶摆一个二维码，我会让一个摄像头对准曼哈顿的。那么，再见。"

三位宇航员依序消失，画面重归黑暗。

视频会议立刻出现了二十四个声音。所有人都在叫嚷，语音系统自动进入讨论模式，耳机里充满咒骂声和催促声，直到总统按下最高优先级的按钮，将其他人全部静音。"闭嘴！"他吼叫着，以盖过战略情报室里嘈杂的噪声，"闭嘴！……闭嘴！"重复了三遍，总统才喘息着坐下来，用灰色眼睛扫视所有参会者，"我宣布重新启动'太空怒火'计划。接入空军太空司令部，我要彼得森空军基地在十分钟内完成预备部署，给出详细作战方案。提高威胁预警等级，必要的时候，我会宣布美国本土进入战争状态——这是一场狗娘养的战争！先生们，做你们该做的事情，十分钟后向我汇报。会议到此结束。"

"是的，总统先生。"

巴塞罗缪博士用鼠标点击结束视频对话的按钮，发觉掌心滑腻腻的全是汗水。这时，一个独立对话界面弹出，画面上总统慢慢抬起头，问："巴塞罗缪博士，FBI 对你的评价非常高。现在告诉我，这些人是疯子、妄想狂还是新纳粹？"

博士谨慎地回答道："我正在看他们的心理测试答卷，仅从刚才的对话来看，他们不是反社会型人格障碍者，行动并非偶然动机和偶发情绪驱使的——话说回来，具有严重人格缺陷的也不可能通过 NASA 的筛选，先生。"

"废话。"美国总统揉搓眉心，"我现在没空听废话，博士。"

"我的观点没有变，他们的意志非常坚决。你可以赌博，但要做好一败涂地的心理准备，总统先生。"

"我父亲在加尔各答暴乱时被砍成肉酱，母亲吸毒过量死在布鲁克林的小巷里，我十二岁时因为洗涤工厂的劣质洗涤剂丧失了视力，六年前我在大选中失败，因急性酒精中毒被送入医院切除了胰脏和半个肝，只有上帝知道我一滴酒都没喝。可我还坐在这里，博士。我是美利坚合众国总统，我知道自己在干什么。"抚摸着自己灰色的眼球，高踞长桌顶端的男人说。

距离第二次发射 9 小时 29 分 0 秒

俄罗斯莫斯科市卢比扬卡广场 2 号楼，地下 8 层

肖平和他的俄罗斯老伴惴惴不安地坐在沙发上。红色皮沙发，盖着白色绣花沙发巾，茶几上放着瓷茶壶，红漆的柜子，柜子上有俗气的金色花边装饰。从走出电梯门的那一刻起，他们就有种错乱的感觉——楼道挑高的房顶、红色油漆地板和褪色的护墙板已经多少年没见过了？赫鲁晓夫时期的旧建筑就是这副模样，脚踩在水泥地板上还会发出空洞的回声，可这明明是早已进入21世纪的莫斯科啊。

他们被士兵们送到这里，一位戴口罩的女医生为他们检查了眼睛和耳鼓膜，给他们递了眼药水，然后端着药盘离开。肖平不知道自己身处何处，只能隐约猜到事情跟儿子有关。老妇人投来惊恐的目光，肖平把她的手紧紧攥住，"别怕，阿佳塔，这一定是一场误会。"

这时门锁突然咔嗒一响，两位老人同时站了起来。一个身穿白衬衣、深蓝色西装外套和黑皮鞋的斯拉夫男人出现在门口，"肖先生，斯托罗尼克娃女士，请坐。"他的脸上有一道相当惊人的伤疤，看起来曾有一颗子弹穿过他的腮部然后从鼻翼位置射出，在嘴角留下了深深的伤痕，使他即使在面无表情的时候都像是在微笑。

"伊万。"没等肖平开口询问，来人指指自己的胸口，"FSB[①]。"

肖平的耳朵仍在嗡嗡响，他不知不觉提高了音量："我是俄罗斯航天功勋科学家，即使 FSB 也不能非法逮捕我！"

伊万瞟了他一眼，眼神中不带任何感情。他自顾自开口："平·肖，原籍中国山东泰安，火箭专家，二十七岁由中国国家航天局派遣来到俄罗斯参加质子 P2 火箭研发工作，后成为中俄空间发展联盟驻俄罗斯特派员，三十四岁与俄罗斯人阿佳塔·斯托罗尼克娃结婚，四十二岁加入俄罗斯国籍。"

"……对。"肖平坐直身体，"我爱中国，也热爱俄罗斯的大地。我选择留在这儿。"

"你们只有一个儿子，别列斯托夫·肖，中文名叫作肖，出生于莫斯科国立谢东诺夫医院，今年三十九岁。"

---

① 俄罗斯联邦国家安全局。

"不对，他……"

"我是说，离三十九岁生日还差两天。"

"对。"

"新西伯利亚国立大学毕业，功勋宇航员，中俄空间发展联盟首席太空人，远东特里尼蒂项目第一顺位操作者。未婚。"

"对。"

"韦氏智力测试得分 145。心理评估等级优秀，评语是'非常冷静，具判断力'。"

"对。"

"但他并非你们的亲生儿子。"

肖平感到阿佳塔的手颤抖起来。他望着对面的男人，伊万露出毫无表情的笑容。"对。"肖平低下头，"这件事很少有人知道……有一天我出门办事，看见路边的树上停着好多乌鸦，我过去一看，在树杈中间发现一个布包，孩子就在里面睡着。我和阿佳塔有生育困难，一直没有孩子，于是我就将他抱回家当亲儿子养。因为收养手续有问题，我找到谢东诺夫医学院的朋友办理了出生证明。他长得虽然不像我，但很巧也是亚美人种，一般人不太能分辨出来……对我来说，他就是我的亲儿子。"

"别列斯托夫自己知道吗？"

肖平犹豫了一下，"可能知道，这小子很聪明。不过他没挑明，我们自然也就不提。"

伊万的灰蓝眼睛眨也不眨，"他背叛俄罗斯的事情，同美国和中国有关吗？"

"……什么？"

两位老人同时愣住了。没给他们反应时间，伊万说："特里尼蒂项目失控了，他和两名外国宇航员拒绝接受地面指令，发出恐怖威胁，现在 FSB

需要别列斯托夫个人电脑里的数据，他设下了复杂的 SHA-3 密码，暴力破解要花去很多时间，所以，现在需要你协助。"

肖平的嘴唇颤抖着，"我不知道什么密码。那孩子不可能做出背叛国家的事情！他出生在俄罗斯，身上没有一点儿我的中国血统，他是个爱国的俄罗斯联邦公民！虽然他平常话不多，不出任务的时候喜欢一个人闷着，可是绝对不会做坏事！我以父亲的名义发誓！"

"不。"伊万淡淡地回应，"你在说谎。他的住宅在你们住宅的正下方，FSB 的特工在你卧室地板上发现了钻孔和布线的痕迹，你最近一批试验材料里有定向拾音设备、微型摄像头、光缆和防探测装置。如果没猜错的话，你早已发现儿子叛国的事实，于是偷偷在屋里监视他！别列斯托夫的住宅有着完善的反侦测措施，比克里姆林宫的会议室还要严密，可他没想到自己的父亲早就在日光灯灯罩里布下了探头。"

阿佳塔的脸色变得煞白，她抽出手来盯着肖平。一滴汗水沿着老人的鼻翼滑落，肖平慌乱地说道："不不，一次航天任务结束返回地面后，我发现他有点儿不正常，于是决定偷偷观察他一下，后来发现他没事，我就把数据全部销毁了。"

伊万掏出一包寿百年香烟，用一次性打火机点燃，神情木然地盯着他。

肖平提高声音："他是无辜的，你们搞错了！"

"密码只有二十四位，就算是旧密码也没关系，我们能根据密匙找出编码规律，缩减计算范围。你有一分钟时间。"伊万吐出一个烟圈，因为嘴角残缺，烟圈的形状并不好看。

"我不知道什么密码。"肖平倔强地梗着脖子。

突然间，伊万的电话响了。楼道里传来无数嘈杂的电子合成音，那是数十台手机同时响起，所有人的电话被同一个号码拨通的缘故。伊万接通电话听了几秒，摇了摇头，站起来，"没有时间了。把他们带过来。"

距离第二次发射 8 小时 20 分 20 秒
阿尔及利亚阿德拉尔省，提米蒙绿洲

七岁的查奥·阿克宁看完一集动画片，瞧瞧窗外，太阳还没落山。他在地毯上躺了一会儿，把最后一块哈尔瓦点心掰成两半，浇上蜂蜜，吃掉一块，端着另一半走上楼梯。

平坦的楼顶晾晒着彩色条纹床单和爸爸的白色长袍，查奥钻过散发着清香味道的衣服，看到妈妈站在矮墙旁边，用他的玩具望远镜眺望远方。"妈妈！"他跑过去抱住母亲的腰，"爸爸快回家了吗？我们晚餐吃什么？"

"番茄炖羊肉好吗？"妈妈微笑着回应，从他的小托盘里拈起点心，咬了一小口，再将剩下的塞进查奥嘴里，"如果爸爸不回来的话，我们就去找他，在基地那家摩洛哥餐厅吃番茄炖羊肉，再给你来一大杯你最爱吃的巧克力香草冰激凌。"

"好啊好啊！"孩子笑着，"今天所有人都没去基地，我们偷偷过去可以吗？"

妈妈点点头，"我在等爸爸的电话，他一打电话来，我们就开车去基地。"

"那爸爸什么时候打电话来呢？"

"你瞧。"

妈妈把望远镜递给他，指向西边那座赭红色砂岩的山，山顶那些蓝色遮雨棚下面空空荡荡。"那些观看发射的人已经下山了，他们会回到城里来，到公司总部大楼去开会。爸爸就快打电话来了，因为这个时候基地空无一人，也没人会注意我们离开提米蒙新城。"她说。

"为什么大家要回城来呢？"查奥看到许多车子正从山那边驶向城市，临时道路上扬起金红色的烟尘。

"因为发射取消了呀。疏散命令还没有撤销，他们不能到基地去。"

"为什么发射取消了呢？"

"因为……爸爸会告诉你的。"电话响了起来，妈妈接通电话，听了几分钟，冲小查奥点点头，"好了，出发！"

"耶！巧克力香草冰激凌！"孩子跳跃起来，一溜烟冲下楼梯，将亚麻外套披在身上，挎好帆布包，换上皮凉鞋。门外停着的雪铁龙电动汽车已经提前开启空调，电发热装置吹出轻柔的暖风，妈妈拉开车门让查奥坐在副驾驶位置，替他系好安全带，"先睡一会儿吧，到了我就叫你。"

"我不困！我会替妈妈指路的，我认识去基地的路……再说你也不给我唱摇篮曲。"尽管小查奥如此保证，车子刚一驶上平坦的 N51 公路，他就在暖风和玛莲·法莫①的歌声中沉沉睡去了。

一觉醒来，窗外已经一片漆黑，白色 LED 车灯劈开夜色，前方能隐约看见基地信号塔的红色闪光。

"咣当！"雪铁龙碾过什么东西，高高地弹起来，又重重落地，彻底驱走了查奥的睡意。他打了个呵欠，扒着座位向后望，"妈妈，是不是撞到兔子或者沙鼠了？"

妈妈的声音显得有点儿严厉，"别乱看，好好坐着！"

查奥缩起身子，偷偷观察外面。车灯光柱的边缘出现了两截黑漆漆的东西，查奥以为那是有人丢弃在路上的木头或者沙袋。妈妈猛烈转动方向盘，轮胎发出吱吱的呻吟声，车轮画出 S 形曲线躲过了障碍物。小查奥转头去看，发现险些被车轮压住的黑东西长着手和脚，如同玩坏的娃娃一样摊在路上。

"妈妈……"查奥小声说。母亲没有回答。

前方变得明亮起来，一辆厢型车斜停在路边熊熊燃烧，有个男人跪在车门处，上半身已烧成焦炭，下半身沾满暗褐色的沙子，冒着热腾腾的蒸汽。雪铁龙左侧车轮碾着路基下的粗砂，剧烈颠簸着与厢型车擦身而过，查奥惊

---

① 法国著名女歌手。

叫一声低下头，感到火舌从玻璃上舔舐而过。"……妈妈！"他带着哭腔喊。

"别怕，马上就到基地了，爸爸在那里等我们。"紧握着方向盘的女人挤出一个微笑。电动机的嗡嗡噪声变得尖锐起来，雪铁龙轿车提高速度，将几辆着火的车子和凌乱的尸体甩在后面。基地警戒区的铁丝网出现在前方，但电动大门已经倒下，探照灯也没有工作。

"咚咚！"电动车压过铁门，两只轮胎同时被锋利的断茬划破，母亲用力控制着方向盘，车内响起刺耳的蜂鸣声，那是胎压警报与 ESP 启动警报在工作。"嘎吱吱吱……"小车在布满浮沙的路上左右扭动，如惊慌的蛇在沙漠中高速游移。查奥用力抓紧窗子上方的拉手，闭上眼睛尖叫。

"好了好了，查尼，没事了。"一只汗津津的、冰凉的手抚摸着查奥的脸颊，将他从歇斯底里中拯救出来。雪铁龙横在基地正门口，留下数十米长的蜿蜒刹车痕。母亲将查奥拉下车，走向基地大门，那扇供员工日常通行的自动门只关了一半，警示系统嘀嘀作响。母亲让表情呆滞的小查奥躲在自己背后，然后从长风衣口袋里掏出一支手枪。

"……妈妈？"孩子喃喃地说。

母亲竖起手指做了个"嘘"的手势，左手拨通电话，右手平举手枪，慢慢走进大门。电话接通了，听筒里传出短促有力的冲锋枪射击声，夹杂着男人濒死的呼喊，"佐薇！没想到护卫队这么早就回来了，搞得有点儿仓促，不过……"九毫米手枪射击的爆破音响了三声，"……不过已经压制住了，你们沿右侧通道进来，在中央控制室会合……查奥还好吧？"

"他吓坏了，不过我认为他没事。"

母亲拽着孩子走进基地，穿过灯光幽暗的通道，不锈钢地板沾上血迹后变得光滑无比，查奥好几次差点儿摔倒在尸体旁。仍然温热的尸体身穿黑色制服，肩章上画着高昂着头的单峰驼，查奥认得这个标志，甚至能认出几个男人的脸。他们是基地保卫队的成员，法国南部沙漠保安公司的雇佣兵，爸爸的同事，曾经亲切地摸着他的头叫他"Petit Chameau①"的叔叔们。

现在他们死了。

被爸爸杀死了。

两个人进入中央控制室的时候，最后一名敌人刚刚被击毙。一颗九毫米帕拉贝鲁姆子弹掀开了他的半边头盖骨，粉红色的血顺着鼻尖滴下，这男人以怪异的姿势趴在指令席上，仿佛正在保护某个隐形的科学家。屋子中间站着十几个男人，看见孩子进来，他们纷纷收起枪支，转过身擦拭脸上的污迹与血渍。

"查尼！"父亲从人群中间走出来，像老鹰一样张开臂膀，"没事了，我们马上就会开启基地的自动防御系统，这里安全了。你可以像回家一样安心，等我洗漱一下，咱们去摩洛哥餐厅吃沙拉、塔吉（炖菜）和库斯库斯手抓饭好不好？"

查奥瞧着眼前陌生的男人，并不觉得这个浑身散发着硝烟和鲜血味道的人是自己的爸爸。"我答应他吃番茄炖羊肉的。"母亲用手揽住孩子的肩膀说，"还有巧克力香草冰激凌。"

"好啊，巧克力和香草一样来一杯！"父亲笑了起来，抓起查奥的手走向大厅门口，"不怕肚子痛吗？"

查奥有点儿躲闪地放慢步子，但还是仰起头回答："是巧克力香草，不是巧克力和香草……爸爸，你为什么要杀人？"

"有这种口味的吗？一个冰激凌球有两种口味？"

"不是！是巧克力和香草本来就在一起的口味！"

父子俩在怪异的谈话中走出门去，留在控制室的男人们与屋里唯一的女人拥抱问好。"埃里克森和本牺牲了。"男人们沉痛地汇报，"还有斯宾塞，他负责守卫警戒区大门，南部沙漠公司的车队一出现，他就在对讲机里做出

---

① 法语"小骆驼"。

汇报，但马上就被对方的神射手爆了头。巴蒂斯塔的肚子中了两枪，估计撑不过今晚。盖诺的腿被枪榴弹炸断了，两条腿……对方死了三十个人，因为我们抢先控制了一小部分的自动机枪，在外围占了点儿便宜。"

"NLF[1]不会忘记他们的。"女人说，"天上的情况怎么样？为了安全起见，我一直没有上网。"

一个耳朵被流弹撕破的男人不顾满面流血，兴奋地说道："他们如约进行了发射！网络现在已经快爆炸了，所有人都在疯传那次攻击的视频。还没有国家公开发表声明，但他们已经成功了。这太棒了，佐薇！"

女人缓缓地吐出一口气，手抚胸脯，"七年了，就为今天……我们去餐厅吧，今晚需要庆祝一下。"

"那要不要按照 NLF 的规矩……"有人试探性开口，立刻被身边人制止了："你胡说什么，有孩子在啊！"

女人笑了，"从这一刻起，他不再是我们的孩子了。这栋建筑物已经被自然接管，我们无须再伪装文明了，同志们！"她一边向外走，一边褪去身上的风衣、绒衣、长裤和皮鞋，露出没有穿内衣的洁白胴体；最后她解开束发的卡子，让红色长发垂坠下来，"……餐厅见。"

裸体女人消失在冰冷的钢铁通道中。

距离第二次发射 5 小时 47 分 04 秒

地球静止轨道，特里尼蒂 β 太空站控制室

莫甘娜·科蒂准备吃点儿东西，每当心慌意乱的时候她总想吃东西，食

---

① Nature Liberation Front，自然解放阵线，极端环保组织。

物能缓解紧张，尤其是在她的太空瑜伽失去作用的时候。

舱内播放着一首柔和的歌，温柔的女声轻轻唱着："Dodo, l'enfant do, l'enfant dormira bien vite."莫甘娜一边听歌，一边把一袋脱水菠菜插在料理台上，泵入五十毫升的水，飘浮在旁边，耐着性子看袋子里的绿色蔬菜一点一点膨胀起来。咀嚼着淡而无味的菠菜，她给自己准备了一份奶酪通心粉、一小盒布丁和一袋综合果汁。"想吃巧克力香草冰激凌。"她把那些食物丢向舱底，慢悠悠地飘过去，一边瞧着脚下的地球，一边用牙咬开布丁盒。湛蓝的地球镶嵌在观察窗中央，显得遥远而寒冷。窗子旁边贴着几张照片，最显眼的是三名宇航员在中国海南文昌太空中心受训时的合照，照片上美国人搂着法国女人开怀大笑，别列斯托夫·肖站在旁边，望着镜头外的什么地方。

"莫甘娜。"通信屏幕亮起来，肖那张缺乏表情的脸出现在上面，"打扰你吃饭了，不过我想确认一下 β 站的情况。"

"还好。"法国女人瞟了一眼综合信息屏，所有数值都在绿色范围之内，"我有点儿累。"

肖用左手扶正眼镜，由于缺乏重力，眼镜与鼻梁的相对位置总显得有点儿别扭。"几分钟以前信号被切断了，我没有在电视和网络中看到官方回应，除了那些'强烈谴责'。"他用指关节嗒嗒敲击控制面板，看来在思考什么事情，"我猜美国当局要赌一把了。注意安全，按计划来，莫甘娜。"

"我明白。"莫甘娜伸长手臂按下几个按钮，空间站某处传来轻微的振动，"只要你编写的自动化程序没问题，我们应该是安全的，对吧？……我只是对某些事情不太确定。"她将飞向舱壁的布丁捞回来，舀了一勺放进口中，"说点儿什么让我好受的话吧，肖。"

"我对程序有信心，但并不了解对方的底牌。冷战之后，美国停滞了三十年的太空军备计划究竟重新部署到了什么程度，没人知道。撑过这一关，我们就成功了大半，如今能做的并不多，只有祈祷。"

"我不祈祷。我是自然主义者。"莫甘娜说。

"我也不祈祷。只是修辞手法而已。"

"你真无趣，肖。"

"接受批评，但很难改正。"

"很难？"

"如果我们能活下来，将会有大把的时间用来消磨。到时候我会尽量变得有趣一点儿。定时联络的时候再见，莫甘娜。"

女人用湛蓝的眼珠盯着屏幕上的黑发男人，"等一下，我……"话音未落，肖就切断了通话。"……我可能没法做到那样的事情。"她喃喃说道，用颤抖的右手举起布丁，她需要食物，更需要食物里加入的镇静药剂。她的神经已经紧张得太久，如同一根绷得太紧的弦，随时可能拉断。

她吞下布丁，左手推动控制台上的手柄，屏幕上出现了一片金黄的沙漠，沙漠中心的建筑闪闪发光。"你在吗？……有时候我会想，这一切究竟是为了什么？如果有办法补救的话，你说，还来得及吗？杀人这种事情，毕竟是无法饶恕的大罪啊……"莫甘娜对着遥远的画面柔声说。

当然，无人回应。

歌儿还在响着："Dodo, l'enfant do, l'enfant dormira bien vite."

距离第二次发射 5 小时 09 分 01 秒
大西洋上空，美国空军 AMC-XII 远程运输机，编号 60-752A

布兰登·巴塞罗缪博士面前的咖啡洒了一半。这种最新型运输机并非令人舒适的交通工具，亚音速巡航时的噪声震耳欲聋。博士坐在空荡荡的机舱里，这趟航班的乘客只有四名随行人员和他自己。"不要将我排除在外！"老人冲着麦克风吼着，"我说，不要将我排除在外！我明白总统决定发动攻击，但起码让我进入参谋组，我能帮上忙！"

耳机里传来总统安全事务助理自鸣得意的声音："恐怕我做不到，'太空怒火'计划的保密级别——"

"听着，我花了几个小时分析那三个家伙的心理测试报告，看了肯尼迪航天中心提供的大量视频资料，现在没人比我更了解他们！"巴塞罗缪博士用黏糊糊的手指戳着被咖啡溅湿的电脑屏幕，"告诉总统，在关键时刻做出的判断很可能是盲目的，我需要成为美国联邦政府的决策参谋！"

对面的人安静了一会儿，"总统先生同意了。你很幸运，博士。绝大多数美国人并不知道我们的太空军事实力，你会目睹一场高烈度却又十分短暂的战争。"安全事务助理得意扬扬地说，"一切结束之后，我们会对外发布'太空怒火'的部分细节，宣告美利坚合众国拥有制天权，没有比这更合适的机会了，不是吗？"

博士单方面中断了通话。屏幕上跳出请求窗口，白宫战情室再次出现在眼前，屋里的人明显减少了，来自彼得森空军基地的远程画面占据了一半的信息窗口。一位身穿蓝色制服、头戴黑色贝雷帽的军官正在对作战计划进行最后确认，巴塞罗缪博士认出了他的肩章：一位从未出现在大众视线中的四星上将。博士明白，此人就是美国空军太空司令部的最高指挥官，整个地球上最神秘的军事力量的统帅。

"……轨道高度三点六万公里，超出了大部分武器的打击范围。装备在F35E上的TLS空基反卫星导弹最大射高是两千一百公里，而地基的'黑鼬鼠'则是一千公里，距离特里尼蒂α站还很遥远。至于地基激光反卫星系统，只能对三百公里以下的低轨道卫星产生足够威胁。"四星上将指点着轨道图讲解道，从图上看，三座特里尼蒂空间站构成赤道面上的等边三角形，地球是三角形中心一个小小的圆。"……而我们大多数的攻击卫星都在四千公里以下的轨道运行，只有部分型号能够发动有效打击。最可靠的打击力量，是运行在同步轨道的四颗'殉道者'攻击卫星，以及三千二百公里高轨道的十四颗'雷鹰'远程攻击卫星。两个小时前，所有的'殉道者'和'雷鹰'已完成系统激活及试点火，状态完好，随时可以发动攻击。如果将攻击时间延迟到二十四小时后，我还可以让五颗卫星变轨加入攻击行列。另外，一枚'德尔塔九号'运载火箭正在运往卡纳维拉尔角的途中，它携带了十枚反卫星拦截器，能够进行三万英里以上的深空作战，不过发射准备需要两天时间，毕竟'太空怒火'项目停滞已久……"

总统坐在桌前，双手交握遮住嘴巴，"不，我们没有二十四小时，更没有两天时间。"

"明白。作战准备已经完成，我们将动用距离最近的两颗'殉道者'和六颗'雷鹰'，使用SBL[①]与SBI[②]对美国上空的特里尼蒂 α 站发动攻击，其余力量分配给非洲上空的 β 站、亚洲上空的 γ 站。"指挥官说，"战争一瞬间就会结束，总统先生。"

总统点了点头，问道："无线电干扰奏效了吗？"

"已经切断空间站到地面的所有通信，但三个空间站之间使用激光脉冲通信，不受地球遮挡，所以暂时无法干扰。"

"向中国和俄罗斯发出照会了吗？"

"七分钟前，已经传达给了中国、俄罗斯和北约成员国。"

总统站了起来，"这是世界上最强大的国家对三个人的战争。不，仔细想想，以国家为对象才能称为战争，这只是一场审判、一次行刑。"他转

---

① 天基激光器。

② 天基动能弹。

过身，目光扫视着身旁的幕僚，"白宫，五角大楼，太空司令部，美利坚合众国。无须怀疑，我们将会胜利，我不相信存在第二种可能。上帝保佑美利坚！"

巴塞罗缪博士想要发言，但他的头像在两百寸综合信息屏幕的角落徒劳地闪动，有几个人跟他一样在大声叫嚷，试图告诉总统什么事情。

无人理会。

总统将密码钥匙插入控制台，弹开保护盖，按下了代表战争开始的红色按钮。

距离第二次发射 5 小时 01 分 30 秒
地球静止轨道，特里尼蒂 γ 空间站两千公里外

一颗波音公司制造的 Intelsat[①] EpicNG 709MP 通信卫星收起太阳能板，在太空中悄然转向，使其圆柱形结构的底端指向两千公里外的庞然大物。从这个角度观察，特里尼蒂 γ 空间站巨大的复合抛面集中器就像一堵漆黑的墙壁，遥远的视界边缘镀着一线金色阳光。

这颗"殉道者"攻击卫星已经锁定目标，激光瞄准器的光斑在特里尼蒂空间站控制室外壳部位闪烁了十万次，随着武器系统保护盖熔毁，二十四枚 SB-KKA 动能拦截弹显露出来。

几秒后，"殉道者"激发了一级固体推进装药，蓝白相间的尾焰从卫星尾部喷薄而出，所有导弹悄无声息地离开母体，以每秒一千米的相对速度射向目标。紧接着，弹体上的二级推进器启动了，矢量喷射口朝不同方向

---

① 国际通信卫星组织。

偏转，二十四枚导弹如花瓣般散开，化为三个攻击梯队，迅速加速到每秒十四千米的惊人速度。固体推进器很快烧蚀殆尽，余下的动能战斗部是一块一百七十公斤重的实心钨合金锥体，它击中目标时能够释放五点六吨TNT当量的能量，足够把一栋大楼从地面上抹去，当然更能轻易撕开太空站那纤薄的合金外壳。

为了尽量减少太空战产生的爆炸碎片，"殉道者"并未装备炸药武器，但除了二十四枚动能导弹之外，它还有更强大的攻击手段。攻击卫星开启所有推进器开始加速，助推焰照亮了逐渐崩解的圆柱形结构体，纤细而强韧的碳纳米管绳索将飞离母体的金属部件连接起来。当加速结束时，它会化为一张直径五公里的大网，可将侥幸躲过第一波攻击的目标包裹起来，将其拽向不可逆转的失速坠落轨道——当然在其悲壮的名称背后还有另一重意义：太空战爆发后，美国会在必要时使用"殉道者"作为碎片收集器，避免密布在静止轨道的通信和军事卫星被太空垃圾波及。

动能弹飞速穿越黑暗的空间，留给特里尼蒂空间站的时间只有两分钟。

空间站控制室内，肖点亮了通信系统，对两名伙伴简短地说道："这个时刻到来了，祝你们好运。"

"好运，伙计。"

"你也一样。"

γ空间站的主控电脑上运行着一个第三方程序，由肖亲自编写并利用系统漏洞植入的自主防御程序。复合抛面集中器外缘亮起一串红色信号灯，隐藏在防辐射板背后的透镜系统显露出来，像数百只窥探着深空的眼睛。主电脑花去两秒的时间进行诸元计算，将目标锁定，发出拦截请求。

肖扶正眼镜，开启了自动防御模式按钮。

四十厘米直径的光斑凝聚在第一枚动能弹上，钨合金转瞬间气化，分子向太空四散逃逸。紧接着是第二、第三、第四束激光，每个光斑都笼罩了一枚弹头，这是特里尼蒂太空站的陨石防御系统在高效工作。为保证抛面集中器不被小陨石和太空垃圾伤害，三个太空站都装备了激光防御系统，由主泵浦激光器提供的能量可以尽情挥霍，防御激光的能量很高，若集中射击，足以将数十吨重的物体瞬间消灭。肖所做的只是破解防御系统的目标甄别，提高响应速度和瞄准并发射，将功能单一的自我防御措施化为强大的自动化武器。

俄罗斯人面无表情地盯着屏幕，看着代表目标的红点一个一个消失。另一块屏幕上，他锁定了在攻击卫星发射动能弹同时进行变轨的中低轨道卫星。

"还是露出马脚了吧，美国佬。"他低声自语，点触屏幕，发出了攻击指令。

三万公里之下，一台伪装成海事通信卫星的"雷鹰"攻击卫星正从特里尼蒂 γ 空间站的投影点附近掠过，它刚刚瞄准目标，即将激活氧碘化学激光器发动攻击。这种化学激光短时间照射的强度不足以熔化空间站的防辐射外壳，但能够烧毁所有裸露在外的镜头、探测器乃至电子设备。若集合多台"雷鹰"集中照射，则完全有可能凿穿空间站的外层防护。

可这一切没来得及发生。来自特里尼蒂的激光束率先降临，脆弱的攻击卫星立刻失去功能，接着化为青烟。同一时刻，附近的其他几台"雷鹰"也被光斑笼罩，激光在太空中传输几乎没有衰减，特里尼蒂的力量没有任何人造物体可以抗衡。

这时，二十四枚动能弹已被全部清除，屏幕上却多出了密密麻麻的红色标记，那是"殉道者"大网的上千个金属节点。

肖陷入短暂的犹豫，从他的角度没办法判断这些目标究竟是什么东西——那既可能是集束炸弹，也可能是金属诱饵。目标飞行的速度较慢，他在三十秒后做出决定：攻击！

一百束激光同时射击，那些来自攻击卫星的金属板、曲轴、电机和导轨被高温气化。大网却没有破碎，碳纳米管绳索在应力拉扯下猛然收紧，网开始旋转，如某种海底生物般摇曳着扑来！

肖按下按钮，开始第二次、第三次射击，但每次射击都只让屏幕上的红点减少一部分，那些目标却纠缠交错得愈加紧密，密度不断提高，最终凝聚在一起化为一个红色斑点。

"……糟糕！"俄罗斯人猛然醒悟那可能是什么东西，也明白以每次一百个目标的攻击频率，已经来不及将对方消灭。但他已没有时间重新输入指令进行大规模照射，所能做的只有冲着通信频道里大吼一声："是网！不要射击那张网！否则……"

"轰！"

收缩成一团的卫星残骸与太空站控制舱发生猛烈撞击，如同炮弹一般击中舱壁的，是相对速度每秒八千米、总重量一点五吨的沉重钢铁。

距离第二次发射：4 小时 30 分 0 秒
美国新墨西哥州奥特罗县，特里尼蒂 α 地面站

一支由四辆黑色雪佛兰 Suburban 全尺寸 SUV 组成的车队沿着 54 号公路南下，车门上有金色三角形的公司纹章。尽管不到下午四点，车队还是得打开大灯照亮道路。

前方出现了美军的临时检查站，车队减速停在横杆前，打头那辆车的车窗缓缓降下，一名美军士兵向穿着黑西装的中年驾驶员敬礼道："前面是临时军事管制区，禁止通行，先生。"

"我是国土安全部紧急事务总署副署长查尔斯·唐，这是我的证件。"驾驶员摘下墨镜，打开钱包展示工作证和徽章，"坐在我旁边的人是特里尼蒂公司应急处置小组的负责人，我们接到命令，前往特里尼蒂 α 地面站执行紧急任务。你可以向华盛顿核实，士兵。现在。"

那名美军上士检查证件后交还回去，开始用对讲机联系上级。

查尔斯·唐活动了一下脖颈，通过后视镜观察后方。天空是铅灰色的，一束巨大而缓慢膨胀着的烟柱占据了整个视野。从这个角度看不到燃烧的阿拉莫戈多小城，却依然能从温热、干燥、带着焦糊味道的空气中感觉到火焰的热力。

"真可怕。"身旁戴黑色鸭舌帽的男人说，他的帽子上也有金色的三角形标志。

"谁说不是呢……"查尔斯应道，他点触车辆中的控屏，切换到电视模式，CNN 新闻台正在播放罗马教宗的演说画面。站在梵蒂冈圣伯多禄大殿面向广场的阳台上，教宗语速缓慢地说道："耶稣对他们说：'光在你们中间还有不多的时候，应当趁着有光行走，免得黑暗临到你们；那在黑暗里行走的，不知道往何处去。你们应当趁着有光，信从这光，使你们成为光明之子。'①……这是启示，你们应该看到启示。"

戴帽子的男人说："你知道我不太相信宗教。"

"我也是。"国土安全部官员切换频道。CBS 电视台在播放民间天文爱好者刚刚拍摄到的画面：繁星灿烂的背景中有一片深邃的黑暗，几条弧形亮线勾勒出特里尼蒂太空站的轮廓，微小火花在黑暗中不断迸现。新闻主持人说："我们看不清细节，但相信我，有些事情正在上面发生。五分钟前，密歇根大学太空科研计划的带头人之一格林菲尔德教授答应接受记者采访，现在我们进行连线……"

---

① 《约翰福音》第 12 章 35，36 节。

这时，美军士官回到雪佛兰SUV旁边，立正敬礼，说道："没问题了，长官，前面可能很危险，请注意安全。"

"谢谢。可是从第四纪开始人类就时刻生存在危险当中，不是吗？危险让我们变得更强大，士兵。"查尔斯冲他点头致谢，升起车窗玻璃。

士兵挥舞手臂，横杆抬起，四辆SUV通过哨卡，加速向前行驶，很快消失在烟雾弥漫的荒原。

士官望着南方，觉得这位在昏暗光线中戴着墨镜的联邦官员是个怪人。但身份核实没有问题，国土安全部给予这支车队最高的通行权限——无论他们究竟要去特里尼蒂基地干什么。

距离第二次发射：4小时19分19秒

大西洋上空，美国空军AMC-XII远程运输机，编号60-752A

耳机中响起运输机驾驶员的声音："我们将于四小时后降落在西汉普顿的弗朗西斯·S.嘉伯雷斯基机场。一号储藏柜中有野战口粮，以及足够的咖啡、香烟和口香糖，请您自便，长官。"

巴塞罗缪博士站起来，摇摇晃晃走到储藏柜前，取出一盒麦克纽杜机制雪茄，拆开点燃，深深吸了一口，喷出浓郁的烟雾。在总统的怒火平息之前，他什么都做不了，不得不找个有害健康的方式来打发时间，即使医生说他的身体除了有机蔬菜之外什么都接受不了。幸好那位暴怒的大人物已经停止砸东西，白宫战略情报室安静下来，只剩紧急信息提醒的单调蜂鸣声。

"说点儿什么吧……"总统坐在桌旁，胸部起伏不定，左手抚摸着自己的右眼球。

他面前的众议院议长整张脸涨得通红，"我说过了！特里尼蒂空间太阳能计划当年确实是我带头推动的，议案能够通过，是我们的一场大胜……但谁能预料到现在会出现这样的情况！我知道特里尼蒂美国公司总裁和副总裁在哪里，那个南方暴发户带着长头发的怪胎逃回新墨西哥去了，他的私人飞机应该就在圣塔菲机场！"

总统用指甲轻轻刮着假眼球表面，发出令人心悸的刺耳噪声，"说点儿什么，除了推卸责任的话之外。"

议长抓起桌上唯一一只完好的玻璃杯，一口气喝下整杯矿泉水，"听着，我承认特里尼蒂计划的一些细节是你不知道的，但那对解决问题毫无帮助！要想让空间太阳能开发法案通过，必须跟少数党做出妥协，你知道那些能源巨鳄豢养的政客有多么难对付！……是的，特里尼蒂计划的最大发电量是对外公开值的八倍，满负荷运行的话，一座特里尼蒂 α 太空站就能满足整个北美大陆的供电需求……"

"滚出去！"总统挥了挥手。

议长将涌到嘴边的咒骂强行咽下，转身大踏步离开，开门时差点儿被一张摔坏的椅子绊倒。

信息屏幕里，太空司令部长官垂手肃立，他需要二十四小时才能组织起第二波有效攻击，而"太空怒火"计划没有任何一种装备能完美突破太阳能电站强大的主动防御系统。"如果代号'丁克'的天基电磁炮项目没有在三年前中止的话……"他谨慎地选择着用词，"……第四期计划中的 SNPC① 也能够奏效！洛克希德·马丁公司正在对试验中的中性粒子炮进行作战效能评估，我想——"

"给我接通中国和俄罗斯。"总统打断了他，站起来走到信息屏幕前，挥

---

① 天基中性粒子集束武器。

手关闭太空司令部的远程画面，整理了一下凌乱的领带结。

"是，长官。"

专线电话拨往大洋彼岸，两国国家领导人很快同意了可视电话请求。无须客套，总统明白对方早已从无数个情报管道了解到了事情真相，发生在太空中的战争只持续了五分钟，但已足以震惊世界上每一个有空间观测能力的国家。

"不明智的行为，但这次我们不会谴责。"中国领导人说，"共享情报，这很重要。"

美国总统说："情报？我会尽我所能提供。美国会很快发动第二次攻击，现在到了展现太空战能力的时刻，明哲保身的政治哲学不适用了，他们在威胁整个地球，威胁全人类！我要求中国、俄罗斯与美国太空军协同作战，共同发动攻击，彻底摧毁三座特里尼蒂太空站。"

俄罗斯总理板着脸说："失败是你们的愚蠢导致的，俄罗斯不会步美国的后尘，我们的太空力量会在合适的时候出击。"

"我国第二炮兵早已进入作战状态，我国航天兵已经准备就绪。但直至此时还不知道那些敌人究竟想要什么，我猜贵国有些线索……"中国领导人说。

"联合国大会！我会共享视频。他们没有对你们提出同样的要求吗？这些疯子想要召开联合国特别紧急大会。"

俄罗斯总理问："以什么身份，联合国观察员？"

"我不知道。这个要求太过荒谬，我不会考虑它的可行性。"美国总统说。

中国领导人露出意味深长的微笑，"小的时候，我爷爷经常对我说一句话，他说娃呀，你做啥事都不能心急，心急吃不了热豆腐。你知道这句俗语是什么意思吗？意思是说，豆腐刚出锅，烫，你着急往嘴里一搁，就把嘴唇和舌头给烫坏了。你要等着，等豆腐外面变凉了，里面还热乎着，这时候吃，才好吃，又不烫。"

美国总统脸色阴沉着，"你的意思是？"

"中国不会主动出击，因为时机并未成熟。敌人的第二次发射是个未知数，中国会等到发射之后再做出决定。"

"什么？你们为什么不肯……"

"如果美国发动你所说的第二次攻击，中国会全力加以配合。我保证。"中国领导人说，"如果你们剩余的攻击卫星还够用的话。"说完这席话之后，中国单方面终止了对话。

俄罗斯总理则不留情面地回绝了："现在我们拥有世界上最强大的太空军备，不必跟在任何国家的屁股后面。再见。"

美国总统站在那儿，手指不住地轻轻颤抖，显然他心中的愤怒已经达到了极点。

这时，巴塞罗缪博士终于能抢占信息频道，大声说出他一直憋在心里的话："我是布兰登·巴塞罗缪，总统先生。我们还有另一种可行的方法，那就是心理战！只要发布联合国紧急会议的消息，对方就会同我们联系，我会使用心理暗示瓦解对方的战斗意志，使三个人之间的关系产生裂痕，乃至瓦解这个小小的三人联盟！我需要一块投影屏幕，用来播放插有暗示性颜色与形状的画面，另外在通话中插入暗示性混音的白噪声。我会根据三个人的行为分析学特征制订方案……"

"我正在想同样的事情，博士。"这次总统终于有所回应，但指令却下达给另一个部门，"杜克，让FBI开始对美国宇航员里克·威廉斯的父母进行讯问，找出一切有价值的东西，不惜任何代价！"

"总统先生！"巴塞罗缪博士大声叫嚷着。

无人聆听。

距离第二次发射：1 小时 59 分 07 秒
地球静止轨道，特里尼蒂 β 太空站控制室

"受损修复情况？"

"……75.4％。"

"复合抛面集中器的工作效能？"

"99.85％。"

"很好，将指向 K34−D03 的雷达转移到 L07−D03 角度。"

"已断开连接，工程机器人正在向坐标移动。"

"另外，要保证通信。"

"指令不明确。"

"我是说别让通信中断！"

"指令不明确。"

"……保障与其他特里尼蒂太空站间的激光通信线路！把所有试图靠近通信路径的人造物体击毁，这样说明白点儿了吗？"

"已设置警戒区域。"

"蠢货！"

"指令不明确。"

莫甘娜一边烦躁地跟主控电脑斗嘴，一边敲打键盘将备用摄像头连接至系统中。不久之前的激烈战斗中，β 太空站的火控系统漏算了一颗远程攻击卫星，那时两个分处不同轨道的美国攻击卫星恰巧运行到同一坐标，太空站的激光打击消灭了高轨道的卫星，紧接着就遭到了低轨道卫星的攻击。一束化学激光穿越三点四万公里的距离，聚焦在太空站底部，顷刻间烧坏了 β 站指向地球方向的摄像镜头、主无线电发射器和相控阵雷达。底部设备舱还发生了一次小规模爆炸，一些金属碎片被冲击波推动击中抛面集中器，在以

公里为尺度的庞大曲面上射出了数十个小小的破洞。

作为胜利的代价，其实这根本不算什么。战斗结束后，肖与里克·威廉斯很快发来平安的信息，同时互相告诫：直至联合国紧急大会召开之前，危机状态都未解除，现在要尽快修理受损部件，提防可能到来的下一波攻势。美国人难得一脸严肃地说："中国还没有出手，要小心！我猜中国才是拥有世界上最强太空军事力量的国家，当我们喝着啤酒敲着电脑设计攻击卫星图纸的时候，中国人早就用扳手和螺丝刀造出宇宙战舰来了！"当时，莫甘娜勉强笑了笑，肖则没说什么，他的画面背景相当阴暗，看起来照明设备出了点儿问题。不过出于三个人之间的默契，莫甘娜与里克并未追问他 γ 空间站的损伤情况。

提示音"嘀嘀"作响，备用镜头连接成功，遥远的蓝色星球出现在显示屏上。

莫甘娜推动控制拨杆，地球在眼前不断放大。坐标为"0，0"的情况下，镜头指向空间站的地面投影点——北非阿尔及利亚阿德拉尔省的沙漠地带。沙漠上空没有云层覆盖，但民用级别设备拍摄的画面开始模糊不清，只能勉强看到特里尼蒂 β 地面站中央的十字基准线。

"能提高清晰度吗？"莫甘娜问道。

"正在进行快速插值运算。"

画面稍稍变得清楚一些了，现在能分辨出圆形的激光接收矩阵、长方形的变电装置和月牙形的基地主建筑群。莫甘娜用指尖抚摸屏幕，"再提高一些！要到能看清人脸的程度……可以吗？"

"无法完成。"

"能跟基地建立联系吗？使用预设的保密线路。"

"无法完成。无线电信号受到阻塞干扰。"

"如果……我对 β 地面基地发动攻击，可以精确到什么程度？"

"指令不明确。"

"……蠢货！"

莫甘娜·科蒂愤怒地关闭了语音识别系统。她做了十二组腹式呼吸法与相应的庞达收束法，不停地原地旋转，试着让自己的情绪逐渐稳定下来。

做了一会儿，瑜伽和冥想明显没有起到什么作用，于是她冲到食品柜前，吞下大把药片，把苦涩的药片咯嘣咯嘣嚼碎。

"没什么的，没什么的。"她对自己说，目光投向舷窗旁边的几张照片，胸口不断起伏，"没什么的，莫甘娜。很快就能结束了。"

距离第二次发射：0 小时 10 分 05 秒
美国纽约西汉普顿，弗朗西斯·S. 嘉伯雷斯基机场

夜幕已笼罩美国东海岸。AMC 运输机的涡喷发动机声音震耳欲聋，布兰登·巴塞罗缪博士戴上黑色便帽，裹紧大衣，走出机舱，通过舷梯来到地面。

前来迎接的 FBI 高级探员看起来已经等待多时，他伸手与老人相握，"我不知道你为何特别要求降落在纽约而不是华盛顿，博士。"这名光头的大块头探员脸上挤出微笑，"总统在白宫等你，不过命令并不是强制性的。车辆已经准备完毕，如果你需要亲自驾驶的话，这是钥匙、通行证和手枪……"

"不，你来开车，我们去曼哈顿。"

"我会通知长岛和纽约警察局开辟特别通道。具体地址是？"

"第一大道与东 42 街路口。"

两人钻进未曾熄火的黑色 GMC 牌 SUV，高级探员驾车驶向机场外。博士在后排皱了皱眉头，驾驶员没有系上安全带，这是外勤探员的习惯，他们认为逃离车辆和快速拔枪比交通安全更重要——糟糕的习惯。

"我见过你一面，博士，在兰利的紧急事态处理课程上。"探员说，"对很多人来说，你是个很神奇的人。"

"你不这么认为吗？"老人随口应付着，打开笔记本，看着上面的红色倒数计时数字。十分钟之后，恐怖分子宣称的第二次攻击将在地球某处降临，而现在美国政府什么都没做，电视新闻里民间阴谋论分子、迷信人群和三流科幻作家在大放厥词。由于政府没有泄露恐怖威胁的详情，每个人都在尽情猜测，这简直是一场虚假信息的狂欢。阿拉莫戈多毁灭视频的点击量已经超过三亿次，FOX宣称视频是假的，还找出棱镜项目的技术专家逐帧分析，收视率一时飙升至全球首位。一个名为"夸特尼蒂"①的半宗教组织刚成立五个小时，就吸引了三百万信徒加入。

探员把车窗降下一条小缝，一边点燃嘴上的香烟，一边单手转动方向盘驶上快速路，"不，我是说，我不像其他人一样迷信。很多人会把你的书摆在床头当《圣经》一样崇拜，'行为分析说旧约'，这挺滑稽的，不是吗，博士？"

"科学的极致是哲学，哲学的极致是宗教。这是美国物理学家杨振宁说的。"巴塞罗缪博士打开三位宇航员的简历，再一次浏览起来。莫甘娜·科蒂，三十五岁，出生于法国罗讷河口省港口小镇拉西约塔，幼年时去电影院看了一部有关外太空的纪录片，从此立志成为太空人。她毕业于拉西约塔卢米埃尔纪念中学，法国国立高等航空航天学院地球信息科学专业硕士，欧洲图卢兹宇航中心特殊培训计划第20期优秀学员，执行"未来号"宇宙空间站任务三次，月球探索任务一次，评价优秀；素食主义者（不抗拒奶制品），业余马拉松选手；丧偶，前夫是英国人，从事国际贸易工作，不坚定的环保主义者。

街上警灯闪烁，警察为FBI的GMC牌汽车开辟出一条通道，任黑色

---

① 四位一体。

SUV 开着警示灯呼啸而过。

"所以我们去联合国总部做什么，博士？如果我没记错的话，白宫还是在华盛顿，没搬家呢……"探员从后视镜里瞅着后座的客人。

老人摘下眼镜揉揉眉心，"去等着事情发生，探员。事态已经不可避免，联合国紧急特别大会一定会召开，我没必要到白宫去，因为总统会亲自过来。"他望着窗外，深夜纽约街头依然人流不减，人们怀揣着各种梦想从全世界各个角落跋涉至此，追寻着仅存在于美国电影里的美国梦。电视和网络里的新闻并不重要，社会像铁轨上笨重的货运火车，就算轨道被洪水淹没、刹车开始锁死车轮，还是能靠庞大的惯性继续前进。或许真到了世界毁灭的那一天，人们惦记的还是即将到账的年终奖金和街角烘焙店每天限量一百个的巧克力甜甜圈吧。

"所以，你不仅是圣人，还是预言家。"探员吹了声口哨。

"你对我是否有什么成见？"博士忍不住问。

探员报以含义模糊的微笑，"不不，无意冒犯。我老爹是宾州兰开斯特人，他经常跟我说，下巴留着大胡子的都不是什么好人，又守旧，又冷漠。"

"这话最好别让阿米绪人 [1] 听见。"

"借你吉言，我老爹可不怕，他死得很光荣，博士。"

距离第二次发射：0 小时 0 分 10 秒

地球静止轨道，特里尼蒂 β 太空站控制室

"没有通信，没有信号，联合国总部大楼楼顶没有图形文字或二维码。

---

[1] 以恪守《圣经》教义著称的美国宗教派别，拒绝现代科技，已婚男子下颌蓄须。

他们果然没做到……里克，我们真的要做吗？"

"没错，就是现在，莫甘娜。"

"……我知道了。"

第二次发射

阿尔及利亚阿德拉尔省，特里尼蒂 β 地面站

查奥·阿克宁小心翼翼地咀嚼着羊肉。基地里有两家餐厅，一家提供自助餐，另一家售卖摩洛哥风味的菜肴。厨师早在二十个小时前就已离开基地，但冷藏在冰箱里的番茄炖羊肉稍一加热就散发出诱人的香气——这是小查奥最喜欢的菜，以前他每次跟随爸爸来到基地，都能吃到手抓饭、炖羊肉和冰激凌。

然而此时，他感觉自己是在咀嚼一块油脂浸泡过的软木，嘴里完全感觉不出滋味，滑腻的口感让他想要呕吐。现在并非吃晚饭的时间。他来到基地已经整整八个小时，此时餐厅钟表的时针指向凌晨四点。八小时前查奥已经吃过一顿晚饭，跟陌生的父亲、母亲与几十个陌生男人一起。所有人都裸着身体，男孩把视线投向桌面，不敢抬头看那些红棕色的胸毛和黑乎乎的下体。

吃完饭他在公共休息室打了个盹儿，然后就被枪声惊醒了。一支军队在进攻基地，但很快就被自动机枪和藏在围墙后面的狙击手打退了。查奥迷迷糊糊听到大人们在快速讨论着——

"下一波攻势会有重武器吗？政府军应该还不会出动，但南部沙漠保安公司估计会动用阿尔及尔总部的坦克车。"

"那些老掉牙的 T-90S 吗？保安公司手上的那些坦克是减配版的，没有

安装主动反应装甲，我用 RPG^① 就能打穿它！"

"不用担心，对方调动大型运载车把装甲部队运到这里，起码要花上十八个小时。到那时候增援就到了，再说天上的家伙们应该也搞定了一切。"

"那个孩子……"

"总之，先看这一次发射的结果吧，如果他们集结在提米蒙，那就一举两得了……"

查奥又睡了过去。今天发生的事情超出了他能承受的极限，以至于一切都变得模糊不清，如同午睡醒来之后即将忘却的梦。在一段浅而疲惫的睡眠之后，他再次被唤醒，裸体的父亲站在旁边轻轻拍打他的脑袋，说："来吧，查尼，我们去吃点儿夜宵，然后看个好玩的东西。"

"……我想睡觉，爸爸。"孩子坐起来嘟囔着。

"你不想看烟花吗？比 11 月 1 日^② 还漂亮的烟花啊。"裸体的男人笑了笑，拽着他走向摩洛哥餐厅。

查奥跟跄向前，看父亲身上结实的肌肉随步伐晃动，好几处狰狞的伤疤嵌在背上，如眼睛般盯着他。他忍不住问："爸爸，你们为什么不穿衣服啊？"

"因为衣服是没必要的东西。"男人回答，"1962 年美国出版了一本书，叫作《寂静的春天》，作者名叫蕾切尔·卡森。在她之前，没有人想过如果人类继续破坏自然的话地球会变成什么样子。这本书告诉我们，假如人类自恃为万物之灵，不知节制地攫取自然，很快留给我们的就是一个没有鸟、蜜蜂和蝴蝶的荒芜世界。我们的组织在 1963 年成立，最初只是个小小的非营利组织，经过这么多年的发展，现在已经成为这个地球上最有力量的环保团

---

① 俄罗斯制肩扛式火箭筒。

② 阿尔及利亚国庆节。

体之一。"

查奥想了想，说："我还是不知道你们为什么不穿衣服……"

"啊哈，就要说到这里了。人最初是自然的一分子，但现在成为自然的敌人，我们需要解放自我、回归自然，衣服、汽车、楼房、抽水马桶、电动剃须刀……都是在破坏自然的基础上制造出来的，我们使用的每一度电，就有零点八度是靠燃烧千百万年前的树木遗骸而产生。地球正在崩溃！查尼，我们的母亲——地球正在死亡。这一切必须得到纠正。"

"不穿衣服就能让地球活下去吗？"

"没有这么简单，但这是个好的出发点。"

"那么……我也要脱掉衣服吗，爸爸？"

"不，你不用。"男人停下脚步，回头看了他一眼，"因为你不是组织的成员。因为你的母亲……"

这句话只说了半截。他们走进餐厅，坐下来吃番茄炖羊肉和冰激凌。那些男人在喝马斯卡拉产的白葡萄酒，地上丢满了空瓶子。他们的口音千奇百怪，很多人不说法语，查奥听不懂他们的对话。母亲坐在男人当中，毫不在意地展示自己的胸部和大腿，查奥对此感觉羞愧。可不知为什么，这八个小时内母亲没有跟自己说一句话。这让他感到很害怕，怕自己做错了什么，惹妈妈生气了。

"时间快到了，同志们。"父亲突然站了起来，用叉子敲敲酒杯吸引大家的视线。他指着墙上的大显示屏，屏幕一片漆黑，看不出在播映什么。"还有十秒。准备好看烟花了吗，同志们？"

"是的，阿克宁同志。"男人们纷纷倒满酒杯，紧盯屏幕。

几秒钟后，屏幕突然亮了。像一个小小的花骨朵在夜里缓缓绽放，一团橙色的光出现了，面积和亮度不断增大，光团外围缠绕流动的粉红色线条，像是围绕花朵飞舞的流萤。

"乌拉！"有人带头喊道。酒杯相碰发出乒乒的脆响，人们大口灌下葡萄酒，用古怪的语言叫嚷着。

查奥不知道自己在看什么。他瞧着那团光晕越来越亮，变得几乎无法直视，一条旋转的红线向上生长，仿佛花蕊向天空喷出血液。

突然，基地外响起猛烈的风声，房子晃动起来，酒瓶在地板上弹跳，大家却早有准备地抓紧各自的酒杯，发出热烈欢呼。

"爸爸……"查奥惊恐地叫道，猛然发现父亲满脸癫狂的神色，下体因兴奋而充血，看起来完全是个陌生的男人。

孩子突然弯下腰呕吐起来，将羊肉与冰激凌喷向地板。他将夜宵和晚饭都吐了出去，然后痛苦地干呕着。

可是没有人注意到这个痛苦的孩子，人们在光芒绚烂的屏幕前跳起舞来，有人举起冲锋枪向天花板嗒嗒嗒地射击。

不知过了多久，查奥终于直起身子，用纸巾擦净嘴巴。他看到屏幕上的光晕已经缩小了，化为一团暗红色忽明忽暗的火，空气中多了一种焦煳的味道。

"查尼啊，你看到了吗？"父亲叫着，眼睛望着墙壁外面的某个地方，"这就是人类必须付出的代价！我们比谁都希望重建秩序，保护自然，可若不经过惩戒，人类又怎能懂得其中的道理呢……"

孩子僵硬地转过身，看到母亲被一群裸体男人围在中央，发出快乐与痛苦并存的尖叫声。

"……爸爸，妈妈……"孩子站在狂欢的餐厅中央，喃喃自语。屏幕上如木炭般发红发亮的，是被特里尼蒂 β 太空站一分钟激光照射所毁灭的提米蒙。

千年历史的绿洲，因特里尼蒂项目而重新繁荣的小镇，拥有美丽红色砂岩旧城墙和繁华新居住区的沙漠城市，三万六千人的家。一分三十秒的时间。提米蒙连同三万六千沉睡的居民，安静地从世界地图上消失了……

第二次发射后 15 分钟
美国纽约曼哈顿，联合国总部大楼

提米蒙被毁灭后的八分钟，第一段视频被发布在阿尔及利亚的社交网络上，随后星火燎原般传遍世界。

拍摄该视频的是特里尼蒂 β 地面站的一名高级工程师。当时他在距离提米蒙小镇七公里外砂岩山上的观察站执勤，激光击中提米蒙的时候，他掏出手机记录了将近八十秒的画面，将视频传上网络。紧接着，他就被高热的冲击波吹下了悬崖。

"真主啊！"视频的末尾，这位工程师用阿拉伯语疯狂地喊叫着，声音被呼啸的热浪所掩盖。电视台根据口型推断出工程师的最后遗言，"大难，大难是什么？你怎能知道大难是什么？在那日，众人将似分散的飞蛾，山岳将似疏松的采绒。至于善功的分量较重者，将在满意的生活中；至于善功的分量较轻者，他的归宿是深坑。你怎能知道深坑里有什么？有烈火！"

文字在滔天烈焰的画面上流动，这是布兰登·巴塞罗缪所看过的最震撼人心的视频片段。

深夜的联合国总部大楼一层接待厅人头攒动，却寂静无声，所有人都抬起头观看壁挂电视中反复播放的视频。电话铃声丁零作响，办事员摘下听筒，电话那边响起同样的背景音，那是激光毁灭城市的滚滚雷鸣。

"巴塞罗缪博士，我听过您的名字。"这时，一位四十岁年纪的女士轻触博士的手臂，让他从灾难的画面中暂时解脱出来，"我是美国常驻联合国代表黛米·怀特，有什么可以帮您的？"

"叫我布兰登。"老人摘下帽子，满怀感激地与对方握手，"这真是一场灾难。我是白宫紧急反恐小组的成员，我猜总统应该向你发出了提请召开联合国紧急特别会议的要求。关于会议的必要性，各常任理事国应该已有共识，会议召开只是时间问题。所以我以美国代表团成员的身份率先入场，做一些准备工作。"

美国代表面露疑色，说道："特别会议？目前我还没有接到白宫的通知。"

"很快会接到的，怀特小姐。总统先生会做出正确的判断的。"

仿佛为了验证巴塞罗缪博士的预测，黛米·怀特的手机适时响了起来。她接通电话，听对方说了几句，然后通过指纹验证签署了一份电子文件。"您说得没错，博士，跟我来吧。"她点了点头，递给老人一张临时出入卡，带他通过安全检查走向电梯，"总统和智囊团正在赶来的路上，您可以到秘书处大楼 17 层稍事休息，173B 房间的保密等级是最高的，请放心使用网络。"

"谢谢。"

"另外，您的随从经过身份检查后，会有人带领他与您会合的。"

"随从？"巴塞罗缪博士转过头，看见送自己到达这里的那位光头 FBI 高级探员正站在哨岗外，用那种略带嘲讽的古怪眼神盯着自己。

"……当然，谢谢。"

屋门关闭，黛米·怀特急匆匆离去。老人坐在沙发上扫视 173B 房间，屋子有二十平方米左右，透过大落地窗可以俯瞰静静流淌的纽约东河。他打开笔记本电脑，连接信息终端，大量的新消息立刻开始快速滚动，一则信息以红色字体标注：根据 Euro NER 的观测，袭击阿尔及利亚提米蒙的激光束持续了九十四秒，释放了零点九至一点二万吨 TNT 当量的能量，大约相当于 1945 年投射在广岛的"小男孩"热核炸弹当量的一半。

另一条蓝色信息带有 FBI 最高保密级别的标签，老人轻轻点击，一个视频窗口弹出：在灯光明亮的审讯室里，一个老妇人斜靠在椅子上，看起来已经失去意识，数据显示她的心跳已非常微弱；隔壁另一间审讯室内，FBI 的刑讯人员将一名中年男子的头颅固定在牵引架上，开启瞳孔激光投影仪，这种眼底投影能在短时间内向刑讯对象灌输大量符号化信息，在自白剂的帮助下，可以迅速瓦解犯人的理智与心理防线，如同往密闭的玻璃瓶里大量灌水，靠冗余信息把想要获得的答案给挤出来。

巴塞罗缪认出了这名表情错乱、口吐白沫的男子，他是特里尼蒂美国公司总裁，一个依靠美国南部页岩油和天然气发家的能源巨头，也是在化石能源储量出现衰竭势头的时候，第一个跳出来支持空间太阳能计划的人。

"可悲！"博士关闭了视频窗口。

突然间，画面静止了，一切操作被锁定，终端转入视频会议模式。总统的面孔出现在屏幕中央，从画面背景判断他应该身处凯迪拉克防弹车上，正在华盛顿到纽约的途中。

三位宇航员的图像依次浮现，肖的太空舱灯光暗淡，他本人依旧严肃不语，里克·威廉斯还是脸上挂着微笑，莫甘娜·科蒂依旧转着圈儿。

这次美国总统率先开口："我下令中止无线电干扰，主动与你们联络。我对发生在阿尔及利亚的事件感到非常遗憾，你们不仅惹怒了地球上最强大的国家，甚至还决意与全世界为敌。"

美国宇航员轻松地回应："我感同身受，长官。一方面，你因为浪费了纳税人的上千亿美元而压力沉重，这肯定是越战以来美国在军事上最大的挫败；另一方面，我们毁掉的是非洲某个三万人口的小镇，而不是迈阿密，不是波士顿，不是洛杉矶，不是休斯顿卢普区的印度人聚居地。如果有下次竞选的话——"

"里克！"莫甘娜忍不住出言提醒。

"啊……抱歉。说正题，我们在等着好消息呢，长官。"

总统沉默了二十秒，恰到好处的二十秒，然后说："美国作为常任理事国提出了召开会议的请求，等待其他国家和联合国秘书处的回应。"

里克·威廉斯笑了起来，"谢谢，这真是个好消息！接下来请别开启无线电干扰了，我们要在电视里看到这个消息。从现在开始，你们要通报紧急会议筹备的进度，我会开启两小时倒计时，每次进度更新，倒计时表都会重置。若没有最新消息，两小时一到，第三次打击就会降临在地球上某个繁华的地方——这次可不会是小城镇了，长官。"

"你是手握枪支的婴儿，孩子。"美国总统的表情突然松弛下来，"你不知道在开一个多大的玩笑。后悔永远是来得及的，我可以签署总统令保证你们三人的安全。一艘'海王星'飞船很快将进入同步转移轨道，你们可以乘坐飞船回到地球。欢迎会是不会有了，起码我能保证没人会向你们投掷西红柿。"

"呵呵。"威廉斯咧嘴一笑，"真好笑，长官。那么就这样了，下次联络再见，别忘记倒计时。你们还有什么要补充吗，伙计们？"

莫甘娜背对镜头摇了摇头，沉默的肖率先关闭了摄像头。三名宇航员的图像依次消失。

总统坐在舒适的皮座位上，用指甲嗒嗒叩击中控台，灰色的眼球里看不出多少愤怒，"问问中国人在干什么，问问俄罗斯人在干什么，还有欧洲人。"他说，"搞清楚他们有没有收到特里尼蒂的联络。给我一份阿尔及利亚事件的简报，让 FBI 从那几名罪犯身上弄出点儿有用的东西来，通知太空司令部调集空间力量，命令第二、第三、第五、第六、第七舰队警戒，战略核潜艇全部进入战备巡航状态……另外谁能告诉我特里尼蒂地面站是什么情况？做点儿有用的事情吧！"

距离可能的第三次发射：1 小时 31 分 59 秒
俄罗斯莫斯科市卢比扬卡广场 2 号楼，地下 8 层

肖平坐在冰冷的不锈钢椅子上，束缚带将他的身体牢牢捆住。伊万捋起他的袖子，用压脉带勒紧他的手腕，从旁边的冷藏柜里端出一只托盘放在桌上，撕开一次性注射器的包装，折断一个安瓿瓶，吸满淡蓝色的注射液，弹一弹针头排出空气，然后把针管里的液体注入肖平的静脉。

"针管里装的是什么？"肖平抬起头。

伊万丢掉注射器，慢慢放下卷起的衣袖，说："针管里装的是 DLS，一种尚在试验阶段的神经元激活药品，与治疗抑郁症的多巴胺、拉莫三嗪功效类似，只是功效更强。药物会在五分钟后生效，你可能会感觉恶心、头晕、眼花，那是正常的副作用，因为从神经末梢传来的电信号被放大了。接下来，我会给你戴上头盔。"说着话，他伸手从空中拉下来一个半球形的银色头盔，"这个设备内部有三万根光纤维探针，它们会穿透你的头盖骨，截取大脑的神经电信号。到时候，我会将问题转化为光电信号传进大脑，你的大脑会自动调动海马体的记忆，产生相应的答案——并不需要你的同意。"

老人低下头想了想，说："即使我不愿意，也还是会说出秘密，对吗？"

伊万回答："这就是俄罗斯的技术实力，位于世界前列的神经接口技术。"

"这种技术没有用于临床医学，也就是说，它有很大的缺陷。"

"你很聪明。"伊万承认道，"即使在 FSB，这种手段也是禁止使用的。神经探针会造成不可修复的脑部损伤，特别是对海马体的深度探测。运气好的话，你会失去一些记忆，或者丢掉嗅觉、味觉、视觉；运气不好的话，会死亡。"他搬来一把椅子坐在对面，从衣兜里取出一个绿色针筒，"还有四分钟时间，而写出密码只需要十秒。这是神经元抑制药物，能够抵消 DLS 的功效，在 DLS 的脑血管浓度达到峰值之前注射，随时有效。"

肖平感觉冰凉的液体在血管里奔涌，眼前的一切开始放大，放大，自己的声音变得非常遥远。"我就想问问我的阿佳塔被带到哪儿去了。她是一个勤劳善良的好母亲，一位好妻子，虽然有语言障碍，身体也不太好……请别让她受到伤害。"

"她很好。等事情一结束，你们就可以回家，FSB 会为你们申请一枚为祖国服务勋章。"俄罗斯特工慢慢回答。

"……好。"

肖平张口喘气，觉得自己吸气的声音大得像火箭发动机，"……我没有其他的问题想问，只好奇一件事情，那就是我儿子究竟做了些什么？"他活动了一下身体，问道。

"半个小时前，他屠杀了非洲一座城市里的三万多名无辜百姓。"伊万木然地盯着他，"男女老少，一个不留。"

"为什么？"

"等到破解了他的电脑，就能知道为什么了。我对恐怖分子的想法并不好奇。"

"我儿子没说什么？"

"什么都没说。"

"……我知道了。麻烦把我的手腕解开，我把密码写给你。"

伊万残缺的嘴角抽动一下，"很好。"他取出纸和笔放在桌上，"你知道在我面前玩花招是没有用的，在紧急事态之下，祖国赋予我们最高级的自我处置权限，你的任何动作都会被视作威胁。我们面对的，是穷凶极恶的恐怖分子，为了消灭他们，我什么都做得出来！我能用一百种办法杀死你，在一瞬间。"他走过来解除椅子上的束缚带，将纸和笔往前推了推。

肖平苦笑着活动活动手腕，拿起钢笔写字，他已看不清眼前的世界，心跳犹如雷鸣在耳边奏响，白炽灯亮得如同一轮太阳。"就这样吧。还有最后一件事情必须告诉你，有关我儿子的叛国行为……"他的声音越来越小。

为了听清他的话，伊万保持着警觉凑近了一些，听老人喃喃自语："……我是绝对不会承认的。我是俄罗斯联邦航天局运载火箭技术研究院的功勋科学家，我知道自己隐瞒了有害祖国的秘密，我有罪。可另一方面，作为我那个小兔崽子的爹，肖三十九年的父亲，从他拉青屎的时候瞅着他慢慢长大的人，我敢说这世上没有比我更了解我儿子的人。我俩说话不多，就有时候就着孩儿他娘包的俄国饺子喝几杯伏特加，喝多了才能敞开来聊。我给他递根烟，他给我斟杯酒，说几句话，就什么都懂了。我老肖没什么出息，搞了一辈子火箭燃料研究，我儿子比我争气多了，我和阿佳塔最骄傲的就是有这么个孩子，亲儿子。就算见了阎王，我也不相信我儿子是恐怖分子，是杀人魔王。他要做啥，我不懂，也不想懂，我只知道他不是坏人，他干不出坏事儿来……死也不相信！"

伊万吃了一惊。只见肖平猛地挥出右拳，伊万立刻向后跃出躲避，右手已握住怀中雅利金手枪的枪柄，却发现老人是朝自己发动攻击。

"噗"的一声闷响，肖平打中自己的上腹部。他痛苦地弓起身体，腿上尚未解开的束缚带绷紧吱吱作响。

"你……"发问声尚未出口，伊万的视野就被红光充满了。他看到，椅子上的老人化为一支剧烈燃烧的蜡烛，赤红烈焰从口鼻和耳朵中喷出，转瞬间席卷整个房间。痛苦只持续了几秒，人体来不及炭化就燃烧殆尽，火焰舔舐着钢铁的冷藏柜和水泥墙壁，让房间层层剥落。

藏在肖平肝脏后面的，是一枚三百五十毫升的玻璃胶囊，里面分两格存储着液态肼与过氧化氢，当脆弱的玻璃外壳破碎，强极性化合物肼与强氧化剂过氧化氢混合，顿时产生出高热火焰。油状、剧毒的肼是一种已经被淘汰的液体火箭发动机燃料，而火箭发动机，是这个华人老专家最熟悉的领域。

自从发现儿子的秘密之后，老人就趁胆囊手术的机会，让莫斯科国立谢东诺夫医院那位生死之交的医生朋友，将玻璃胶囊植入了自己体内。只要施加较大的冲击力，就会让脆弱的玻璃胶囊破碎。这位在良心与爱子之情间左右挣扎的父亲带着体内剧毒的火箭燃料，度过了许多危险而痛苦的日子。每逢日落便会袭来的腹痛时刻提醒他，是秉承对祖国的信念回归秩序，还是凭借父子之情做出一厢情愿的判断，这是个无解的问题，他所能做的，只有如此。

他是俄罗斯人，也是个华人。当有一天他发现自己捡到的弃婴成长为那样的怪物，肖平决定成为一个罪人。东正教的罪，儒家思想的罪，无论从哪个概念上，他都只能烧尽自己，作为对万千牺牲者的赔礼。

距离可能的第三次发射：0 小时 57 分 23 秒
美国新墨西哥州奥特罗县，特里尼蒂 α 地面站

夜色中，四辆雪佛兰 Suburban SUV 组成的编队掠过一丛五英尺高的牧豆树。

刹车灯亮起，车队停在特里尼蒂地面站银亮的围墙前。

牧豆树下的沙漠角蜥观察到了这几个移动物体，它简单的大脑将目标判断为食谱范围之外的东西，于是不再关心，它更忧心的是自己的体温问题。夜已经深了，空气却依然炎热，它在白天积蓄的体温迟迟不能散去，这显然对健康有害。今天反常的气候令角蜥感觉很烦躁，它挪动身体，尽量把自己埋进凉爽的砂土之中。

"我们计划了那么多方案，一个也没用上。"戴墨镜的男人开门下车，向同伴抱怨，"美国政府果然是悠闲太久了，居然没有人对特里尼蒂地面基地加以控制，县警、海军陆战队、FBI、国土安全部，全都没出手。"

副驾驶席上戴鸭舌帽的人应道："到现在为止，原试射计划所发布的疏散令仍然起效，很多救援阿拉莫戈多的消防车都被拦在警戒线外面——话说回来，消防队去了也没有什么事可做，除非他们想在岩浆上烤棉花糖。"

"好主意。岩浆烤热狗，听起来也不错。"查尔斯·唐摘下墨镜，在门禁系统上刷卡，并进行虹膜验证。门开了，他跳上车，将 SUV 一直开到基地主楼前，使用同样的方式打开了建筑物的滑动门。后面的那些车子上跳下来

十几名身穿蓝色工服的男人，"按计划来吧，把工蜂放出去，恢复自动武器系统，接管发电站，刘会告诉你们该怎么做。"他布置道。

戴鸭舌帽的男人丢掉帽子，打了个响指，说道："很简单，给每栋建筑断电，按顺序打开备用电源，剩下的我来搞定。"这位亚洲人扎着一头黑色的小脏辫，看起来有点儿嬉皮，但作为特里尼蒂美国公司副总裁、首席技术官、能源集团顾问，没人敢轻视乾坤·刘的意见。

雪佛兰SUV后备厢开启，四架侦察无人机嗡嗡起飞，人们四散进入基地。

查尔斯与刘乾坤通过电梯到达主楼地下二层，在灯光明亮的主控制室里坐下来，分享一瓶哥顿牌杜松子酒。查尔斯喝下一口酒，敲一敲桌面，"特里尼蒂总裁被逮捕了，还有里克·威廉斯的母亲，FBI不会轻饶他们的。"

刘乾坤满不在乎地说："不外乎自白剂那一套。这些人能够吐露的信息不值一提，而且他们——当然还有我们所有人——的意识深处埋设了心理炸弹，一旦超过某个刺激阀值，炸弹就会'砰'地爆炸，人会瞬间陷入深度睡眠，直到催眠他们埋设炸弹的那个人亲自将催眠解除。"

查尔斯摆弄着墨镜，"你说整个计划成功的可能性究竟有多大？做到这一步，已经出乎我的意料了。"

"百分之百，或者零。笨蛋才相信概率，哥们儿。"刘乾坤嘴里咬着一次性纸杯，噼啪敲打着键盘，"对了，把电视打开，时间差不多了。看完这一段我就带人到圣塔菲去，应该刚刚好。"

距离可能的第三次发射：0 小时 05 分 48 秒

美国纽约曼哈顿，联合国总部大楼

联合国大会厅的一千八百个席位已经坐满，更多的人还想挤进门来，秘书处工作人员在极力劝阻。以常驻联合国代表黛米·怀特为首的美国代表团占据了第一排的六个席位，布兰登·巴塞罗缪博士也在代表团中，美国总统和紧急应对小组成员则在秘书处大楼 17 层通过视频直播观看会议。由于是仓促召开的紧急特别会议，各国元首并未列席，美国总统出于姿态问题放弃了亲自出席的想法。

联合国秘书长戴克斯·三浦宣布会议开始。这位日裔加拿大人一个小时前刚刚结束对古巴的访问回到纽约，他按照联合国宪章条款，宣布由过半数安理会理事国发起的联大紧急特别会议即刻召开。

会议开始之前，秘书长要求美国分享相关情报，因为大多数与会国家对特里尼蒂事件并不了解。

经过总统授权，黛米·怀特在大会厅的两百寸投影屏幕上播放了特里尼蒂太空站同美国政府通信的影像资料——当然，有关美国总统发言的部分做了些技术处理。

会议厅乱成一锅粥，所有人都在拨打电话，二层平台的各媒体驻联合国记者冲向美国代表驻地，想搞到原始视频资料。混乱持续了很久，直到美国人关闭无线电干扰，向特里尼蒂太空站发出通信请求。太空站很快做出回应，三位宇航员的面孔出现在高悬金色地球橄榄枝徽标的联合国会议厅中。特里尼蒂履行了诺言，倒数计时被重置为两小时。

由于本届联合国大会的主席、副主席暂时未能到场，主席台上只坐着秘书长三浦一个人，他面对镜头发言："我是戴克斯·三浦，这里是联合国总部联大会议厅。联合国紧急特别大会应约召开，但你们要了解，这并非联合国屈从于恐怖主义威胁，而是安理会理事国认为有必要与你们正式对话，寻找解决问题的途径。"

身穿轻便宇航服的美国宇航员微笑道："很高兴能够与全世界交流。我是里克·威廉斯，现在代表特里尼蒂发言。首先我们需要一个平等对话的身份，如果身上挂着恐怖分子的标签，就没法进行一场友好的谈话吧？麻烦看看你的右手边，先生。"

三浦望向自己的右边。主席台侧面是几排座席，那是联合国特别观察员席位，"……联合国观察员有权在联大发言，这一点没有错。但以你们的立场，即使是以组织身份加入……"

"不，不是组织，而是实体。特里尼蒂正式申请以主权身份成为联合国观察员。"

三浦愣住了，会议厅里响起嗡嗡的议论声。联合国的观察员席位有六十多个，其中大部分是国家联盟、经济共同体等国际组织，而实体主权只有五个——马耳他骑士团、红十字会、红十字会与红新月会联合会、各国议会联盟、国际奥委会。至于以国家主权担任观察员的，只有梵蒂冈和巴勒斯坦。

美国代表黛米·怀特大声道："这是对联合国宪章的亵渎！美国无法容忍恐怖分子在联合国大会的无礼行为！"

会场里响起肖那平静低沉的声音："这是沟通的基本条件，我们不想威胁任何人，先前所做的一切只是为了换取平等的对话条件。对于那些必要的牺牲，我们感觉非常抱歉。"

"将这些刽子手从太空逮捕，送上断头台！"阿尔及利亚代表站起来挥舞着拳头，"他们谋杀了三万名阿尔及利亚人和三千名法国人，其中还包括两千多个孩子！"

"请肃静。"秘书长三浦开始维持秩序，"请肃静。宇航员先生们……根据章程，无法草率授予观察员身份，我建议先就特里尼蒂太空站对地球的威胁一事进行讨论。"

里克·威廉斯说："《联合国宪章》可没对常驻观察员身份的认定进行规定，只赋予观察员在联合国大会发言与发起投票的权利而已。一直以来观察员身份审核是依照惯例进行的，这并不是拖延的借口吧，秘书长阁下。"

"但你们只是三名太空太阳能电站的宇航员，并不具有主体性。"

"很好，这正是我们要在全世界面前声明的事情。"

美国宇航员举起一个塑料盒子，盒子上用马克笔潦草地写着"票箱"二字。他向镜头展示盒子是空的，盖上盒盖，然后将一张小纸片沿缝隙塞进去。特里尼蒂 β 站的莫甘娜·科蒂也做了同样的事情，不过她使用的是一个装曲奇饼的小铁盒。肖安静地面对镜头，没做什么。

"现在开始计票，麻烦大家监督。"美国宇航员笑嘻嘻地打开盒子，展开那张对折的纸，纸上写着一行字："特里尼蒂应该成为独立国家吗？请标记'是'或'否'。"下面写着"是"的地方打了个钩。

同样，莫甘娜盒中的纸也勾选了"是"。

里克·威廉斯清清嗓子，对联合国大会厅里的两千人和厅外的七十亿人说："公投已经结束，投票率 66.66%，得票率 100%。我们在此正式宣布，以特里尼蒂 α 站、β 站、γ 站构成的太空领土为独立主权国家，命名为特里尼蒂共和国。我们愿意在平等、和平、友好的基础上与其他国家建立关系，进行经济领域的深层次合作。要知道，我们国家的太阳能资源——"

联合国秘书长戴克斯·三浦忍不住打断了里克的话，尽管明知这是不礼貌的行为，"抱歉，威廉斯先生，这是一个玩笑吗？"

里克笑道："不，你刚刚目睹了一个新国家的诞生，秘书长阁下——肖，该你了。"

肖用右手推一推玳瑁框眼镜，举起一张纸，开始沉静地诵读《特里尼蒂独立宣言》："今日我们在此宣布独立，特里尼蒂全体国民发出一致的声音。我们来自美洲、亚洲和欧罗巴，继承了东西方文明有关民主、和平、宽恕和奋进的美德，也因世界的狭窄、自闭、短视与懒惰而苦恼。站在更高的角度观察世界，我们发现在三点六万千米的轨道上不存在世俗纷争，每个人都能保持尊严。

"我们是特里尼蒂，一个民主的、多民族的、平等的国家。我们秉承地球之子的权利与义务，珍爱人类的永恒家园，保持与所有友善国家的商业、文化、教育、医疗等方面交流合作，为地球的安全、稳定、繁荣做出贡献。

"我们遵从国际法原则，对所有平等主权国家报以善意，并期待各国家的支持与友谊。我们保证为地球提供清洁而高效的太阳能电力，帮助联合国安理会维护地区性与全球性的和平。

"我们是特里尼蒂，地球之外的三人国家。今日我们在此宣布独立，此事项明确具体且不可撤销，应受法律约束，且受法律保护。

"——特里尼蒂共和国，国民肖、里克·威廉斯、莫甘娜·科蒂，共同签署。

"你好，世界。"①

同步翻译器将每一句话送进人们耳中。肖结束诵读后，大厅里出现了长达一分钟的沉默，每个国家的代表都在思考这篇宣言背后的含意。许多人下意识地低头看腕上的手表，因为这个时刻注定将被写入每一本历史书当中。

打破沉默的是中国代表，"你们不具有建国的条件。"这名精神矍铄的老者站了起来，"你们在玩弄'国家'这个概念！国家是拥有共享领土和政府，拥有共同语言、文化和历史的人民群体，你们具备基本的政治学概念吗？"

做出回答的依然是美国宇航员，"国家的三个要素是领土、人民和政治权力，特里尼蒂拥有全部要素，我们拥有自己的领土——虽然实际上跟土地没什么关系——和领空，有三个热爱祖国的国民，有全世界最完善的民主制度，而且我可以保证我们会尽快搞一部宪法出来。"

"抗议！"英国代表站起来，"根据1967年生效的《外太空公约》第三条

---

① Hello，world。在屏幕上输出 Hello，world 是每一种计算机编程语言中最基本、最简单的程序，亦通常是初学者所编写的第一个程序。它还可以用来确定该语言的编译器、程序开发环境，以及运行环境是否已经安装妥当。

'不得据为己有原则'，任何国家或个人不得通过提出主权要求，使用、占领或以其他任何方式把外太空据为己有。你们在太空中所宣称的领土是无效的！"

里克咧嘴一笑，"抗议驳回，律师先生！特里尼蒂的领土可不在太空，而是三座空间站所覆盖的物理范围。根据国际空间法，人造空间物体的控制权和管辖权归属于注册国，也就是说，三座特里尼蒂太空站分别属于美国、中国和法国领土，我们只是通过和平政变的方式改变了领土归属权而已。还有问题吗？下一个。"

秘书长三浦说："你们是希望联合国大会就特里尼蒂建国问题进行投票吗？"

"你真是令人意外地缺乏常识啊，阁下。"里克用手指指脚下的蔚蓝地球，"联合国大会怎么能干扰主权建立呢？就算特里尼蒂建国不符合国际法，也要海牙国际法庭审判才能认定。现在，我们只想以主权观察员的身份在联合国紧急特别大会发言而已。"

在一片骚动声中，秘书长与副秘书长、几位常任理事国代表简短沟通了几句，然后做出决定："好，特里尼蒂作为主权团体获得了本次紧急特别会议的观察员身份，会议结束时身份即随之撤销。我需要提醒的是，你们有发言权和提议权，但没有投票权。"

"谢谢！"里克敬了个不太严肃的礼，笑嘻嘻地说，"我们不会发起投票的，因为街上的小混混都知道联合国大会的决议是没有强制执行力的，只有安理会决议具有强制力。现在让我们开始对话吧……莫甘娜，你要接棒吗？"

特里尼蒂 β 站的女宇航员犹豫着点了点头，"按下发射按钮毁灭提米蒙绿洲的是我。杀死三万多人的是我。"她垂下睫毛，轻轻咬着牙，"我有罪。但若有必要的话，我可以杀死更多人。如果你们和我一样从三万六千公里之外看地球，就会发现地球其实小得可怜。如果谋杀蚂蚁算有罪的话，你们人人都是魔鬼！特里尼蒂想要的，其实非常简单……"

她的话引起一众喧哗，许多人站起来大声咒骂并向投影屏幕投掷鞋子。

秘书长徒劳地敲着小锤。

这个时候，布兰登·巴塞罗缪博士收到了一条保密信息，他开启笔记本的视网膜投影模式，只有他本人看得到的信息浮现在眼前，"观测到三十二个人造星体异动，根据已确定的卫星资料，是中国与俄罗斯的攻击卫星发动攻击！另，探测到十二枚导弹突破大气层的红外信号，据分析，是中国华北、东北、西南三座导弹基地发射的'东风49改'反卫星弹道导弹，NMD系统分析东风导弹的弹道不会重入大气层，已解除锁定。"

博士吃了一惊，转身看旁边，中国与俄罗斯代表也在责骂特里尼蒂的激愤人群当中，看不出表情有什么异样。他点击"东风49改"导弹的链接，阅读详细说明："'东风49改'由'东风49'战略弹道导弹增加三级助推器改装而成，是目前已知地基反卫星装备中唯一能威胁到两万公里以上轨道的武器，试射记录两万四千公里，预测最高攻击范围四万公里，战斗部载荷八百公斤，常规弹头装备六十颗高爆子母弹，核弹头总当量四十五万吨，受《公约》限制未列装。"

老人抬起头，仿佛透过联合国会议厅的穹顶，看到三万六千公里之外的深空即将盛开的金色焰火。

距离可能的第三次发射：1小时49分01秒（重置后）
俄罗斯莫斯科市卢比扬卡广场，地下某处

屋门开启，浓烟滚滚中冲入几个头戴防毒面具的士兵，他们将一副防毒面具扣在阿佳塔头上，架起老妇人向外冲去。

楼宇里烟雾弥漫，干粉灭火器的白灰撒满地面，阿佳塔的挣扎毫无用处。士兵们拥着她登上一辆汽车，车子在宽阔的地下通道中行驶了十几分

钟，经过几重戒备森严的门户，一个截然不同的世界出现在眼前。这里，地面铺设着灰色耐磨树脂，LED自发光墙壁散发着柔和的白光，军人和穿着白大褂的技术人员匆忙来去。等阿佳塔醒过神来，她发现自己已坐在一间四壁纯白的屋子里面，对面站着一位威严的俄罗斯中将。

"我只有一个问题。"大胡子中将端正地站着，"就目前掌握的资料，无法解释别列斯托夫的行为动机。我们找到的诸多线索都是假消息。他与境外恐怖势力、宗教极端组织并没有什么关联，与中国和美国方面似乎也没有什么联系。阿佳塔，告诉我，如果别列斯托夫是出于自身原因犯下反人类的罪行，那么，那个原因是什么？"

老妇人坐在那里，一语不发。

中将没有说什么，只做了个手势。房间的三面墙壁立刻变得透明，阿佳塔惊愕地环顾四周，发觉相邻房间的墙壁、天花板、地板也在逐渐消失，她正坐在一个庞大空间中央的玻璃盒子里，数以百计的信息终端上面，无数显示屏流动着令人眼花缭乱的数字信息。她望向其中一块屏幕，伺服系统捕捉到她的视线，将显示屏上的画面投射到小屋墙壁，一座高耸入云的山峰出现在眼前，风雪扑面而来，让阿佳塔不禁打了个寒战。老妇人看不懂屏幕上的坐标，不过下面有文字在滚动：中西伯利亚高原萨彦岭蒙库萨尔德克山，海拔3450米，气温–19℃，特里尼蒂γ地面站。

中将做了个手势，画面旋转起来，山顶正八角形的银色建筑物在风雪中矗立，一条蜿蜒的道路沿着山脊深入谷底，但中间大片山脊崩塌了，如同折断的巨龙脊梁。"几个小时前，侵入特里尼蒂地面站的恐怖分子炸断了唯一的道路，并且拒绝通话，但他们没有损坏输电设施。"中将说。

阿佳塔惊慌地站起来，望向另一个方向。墙壁突然变得漆黑，璀璨星空在眼前铺展开来，爆炸的光芒耀得人眼睛发花。中将说："俄罗斯的太空力量正与中国太空军联合发动攻击，这是全世界太空战的主要战斗力了。从目前来看，战况并不乐观。"

老妇人跌坐在椅子上，眼睛一眨，一个布满仪器的庞大实验室浮现在天花板上，"以罗蒙诺索夫超级计算机为首，祖国的十二台超级计算机组成的并联计算系统正在破解别列斯托夫个人电脑的密码，我们已经破解出了一部分文件，但关键文件使用了更复杂的加密算法，即使以国内最强的演算能力，运气好的话也要两个小时才能得到结果；运气不好的话……可能要花上几天时间。"中将说，"您看到了，整个国家为了一个人而陷入紧急状态，祖国正面临严峻的考验。而那个人，就是别列斯托夫，您的儿子。我不奢求什么情报，只想得到一个合理的答案……他为什么这么做？"

眼泪从阿佳塔脸上滴落，她用衣袖揩着眼泪，嘴巴一开一合。尽管发不出声音，口型识别系统还是自动翻译出了她想说的话："我真的什么都不知道，我不知道我的儿子是这样可怕的人。他从小就很自闭，不会跟人说交心的话，记得他高中毕业时第一次喝酒喝多了，回家就吐了，不肯睡，哭着说世界不公平，无论何时都是富人欺负穷人，强者欺负弱者，人和人要分等级……我知道他有两个从小到大的好朋友，其中一个是巴基斯坦技术专家的孩子，他一直受到新纳粹集团的欺凌，后来自杀了；另一个的性格也很奇怪，长大后当了医生，但一直宣扬世界毁灭之类的……我儿子不是坏人，他只是极端渴望公平的世界……"

"平等？"中将倾听着老人的哭告，若有所思地低下头，"……仅仅是为了这样幼稚的理由？"

几十朵小小的花儿同时绽放在星空，屋里的光线亮了又暗下去。中将知道，那是中国方面的五枚"东风49改"释放的分导弹头遭到了激光拦截。这次攻击的导弹和自杀卫星全部被特里尼蒂太空站的防御激光击毁，与此前美国人尝试的结果完全相同。这是一次史无前例的饱和攻击，同一时刻有超过二百枚制导弹头、动能武器和自杀卫星集中在同一片空域。但画面上那片黑色阴影巍然不动，只有太空武器自爆的光芒不断闪烁。特里尼蒂太空站像雄踞于人类头顶的奥林匹斯宫殿，用雷电轻描淡写地击溃美国、俄罗斯和中国暗自苦心经营了数十年的各自引以为傲的太空力量。

与此同时，爆炸产生的碎片已经击毁了六十颗静止轨道通信卫星和更多的低轨道卫星，灾难性的连锁反应正在发生，全球卫星的通信能力已经锐减了 50%，频段还在一个接一个地持续减少中。

站在俄罗斯联邦战略通信情报指挥中心里，中将明白现在并不是审讯相关人士的时候。旁边房间里的总统、总理和总参谋长正在急切地寻找着第二套方案，能够在危机中拯救祖国的最后方案。

距离可能的第三次发射：0 小时 40 分 11 秒（重置后）
美国新墨西哥州圣塔菲市，州政府大楼

两辆黑色雪佛兰 SUV 停在西班牙风格的四层建筑门口，车灯熄灭，发动机却还在嗡嗡作响。夜色中，这平凡无奇的砖红色建筑就是新墨西哥州州政府大楼。

此时已接近午夜零点，大厅里只有一名睡眼惺忪的保安。戴鸭舌帽的男人向他打了声招呼，带着六名特里尼蒂员工乘电梯到达四层，推开州长办公室的门。

新墨西哥州州长正坐在办公桌后看电视，一双大脚高高跷在桌上，"……是你？"看见来客的样貌，州长收回腿站了起来，伸手表示迎接。

刘乾坤摘掉鸭舌帽，甩一甩小辫子，大大咧咧地坐在桌子对面，"瞧，终于到了履行承诺的时候了。"

"我没想到这种事情真的会发生。"州长走到小酒吧，给自己和来客各倒

了一杯威士忌，"Jim Beam 波旁酒，加矿泉水。我们都需要冷静一下。"

刘乾坤跷起二郎腿，摆了个舒服的姿势，接过酒一口喝干，说："好，我很冷静了。你做好准备了吗？"

州长整理了一下领带结，显得有点儿犹豫，"我不确定……现在联合国会议还没开完，他们也还没宣布那件事情。"

"很快，很快。"刘乾坤说，"我让人在四层会议室架好了直播设备和卫星天线，随时可以开始直播。另外，旁边屋子里埋伏了几名持枪者，这样很不好哦。信任是合作的第一前提，你要与特里尼蒂彼此信任才对。"

"噗、噗！"几声轻响后，秘书室传来沉重的倒地声。州长面色还是很镇定，端起酒杯摇晃着金黄色的酒液，"抱歉，那是程序配备而已。从几年前竞选的时候起我就对特里尼蒂非常信赖，相信未来我们还可以良好地合作下去。"

刘乾坤笑道："当然，你要付出的非常少，只是在电视前露个面而已，我用电脑 CG 可以做到同样的事情，但你明天的公开演讲也很重要。毕竟是个新的开始，干杯！"

"干杯！"

两人喝下杯中酒，一齐转头看电视，NBC 电视台正在直播联合国紧急特别大会。当然，这颗星球上的所有电视台都在播放同样的画面，从一个多小时前开始。

距离可能的第三次发射：0 小时 25 分 01 秒（重置后）
美国纽约曼哈顿，联合国总部大楼

中国与俄罗斯毫无征兆地突袭，使得通信中断了近一个小时。

特里尼蒂的影像突然消失，这让联合国大会厅里陷入一片混乱，技术人员找不出原因——直到二十多分钟后，中国代表团才公开发表这次太空军事行动的情报。当然，中国人先抛出来的是美国太空军进攻失败的画面。与会的一百九十四个会员国这才震惊地发现了美国、中国、俄罗斯居然拥有如此强大的太空军事力量！但会员国又无法谴责这三个国家违反了《外太空条约》，因为这些太空军事力量已在很短的时间内被特里尼蒂所毁灭。

特里尼蒂太空站的激光防御系统无懈可击，只有俄罗斯卫星发射的几束化学激光击中太空站，暂时损坏了特里尼蒂的通信系统。里克·威廉斯传来一段嬉皮笑脸的视频，说三个人都毫发无伤，很快就可以修复损伤，恢复全面通信。"全地球无耻的人们，待会儿见。"他笑嘻嘻地说。

在愤怒、屈辱而无计可施的半个小时之后，大会厅里再次安静下来，投影屏幕上出现了三位宇航员的脸。

秘书长三浦开门见山地问："特里尼蒂，你们究竟想要什么？刚才联大已经达成协议，在进行对话期间不会再有国家对你们发动攻击，贵方可以放心。"

"我们想要的很多，也很少。"美国宇航员说，"莫，你先来。"

莫甘娜做了个深呼吸，拿出一份讲稿念道："你们正在毁掉地球，化石能源马上就要枯竭，可没人承认这一点。能源巨头装出一副满不在乎的样子，一边宣称石油储量还够用一百年，一边用物理和化学方法把地壳更深处的原油挤出来——尽管明知这么干会造成地壳塌陷、地震和海啸。美国花十五年时间就开采完了境内的页岩油和页岩气，采用的高压分段压裂技术对地质结构造成了不可逆转的伤害，但所有的报告书都对此避而不谈。

"你们四处兴建损害生态环境的水电站，在高原上修满了风力发电机，任凭风电攫取季风的能量，一点一点地改变着大气环流的形态！你们一面盖起核电站，一面把核废料沉向海底……

"空间太阳能发电，特里尼蒂项目毫无疑问是整个人类的希望，但看看你们手上的资料，里面写了什么？特里尼蒂空间太阳能电站的装机容量可满足全球用电量的百分之十五……谎话连篇！特里尼蒂项目是新能源与传统能源巨头的一场博弈，是妥协的畸形产物，设计太空站图纸的几位科学家了解真相，但他们却一个接一个地死于'意外'！复合抛面集中器的光效率被人为修改了，在所有资料中，特里尼蒂的发电量都被降低到标准的八分之一。若不是在太空站主控电脑中发现并破解了原始设计文件，我们也不会得知这个秘密……没错，你们想让特里尼蒂在低负荷状态下长期运行，适度地替代传统能源的发电量，直到你们把地壳中仅剩的石油换成钞票为止！

"是的，特里尼蒂完全能够为全球提供足够的电力！地球可以获得绝对清洁、高效的太阳能，而不必付出环境与资源的代价！我要求地球停止其他各种发电方式，由特里尼蒂给地球提供太阳能电力。"

混乱风暴再度升起，数十种语言的吵嚷淹没了秘书长徒劳的击槌声。里克·威廉斯没有等待骚动平息，他大声说："你们的好牌用完了，所以不得不听我们的话，对吧？中国人的导弹很可怕，一定把全世界都吓了一跳……听我说下去。你们好好给我听着！"

议论声逐渐低微，里克满意地点点头，"那么我接着说。莫甘娜是一位可敬的环保主义者，我可不是。我不在乎环境什么的，毕竟人类才是地球的主宰，改造自然是我们的生活方式……我是个非常胆小的人，你瞧，就算在太空站里，我也要以地球为方向找到合适的姿势才能睡着。毕竟从我们还是猴子的时候开始，一直在地球上住了几百万年，我们绝对离不开这个蓝色的大水球。

"我是个太空人，这可不是什么美国梦的体现，我其实最怕太空了。应该说，我最怕的是地外文明。我相信有外星人存在，所以害怕它们，怕它们像乔治·威尔斯的《世界大战》一书中所描写的那样降临地球消灭我们，怕它们像《独立日》中一样靠武力征服我们，像《第九区》中一样盘踞我们的土地，像《三体》中一样控制我们……我知道这听起来简直杞人忧天，但仔细想想，这比新纳粹主义者发动第三次世界大战还要现实！

"在电池耗完之前，'旅行者1号'已经飞了两百多亿公里，它还会一直飞下去，直到它变成一堆废铁，或者被该死的外星人找到。你们是否想到，从能够使用无线电的时代开始，地球就一直在向外发射'来找我吧，来找我吧'的无线电信号，这些信号已经形成了一个直径一百光年的大泡泡，而且还在不停扩大，不停扩大！疯狂的科学家们开始用强大的射电望远镜向其他恒星发射信号，无数人每天使用个人电脑分析数据搜寻外星人可能存在的证据……地外文明，该死的地外文明！

"你们可以叫我'人类沙文主义者'。我热爱人类，热爱这美好且唯一的地球，不愿任何遥远太空中的虫子来打扰人类在美好且唯一的地球上的生活。我要求地球立刻停止一切太空探测活动，不再发射深空探测器和射电电波，转而专注于科技进步与经济发展。要知道，对于这么区区几十亿人来说，地球已足够大了！"

喧哗声浪几乎冲破联合国大会厅的穹顶，秘书长三浦咚咚敲着小槌。画面中央的肖用右手推了推玳瑁框眼镜，缓缓开口："我对'国家'这个概念厌恶透顶，我是俄罗斯人，但从基因序列上来说我应当是华人，我不知道自己到底是什么地方的人，因为我从没见过我的生身父母。

"没错，国家是强加于人类身上的枷锁。生活在那个所谓的国家中的大多数人既不会与你发生联系，也不需要被你热爱、憎恨、给予和掠夺。

"对我来说，平等是最重要的事情。我希望这是家庭之间的平等，关系群体之间的平等，创造力意义上的平等。也就是说，我要创造出一种新的社会结构，重新分配地球上的重要资源。

"在第一个阶段，我要求废除国家结构，以技术集团为核心，按照地域特征分化出独立城邦。城市文明应该是独立的、自由的，而在最重要的能源——电力——由特里尼蒂独家供给的前提下，科技应当成为城邦文明之间的等价交换物。城邦之间的地位是平等的，经济行为依托于技术发现；城邦内臣民的地位是平等的，不再有集权者和被专制者，人人都是城邦技术集合体的组成部分。国家解散之后，军队将成为独立城邦，一个基地，一支舰队，数辆坦克……军队城邦将以军事实力为交换物，向全世界城邦出售安全保证。

"联合国将以崭新的形式运行，负责统筹全世界城邦，维持全球经济平稳，而世界范围内的和平将由特里尼蒂来保证。特里尼蒂的激光炮将降落在所有发动侵略战争、反对特里尼蒂及城邦制度的区域！我想这二十多小时内发生的事情，已经证明了特里尼蒂的军事实力。

"以上，就是特里尼蒂对地球上所有国家发出的宣言！如果能够摒弃老旧观念，放开怀抱迎接新生事物，我们相信，在特里尼蒂保护下的地球一定会变成一个更好的地方，获得一个更平等、更安全、更先进、更幸福的未来。

"这期间，许多人会因此而死去，我们将背负这些哀痛，唾弃自己的墓碑，在上面刻满'杀人犯''反人类者''刽子手'等词汇。但崭新的文明会在特里尼蒂的庇护下成长，正确的历史将给予我们正确评价，我们无所畏惧。我们会和城邦文明一起永生。

"这是最后一次倒计时归零，我们将进行第三次发射、第四次发射、第五次发射……直到地球交出令人满意的答卷为止。再见，世界。"

挤满两千人的联合国大会厅陷入歇斯底里的疯狂。

这时，布兰登·巴塞罗缪博士正奋力挤出人群。为了穿过人墙离开会议厅，他不得不抢起手提电脑打晕了两个大喊大叫的印度人，才跌跌撞撞冲出大厅。两分钟后，他出现在秘书处大楼 17 层，总统正在等他。

"请坐，博士。"总统在圆桌那头抬起头来，用空洞的眼眶望着他。

博士悚然一惊，尽量不去看总统手中灰蓝的玻璃眼球。他坐下来打开电脑，转过屏幕向圆桌旁的小组成员展示，"这是我的分析结果，总统先生。事到如今，进行心理战的最佳时机已经错过，但还有尝试的价值。如果允许的话，我现在就着手准备，只要在通信中加入必要的……"

"不，我们现在要说的是另一件事。"美国总统将眼球用力塞回眼眶，转动着一对灰色眼珠扫视副总统、国防部长等一众大人物，最后将视线落在博士身上，"告诉我，在只能杀死一个人的前提下，杀掉三个人当中的哪一个，才能让特里尼蒂整体崩溃？"

巴塞罗缪博士愣住了，"为什么是一个人？"

"答案，博士，答案。"总统重复道。

国防部长出言解释："我们刚刚得知还有最后的手段，能够确保毁灭三个特里尼蒂空间站中的一个，虽然消灭美国本土上空的 α 站是看似最合理的选择，但 NASA 专家说，剩余的两个空间站可以使用光压作为推动力完成变轨，在变轨后继续威胁美国本土，因为两个空间站就能覆盖地球 90％ 以上的可居住范围。所以，我们迫切需要你的建议。"

老人思忖片刻，说道："三个人组成的小团体要形成稳固结构，其中一定有一位担任领袖角色，就是我们常说的阿尔法人格①。如果将领袖杀死，就会对整个团体造成毁灭性打击，从属人格的判断力、行动力将严重下降，甚至走向心理崩溃……经过这段时间的研究和观察，我心中已经有了一些判断，总统先生。"

他望着屏幕上的三张相片。黑发的别列斯托夫·肖戴着玳瑁框眼镜，表情冷漠。金发的莫甘娜·科蒂有着小麦般的肤色，总是面带微笑。亚麻色头

---

① 领袖型人格。

发的里克·威廉斯咧嘴大笑，牙齿闪亮。俄罗斯人，法国人，美国人。男人，女人，男人。

"是他。"巴塞罗缪的手指落在其中一张脸孔上，"如果只能杀死一个人的话，这是唯一正确的选择。"

距离第三次发射：1 小时 50 分 14 秒
地球—月球拉格朗日点 L1，距离地球 32.3 万公里

ILSS[①] 是一个外环直径三千米、内环直径一百五十米的同心圆环状人造星体，它静静地悬浮在地月拉格朗日点，数十台姿态调整发动机不断喷出气体以维持其位置稳定。

ILSS 是十二年前由美国国家航空航天局、中国国家航天局、俄罗斯联邦航天局、欧洲航天局和日本宇宙航空研究开发机构共同开发建设的，作为月球探测的中继基地存在。十几个小时前，刚刚有一艘运行在 L1 晕轨道[②]的货运飞船与太空站成功完成对接。但随着特里尼蒂事件升级，地面站的指令中断了，ILSS 上的二十五名宇航员聚集在主舱室，焦急地等待着来自地球的消息。

联系中断九小时后，地面控制中心终于发来通信请求。绿灯刚刚闪烁起来，探月空间站站长立刻点亮了麦克风，"休斯敦？休斯敦？"这位英国宇航员在 ILSS 连续工作了两年零四个月，预定乘坐这艘货运飞船回到地球，此时他的情绪自然忍不住激动起来。

---

① 国际探月空间站。

② 围绕地月拉格朗日点的平动轨道。

"ILSS，这里是莫斯科星城航天指挥控制中心。"

"莫斯科，莫斯科，这里是 ILSS，地球到底出了什么问题？我们想尽办法取得联系，但休斯敦一直没有回应……"

"ILSS，启动紧急代码 ANEEL5591ED，重复，启动紧急代码 ANEEL5591ED。完毕。"留下简短的信息后，地面控制中心结束了通信。

"莫斯科！这不是有效的国际通用指令，我不明白……"英国人攥着麦克风大声呼喊。这时后脑勺突然传来冰凉的触感，他转过头，发现一支泰瑟枪正瞄准自己的眼睛。

几名宇航员脱离固定位置集中在一起，从便服下面掏出泰瑟枪来，他们衣服上都有白、蓝、红三色的泛斯拉夫联邦国旗。"ILSS 空间站的宇航员们，我代表祖国发出声明：从现在起，俄罗斯将对 ILSS 空间站进行全面接管，你们会被禁锢于 D2 居住舱，直到莫斯科发布解除紧急状态的代码。任何不配合的行为……"一名俄罗斯宇航员大声宣布。然而他的话还没有说完，一个大块头的美国人用力一蹬墙壁，挥舞着维修扳手从人群中射出来。

俄罗斯宇航员左手攥住固定横杆，右手扣动扳机，"啪啪！"轻微的击发声响起，银色电击弹嵌入皮肤，美国人浑身剧烈抽搐起来，双眼翻白，身躯旋转着飞出。俄罗斯人没有对擦肩而过的人体伸出援手。"咚！"失去意识的美国宇航员重重撞上舱壁，手脚扭曲成不可思议的形状，鼻子喷出鲜血，化为一串血珠飘起。

"……任何不配合的行为都会落得如此下场。"俄罗斯人完成演讲后，扫视了一圈舱室——太空人脸上充满不解、愤怒和恐惧，但没有人再反抗。两名俄罗斯宇航员押送他们前往 D2 舱室，主舱室很快变得空旷起来。发表讲话的那个俄罗斯人来到控制台前，熟练地输入一百二十八位复合密码，接着掏出一把卡片钥匙插进读卡器，"莫斯科，莫斯科，紧急处置已经完成，申请进入发射模式。"

三十二万公里之外的声音延迟一秒后响起："收到，正在确认。休斯敦密匙确认。北京密匙确认。莫斯科密匙确认。射击参数已输入，请进行射击诸元演算与校准……祖国和人民感谢你们！祝你们好运！"

"收到，莫斯科。完毕。"

舱内的俄罗斯宇航员一起肃立，向遥远的祖国大地敬军礼。随着四个密匙输入完毕，ILSS的主控电脑开始对一个空间坐标进行射击演算，整个空间站的电池开始全负荷工作，备用燃料电池也进入运行状态，嗡嗡的隐隐振动从四壁传来。从位于内环中央的主控制舱看不到外环的情况，但每个人都知道接下来将会发生什么。

十二年前建造的ILSS是个单纯的探月中继基地，一个由轮辐状结构支撑的十四间舱室组成的直径一百五十米的圆环，但不久之后，由俄罗斯牵头，美国与中国参与的SHC项目①启动。五年之后，一个轻而坚固的庞大外环在ILSS外侧成型，在特里尼蒂空间站出现之前，这个周长接近十公里的庞然大物是人类在宇宙空间建造的最大物体。SHC被设计用来研究空间高能带电粒子加速所产生的激波、磁重联等现象，也会进行强子对撞研究，在人类对月球的探索热情下降的年代，SHC逐渐成为ILSS空间站的主要存在价值。

但没人知道，SHC不仅是一台昂贵的高能粒子加速器，也是一件强大的武器。加速腔末端的机械结构开始变化，SHC正在悄然改变形态。充能过程持续了二十五分钟，核电池超负荷运行的警示灯闪烁不停，为了达到武器级的发射能量，SHC的运行功率已经远远超过设计指标，接近光速的负离子在加速腔中奔流。

---

① 空间强子对撞机。

"3，2，1，发射！"俄罗斯宇航员神情肃穆地按下按钮。同一时刻，控制台爆出短路的电火花。

高能离子在电磁透镜的约束下聚焦，通过那个图纸上并不存在的舱室被剥夺电子成为中性粒子，以亚光速射出 SHC 的加速轨道。拉格朗日点上的巨大圆环开始结构性扭曲，姿态发动机徒劳地喷射着，却只是在加速太空站辐条的断裂应力。它是在危急关头只能使用一次的武器，这是俄罗斯与美国、中国达成的秘密协议。SHC 中性粒子炮是地球太空安全的最后一道防线，必须由三个国家联合授予密匙才能启动——没人能预测它会在何种情况下启动。

这个时刻，就是现在。

中性粒子束在一秒之后，降临到二十九万公里之外的特里尼蒂太空站。它轻易地撕开了太空站脆弱的复合抛面集中器，在巨大的花瓶状结构中扯开一个缺口，然后准确刺入了太空站底部那微小的主控制舱室。这庞大得令人难以置信的被造物，同时也脆弱得令人难以置信，灾难性的连锁反应已经开始，太阳能电站会沿着抛面集中器和底部控制舱的缺口将自己撕成两半，然后坠入不可逆转的螺旋坠落。

距离第三次发射：1 小时 50 分 14 秒

美国纽约曼哈顿，联合国总部大楼

布兰登·巴塞罗缪博士指着左边那张照片，黑头发、玳瑁框眼镜、沉默的男人。

"别列斯托夫·肖，他是三个人当中的领袖。如果只能杀一个人的话……非他莫属！"

距离第三次发射：0 小时 21 分 03 秒
阿尔及利亚阿德拉尔省，特里尼蒂 β 地面站

摩洛哥餐厅里横七竖八躺满了裸体男人，酒精、烟草和尿液的味道令人窒息。查奥·阿克宁刚刚醒来，他奋力抬起一条压在身上的长满黑毛的大腿，手脚并用地向大厅外爬去。窗外已经天光大亮，阳光照耀着每一座沙丘，远处依然有一条高而弯曲的烟柱直达天空，仿佛神话中通往天界的高塔。

爬行中，酒瓶的碎片割破了查奥的手掌，他舔了舔伤口，并没有感到特别疼。爬出餐厅后，他在走廊里再次呕吐，然后沿着墙边尽量小心地前进。他想逃到没有人发现的地方躲起来，因为这里所有的人都疯了，包括爸爸和妈妈。

前方有脚步声传来，查奥急忙推开一扇门躲进去，在门缝里看见两个裸体的男人背着枪走了过去。

"终于到了换班时间，南部沙漠公司没派人来，阿尔及利亚政府军也没出现，真是好运气。"一个人说。

"你看电视了吗？特里尼蒂在联合国发表宣言呢……那些大人物都气疯了！骚乱到处都在发生，没人顾得上我们，放心喝酒吧，同志！"另一个人说。

听脚步声走远了，查奥冲出门外向前奔跑。一台挂在走廊里的电视机播报着新闻："混乱还在加剧，通信线路接连中断，我们将及时跟踪最新情况，请关注我们的网络……"画面突然化为蓝幕，信号消失了。

查奥停下来大口喘着气，他感觉头晕心跳，抬起手来一看，血已经浸透了半条衣袖。他掏出手绢，咬牙将手掌的伤口扎紧，直至此时还是没有什么痛感，只感到手心一跳一跳的，手指温热。他推开一扇屋门走进去，靠着墙角坐下来休息。这个房间是位于基地外缘的公共活动室之一，大大的窗户透进炙热的阳光。

"爸爸，妈妈……"查奥咬紧嘴唇，尽量忍住泪水。

突然，地上的阳光暗淡了。孩子抬起头向窗外望去，发现右边天空出现了一大块阴影，正巧遮住了太阳的位置。那东西不像云朵，也不像飞机，倒像一朵花瓣大大的鸢尾花。"……那是什么？"他伸手一摸，自己的玩具望远镜还塞在衣兜里，于是掏出望远镜观察天空。在放大的视野里，阴影表面有着复杂规律的线条，而那些纵横的阴影正在快速移动并放大。

突然一道闪光出现，刺痛了查奥的眼睛，他大叫一声，丢掉了望远镜。

黑影已经移动到天空中央，无数闪光点出现在阴影中，以令人眼花的频率闪烁着。随着光替代影子，天上的轮廓逐渐变为一面巨大无比的镜子，散发着比太阳强烈千百倍的耀眼光芒。

皮肤被光线灼痛，查奥缩进两个柜子之间的夹缝，勉强睁开红肿的眼睛，看白热的光斑快速扫过地板。

天上有一万个太阳正在坠落。

查奥捂住眼睛尖叫着，试图把超自然的场景驱逐出现实之外。这动作似乎很熟悉，他隐隐约约想起，在自己很小的时候，也曾这样捂住眼睛和耳朵尖声大叫，希望尖叫结束之后，可怕的画面就会消失不见。

他的尖叫声逐渐嘶哑，直到弱不可闻。查奥慢慢松开手指，从指缝中偷窥外面，发现阳光已经暗淡了，地上的光斑呈现一种异样的红色。他慢慢爬出角落，抬起头看天空，天空正在燃烧。血红的火焰布满天穹，如同天地颠倒，自己正在热气球上俯视沸腾的红色海洋。

孩子坐在地上，身体不住地颤抖，红色天光将他沾血的脸映得忽明忽暗。"……妈妈……"他嘴唇翕动，发出无意义的呼唤，浮现在脑海中的并不是餐厅中那个癫狂的裸体女人，而是一个更模糊、更温暖的形象。

他用力撑起身体，慢慢向外走去。走廊里没有人，玻璃穹顶翻滚着红色光影，整个世界被染成怪异的粉红。他隐隐约约听到摇篮曲的声音，那是他乞求母亲多次却从未曾听母亲吟唱过的曲子。查奥不知道自己在何时何处听过这歌儿，只觉得无比熟悉。

Dodo，l'enfant do，l'enfant dormira bien vite.

Dodo，l'enfant do，l'enfant dormira bientôt.

睡吧，宝宝睡吧，宝宝马上睡着了。

睡吧，宝宝睡吧，宝宝一会儿就睡着了。

他停下脚步侧耳倾听。那不是幻觉，摇篮曲正从墙上的音箱里传来。某些久远的记忆被唤醒了，查奥看到一个小小的自己躺在床上笑着，或许两岁，或许三岁？一个面目模糊的女人坐在床边，轻轻唱着这首温柔的曲子。"查查……"她说，"查查，你知道吗？我不是个尽职的母亲，为了获得那个宝贵的机会，我向所有人隐瞒了你的存在，可他们知道了，那个我曾经加入，又因为理念不合而退出的组织……听着，查查，你可能会忘记我，因为你还太小。可是答应我，有一天你再听到这首曲子的时候，你要开始奔跑，向门外跑，向房子外面跑，向远离人群的地方跑。我不知道那是什么时候、什么地点，你又会是什么模样，可是查查，我求你答应我，开始跑吧，不要停下……"

"……妈妈？"两行泪水流下，查奥呆呆地望着音箱。

摇篮曲很短，播放完一遍之后又开始重复。

查奥·阿克宁开始奔跑。他冲过红色的走廊，推开红色的门，跳下红色的台阶。他经过一间摆满机器的房间，里面的人在嚷着："通信系统发生故障！可能通信中断之前被人入侵了，现在内部广播在重复播放一首该死的儿童歌曲！"他绕过一群聚在一起的男人，男人们惊恐地望着天空，仿佛化作一群石像。他冲过红色的小花园，面前就是红色的基地大门，门关闭着，查奥扑倒在门前，尽力伸出那只没受伤的手，按在控制面板上。

门开了，红色的沙漠出现在眼前。

查奥跌跌撞撞跑向红色的世界。

基地岗楼上的男人发现了他，马上举枪瞄准，可孩子笨拙奔跑的身影让他犹豫了。

这时，男人的背后响起一个女人的声音："你在干什么？！"一个裸体的女人将他狠狠推到一边，抓起那支十二点七毫米狙击步枪，用十字瞄准线捕捉红色沙丘上那个小小的身影。

"查尼！"她大喊一声，"你给我回来！"

孩子似乎听到了她的声音，但没有回头。

距离第三次发射：0 小时 16 分 22 秒
地球静止轨道，特里尼蒂 α 太空站控制室

里克·威廉斯安静地浮在舱室中央，紧闭双眼。刚才的一个多小时里，他亲眼目睹了为好友肖举行的那场壮烈火葬。

特里尼蒂 γ 太空站被 SHC 的中性粒子束击中坠落，绕地球飞行了一圈半之后进入大气层，尽管复合抛面集中器的展开面积比美国国土面积还要大，但单位面积重量非常轻，上亿块轻薄的反光板在剧烈摩擦中化为火焰……天火掠过地中海、大西洋，照亮了整个美洲大陆，将八亿人从凌晨时分的深眠中唤醒。特里尼蒂 γ 站残骸的绝大部分在大气层中燃烧殆尽，只剩下控制舱的部分碎片拖着长长的焰尾坠入太平洋。南太平洋所罗门群岛迎来了亿万年间最明亮的一个黄昏，千百道炙热的火线贯穿天地，坠落在小岛上的碎片点燃了椰林，空气中充满硫黄和焦炭的味道，海水滚滚沸腾。瓜达

尔卡纳尔岛上的居民惊恐地下跪祈祷，因为眼前的画面仿若 1942 年那个硝烟弥漫、炮声震天的深秋 [1]。

地球与空间站之间的通信中断了。里克与莫甘娜·科蒂进行了简短的对话，无须太多言语，在决定启动计划的那一刻，他们就预见到了所有可能的结局。"莫甘娜，第三次发射由我来完成。发射前我会试着联系休斯敦，肖的太空站坠落所造成的干扰应该快消失了。"

"我知道了。碎片越来越多了，我会增加激光防御系统的发射功率。"

"好的。如果当初肖猜测得没错，这就是地球的最后一张王牌吧……希望地球上的伙计们也能按时完成工作，计划顺利的话，很快一切就会结束了。"

"希望如此……"

"莫甘娜，你还好吗？"

"我不好，里克。"

"休息几分钟吧，别忘了吃饭。"

"我知道，只是还有一些事情要处理。"

"什么事？"

"没什么。"

里克睁开眼睛。倒计时还剩下十五分钟，他移动到控制台前，选择第三次发射的目标城市。

列表里有一长串熟悉的名字：旧金山，洛杉矶，休斯敦，西雅图，芝加哥，波士顿，华盛顿，纽约。

纽约，他出生并长大的地方。优等生，常春藤优秀毕业生，运动明星，全民偶像，航天英雄——他身上挂满了一个纽约客所能拥有的最好标签。大

---

[1] 1942 年美日进行的瓜岛战争。

苹果之城的孩子，他就是美国梦本身。

"确认？"代表锁定目标的红色对话框跳出。

里克·威廉斯毫不犹豫地点击了"确定"。

距离第三次发射：0 小时 07 分 51 秒
美国纽约曼哈顿，联合国总部大楼

布兰登·巴塞罗缪博士拖着疲惫的身体离开联合国大楼，沿 42 街慢慢向中央车站方向走去。血红色的天空暗淡下来，天幕恢复了纽约那种雾蒙蒙的黑色，但街头还是挤满了人，警笛声四处鸣响，所有的电视都在播放同一个直播画面，总统的演讲已到了最高潮。

即使已接近三十个小时没有休息，电视上的男人看起来还是精力充沛、勇敢而强大。总统挥舞着拳头，坚定地说："我要求国会宣布美国和特里尼蒂之间进入战争状态！我们将尽全部努力保卫自己，保卫美利坚合众国的土地乃至整个地球的安全！这是美国的意志，是公众的意志！我们必将取得胜利！愿上帝帮助我们，天佑美利坚！"

掌声和欢呼声震天响起，人们被慷慨激昂的演说所振奋，呼喊着"天佑美利坚"的口号，在曼哈顿街头展开游行。

巴塞罗缪博士尽量躲开狂热的人流，从燃烧的汽车和碎裂的橱窗间穿过。他在美国总统身边的任务已经完成，现在可以找间舒适而安全的旅馆好好睡上一觉了。

这时，电视直播画面突然切换了背景，游行的队伍在街角的大型 LED 屏幕前放慢步伐。博士抬起头，看到电视上出现了一间新联邦装修风格的办公室，一位身着正装的中年人端坐在镜头前。滚动字幕显示"有线电视网紧急报道，来自新墨西哥州圣塔菲市州长办公室的直播画面，新墨西哥州州长霍华德·斯托克菲尔德要求对全美直播"。

"美国的人民，新墨西哥的人民。"州长用浑厚低沉的声音开始演讲，"在接近三百年前，准确地说是 1789 年，独立战争胜利后第六年，法定建国日的第十三年，美国宪法开始生效。'我们合众国人民，为建立更完善的联盟，树立正义，保障国内安宁，提供共同防务，促进公共福利，并使我们自己和后代得享自由的幸福，特为美利坚合众国制定本宪法。'三百年来，宪法保护了我们的自由与进步，使美国成为有史以来最民主与最强大的国家，然而今天，这一切应当改变了。特里尼蒂为我们提供了一种更加先进的社会形态，那是热爱自由的美国人民从拓荒时代就在寻觅的一种可能性。

"根据 1791 年 12 月 15 日通过的宪法第十修正案，'宪法未赋予联邦政府的权利都属于各州和人民。'现在，新墨西哥州将行使宪法，做出对本州人民最有利的选择。

"是的，我在此宣布新墨西哥州正式脱离美联邦，以特里尼蒂新墨西哥公司、特里尼蒂 α 地面站为中心成立新墨西哥 – 特里尼蒂城邦，城邦边界与新墨西哥州界相同，城邦的政权组织形式将随后发表，新墨西哥国民警卫队将成为城邦的自卫武装力量，美国陆军部队会遭到友好驱逐。由于形势的特殊性，本决定未经州议会审议，但我已经取得两院超过 90% 议员的同意签名。

"在此号召美利坚各州以技术企业为核心脱离联邦政府独立，新墨西哥 – 特里尼蒂城邦将联合特里尼蒂共和国为各城邦提供安全服务，以及绝对充足的太阳能电力保障。感谢联邦政府三百年来所做的努力，从今天起，新墨西哥人将为自己的幸福继续奋战！

"天佑新墨西哥城邦！"

游行的队伍停滞了，大屏幕的光芒照亮无数张呆滞的脸孔。巴塞罗缪博士嘴角泛起苦笑，在街边剧院的一根罗马柱旁边坐下来，慢慢掏出香烟，弹开打火机盖，试了好几次才将香烟点燃。

新墨西哥独立的消息所造成的震撼尚未平息，有线电视网再次转换频道，强作镇定的主持人说道："这是来自前方的直播画面，特里尼蒂要求与美国总统直接对话，并向全美直播——新墨西哥独立的合法性还未证实，所以目前直播还是面向五十个州进行……啊，几秒前，阿拉斯加州政府也发出了直播请求，他们有宣言要发表……"

画面切换为左右两栏，里克·威廉斯与美国总统出现在同一个屏幕中。美国宇航员说："美国总统先生。我们失去了三分之一的国土面积——三个特里尼蒂太空站中的一个，还失去了一位珍贵的伙伴。肖是我见过最睿智、敏锐而仁慈的人，我爱他。如果地球上的所有人——我是说任何人——能够了解他一点点的话，都会像我一样爱上他。这是个错误，总统先生，这是个错误。"

"他是个该死的刽子手！你们也一样。"总统的眼皮跳动着。

里克张开双臂，说道："现在我只有一个要求，解散军队，给美国陆军、海军、海军陆战队、太空军、国民警卫队与预备役部队以自由。让每个舰队自由，让战略核潜艇部队自由，让陆战队自由，让士兵自由，让军队做出自己的选择——成立城邦，就地解散；或者是被特里尼蒂毁灭。"

"……我会将你所在的太空站击落，将你烧得一根头发都不剩，就像你亲爱的伙伴那样。"总统阴冷的灰色眼睛眯了起来，脖子上青筋凸起。

"一分钟，美国人民，总统先生。"里克根本不理会他，竖起一根手指，"一分钟后，特里尼蒂的激光束将降落在长岛纳苏郡的亨普斯特德，以每秒五十米的速度向西移动，依次毁灭皇后区、布鲁克林和曼哈顿。你所在的联合国总部大楼将在七分钟之后化为乌有，七分钟足够你本人和智囊团远走高飞，但八百万纽约居民无处可逃。啊，倒计时开始了，55秒，54秒……"

总统一把掀翻桌子发出怒吼，为上镜精心准备的妆容瞬间被汗水涂花，"你说什么？我不允许你这样做！我不允许！这是反人类的罪行，美国会尽一切力量……"他喊叫着。

"50 秒！……对了，我的家就在曼哈顿。"

信号中断了，只剩总统一个人在镜头前狂吼。他涨红了脖子，假眼珠挤出眼眶，显得恐怖异常。

恐惧降临，每个人都开始奔跑，凌晨两点的纽约街头，开始了一场疯狂的大逃亡。大楼吐出汹涌人流，人们从堵塞的车辆中跳出，从同伴身上踩过，哭喊着涌上街头，向西冲往乔治·华盛顿大桥。桥梁入口很快被塞满，人流冲击着挤满黑压压人头的西街，许多人哀号着跌入冰冷的哈德逊河。

布兰登·巴塞罗缪博士没有跑，他太老了，也太疲惫了，以至于求生意志显得软弱无力。他抽完一根 555 牌香烟，又用烟头点燃第二根，深深吸了一口，转头看向东方。不知什么时候，遥远的东方火光升起，迅速化为一根通天彻地的火柱，火鞭抽打着高耸入云的大厦，楼宇倾倒，道路消融，夜空再次变成火红。

热风吹动老人乱蓬蓬的花白胡子，他吸了一口香烟，鼻腔灌满火焰的味道。

"肖……"他自言自语着。一位母亲抱着孩子从他身边跑过，博士捡起孩子掉落的一只鞋，喊了一声，可他的声音被火焰风暴的呼啸掩盖了。

无数鸟儿乘着热气流划过天空，"噗！噗！"几只井盖突然飞了起来，被煮沸的水从下水道井口喷出，变成蒸汽笼罩的喷泉。博士感觉到自己的头发、胡子和手背上的汗毛在热浪中蜷曲，虽然光束落点还在十公里开外，但激光束还是造成了强大的热辐射效应，一株从罗马柱底部裂缝里顽强生长出来的羊茅草迅速枯萎下去。

"肖，如果不是你该多好。"巴塞罗缪博士叹道，"你应该留下来领导特里尼蒂才对啊，没有你之后，计划变得如此极端……我们身上的罪孽都太深重了。"

第三次发射
俄罗斯莫斯科市，克里姆林宫地下

"报告！根据联邦航天局的建议，最新的作战计划已经完成！"

"调阅！"

"是！"

一份作战方案呈现在俄罗斯联邦最高领导人面前，肃立在他们身后的中将扫视过方案内容，点了点头。联邦航天局的专家指出，特里尼蒂太空站的自动激光防御系统有着非常强的识别—锁定—击毁能力，但根据空间站的位置和现在的节气，太空站在每天某个特定时刻将会被地球阴影遮挡四十五秒，特里尼蒂空间站虽然有着容量相当大的蓄电池和强大的备用燃料电池系统，依然无法满足防御激光多次发射的消耗。在这个狭窄的攻击窗口到来时，投入全部太空武装力量进行饱和攻击，就可以对太空站指令舱部分造成重创。

这份方案同时共享给了中国方面。"……做得对。绝对不可以松懈自己的战斗意志，任何松懈战斗意志的思想和轻敌的思想，都是错误的！"中国国家领导人用拳头狠狠砸在桌面上，"如果能够对敌人加以详细分析，制定战术规划，怎能造成前两次攻击的失败？幸好现在远东地区上空的太空站已经被摧毁，我们有时间再次组织太空军发动攻势，趁恐怖分子的注意力集中在美国，全力出击，消灭他们！我们会全方位配合俄罗斯方面的最后突袭计划！"

听到这里，俄罗斯中将默默地敬了个军礼，退出了这间战略情报室。他很清楚祖国现在面临的状况：太空军事力量消耗极大，短时间很难组织起有效的攻击梯队，而把握四十五秒的狭窄时间窗口又太难，战术是有效的，执行却无比艰难。俄罗斯最杰出的军事参谋都集中在屋里，负责情报方面工作的他帮不上什么忙，与此同时，他刚刚收到另一个非常有用的消息。

"说。"站在走廊里，他开启了骨传导耳机。

"报告，别列斯托夫·肖的加密资料已经破解，发现了15G的相关资料！我们整理出一份恐怖行动相关人员名单，共有近两百人，按照联络的频率排列。"

"好。"

中将点亮墙壁上的屏幕，打开那份长长的名单。在名单前列，他看见了里克·威廉斯和莫甘娜·科蒂的名字。下面一些名字他不认识，"刘乾坤……查尔斯·唐……涅米尔·科洛莫涅夫……佐薇·阿特金森……"中将喃喃念着，目光停在一个名字上面，"……布兰登·巴塞罗缪。巴塞罗缪博士。哦，他好像在美国紧急事态小组里面，心理学专家嘛……"

中将敲敲耳麦，"接CIA的阿伦·斯特里普。"拨号音响了两声之后，他又摇摇头，"不，算了，让我再考虑一下。"

这时耳机嘀嘀一响，"阿尔法"特种部队与刚刚征调回国的"信号旗"特种部队对萨彦岭特里尼蒂地面站的攻坚战打响了，中将立刻转身走向战略情报室。无论天上的敌人多么强大，祖国终究会赢得最后的胜利，他如此坚信着。

坚信不疑。

最后的时刻
阿尔及利亚阿德拉尔省，特里尼蒂 β 地面站

查奥·阿克宁不知道自己跌倒了多少次，更不知道自己在第二次跌倒时

幸运地躲过了一颗基地方向射来的子弹。他向苍茫的沙漠深处跑着、跑着，直到精疲力竭跪倒在地再也爬不起来。他喘息得格外剧烈，仿佛有一只大手从喉管伸进去紧紧攥住他的肺，又向他嘴里撒进一把粗粝的沙。

不知过了多久他才逐渐能够呼吸，查奥用尽力气翻了个身，望着自己来的方向，只见基地已经变成了沙漠中一个银亮的方块。这时候天空已经不再发红，阳光依旧灿烂，可对亲眼见过一万个太阳坠落的孩子来说，现在的太阳光已经不算什么了。

他用玩具望远镜看远方的基地，基地静悄悄的，那些可怕的大人没有追出来，或许是认为他不再重要吧。

这时，伤口的疼痛、身体的疲惫、嘴巴的干渴一齐袭来，查奥浑身抽搐着缩成一团。蒙眬中，他又听见熟悉的曲调响起："睡吧，宝宝睡吧，宝宝马上睡着了……"他的意识逐渐下沉、下沉，沉向漆黑一片的谷底。

突然，有什么事情发生。查奥从危险的半昏迷状态猛然惊醒，摇篮曲消失了，他左右看看，沙漠与基地都没有什么变化，可他的头发都立了起来，浑身汗毛直竖。"……妈妈？"他哀叫着，强撑身体站起来，向提米蒙的方向慢慢挪动，走向沙漠的尽头，那高高烟尘之柱所在的地方。

他并不知道，在几秒以前，特里尼蒂 β 太空站进行了一次极其短暂的激光发射。莫甘娜·科蒂向地面站进行了 0.02 秒的激光照射，激光准确命中靶心，没有造成基地的任何物理损伤。但强大激光束的轰击带来了电离效应，一条等离子体的通道被制造出来，尽管只存在了极短的时间，但足够这些高温的等离子体四散剥落，把周围的一切生物体烧成灰烬。特里尼蒂太阳能电站使用激光输电时，周围数十公里的人都要疏散，但此时基地里还有一群等待接收胜利果实的 NLF 成员，那些喜爱暴力、崇尚裸体的男人和女人。

查奥再次摔倒，终于陷入了昏迷。

天上响起隆隆巨响，阿尔及利亚政府军的武装直升机编队飞来，但这时特里尼蒂地面站早已架设好的"超级毒刺"地对空导弹已经无人操作。那些极端环保主义者在地球上留下的最后痕迹，是基地走廊里飞扬着的一抹灰。

最后的时刻
美国纽约曼哈顿，42 街

"肖啊……"

布兰登·巴塞罗缪博士决定选择毁灭肖的太空站，因为他知道肖已经死去了，在美国发动第一次袭击的时候。"殉道者"攻击卫星的巨网在经受了数十次激光拦截之后，化为一串金属炮弹，击中了特里尼蒂 γ 太空站的控制舱。舱体被撕裂了，氧气在短短半分钟内泄漏一空，肖身上的轻便宇航服也没能起到保护作用，因为碎片在舱内四处溅射，敲碎了他的头盔。

两分钟之后，自动修复系统将舱体裂口黏合，恢复了舱内供氧，肖安静地浮在空中，破碎的面罩内有一团晶莹剔透的血珠在飘动。探测到他的心跳停止后，一个预先设定好的程序接管了通信系统，它先向其他两个太空站发出平安的信号，然后开始监视特里尼蒂同地球的联络，在恰当的时刻播放早已录制好的画面。

四十个小时前，肖调暗舱内灯光，制造出舱室破损的画面错觉，录制好那几段讲话。为了让巴塞罗缪博士察觉，他做出几个微小的动作暗示，比如更换推玳瑁框眼镜的那只手。其实，其他两名宇航员也做了类似的准备，因为死亡几乎是不可避免的，谁都有可能被地球方面的太空武装力量击毙。

其实无须特殊暗示，博士也早就发现了录像与真人的差别，因为在倾听他人讲话时，人类会不自觉地加以反应，体现为眼球移动与面部肌肉的微小动作。除了行为分析学专家，其他人看不出总是板着脸的肖本人与视频的差别，这就是巴塞罗缪博士在总统身边的任务——在关键时刻，诱导美国当局做出伤害最低的选择。

天边的火龙越来越近，街边店铺的招牌开始燃烧。巴塞罗缪博士抽完最后一支烟，用鞋跟细心地将烟头碾灭，随后马上发现自己这个动作毫无意义。

就在这时，火焰的呼啸声突然改变，天空中的火柱不再向西前进，而是停止在布鲁克林区与长岛的边缘。

"啊，成功了吗？"博士惊喜地站起来，因为站起的速度太快而头晕目眩，"难道美国政府真的答应……"

一发点四五手枪子弹从后面猛地贯穿博士的心脏，击断第三节肋骨后嵌在胸骨内侧，强大的冲击力如一把铁锤，将老人狠狠地击倒在地。

那名光头的 FBI 高级探员斜靠在小巷墙上，一边将矿泉水浇在自己头上，一边嘲弄地盯着博士的尸体，拨通电话，"母鹿，母鹿，这里是斑比，供词已上传，确认击毙。"他将摄像头对准死去的老人，"……终于还是露出马脚了吧？就像我老爹说的，下巴留胡子的，没有一个好人。"

最后的时刻
地球静止轨道，特里尼蒂 β 太空站控制室

莫甘娜·科蒂掩面哭泣，泪水从指缝中涌出，随着身体的颤抖在空中飘散。肖死后，计划有所改变，她要负责对欧亚大陆大部分国家的激光威慑，保卫特里尼蒂地面站的安全，直至攻占地面站的 NLF 核心成员召集整个欧洲和北非的 NLF 军事力量，围绕地面站建成特里尼蒂地面城邦。

但她没等到那个时刻的到来。她彻底崩溃了，药物和瑜伽无法维系神经正常运转，一直以来的紧张忧虑猛然爆发，将女宇航员击垮了。她砸坏了好几座控制台，撕扯着自己的头发，疯狂喊叫，在神志最不清醒的一刹那，她做出了一个反复思考了几万次但不敢施行的举动。

一张被泪痕洇湿的照片在空中缓缓旋转，那是七年前在法国马赛一间私人医院拍摄的，满脸悲容的她躺在病床上，望着窗外的灿烂阳光。"两小时后，因为新生儿呼吸窘迫综合征而死去。"这是医疗记录上对她产下的婴儿的描述。简历中提到了这一点，特里尼蒂选拔项目进行心理测试时考官只简单问了几句，谁愿意伤害一个美梦只做了两小时的单亲妈妈呢？

但莫甘娜知道那个孩子还活着。她并不是完全自愿加入特里尼蒂计划的，为了确保她不中途背叛，欧洲的 NLF 组织绑架了她的儿子，一个从未存在于任何官方记录中的非婚生子。七年之中，她只与孩子共处了两个月。六十天里，莫甘娜每天抱着两岁大的男孩，唱歌哄他入睡，分别时她流尽了眼泪，几乎当场崩溃。

她不知道如今那个男孩长成了什么模样。查奥，这是莫甘娜为他起的名字，如今能够将母亲和孩子联系在一起的，也只有这个空洞的名字而已。在不久前的一次通信中，β 地面站的佐薇·阿特金森再次提到了孩子的事情。那个一直以男孩母亲身份生活在提米蒙的 NLF 高级成员，裸着身体在屏幕上大笑着，说男孩很好，很习惯基地的生活，并且将一直幸福快乐地在基地生活下去。

佐薇那对摇晃着的、沾满鲜血和其他液体的胸脯让莫甘娜彻底崩溃了。她知道再也回不到那颗蓝色的星球，自己只能孤独地飘浮在星空与太阳之间，等待死亡在某个时刻来临——她的生命或许还剩一小时，或许还有十年。她清楚自己再也见不到她的查奥，也再也无法忍受那个丑陋的女人继续扮演本应由她来担当的角色。

如果肖还在，或许会用那种永远低沉而理性的声音来安抚她吧，可现在这位孤独的母亲失去了指引之光。

她短暂夺取地面站的控制权，向地面站发送了一段摇篮曲——那首她一直在听的曲子，在与孩子相处的短暂六十天里，她日日夜夜唱着的歌曲。那是她要在男孩心里烙下的刻痕，是她唯一能够提供的保护。"跑吧，查查……"哭泣着，她狠狠按下发射按钮，将强大的激光脉冲射向地面。

那孩子肯定死了，他一定来不及跑出去，即使听到那首摇篮曲。莫甘娜想。她不惜为孩子而谋杀了提米蒙的三万多人，现在，她又谋杀了非洲城邦计划，谋杀了她的孩子，谋杀了整个特里尼蒂项目，谋杀了里克·威廉斯与肖的努力，谋杀了人类的未来。

可是万一他还活着呢？说不定他正在沙漠的某个地方，等待自己从天而降呢。一个将拥有完全不同未来的男孩，她的儿子，她的骨血，她的 DNA与永恒希望，只要能够与他在一起，就算地球的未来怎么糟糕都不再重要了吧……

那么她该怎么办？继续特里尼蒂计划，即使要杀死更多的人，让自己的灵魂坠入更深的地狱？还是同美国人分道扬镳，回归地球的怀抱，以罪人的身份活在监狱里直到生命结束？

她不知道。此时她多么希望肖能出现在屏幕彼端，告诉她该怎么做，即使只是一个"是"或"非"的提示也好。可肖已不在了，他以某种辉煌的方式回到了地球，将他自己撒布在五亿一千万平方公里的地球表面……

就这样，一时清醒，一时糊涂，莫甘娜在舱中放声哭泣着，直到一个声音响起：

"……莫甘娜。"

"……肖？"

舷窗旁边，蓝色的地球依然平静，三人合影的照片微微泛黄。

最后的时刻
美国新墨西哥州奥特罗县，特里尼蒂 α 地面站

查尔斯·唐喝完了一整瓶杜松子酒，感觉有点儿昏昏沉沉。他坐在屏幕前面，等待那个关键时刻到来。如果计划没有出岔子，特里尼蒂 α 空间站就快与他联络了，到时候他会带队撤离地面站，到四十公里外的安全屋去遥控电站运行。一条激光输电线路将搭建起来，太阳能电力通过变电站送入电网，向数百英里外的其他州——或者说其他城邦——输送，以显示特里尼蒂计划的电力供应能力。

但 α 站迟迟没有联络，他不知道天上发生了什么事情。从头到尾特里尼蒂都是一个松散的组织，来自不同国家的人出于不同的目的而聚在一起，怀揣着各自不同的梦想，使用激光作为长矛，向各自不同的风车发起挑战。查尔斯知道他们每个人都是彻头彻尾的疯子，可是话说回来，他不讨厌疯子。

突然，通信窗口嘀嘀作响。"长官。"身后的士兵出言提醒，查尔斯立刻把双脚从控制台拿下来，滑动触摸屏开启通信。刘乾坤的脸占满了屏幕，他的鸭舌帽压得很低，看起来心情不太好，"哥们儿，我在回去的路上，暂时不用撤离啦，出了点儿麻烦。另外我收到了其他两个地面站的情报，现在找一条越洋通信线路真他妈难，更别说是量子加密线路了……你究竟喝了多少酒？"

"没你想的多。"查尔斯·唐戴上墨镜，把画面转移到头戴式显示器上，"快告诉我，外面到底在发生什么，我等得快发疯了！"

"没什么好消息。"刘乾坤回答，"第一，全世界都看到有一个特里尼蒂太空站掉了下来。第二，美国 101 空中突击师的运输机编队刚刚到达西北边境，我们脑袋顶上的太空站准备做出攻击，那儿有我们自己的人吗？"

查尔斯做了几个手势调阅资料，"已经通知城邦卫队的迭戈少将了，那边是安全的。我们的主力骑兵团在东北边境，跟美国陆军僵持着，F35在头顶转来转去，我猜他们不敢先开枪，空军和陆军都在观望。或许他们已经在违背五角大楼的指令了。至于101空降师……希望能有点儿警示作用。"

"3、2、1，咔嘭——"刘乾坤做了个爆炸的手势，"指令OK。画面会向全美直播的，希望有线电视网还撑得住。有几架全球鹰飞了进来，我来解决吧。下面是俄国和阿尔及利亚的消息：俄罗斯萨彦岭的地面站正遭到特种部队猛攻，太空站暂时提供不了什么帮助，幸好雪暴阻挡了精确制导武器的打击，那些车臣人暂时还守得住；另外一支格鲁吉亚人的精锐别动队正从七十公里外出发赶过去，多少能提供点儿帮助。两个小时后，非洲的特里尼蒂太空站就能进入发射角度，在俄罗斯人脑袋上狠狠敲一棒子，虽然没法打到莫斯科，但俄罗斯人也绝对不敢牺牲圣彼得堡，对吧，哥们儿……"

查尔斯说："当然，如果计划没变，那一带很多地区都会响应独立宣言，宣布成立城邦共和国。这样一来，俄国佬就被动了。"

"嘁，按计划……"刘乾坤不屑地撇嘴，"按计划现在被极端环保组织控制的非洲四国早该宣布向阿尔及利亚特里尼蒂地面站效忠了，还不是一点儿动静都没有？根据最新消息，阿尔及利亚站的NLF成员已经死光了，政府军和NLF的增援部队正在开仗。总之，非洲的太空站情况很糟糕，我早知道那帮环保主义者指望不上……一群喜欢开性派对的蠢蛋。"

查尔斯问："中国人……中国人在干什么？"

"鬼知道。"华裔男人说，"全世界都乱成一团，乱透了。"

"那不正是特里尼蒂想要的结果吗？"

"没人想要一团糟的世界吧……"

"刘，说实话，我始终搞不懂天上的三个人究竟想要什么。"

"我也一样，哥们儿。"

"可我喜欢他们，尤其是那些疯狂的点子。"

"谁不是呢，哥们儿？"

基地外面的沙丘旁边，沙漠角蜥在牧豆树下陷入安眠，凉爽的沙土冷却了它的体温，这小小的爬行动物终于可以舒服地睡个觉了。它还在憧憬着明天的狩猎，那窝美味的墨西哥蜜蚁就在红柳丛中等着它。角蜥已经迫不急待想看到明天早上的太阳了，阳光会给它温暖，给它生存与繁殖的终极力量。

最后的时刻
地球静止轨道，特里尼蒂 β 太空站控制室

"坐标 A、坐标 B、坐标 H 打击准备完成，照射时间 7000、7000、50000 毫秒，等待发射确认。"

"闭嘴。让我跟肖说话！"

"指令不明确。等待发射确认。"

"你先闭嘴！"

"指令不明确。"

"闭……"

"指令不明确。"

控制台屏幕破碎，电火花噼啪跳跃，单调的电脑合成音不断重复着，如一个永无穷尽的魔咒。莫甘娜抱着平板电脑，鼻尖紧贴屏幕，在电脑催促发射指令的间隙，一个男人在画面上平静地诉说着什么。

"所以不要再哭了，莫甘娜。"黑发的男人面色平静，鼻梁上架着老式玳瑁框眼镜，"我预见到自己的死亡，也预见到你的软弱。悲观是我最大的缺

陷，而你，从一开始就不是个坚定的革命者。"

"对不起，肖……我搞砸了一切。"莫甘娜轻轻啜泣着。

肖推了推眼镜，说："巴塞罗缪博士多次警告过我，说你的心理测验是有问题的。你向所有人隐瞒了某件事情，它埋藏得如此之深，以至于普通的催眠疗法都没法诱导你说出实情。巴塞罗缪博士建议在你不知情的情况下使用药物辅助进行深度催眠，挖出你内心世界里的秘密，我拒绝了，那一定会对你造成伤害，我宁愿承担风险。博士给出的评估是'从属的、执行力强的、具不稳定因素的'，说你像一颗战列舰弹药室里的 406 毫米口径炮弹，非常强大，但容易被小口径炮弹击中，未出膛就引起殉爆。这比喻很糟糕，修辞不是他的强项。"

法国女人怔怔地望着屏幕。

"我记得初次遇见里克，我们彻夜长谈，讨论有关人类未来的俗气话题。"肖出神道，"我对一切世俗体制感到悲观，而他则对太空充满恐惧——一个害怕太空的太空人。那不是我第一次感受到人在社会面前的无力感，我们每个人都想要改变什么，但被惯性所推动，只能一直往前走，一直往前走。我有个朋友叫拉尔森，是个奇怪的北欧人。他非常憎恨人类本身，相信原罪理论，长大后却成了一名治病救人的医生。这有多讽刺啊……"

舱体传来轻微震动，授权需求超时，太空站自动将控制权转给了另一个特里尼蒂太空站的操作员里克·威廉斯，激光数次落向地面，蔚蓝星球上亮起不起眼的微小耀斑。

肖继续说下去："而在你身上我感觉不到这种违和感，你虽然是个环保主义者，但依然爱着身边的每一个人，即使他们触犯了你的信条。莫甘娜，我们不该将你卷进这场风暴。现在我知道，说这些已经太晚了。"

火雨再度降临北非大地，阿尔及利亚政府军的廉价版 T90S 主战坦克顿时化为铁水。火柱外围的步兵哀号着跳出装甲运兵车，烧红的突击步枪黏在他们掌心，士兵跌倒在地，步枪与烧焦的皮肤、肌肉一起脱落，他们向天空伸出已成白骨的手掌，高呼真主的名字，接着如火炬般燃烧起来。

远方的NLF部队发出欢呼，士兵们站在皮卡"战车"的货箱里疯狂挥舞AKM自动步枪，结果下一个瞬间就被热冲击波吹倒在地，裸露在外的体毛变得焦黄。

"肖……"莫甘娜用手指触摸屏幕里的脸。

"真希望能看到我梦想中的世界出现。"肖轻轻叹了口气，"小时候，我有个要好的朋友，父母分别是印度人和巴基斯坦人，父亲是锡克教徒，母亲是穆斯林。他从出生起辗转了很多国家，走到哪里都遭受不公平的待遇，因为国籍，因为宗教，因为肤色。最后他自杀了，准确地说，是我按照他的要求杀死了他，因为死亡是最严厉的公平。那天晚上我做了一个梦，梦里我打破国家民族的界限，建立了一个有着共同依赖和共同恐惧的世界，人们生活在五彩缤纷的城市里面，从不讨论出身和信仰，只思考明天。长大后，我逐渐认识到那是不切实际的梦想——但这世界上拥有不切实际梦想的人，竟是那么多。"

在三十六架AH-64阿帕奇武装直升机、六架OH-58基奥瓦侦察直升机和两架EH-60电子战直升机的护卫下，十四架C-141B运输机飞往新墨西哥圣达菲，空降部队接到的指令是占领圣达菲市政大楼、电视台和发电厂，避免非必要伤亡。

但是，飞行编队刚刚跨越新墨西哥州边界，通信频道就出现返航的指令，每个人都摸不着头脑。

正在这时，一块来自太空的巨大光斑轻轻扫过机群，运输机如炉火中的橡皮泥般变得柔软起来，铝镁合金机体化为柔滑的银色液滴坠向地面，随着光斑熄灭，纺锤体的尾流逐渐拉长，一连串爆炸在尾流中滚动，干燥沙漠下起一场热金属的雨。

肖抬腕看了一眼手表，"距离行动开始不到一个小时了，我需要睡一下，但毫无困意。就像小时候，第二天要考试的话，总是会因为兴奋和恐惧而失眠。特里尼蒂是我的考场，我这辈子都在为它复习功课，可这场考试太难了，我没有丝毫把握。莫甘娜，我知道我不是个英雄，杀人是件痛苦的事情，割破童年好友腕动脉的时候我整颗心都碎了，以后再也没能拼合起来。现在我非常想念我的父亲、母亲，我的朋友拉尔森，以及你。我害怕，莫甘娜。"

圣彼得堡宫殿广场的白鸽振翅飞起，在阳光中化为灰烬，炙热的太阳坠落在冬宫，达·芬奇《戴花的圣母》变成五颜六色的蒸汽升起，叶卡捷琳娜二世收藏于此的数十万件艺术品同时殉葬。一道灼热的火线将圣彼得堡割裂，彼得大帝建立的城市再次燃起熊熊大火。天火横扫涅瓦河口，摧枯拉朽般将城市剖成两半，坠入波罗的海。海水被煮沸，蒸汽云柱呼啸着升上天空。

海面一艘渔船里，钓鱼人松开滑轮，鱼儿溜进温暖的海水。海啸来临之前，他一直在默念爷爷的名字，因为爷爷去世前经常跟他讲1941年冬天的故事，那夺去了上百万人生命的列宁格勒保卫战。现在，故事以另一种方式重演。

"我们虽然身处太空，却总看着地球。"肖转了个方向，出神地望着舷窗中的蔚蓝星球，"因为我们爱着它啊，只是很多人不懂得爱可以是一件很残酷的事情，对吗，莫甘娜？现在的你或许很累，对特里尼蒂产生了怀疑，不止一次想要放弃，我尊重你的选择。火种已经点燃，会一直烧下去的。"他推推眼镜，望向镜头，"要知道，莫甘娜，这一切都源于我对这颗星球的爱呀……正如我爱你一样。"

金发女人愣在那里，平板电脑脱离手掌，慢慢飘远。

"时间差不多了，那么，让一切开始吧。"黑发男人露出了微笑。

尾　声

他们在太空中俯视地球。这不是最适合观察的距离，肉眼看不清三万五千八百公里之外地球的细节，可那嵌在观察窗中央的蔚蓝星球仍旧牢牢吸引着他们的视线。无论从怎样的角度观察，它都美得令人忘记呼吸，仿若一颗闪烁光芒的、具有魔力的蓝水晶。

"莫甘娜，你还好吗？"一个人忍不住开口。

"很好，我猜。"另一个人说。

"太空站的控制权……"

"我知道该怎么做。"

"好吧。有点儿无聊，想唱唱那首歌吗？"

"当然。另外，好想吃巧克力香草冰激凌。"

"巧克力，还是香草？"

"巧克力香草。你们男人总是搞不懂。"

"It never gets old, huh？"

"Nope."

"It kinda make you wanna ... break into song？"

"Yep！"

清亮的女声唱起了歌儿的旋律：

"I love the mountains,

I love the clear blue skies，I love big bridges，

I love when great whites fly，I love the whole world，

And all its sights and sounds."

两个声音合唱：

"Boom De Yada！ Boom De Yada！ Boom De Yada！ Boom De Yada！"

这段副歌重复了许多遍，直到他们笑得喘不过气来为止。

张冉 / 文

张冉，男，原籍山西应县，生于山西太原，网络小说《星空王座》《末世之爆笑僵尸王》作者。

2012 年以来主要以本名张冉发表科幻小说，包括《以太》《起风之城》《没有你的小镇》《青山珠娘传》《野猫山——东京 1939》《晋阳三尺雪》《永恒复生者》《大饥之年》《太阳坠落之时》。

肮脏算法

6 小时前

赛莉·金斯莱走进大厅，钟正在敲响。迪尔曼公司大楼的玻璃穹顶反射出的冰冷光芒袭地而落，将她笼罩出一种脆弱的热情。

她拎着白色金属箱子走到穹顶下方，那上面，漂亮的巨大吊灯闪闪发亮，投下细密的小光点。此时地面出现一个椭圆形光斑，覆盖了这些小点，光亮柔和美好。她踏到椭圆一个焦点的位置上站定，注视着椭圆中心线正上方的细密光纤。晶莹剔透的光纤瞬时显示出一张美丽无瑕的脸，轻柔的女声在问她："您好，金斯莱研究员，请问有什么需要帮助的吗？"

"我要面见威廉·迪尔曼先生，我有重要的东西要交给他。"

"请稍等。"

面前的光幕消失了。赛莉把腰杆挺得更直，握箱子的手攥得更紧。她知道成败在此一举，可她必须要赢。整个世界的未来正悬于一线，她纤瘦的身体要被这庞大的压力撕碎了。

等待很漫长。她心中的不安在读秒中指数增长。这一切有些不对——到底是什么出了差错？之前的一幕幕在她脑中迅速闪过：中途离开的伙伴，被更改的参数，计划书上的秘密协定，关键人物的死亡——

此时世界忽然像烟花般在她眼前爆炸了。瞬间她明白了那个在多年前就已启动的阴谋——不，毋宁说是命运。命运的轮盘一旦开始转动，任谁都无法挽回了。

极度的高温带给人的初始感觉却是冷的，虽然赛莉觉得这是穹顶的冰冷颜色带来的错觉。火焰从上至下燃起，椭圆之内的世界迅速扭曲，光纤的碎末在大厅里飘摇回荡。多么美丽啊。赛莉回过头，却只看见人们四散奔逃。

——眼中最后的景象。

4 天前

虽然我明知，再看一会儿她那硕大的胸部她就会抬手揍我，可在她真的揍我之前，我还是想一直盯下去。因为在我盯着她和她要揍我之间有一个时间段，假设它是 n，那么我盯着她二分之 n 的时候她不会揍我，我盯着剩下时间的二分之 n 的时候她还是不会揍我，我盯着再剩下时间的二分之 n 的时候她还是不会揍我。啊，时间是可以无限分割的，多么美好。

（具体原理请参见阿基里斯追不上龟）

就在我这么胡思乱想的时候她揍我了。

"请问你到底有没有在听我说话！"她锋利的眉毛皱起来，神情和小时候一样故作成熟。

"没有。"我老实回答。

"岑晟，岑博士，我再次请求你，把注意力集中到手中的文件上可以吗！"她看上去真的生气了。

"好吧好吧，我这就看。淼淼，几年没见你脾气变得好差哎。"我接过她塞来的 Pad，点开一个程序，懒洋洋地塞上耳机开始看。

苏淼对我翻了个白眼，起身去了驾驶舱。

我一边看文件，一边把手放在安全带上反复摩挲——这是幼时的习惯。我从 12 岁起就经常乘飞机去各地参加学术研讨会或领奖。可即使如此，身在这庞然大物中的时候，我还是忍不住心里慌乱。

我应该慌乱的。试想一下，当你结束了一天的课程，告别那些一脸无知崇拜相的大学生，准备和几个朋友出去小酌一杯——这时忽然一个故人的电话把你召到一个鸟不拉屎的地方，而等待你的却是一群全副武装的士兵——任谁都该慌乱到哭爹喊娘吧。

咦，我没有爹和娘可以喊，真是个损失。

所谓秀才遇到兵有理说不清，所幸邀请我的神秘人派了旧时相识苏淼来接待我，不然我这一路不知要被吓成什么样。苏淼却毫不念旧情，虽然几年不见她已经出落得前凸后翘，性格却还像从前一样直。可几小时前当她在一座金属建筑中，从一群大兵身后向我走来的时候，太他妈有最终 boss 的感觉了。

"岑晟，你被国家征用了，跟我们走吧。"

"征用？国家？开玩笑吧，这是和平年代，征用我这个数学老师干吗？"

"一会儿你将被请上专机。"苏淼不理会我的贫嘴，神情依旧高冷。

"专机？要干吗？"

"岑晟，"她语气缓和一点儿，然而眼神不为所动般的冷酷，"我们需要一个数学家。和我走吧，念在咱们认识了十几年的分儿上。你应该明白，如果派别人来，你这一路会多艰辛。"

她是真的遇到了麻烦事。我不再以玩世不恭的态度回应她，"那么，看在这些年的情面上，能告诉我要去哪儿吗？"

"斯德哥尔摩。"她小声而快速地说。不远处忽然发出一声巨响，高大的金属门正在打开，一架小型飞机在夜色中的门背后显露出来。

斯德哥尔摩。

……嗯。

如果我没记错的话，诺贝尔没有设立数学奖。

3 天前

"青青，你说，上帝存在吗？"

"爸爸，您说什么？"在电脑前处理数据的唐倾霏惊讶地抬头。夕阳酒红色的光芒里，她的父亲正注视着远方喃喃自语。

每当父亲喊自己的乳名，唐倾霏都一阵恍惚——自记事以来，父亲就一直严格要求她。虽然自己没有辜负他的期望，一路优秀地长大成人，及至成了父亲经营的汇合了计算机、生物学、化学乃至社会学的大型科研项目"伊甸园"的一名主要成员，可他依然很少对自己展露慈父的一面。母亲去世后，连"青青"这个乳名也几乎不再被唤起了。

父女两个的闲暇时间都很少，即使见面，也大多在谈项目的事情。不知怎的，两天前父亲忽然要她陪自己来这幢靠湖而居的别墅，说要好好休息一番。

唐倾霏愈加不安。"爸爸，您不是很反对谈这些的吗？小时候您就告诉我，上帝不能被证伪，不能被证伪的东西，您不许我谈及。"

"没什么，青青，你只说你的想法。"

"我不知道。"

"那假使有的话，什么样的人会在死后去他那儿呢？"父亲一直盯着远方，看起来仍像在自言自语。

唐倾霏离开电脑，坐到父亲身边。"不知道。但我想，要是大科学家们真在死后见到他，恐怕许多人要气得活过来了——追逐一生的科学，竟然都是这个老头在捣鬼，听起来多生气啊。"

她想开个玩笑缓和一下气氛，但父亲只是轻轻叹气。"其实也不尽然，你也知道，许多大科学家在晚年都皈依了上帝。"

唐倾霏心中疑惑更甚，然而父亲眼睛盯着前方，继续说下去："我从前还疑惑，科学不是最讲究事实的吗？我们应当相信我们可以探查到的事物，怎么可以信这个？"

"爸爸，您是不是哪里不舒服？"唐倾霏很不愿他再谈这些虚无缥缈的话。她想，他只是太累了。

"我没事，只是近来经常想，会不会是我错了……其实人在很多方面都是无能为力和弱小的，也许自己掌握的科学并不'科学'，人们不应该太高估自己，好像已经掌握了万物的法门似的。"

父亲沉默了，唐倾霏心里也跟着一沉。她不禁回想起父亲这半生，想起他付出巨大心血的项目——"伊甸园"。

这是个跨度十五年的大项目，目前已经到了最后的阶段。可虽说如此，年仅24岁的唐倾霏还是无法完全知晓这个巨大项目究竟是为何而建。

她是一个计算机模块儿的负责人，而她每天所面对的就只是万千的数据流。这些数据流从哪里来到哪里去，又汇聚成怎样纷繁复杂的东西，她无法了解，也没有兴趣了解。她只知道，"伊甸园"项目被分成了许多的小组分别完成，因此除了最核心的几个负责整合的研究员，谁也不知这一项目的真实目的——

这是由几个国家的军方和政府共同主导的秘密计划，甚至之前的十年完全只由财政内部拨款，之后才接纳了几家合作公司的资本投资，作为回报，项目产生的一些副产品由这些公司接收。

正胡思乱想的时候，门铃响了。唐倾霏按下遥控器，遥控器的显示屏上出现了研究员赛莉·金斯莱的身影。她是父亲的助理，最近刚被派到"伊甸园"最大的非官方股权控制商迪尔曼公司做研究员。

"让她进来，你先出去。我们要单独谈一会儿。"父亲说，似乎早知她会来访。

唐倾霏答应着退出房间，似是不经意的，在客厅电话上快速拨出一个号码，然后把电话放空。

她上楼的时候看到赛莉·金斯莱走进来，后者的神情带着难以言表的……恐惧。

唐倾霏来到自己的房间，接通手机。

"NSC那边一定要继续计划。"赛莉的声音清晰却急促。

"事到如今，也只能这样。"父亲回答。

"……我不明白您的意思！"

"我同意他们这样做。"

"可是……你我都很清楚，一旦正式开始，后果是什么！"

"所有事情都有代价，伟大的事情尤为如此。"父亲的语气此刻冰冷而陌生。

"不，唐先生……您不能这样做……当我看到计划书的时候还以为是出现了内鬼，没想到这是您默许的！"

"赛莉，冷静下来。把命运交给算法吧，就像作为一个基督徒的你，生来就把命运交给上帝那样。很快，我们就知道我们这些年的呕心沥血，究竟创造了什么。"

客厅归于安静。

唐倾霏颤抖着关上手机。她意识到事情不妙。

房间里的电话忽然响了，父亲在叫她下楼。

"青青，你今晚就回城里吧。"

父亲的神情恢复了平时的冷静。

"可您独自住在这儿，我不太放心。"

"我没关系。但你回去是有事情要做的。"

父亲说着交给她一个钥匙。

"今晚你回咱们从前的家里，用这把钥匙打开我常用的那个保险箱，拿好里面的东西。"

从前的家。从前，妈妈还在的那个家。

唐倾霏心里一阵不安与酸楚。然而父亲不再看她，转身上楼。

他的背影，像是与整个世界隔绝了。

此时唐倾霏却忽然一阵战栗——父亲刚才是用客厅的电话叫她，这意味着，他知道她听到客厅的这番对话了。

2 天前

"岑先生，听说你 18 岁时就拿了数学博士？"这漂亮的小姑娘一脸崇拜。

"还好啦，"我耸耸肩，"搞数学研究的，要是 20 岁之前还没拿到博士学位，那也没什么继续搞下去的必要了。"

屋子里其他几位四五十岁的工作人员明显气血上涌。

这间实验室很大，近 50 台计算机一起运转的声音在空旷的室内回荡。忽然响起一个清冷的女声："那么岑博士对我们的项目有何看法？"回头看去，是一个身材纤瘦高挑，穿着白色无尘服的女子。一双严肃的蓝色眼睛在黑框眼镜之后投射出认真的光，幸而及肩的棕色长发修饰了脸型，使她显出一种难得的柔和。

"将分治法思想投入到分布式项目中是惯用手段，尤其是在处理这么庞大的数据流时，不过还是不够高效（确实不高效，我心里想着，自从看了那份文件后，我就知道没什么能在那个算法前称高效的了）。还有你们用的蚁群算法——啊，那已经是 20 世纪的东西了，其中的思想也并不深刻，但我发现你们的主体框架仍是这个——不简洁也不漂亮啊。不过子算法的容错性还挺高的。"

"很好，说了等于没说。"苏淼在我身后小声说，看样子她很不耐烦。

"我是这个子算法项目的负责人，感谢你的评论。"这姑娘朝我走近，我的心中浮现出两个大字："正点！"

我接着随意吐槽："要我说，可以试试 Branch and Bound，我喜欢叫它 boob。当然，与 boob 的意思正相反，这个算法可是很好用，尤其适合你们这种想在多种最优化问题中寻找特定最优化解决方案的课题，虽然这个算法也很古老了，但相当方便。"

"在另一个子算法中我们有此尝试，谢谢您的建议。只是我很好奇您的研究方向，据我所知，这也是您来此的目的。"

"其实我并不是搞算法研究的，只是之前改学生论文的时候顺便翻了翻他文献综述里提及的几篇关于算法的论文——在我看来，算法就是对人类思维模式的模仿，并在此基础上进行优化，优化度越高，算法越强。我本科的时候写过一个小论文，在里面还提了个'行度佯谬'的概念，啊，这里的'行度'就是评价算法时间和空间复杂度、正确性、健壮性等综合指标的一个标量，我有时称之为算法的算法。不过，因为这个算法是为着复杂课题准备的，所以暂不考虑可读性。"提起往事，我可能看起来有些自得意满，虽然自己都禁不住觉得有点儿太臭屁了。

"也就是说，这是一个在解决课题前优先遴选出最适合解决此课题的算法的算法？"

"正解。"啊，我真喜欢聪明的女人。当然，前提是漂亮。

"具体的方式呢？"

"让我举个有趣的小例子吧——就好比是在一个固定的草原区域内放出你所有的猎犬，看谁先捕到猎物。"我的眼睛闪闪发光，注视着她，"但这只是初次遴选。之后，再在单一区域内投入大量算法，令它们同时计算对方的'行度'，留下'行度'高的，筛选掉'行度'低的。这样，好似在自相残杀一般，迫使类似'自组织'的自我进化形式出现，最后剩下'行度'最高的算法，亦即解决此课题的最优化算法。但得到这个算法前期会有大规模的运算，需要超级计算机——哦，对了，比如你们斯德哥尔摩研究所的'天空'，这好像是战后最强的超级计算机了吧？说实话，真想在你们这儿试试。"

"试？您还没有对此算法进行测试吗？"

"是啊，我本来是搞纯数学研究的，看看算法也就是兴趣，没想那么多。再说，没有超级计算机，我也没机会试啊。"

她沉默了一会儿。我多少有点儿奇怪她的反应——一般来说，初次听到我这个有点儿耸人听闻的理论的同行多少会流露点儿惊讶，或是赞叹，或是鄙夷，可她只有平静。

"你的算法叫什么？"她问。

"几乎所有与课题相关的东西都会在前期的算法行度筛选中被囊括进来，纷繁复杂，是个数据的洪流，但有点儿乱七八糟，所以我叫它肮脏算法。"

"奇怪的名字。"苏淼终于能插上一句话。一天前飞机降落在斯德哥尔摩的时候，苏淼才告知我来此的目的——帮他们检测这个研究所正在研究的项目的安全性。

她告诉我，几个国家的军方和政府高层在合作一个项目。项目马上要完成了，可最近一周项目基地的人没再提供有用的信息。军方怀疑其中有内鬼更改了程序，但这些行政人员对科研一窍不通，所以找我帮他们查验。

"你说笑了吧？你们朝廷养着那么多院士呢，德高望重的，怎么不找他们来看啊？"我当时这样对苏淼说。

"我们必须找一个毫无官方背景的、独立的学者来进行查验。这也是为了防止他们产生怀疑。"

"自欺欺人。如果他们真有内鬼，那任何的行动都会打草惊蛇。"

"其实找你是上峰的意思，我也不知道为什么。"苏淼叹了口气，"而且他竟然对你我两家的交集非常清楚，因此派我来接你，看来你是早就在上峰的计划中了。"

"岑晟博士对这个算法的前景有何看法？"这清冷的声音把我从回忆中带了出来。

"其实我也不知道，实际应用不是我关心的。当然，我也曾设想过这一算法和神经网络算法的结合。比如设计一个人工神经网络应用系统，建立某种信号处理或模式识别的功能，前景应该不错。但对大规模运算的依赖也许是它的弊端咯。"我边说边打量她，忽然转移了话题，"冒昧问一下，您是混血儿吗？"

后者看样子正准备跟我进行一番学术性的探讨，听到这个问题时明显愣了一下。

"嗯，是的。我父亲是中国人，母亲是瑞典人。我的中文名字叫唐倾霏。"

"那你懂中文吗？"我用中文问她。

漂亮的唐小姐轮廓深邃的北欧面孔上是茫然的神情。

"咦，果然不会呢。"我继续用中文说，"早听说二代华裔移民忘却母语的事情，可以理解。不过混血儿还真是漂亮啊。"

"抱歉，我以为我们都是数学家而非跨文化交际学者。"标准的普通话。

我："……"

"岑晟博士对今天的会面满意吗？"唐倾霏纯正的中文发音和她的欧洲面貌非常违和。

"很好……很荣幸见到您，了解了您的工作。"

"应该是我感谢您，今天的对话令我获益匪浅。可是很抱歉，有些地方我没有权限带您参观，只能等下次了。"唐倾霏说着，脸上的表情仍然安静平和，她转向苏淼："那么，苏小姐，您可发现我们在项目中有未向政府说明的不轨行为吗？"

"唐研究员是什么意思？我只是带岑晟博士来此做学术访问的。"苏淼的神情和前两天在飞机上时一样冷酷。

"那就是说搜查可以停止了？"

苏淼微笑了一下，没有温度的微笑。她先看看我，又看向研究室外空旷的走廊。最后，她把目光定格在唐倾霏轮廓优美的脸上。"唐小姐，我想我们之间有些误会。"

我紧张地盯着两人看。

世上第一美好的事情是看美女，比第一美好更美好的事情是看两个美女吵架。

我很期待啊。

45 小时前 · 东亚 · 红一聚居区

花农们在卖花，孩子们奔跑过街道，小商贩们在阳光下昏昏欲睡。

远远看去，和任何市井并无不同。然而凑近了看，会发现这里的每个人……都带着难以言表的……残缺。

花农们没有腿，靠助步器艰难行进。孩子们大多头部畸形，看起来像一群被摔坏了的玩偶。小商贩们中有人永远也无法抬起手臂。

来来往往的人群像是被一种古怪的哈哈镜的镜像所投影，显出惊人的怪异和扭曲。

"这就是红一区。"向导含混不清地说。他的嘴角上长出一颗巨大的肿瘤，将他的脸拉扯变形。

戴着白色兜帽的行者从向导那里收回视线，沉默地打量着这里。

"红色战争之后，政府把我们这些乡下人迁到这里，为了眼不见心不烦吧。"向导边向前走边说，"不过这是自欺欺人，我亲眼见过许多一区外本来正常的人，他们所生育的下一代却像刚才那群孩子一样，也是先天畸形。隐性基因的遗传是可怕的东西。所以他们不得不把那些孩子也抛弃掉。"

行者指着一栋在破败民居间显得很突兀的整洁的大楼问道："那是什么？"

"迪尔曼公司的大楼。这公司把自己开遍了全球，跟婊子一样随处可见。他们号称制药解决这里的基因疾病，其实全是扯淡。不过红一区倒是有不少年轻人愿意相信他们。"

"那里有网络覆盖吗？"

"有，你可以去那儿上网，不过要另加钱。"

行者向大楼走去。

向导摩挲着手中的纸币，打量着那渐渐远去的白色身影，不禁在心里嘀咕：这个人非同寻常。他不像是对红一区好奇的旅行者，也不像是记者或情报部门的官员。

他身上有一种惊人的气场。

似乎整个世界，就要从那副身躯上开始塌陷了。

45 小时前 · 美国国家安全委员会（NSC）· 闭门会议

"也就是说，迪尔曼公司坚决不放弃他们在'伊甸园'项目上的股权？"

国家安全事务助理安德鲁·乔纳森神情沉重。

"三天前就是这个回复，再之后，我们没能联系上他们的负责人。"一位总统幕僚回答道。

"看来他们要死磕到底了。"安德鲁往椅背上一靠。他的眼前似乎烟云四起。

许多年前他参加过"红色战争"，那被称为小型的第三次世界大战。自那之后他也一直以为，这一定是自己有生之年会经历的最肮脏的战争了。

那次战争有十几个国家卷入其中，并且，和几十年前的"二战"一样，一个新式武器终结了它——"基因炸弹"。基因炸弹的使用被后世的军事史学家们称为"人类文明史上最黑暗的武器"，因为它带有遴选功能，可选择特定的人群和地域发动进攻。虽然当时只在战场上小范围使用，但它的残余影响波及了整个世界。人类用了十年，才稍稍恢复到战争开始前 20 年的生活水准，可这个世界依然千疮百孔，难以复原。也就是从那时开始，人民对政府愈加不信任，兴起的却是各个经济大财团，民众依附这些可以提供实际利益的财团，财团又对政府施加影响。这样一来，常规的政府行为受到打压，NSC 也开始重新定位自己的职能，从曾经的由副总统、国务卿、国防部部长、中央情报局局长等一系列政府要员组成的组织，变成了一个整合政府情报和政策机构信息，以此做出决策供总统直接参详的机构。它所讨论和研究的仍是重大战略和决策，却更像一个高规格的智囊团组织。NSC 不像从前那样重权在握，却因此更加灵活。它做出决策时政治因素被弱化，取而代之的是对全世界负责的气概。

安德鲁在前任总统的扶持下改革了 NSC。那时战争刚刚结束，人人笼罩在对末日的恐惧中，NSC 被改编成一个"末日决策机构"，因此 NSC 的每个成员都可以在总统无法行使职权后代行总统职责。

"红色战争"结束 20 年了。可眼下，新的战争正在打响。而且，于无声无息间，更加残酷百倍。

"你是说，我们失控了？"一个年轻的总统幕僚惊讶地说道。

"这是阴谋，先生们，几个财团的阴谋。而我们尤擅此道。既然在这里猜想和分析前方的情报已经走入瓶颈，倒不如直接秘密逮捕'伊甸园'的负责人唐稣。适当给他加点儿花样，估计他也什么都会说的。"国家勘测局特派员塞拉斯的语气一如往常冷峻，那双深陷的眼睛里时常闪过分金碎石的精光。

"当某人有危害国家安全的行为时，适当的酷刑是可以采纳的。"幕僚附和道。他已拿起电话。安德鲁知道电话一拨出，这个叫唐稣的大科学家就会即刻被收入囊中。

他默许了。

"什，什么？"年轻的幕僚显然听到了令人震惊的消息。

"他死了是吗？"没等他报告这消息是什么，一直注意观察对方表情的安德鲁就凭直觉猜到了。

"是的……就在几小时前，是心脏病……"

"自杀或者被人先动手了。现场有什么发现吗？"

"CIA 的人正在往回赶，他们手头有数据。"

"他的办公室和他的常用电脑要仔细搜查。"

"之前我们监控过一阵，但他不在办公室讨论重大问题。电脑里也只是项目的一级资料，没有加密，12 岁的孩子都能攻破他的防火墙。"

"他把重要的东西转移了……他女儿在哪里？"

"还在斯德哥尔摩的研究所。显然她还不知道父亲去世，我们要逮捕她吗？"

安德鲁和塞拉斯对望一眼。

"监控起来。"塞拉斯回答。

"等等！"一位年轻幕僚忽然激动得站了起来，"我的线人刚发来消息，一支队伍出现在斯德哥尔摩研究所，和另一支武装发生冲突，那支武装用飞机劫走了研究所里的人，不过飞机在半空爆炸了。报告人称，他们可能劫走了唐龢的女儿。"

"找到她的尸体了吗？"

"没有，我们的人正在往那边赶，情况还不太清楚。"

"调查一周内斯德哥尔摩的飞机出入境记录，再派一队人去研究所守着。保持信息畅通。"

"好的。"

"我们离原定计划还有多长时间？"

"45小时。总统曾叮嘱过，'伊甸园'项目启动的时候，他必须在场。"

安德鲁紧抿嘴唇，他知道自己得亲自动手了。

40小时前

我才知道，斯德哥尔摩的超级计算机"天空"被安放在地下实验室。

想到这里的员工可以在酒吧跟人胡侃时说："嘿，老兄，猜猜怎么着？我们研究所的天空在地下。"

真真是酷炫到没朋友。

而此刻我们也在这里。

可几小时前的一幕，彻底颠覆了我的世界观——是啊，如果你都大头朝下被人拎着了，你的世界不被颠覆才怪。

本以为帮完了苏淼她就能把我送回去，谁知半路杀出——国际刑警，或者是自称国际刑警的人，反正哎哟我了个去啊，这些人冲进研究所找唐倾霏，说她涉嫌危害国际安全。此时苏淼展露出令我吃惊的身手——她轻易地卸了他们的枪，护送我们来的那几个士兵从走廊里冲出来帮忙。此处省略一万字，总之就是经过一番惊心动魄，我被一个苏淼的手下（天啊，他身高足足两米）拎着，像一个破玩偶一样被甩进飞机。

我以为这就完了，哪知飞了一会儿，刚出城区苏淼就让我们强行跳伞。

"可我不会啊！"我话还没说完，苏淼就抱着我跳了下去。

啊，温香软玉在怀，可惜我只是个数学家不会写诗。

好不容易平安到达地面，我回头一看，远处的那架飞机越飞越高，在高空爆炸了。

爆炸发出的剧烈火光，看起来像电影一般夸张而炫目。

我沉默好久，给出一个评价：

靠！

唐倾霏却冷静得多，她一边解开身上伞包的束带，一边问苏淼："你到底是谁？"

"来救你的人。"

我也转向苏淼："你能说说这是个什么情况吗？"

"我们死了，死于飞机事故。"

我："……"

"那我们该怎么办？去哪里？"

"你看过好莱坞电影吗？"苏淼横了我一眼，"里面有句台词怎么说来着？"

"最危险的地方就是最安全的地方……所以我们是要回研究所？"

Oh shit！

——于是就这样，我们历尽艰辛地回到了这里。不过苏淼还觉得不放心，就让唐倾霏带着我们到地下实验室藏身。

"天空"就被安置在这里。它是亿亿级超级计算机，每秒能进行亿亿次浮点运算。作为战后最强的超级计算机，它还嵌制了动态随机存储器、电压调控模组以及千兆位以太网，可外观设计仍然很简洁，此刻它就伫立在那儿，像个方方正正的小柜子似的，发射端小口射出幽蓝的光。实验室里的制冷设备正发出阴沉的声响，而我，冻得像个孙子似的。

"苏淼，你得解释清楚，这到底是怎么回事。"想到几米之上的地面就是6月的斯德哥尔摩，温暖晴朗的日子一连多天，而这里的气温却只有十几度，我的心更凉了。

"新的战争要开始了，岑晟。我很抱歉把你牵扯进来，可你正是解决这一切的关键。"

"淼淼，喂，你话说清楚点儿啊，你你你不要吓我。你是说，我成为一场战争的关键？"

"可以这样说，"苏淼直视我的眼睛，"你，是救世主。"

噗……

"还记得你看到的文件吗？那只是一个子目录，所以你看到的只是项目的主体程序部分，你可知这个程序是为了什么？"

"那程序包含一个相当高效的算法，和我之前提出的算法遴选结构很像。"我说到这儿，忽然一惊，寒意更盛，"那是你们的算法？就因为它的原理和我之前发表的论文里提到的算法很接近所以你们找来了我？你们要干什么？我的算法又有什么用途？"

"你还和以前一样敏感聪明，"苏淼叹口气，"没错，正是因为你独立的研究和这个算法高度吻合，所以只能找你来。"

"你不是说你的上峰要找我吗？他是谁？"

"我没见过，他只跟我们单线联系。据我推测他应该是国家防备局的人——你知道，红色战争之后防备局与许多国家的情报机构有合作。这个研究所里，"苏淼指指唐倾霏，"比如唐小姐参与的'伊甸园'，就是他们合作的项目之一。"

唐倾霏不置可否。

"不过这个项目却是绝密的。"苏淼说。

"呵呵，政府的东西不都是绝密的吗？"

"不一样，这个必须要绝密。因为它违反基本的普世价值和人性。"

"……你，这是什么意思？"

"你是怎么描述你的算法的？通过残酷的算法间的竞争来遴选出优质的算法，以此解决课题，对吧？'伊甸园'项目的真正目的也是如此，不过要把算法改成人。"

寒冷和震惊使我感到空气都沉重起来，裸露的手臂泛起一层鸡皮疙瘩。

"别开玩笑。你只是个普通的小员工吧？如果事实真像你说的这样没有人性，那些政府要员怎么会轻易把它透露给你？"

苏淼转过脸去，"我当然知道。"她的声音里压抑着悲伤，"我是'伊甸园'项目前期的第一批试验品。"

时间小小地停顿了一下。恍惚间我看见十几年前，苏淼和我都还是七八岁大的孩子时那快乐天真的模样。

那时我的父母都还活着，和苏淼的父母在同一个科研机构工作。可那次坠机事件之后，我和她都成了孤儿。各自被领养，从此再无联络。

"他们对你做了什么？"我感到心口发紧。

"红色战争的时候双方动用了一批基因炸弹。你知道它的原理吗？"

我摇摇头。

"人体内有特定的基因决定其眼睛、头发和皮肤的颜色，以及易患的疾病和族群，理论上说，只要分析特定人群与其共同祖先相联系的基因原型，就可以进行准确的基因定位。基因炸弹将携带特种病毒或细菌，根据一些基因特征判断某个人的基因类型，从而只作用于特定人群，破坏其免疫系统，产生致命杀伤效果。"

"这和算法有什么关系？"

"可那实际上是个骗局。基因炸弹确实被制造出来了，通过导弹将基因病毒输送到云层或广袤土地上，再缓慢被人类吸收。可因为它的整个系统太低效，所以投放战场后最终遭受死亡的，并不像官方所称，是敌方的军队——还有大量的平民，甚至，有己方的军人和平民。岑晟，那次战争的死亡人数不是教科书上的几十万人，而是几百万人。"

"官方一直在说谎？"唐倾霏也表达了震惊。

"这也是不得已。原本政府失去的信任已经够多了。最关键的是，战争后因为基因炸弹的流害，出现了许多新型的疾病。残疾、饥荒和贫穷导致更多的暴乱，在这样的绝境下，战时暂时胜利的一方组织了几个小政府，共同开发了一个叫'伊甸园'的项目。它的核心就是为基因炸弹判断哪些人会被抹杀时提供高效的遴选算法。它的原理正符合你独立研究出的肮脏算法。"

"……的确够肮脏。"

"那你经受的实验是怎么回事？"唐倾霏问。

"17岁那年我考上军校，后来被征用到一个秘密研究所。我在那儿待了三个月，被注射了几百种试剂。然后，我活了下来。"苏淼漂亮的大眼睛里波澜不起，"因此我作为一个特例被留下来研究，后来因为出色的表现而成为研究所的一员，之后，去军队任职。我离开研究所的时候偷偷找到一些文件，这才知道政府的秘密……这次，基因炸弹不再针对敌方。说实话，停战很久了，现在没什么敌方。"

"那是针对什么？"我攥紧了拳头。

"你虽然不是负责'伊甸园'全部项目的，但你也该知道，'伊甸园'的基因库里有几百万基因样本吧？"苏淼转向唐倾霏。

"是的。据说这是从人类基因库的数据库里借来的。"

"不，你错了。这几百万基因样本的来源，正是上次基因战争中的受害者。他们因为严重的基因疾病失去了行为能力，成了社会的负担，还有许多加入反政府武装和恐怖组织。不仅如此，你可知基因病是遗传的？也就是说，他们的后代也会这样……况且，受害的人又岂止百万，而被这些人鼓动起来的其他人，很多还是健全人，这些健全人也是很大的威胁。正在政府为此发愁之际，他们发现那个算法正好可以用来遴选基因，就决定利用它，将这些人……全部抹杀。"

"也就是说，创造一个由算法判定而留下的，满是顺从者的世界？"我惊呆了。

"可以这样说。他们叫它'伊甸园'也有这个含义，其实它更像是个人类净化计划。他们发射携带基因病毒的导弹，将其散布出去，病毒在算法的作用下，会在人体内开始遴选，如果一个人基因优秀，那么病毒不会发作，如果是劣质基因，就会感染疾病。这就好比利用复杂的算法评估人的价值，留下那些体能更强健、大脑更聪明的人……以此，人类种群得到优化，摆脱堕落，而重新回到'伊甸园'。"

"我才几年没学历史，没想到历史就倒退得这样厉害。"我满怀震惊，忽然想到了什么，"所以，你不是来帮助政府的？"

"我是从死神手里逃出来的人，那时候我就发誓我不为任何势力效力。"苏淼转向唐倾霏，"没错，我是来阻止这个项目启动的。"

"抱歉，其实我对这个项目的真正目的一无所知。"唐倾霏回答。

"可以理解。我知道'伊甸园'是分别运作的。"

"我想给你们看样东西。"唐倾霏神情更加严肃，她的脸上显现出一种平静湖面般的圣洁，"也请你们相信我。在知道了这个真相后，我不会做政府的帮凶，去杀害无辜的平民。"

她从无尘服的兜里掏出一个小金属片儿，大概 10 厘米长，灰色，上面布满细密的纹路，像把小尺子。

"这是？"我有个猜测，但没说。

"'天空'的钥匙。"

——果然。

唐倾霏拿着它走向超级计算机，金属片顺利地被插进这个"小柜子"。

它的外表没有任何变化。

而在它的内部，成千上万的数据流开始涌动，它们彼此交错穿梭，通过密密麻麻的计算机元件，以光的速度迅速分散和集合。

"天空"正在醒来。

25 小时前·斯德哥尔摩·大教堂

年轻的主教内侍觉得，今天的主教有点儿行为异常。他一直若有所思地翻阅书籍，像在等待着什么。

"主教先生，有什么要我帮忙的吗？"他斗胆过去问了一句。

"没什么，你先去休息吧。"主教回答。

他……在看《圣经》。

据说主教年轻的时候就可以将《圣经》全本以拉丁文背写出来，这一技能为他的进阶之路增加了不少砝码。可此刻，他为何要呆坐在这里看它？

主教内侍满腹疑虑，还是退下了。

"布尔辛基主教在等我。"一个浑厚的男中音在门口响起。听到这话，教堂的工作人员疑惑地回头看主教。

主教抬起头，与来者对视。

"请进。"

"你不在你的办公室接见我，而选在教堂，是为了省一杯茶吗？"来者微笑着说。

"这里更宽敞、更美丽。我们的教堂很古老，快一千年了。"

"一千年，刚好是新纪元该开始的时间呢。"

教堂塔楼的钟声忽然响了起来。

"安德鲁先生此番前来，还是为了那件事吧。"主教摩挲着书页，抬起头沉静地问来者。

"没错。不过我们最近出了一点儿小纰漏，幸而我很快可以解决它。"安德鲁说，"我坐了十几个小时的飞机从国会山飞到这里，可不是为了看教堂里伯恩特·诺特科雕琢的《圣乔治和火龙》木雕的。"

"上帝保佑你，安德鲁先生。"

"谢谢您，主教。现在我们重新商量那件事吧。"

"恕我不能从命。"

安德鲁没料到这回他会拒绝得这么干脆。

可计划必须实行，箭在弦上不得不发。

25小时后，"伊甸园"项目将按照计划启动。届时，所有被初始参数锁定的人群都将感染"专属流感"，在短时间内从世上被抹去。政府要重新树立权威，世界要重新确立秩序。当争取异端的支持变得太艰难，并且将增加更多战乱时，简单直接地进行杀戮是可以被理解的。

有进步就必然要有牺牲。为了一部分人的生存，另一部分人必须被毁灭。安德鲁知道自己在做什么，他也甘愿背负骂名。

犹大是可耻的，可正是他的背叛捧出了耶稣。卑劣的行径才能衬托出良知的神圣。他不相信地狱——也不在乎它。他只要在现世里把握命脉，改变潮流。

其实十几年前安德鲁第一次听闻这个项目的最终目的时也是无比震惊的——要判断出人的优劣，并将"劣质"的抹去？这太残酷，也绝无可能。

直到他认识了一个提供了系统最终算法的科学家，从他那里了解了事物的法则。他忽然意识到，也许并不是人设计算法，而是人发现算法。这不是一个单纯的程序——而是世界的公理。人服从公理，并因公理而死，这是理所应当的。优胜劣汰是自然的法则，而他们的工作只不过是将这一缓慢的进程加快了而已。何况，地球资源所剩不多，这是灾难之际，应当将有限的资源分配给那些更健康、更强壮的人，而这些弱者做出的牺牲，是为了人类整个族群的生存。

"那么，主教，能给我一个拒绝的理由吗？"

"我只知道，人不能做上帝的事情。"

"我以为您是上帝在人间的代言人，我们的合作理所应当。计划启动以后，急需稳定的精神领袖，您应该担负起这个责任。甚至梵蒂冈那边您都不必介怀，我们完全有能力扶持一个新的神权中心。"

"那教皇为何拒绝您呢，安德鲁先生？"主教的神情依旧淡然，只是眼神里……是某种悲悯。

"教皇年纪大了，多少有些顽固。虽然他明知他的投资者们都支持这个计划，也不愿意放弃那些平民信徒。你我都清楚这是不明智的，而且，'伊甸园'计划就设立在斯德哥尔摩，这是您的领域。"

"所有的领域，都属于上帝。"主教说，"您可否对我说实话，'伊甸园'项目启动以后，那些上次战争的受害者会受到怎样的对待？"

会死。

安德鲁在心里说。但他不能告诉主教实情。

"会去一个新的聚居区，这样可以更好地为他们提供医疗和救助，而且出于人道主义考虑，我们也会给他们会见亲朋的时间和机会。"

主教沉默了一会儿，微微摇摇头。

"安德鲁先生，很晚了，您该回家了。"他的神情像是一位父亲。虽然他几乎和安德鲁同龄。

真是遗憾啊。你在这个紧急关头挡路。

安德鲁叹了口气。他时间不多，不能浪费在已经被拒绝的事情上。

他起身与主教握手，转身离开。

"红色战争"没有结束。为了防止被毁灭，就要先去毁灭。

"伊甸园"只应留下值得的人。因为荣耀从来都属于胜利者。

安德鲁要成为这个胜利者。

他走出教堂。

十几分钟后，一个红色光点出现在主教的胸口。当这个红点扩大成一朵艳丽的血花的时候，主教无声无息地倒了下去。

主教内侍和其他神职人员很快发现了这个损失，他们跑过去——内侍却不由得看了一眼主教手中的《圣经》。他的血洒落其上，刚好抹去了这几行，像抹去一个预言那般——

祸哉！这流人血的城，充满谎诈和强暴，抢夺的事总不止息。鞭声响亮，车轮轰轰，马匹踢跳，车辆奔腾，马兵争先，刀剑发光，枪矛闪烁，被杀的甚多，尸首成了大堆，尸骸无数，人碰着而跌倒。

——《圣经·旧约·那鸿书》

16 小时前

此刻，我们坐在赛莉·金斯莱研究员的家里面面相觑。

"茶还是咖啡？抱歉，我这里只有咖啡——啊，有点儿结块儿了，真抱歉，我不常回家。"

但她还是手忙脚乱地给我们煮了一壶味道很怪的……呃，如果这算咖啡的话。

她邋遢的生活习惯和她美艳的外表完全不搭调，赛莉是个大美人儿。在考虑到她是"伊甸园"项目的负责人，算个科学家的情况下，她在科学界简直算是倾国倾城。

她30岁左右，即使穿着一身灰色的便服仍无法掩盖其火辣的身材。她有电影明星般闪亮的金色长发，琥珀色的大眼睛闪烁着动人的光彩。

一天前我们还在地下实验室的时候，我在那台超级计算机上测试了自己带来的算法——结果令人吃惊。自组织形态出现后，系统的精确度自发达到原子级。可以想象，一旦这个程式用来设定基因炸弹，后果将多么恐怖。

可一直在那儿躲藏也不是办法，幸而唐倾霏提议我们到她的同事——也是她父亲、项目的首席负责人唐穌的助理赛莉·金斯莱家藏身。一番周折后，我们来到了这个小公寓。

"赛莉，你真的从没见过项目主控室的样子？"唐倾霏边喝咖啡边问。

"没有。你知道研究所有一大片研究室，而唐先生每次都从不同科室的门进入——所以我猜想各个研究室之间应该彼此连通。他用迷宫的方法隐藏了主控室的位置。不过说实话，我也不明白他是怎么进主控室的。唐先生似乎在做一些隐秘的事情。"

"现在的当务之急，是送岑晟博士到主控室里更改初始设置，否则项目一启动，那些本就受到损害的人就会死去。"唐倾霏说。

怪不得被叫成救世主，我自嘲地想着。的确，现在这个世界上，能了解和运行那个算法的只有我和唐龢两个人。唐龢不知去向，而且他绝不会自己更改那个算法，所以只能靠我了。

"可你们也看见了，现在研究所附近全是警察，唐姑娘又被说成危害国际安全，我们回那里不被抓起来才怪。关键是，我们根本找不到主控室。"

"可我一直联系不上我父亲。"唐倾霏此刻忽然显得宁静而脆弱。

"我也没有联系到唐先生。"赛莉说。她的神情有些迟疑，"克莱尔（唐倾霏的外文名），关于你父亲我有些话想告诉你。"

"是那天你来我父亲的别墅时他对你说的话吗？"唐倾霏问。

赛莉有点儿吃惊："是的，当时你也在？"

"我就在楼上。"

"那么你是知道你父亲的态度了。"

"是的。我感到困惑和失望。父亲不该是这样的人，即使他再希望测试自己的项目，也不该做大屠杀的帮凶。"

帮凶？我想着，分明是始作俑者啊。

"他莫非有苦衷？你最近处境危险，莫非政府是拿你做人质？"苏淼问。

"即使那样也不会的。他可以和我商量，我们甚至可以对政府声称算法有错误，推迟启动时间。"唐倾霏摇摇头。

"自 1809 年以来，瑞典就没有过战乱。和前两次世界大战一样，'红色战争'时期瑞典也宣布为中立国，斯德哥尔摩是一座有着和平传统的城市。"赛莉说，她神色悲凉，"可没想到，眼下一场大屠杀要从此开始。"

"那我们就来阻止它。"苏淼的眼睛闪闪发光，"他们设置了锁，而我们，有钥匙。"她转头看我。

"喂，你知道你小时候这样看我时，我就不会推辞任何事。"我举起双手做投降状。

真是赶鸭子上架，赶数学家去拯救世界。

也许前面是一死。死就死吧，死在这三朵金花下，我赚够本儿了。

15 小时前

威廉·迪尔曼注视着窗外漆黑的夜晚，像在与魔鬼对视。

唐稣死了。这个他最得力的同盟自杀了。

这也意味着，唐稣遵守了约定，修改了"伊甸园"计划的原始参数。这样一来，基因炸弹的目标人群就不再是 NSC 和几个联邦国原定的那些红色战争的受害者（即随时可能与政府对抗的平民和暴徒），而变成了那些妄想通过此举改变世界的政府要员。"一群自以为是的马基雅维利主义者。"威廉一开始就对他们充满了不屑——多天真啊。他们不知道世界正是靠这些底层的、普通的人才运行的。暴乱不会因暴徒的死而消失，仇恨是个独立存在的力量，无法消灭。

金钱——只有金钱可以与仇恨相抗衡。威廉·迪尔曼深切地明白，财富正是从那些没有财富的人身上聚集和累积的。政府孤注一掷的行为要毁掉他的摇钱树，他绝不允许。

其实他又何尝不知道，在自己强势入股这个计划时，政府的要员们就对他充满了戒心——可他们太需要他的金钱，所以还是维持表面的和谐。迪尔曼确实倾尽心血，给了"伊甸园"巨大的财力支持。

如今，是收获的时候了。

安德鲁·乔纳森无法得知他修改初始设定的事。即使知道，唐稣的死，也使得他们失去了唯一能将参数更改回来的人——多亏了唐稣独一无二的算法和设计。

"迪尔曼先生，您有一位访客。"轻柔的女声打破了办公室的寂静。公司大楼的 AI 话音刚落，就传送了一个图像过来。

"塞拉斯……"威廉皱起眉。这人是国家勘测局的一员，年纪很轻即身居高位，是个心狠手辣的家伙。威廉只见过他两面，一次在电视访谈里，他坐在主持人对面，一直露出令人厌恶的笑容，历数政府在红色战争结束后为了稳定做出的贡献——虚伪至极。另一次是在一年前的项目集会上——"迪尔曼先生，感谢您对国家的投资。"塞拉斯主动来握手，他的手又凉又湿，像五条泥鳅。所以在他发出合作邀请时，迪尔曼是有点儿不情愿的。自己的大楼兴建时，他还送了一个大吊灯，迪尔曼虽然不喜欢，但为了讨他的信任和欢心，还是装在大楼大厅里。

"'伊甸园'项目同样支持了我公司的前沿科技研究，我也感谢当局对我的信任。"

"当然，信任比什么都重要。"塞拉斯眨眨眼。

"让他进来。"威廉从回忆里回过神，极不情愿地说。

——塞拉斯承认自己在冒险。

在这个节骨眼儿上走漏任何风声，自己都将死无全尸。电梯门在面前打开，他踏进去——像踏在云上一样。迪尔曼公司的基本事务都由 AI 负责，充满了冰冷而虚无的空旷感。他稍稍避过监控摄像头，以隐蔽的方式从兜里掏出一个小小的 U 盘，插进电梯里的 USB 插口。然后他转身看了看自己的手表，上面与 U 盘同步的小灯亮了起来。

"晚上好。"威廉·迪尔曼办公室的电梯门打开了，但里面的人没有马上走进来。

"好久不见，迪尔曼先生。"塞拉斯微笑着说。

"的确。"威廉露出一个微笑。一年前当他收到那个秘密电邮的时候，就注意到了上面的保密条款：非紧急情况，请勿见面。

可塞拉斯承诺会在事成之后给他更大的经济政策支持，威廉·迪尔曼虽然讨厌他，却还是接受了这单不错的生意。之后他们的联系就完全通过电邮，以至于威廉觉得网路的那边存在的不是一个同盟者，而是一个幽灵。

"唐稣死了，我们的计划已经万无一失。"

"可有个小纰漏，唐稣的死讯不该这么快传到NSC的。你知道，安德鲁的直觉像狗鼻子一样灵敏，他会怀疑项目出了问题——事实上，他现在也在斯德哥尔摩，就为了亲自来验证'伊甸园'的安全性。"塞拉斯余光一扫，自己手表上的显示灯熄灭了。

传送完成。

"国王不该离开他的城堡。攻城略地是骑士的事情，他这么做是自寻死路。"

"可他手中的棋子比我们多，随时可以翻转，将我们的军。"塞拉斯向威廉走近。

"哈哈，塞拉斯先生，您是不相信我吗？"

"不。我只是确认您能在之后保守秘密。唐稣的死讯如此迅捷地传到他人耳中，使我有点儿不安。这也会给将来的行动带来潜在的危机。"

"那您能怎么办？事已至此，而且即使安德鲁发现数据被更改，他也无能为力。"威廉想尽量显得平静。塞拉斯离自己越来越近，他觉得有点儿压迫感。

"是啊。可我说过，要确保万无一失。"塞拉斯迅捷掏出装了消声器的手枪，朝威廉连开三枪，"而我知道，保守秘密的最好方法就是让保守秘密的人消失。"

威廉·迪尔曼仍保持死前那个震惊的姿势，他瞪圆了眼睛。

塞拉斯一分钟也没耽搁，迅速打开办公桌上的主控电脑。页面显示U盘里的病毒已成功投放。

"您好，请问有什么需要帮助的吗？"AI被再次唤醒。一张美丽的女性面孔在屋内的全息影屏内显现出来。

"显示威廉·迪尔曼的全部信息。"

"权限提示：您没有权力执行此操作。请进入虹膜识别程序。"

塞拉斯拎起威廉·迪尔曼的尸体，将他的头靠近那个小窗口，一边想着，幸好我没有打中他的眼睛。

"识别通过。资料显示中。"

塞拉斯找到私密电邮一栏，点击：全部删除。

"显示'伊甸园'的全部信息。"

"资料显示中。"

塞拉斯找到参数设定一栏：一个文件夹。他知道，这里的参数指向的是自己的同僚。十几个小时后，"伊甸园"项目启动之时，他们将成为基因炸弹的标靶。

而自己，将独自存活。

他的脑中这时想起了安德鲁·乔纳森制定的NSC章程：

"NSC的每个成员，都可以在总统无法行使职权后代行总统职责。"

他兴冲冲地点开它。

"提示：空文件夹。文件或被加密或移动。"

震惊缓慢地替换了兴奋。

是谁？威廉·迪尔曼还留了一手吗？

那么项目启动之后，标靶会是谁？

塞拉斯并不甘心，他尝试了很多方法，但就是找不到这个文件夹。而剩下的时间又不多，随时会有人闯进屋子。

计划有变。

该死的！

明天。啊，明天。

他本该成为这个国家新的领导者。

可眼下，无法掌控的事情发生了。

塞拉斯短暂思虑之后，打开病毒，点击运行。

"那么，就先毁掉这一切吧。"

他不能留下分毫证据，这样还能全身而退。这也是自己曾设想的结局里最差的一种。

威廉·迪尔曼的圆形办公室内，细密光纤的顶层闪烁起来。十几个小时之后，毁灭机制将被启动。届时，如果有人对 AI 提出直接面见威廉·迪尔曼的要求（那此人必是迪尔曼的余党），病毒就会释放，导致主电脑短路。这将激起连环的火花，引燃大楼刚建时装在自己送给迪尔曼吊灯里的微型炸弹。这会引发连环爆炸，彻底炸毁这整幢大楼和那个可怜的来见迪尔曼的通风报信者。

让证据连同希望一起被销毁吧。塞拉斯拔下 U 盘，走出迪尔曼公司的大楼，如同一个没有实体的幽灵般，重新融入深黑的夜色中。

12 小时前

"我走前面吧。"思虑片刻，我艰难地说，心中却对那个黑洞洞的地下阶梯充满恐惧。

苏淼冷笑一声，抬手把我拨到一边，径直往里走。

好吧。我在心里迅速安慰自己，她是军人嘛，勇敢一点儿，理所应当。

我可只是个应受到保护的平民哎。

我跟在苏淼身后，打开手机的电筒照亮。唐倾霏和赛莉也跟上来，她们的气息不断地冲击我的脖子后面。半小时前，赛莉开车把我们送到了这个废弃的小仓库。

这一切多亏了唐倾霏。当我们对如何回到研究所一筹莫展时，她拿出一部手机——

"这是爸爸让我回从前的寓所拿的。点开手机里的地图软件，我看到了这个——"

"地下通道。"苏淼说，"你父亲给你看了他的秘密通道。"

"就在这个小仓库里？"

"是的。你看，这里离研究所非常近。我猜这秘道很有可能直通研究所。"

——于是我们就过来验证猜想了。没想到小仓库的地下，真的别有洞天。真是地道——我了个擦，唐穌到底在搞什么。地道战吗？他这是要共产北欧的节奏啊。

"这个通道看起来时间很久了，不会是我爸爸新建的。"唐倾霏说。

"可能是战时需要吧。"苏淼走得飞快，似乎急不可耐想走到头。

"不会的，斯德哥尔摩没有战争。"

"没有？眼下不就是了？"苏淼哼了一声。

大概走了十几分钟，气温开始下降，我们却闻到一股恶心的怪味——我们猜想这附近说不定是藏着"天空"的地下实验室，但那味道又解释不通了。忽然苏淼停了下来。

"怎么了？"我好奇地上前，却吓得差点儿把手里的手机扔掉。

那通道的一侧躺着好几具尸骨，他们身上都已经高度腐烂了。极低的气温似乎并没有对它们的保存产生任何作用，只是使尸体的臭味儿不那么重而已。

唐倾霏和赛莉都吓得不敢作声。苏淼俯身检查了一下，平静地说："是了，这果然不是唐先生自己建的地道。这人死了许多年了，起码是在'天空'建成前就死去了。我猜想，这是红色战争时期用来藏匿科学家的地道。"

"红色战争没有波及瑞典，那为何要修筑地下防御工事？"我强作镇定。

"谁说没有波及？"苏淼继续向前走，"越是战乱，科学和知识就越珍贵。想想战后最强的超级计算机在哪里吧，这不是巧合。"

我们都默不作声。

但想到唐龢曾平静地出入于这个躺着尸体的地方，我多少能理解他为何会做政府的帮凶——果然没人性。

"我们到了。"唐倾霏忽然说。她指指手机，显示目的地的红色小点与我们现在的位置重合了。

一转弯，就看到一段向上的楼梯。

"我先上去探听下门后的情况，再做手势叫你们上来。"苏淼小声说，悄声踏上去，掏出一个圆筒形的东西贴着门来回移动，眼睛凑过去看。她这样扫描了很久，才给了我们一个可以上去的手势。

我们推开门。

这似乎理所应当，又是那么不同寻常。

"晚上好。"

黑暗中响起一个浑厚的男子声音，纯正的美式英语。

灯光大亮。

一个精壮的中年男子坐在我们正对面的沙发上，微笑着看着我们。

精壮是指他的身材——身子高大，肌肉的轮廓仍然明显。端正的坐姿让人联想起他当过军人；但岁月还是在他的脸上留下了痕迹，他看上去起码有五十岁了。他有一张坦诚明快的脸，头发和眉毛都是银灰色的，棕色眼睛里闪烁着胜券在握的神采。

我和我的小伙伴们都惊呆了。

还是苏淼最先反应过来，她掏出手枪，"安德鲁·乔纳森先生，我在电视上见过您。我是您的一个普通属下，恐怕您没见过我。"

"现在见面还不算晚。"安德鲁微笑着对她说，好像她手上拿的不是枪，而是一朵玫瑰花似的。

"玻璃？"苏淼忽然一惊，"你在玻璃后面？怪不得刚才我的探测器没有任何反应。"

"这不是防弹玻璃，你尽可以开枪。"安德鲁说。

苏淼开枪了。

子弹瞬间击碎了玻璃，然后射穿了沙发——一个幻影？

"全息影像？"苏淼愤怒地大吼一声。现在，全完了。

这个神出鬼没的安德鲁到底在哪儿？

我们刚刚暴露了自己的位置，我感到无数布置在这里的人员正在向这儿聚集。

——卧槽，不会被杀吧？

我才二十四岁啊！

这是……本历年流年不利……吗……

11 小时前

安德鲁知道自己成功了一半。

"岑晟博士，你是个很有作为的年轻人。"这是实话。他没想到还有人能理解唐稣的算法——而且，天啊，他手下的科学家们用了几年时间完善的东西，这个岑晟凭几个月就独自完成了。

"我还是不明白你的意思。你所说的一切我也不感兴趣。"

"我读过你的论文，我知道你能替代唐龢完成我们的工作。"

"更改参数，帮你们杀人吗？"年轻人很不屑。

"不，是救人。"安德鲁说，"想必你已经知道'伊甸园'项目将应用于基因炸弹。而此刻，因为叛徒的存在，我和我的同僚们成了炸弹的新标靶，危在旦夕。如果你不帮助我们的话，我们很快会死。"

"那你现在的做法，不像在求我吧。"

"不，我没有请求你，而是要求你。我在要求你的良知。"

"良知？你们也配谈这个？你们在杀那些无辜的人的时候是怎么想的？"

"你没有理解我的意思。不只我和我的同僚们会死，与我们相关的，基因图谱类似的人也会死。这大概会有几千人。你明白吗？你的袖手旁观会让几千人送命。"

"噢？现在你倒珍惜起生命来了？你们本来可要杀几百万人呢。"

"这是个错误，而我决定挽回。"安德鲁感到心中涌起一股盛大的悲凉，"请你更改参数，将它调整为静默。也就是说，基因炸弹启动后，没有人会死。"

眼前的年轻人沉默了。安德鲁知道自己已打动了他。

"你说的可是真的？"

"当然。毕竟，只有你会调整算法，打破原始的逻辑链条。没有人能逼迫你的思想。只要你同意帮我们修正，我们现在就可以去主控室。"

"我该怎么相信你？"

"我说过，这取决于你。"安德鲁敲敲自己高挺的鼻子。

"好，带我去。"

另一半也成功了。

10 小时前

没有主控室。

看样子，安德鲁和我们一样困惑。答应帮他修改算法后，我们就去找主控室，可是兜兜转转了一个多小时，什么发现都没有。

唐龢真是个老狐狸。

"不可能，要启动'伊甸园'，一定要利用超级计算机，所以主控室一定在研究所。"赛莉·金斯莱说。

安德鲁——这老谋深算的老头一直皱眉不语。他忽然转向唐倾霏，"克莱尔小姐，你父亲可给过你什么东西？类似钥匙，或者电子设备之类？"

唐倾霏愣了一下，淡淡地说："没有。我好几天没有联系上他了。"

"这是真的？克莱尔，你要明白这关系到生死存亡——NSC 这个机构的重要性你是知道的，如果我和我的同僚们全部死亡，这个世界将更加混乱，战争会重来。更何况，是你的父亲修改了这个参数。可以说，是他在杀死我们。"

唐倾霏神色更冷，"抱歉，我不相信父亲会做出这样的事情。"

"你们怎么知道自己确实被基因炸弹锁定了？"我问安德鲁。

"在建设'伊甸园'项目的初始，我就考虑到这种可能，所以做了链接项目主电脑的网路标记。参数的修改，我随时都会知道。"

又一只老狐狸。

"你们又怎么能确保基因锁定是那么精确的？"

"我们提取了百万个样本，这是真正的数据洪流。所以这也是项目算法的优越性——它为这种混乱情况定规则。基因炸弹完全可以做到只杀特定的某一类甚或某几个人。"

"可你们强行终止这个项目就可以了啊，干脆炸掉什么的。"

"不可能。一星期前整个系统就已进入倒计时启动状态，设计初期为了不泄密而省略中间环节，导弹的发射和'伊甸园'的主体程序是连在一起的。如果导弹留在发射井里不按时发射，而'伊甸园'的程序又按时启动，基因炸弹就会在导弹内，按照初始设定的标靶人群开始算法遴选进程。万一这些基因病毒发生泄漏，那么还是会有众多美国本土的人成为受害者。除非像你和唐酥那样可以更改算法的人将其调试回静默状态，否则，程序的启动一旦开始，就不可能停下来。"安德鲁忽然转向唐倾霏，"你是这个项目的负责人，你知道程序触发的是连锁反应，所以你该清楚后果。现在，为了大家的生命考虑，克莱尔小姐，你必须把你兜里的东西交给我。我知道，那是你父亲给你的。请为了我们大家，拿出来吧。"

她垂下眼睛，将手从兜里拿出。手中是那个手机。

"我现在暂时相信你。"她说，"不过你要表现出更大的诚意。"

安德鲁卸下配枪递给赛莉·金斯莱，又从靴子里掏出一把小到可以藏在手中的手枪和一支精致的匕首分别递给我和唐倾霏。"我将武器给你们，而且我现在就签署一份保密协议，确保你们在本次行动之后的绝对安全。"他笑了，"我是美国国家安全事务助理，总统的代言人，我可以给出任何你们想要的东西。"

"好。"

唐倾霏把手机递了过去。

9 小时前·蒙大拿州·马姆斯特罗姆空军基地

农场里安格斯牛在四处吃草，树林里黑尾鹿与叉角羚正奔跑跳跃。

而不远处，重达 4200 磅的升降机在更换发射井内的军用器材；巨型工程车在砂砾层上轧轧作响，运载着工兵养护队赶来设置"制门器"——8000 余包橘黄色的沙袋被塞满了几十公斤重的沙子，准备用来固定发射舱门；维护人员们小心翼翼地将发射管内的监控器打开，检查导弹弹头部位的新式制导装置。

"光荣"号导弹系统即将启动。

斯塔克·坎普上校用冷水拍了拍自己的脸。又一个无眠的夜晚过去了。

6 月 6 号。

计划启动的日期。

总统下午要来这里。基地严阵以待，事实上，三天前这附近就戒严了。这三天他们一直对"光荣"号导弹进行调试——虽然他不知道这导弹的标靶是什么，甚至也不知道导弹携带的是什么。他只知道自己要发射它。

此刻斯塔克心里忽然泛起一阵寒意——6 月 6 日。

这也是魔鬼之子的诞生日。

这会在日后被阴谋论者当话柄吧。斯塔克暗想，他输入密码，乘电梯下到地下 20 米深处的发射控制中心（LCC）。

这里由四个气冲隔离装置组成，能在附近发生核爆时保护人员和设备。紧急情况下，LCC 里的工作人员甚至能以手摇装置用超氧化钾制造氧气。

一个地下堡垒，完美的地下堡垒。

斯塔克摩挲着手指，看着那一排排电子机柜出了神——总统为何要亲自来基地？莫非是要用这儿做临时指挥部？"光荣"到底携带了什么？

"上峰"还没有联系他，斯塔克有些不安。若一直没有新的指示，他就只能完全执行总统的命令了。

这个神秘"上峰"在五年前与自己取得了联系，此人一直通过植入斯塔克体内的芯片遥控指挥，斯塔克因而在"光荣"号导弹中增加了不少"改装"。可即使已经从事了如此冒险的活动，斯塔克却从未见过这位神秘的人物，甚至不知他是男是女。

可他似乎有着无穷的智慧和力量，斯塔克只得对他言听计从。

——就在这个时候，手臂传来熟悉的刺痛。

那是信号。根植在自己手臂皮肤下的芯片开始工作了，刺痛的强度和发生的时间间隔形成一个莫尔斯密码。斯塔克屏住呼吸，默默地感应着。

他禁不住吃惊地睁大眼睛。

刺痛明明白白地昭示了一个信息。

"我将来见你。"

8 小时前

想到仅仅两个小时前，我们还在正邪莫辩的安德鲁·乔纳森的钳制下，战战兢兢地按着唐穌手机里的提示回到他的办公室搜寻线索，而此刻，我们却在苏淼的帮助下成功摆脱了他，重新躲进了地下实验室。不得不感叹——这一切真他妈是个轮回啊。我们费了那么大劲儿逃出这个地方，在喝了一肚子没冲开的咖啡后，又回来了。

而且，我真他妈饿啊。

此刻，我们的面前是一个小小的白色金属箱子。

"伊甸园"计划的主控室并不在研究所。它——就是这个小箱子。

伟大的事物通常比我们想象的要渺小。

箱中是一个几乎全透明的显示屏。而我们知道，就在这透明里，运行着开启"肮脏算法"的主程序。

屏幕上是一系列字符串。苏淼问我："你能找到参数设置的选项吗？"

"我试一下，你们要耐心等。"

显示屏投影出一个激光键盘，我的手指在光影下飞快操作起来。

就在我专心看算法的时候，身后忽然传来一声悲恸的哭泣。

是唐倾霏。

"怎么了，克莱尔？"赛莉急忙过去安慰。

"是……我父亲留下的视频……"唐倾霏颤抖着拿着那部手机，泪流满面。

我们看到，那是一些家庭录像。画面里的小孩儿只有几岁大，那应是幼时的唐倾霏。

"不管怎么说，你父亲是爱你的。"苏淼轻声说，"手机里还有什么信息可以显示他的去向吗？或许，找到他，是解决整件事的关键。"

"不，我们永远也找不到他了，"唐倾霏失声痛哭，"我父亲他死了！"

苏淼夺过手机，焦急地翻看——视频的最后，是唐稣的影像。他站在实验室里，对着画面之外，温和地微笑，"我的孩子，当你看到这段视频的时候，我已经死了。希望这是我留给你的最后的礼物。我爱你，青青。"

大家都默不作声。只有唐倾霏在哭泣。

他死了。我们永远也找不到他了。

这个世界上，能解决那个算法的，真的只剩下我自己了。

忽然一个冰冷坚硬的东西抵住我的后脑，"岑晟博士，现在快来解决算法吧。我们时间不多。"

是赛莉·金斯莱。

"你要干什么？你到底是谁？"苏淼立即反应过来，举枪对着赛莉。

"我却知道你是谁。苏淼，你不仅是安德鲁·乔纳森的手下，也是他派来的间谍。"

我倒吸一口凉气。到底该相信谁？

"你在说什么鬼话。"苏淼不为所动。

"别忘了我是'伊甸园'项目的协调员，我从一开始就知道这个项目是要做什么。但我知道凭自己是不可能战胜政府的，所以只能保持沉默。"赛莉的语气非常坚定，"我获取了组织的信任，有资格检查基因样本——所以我看到了你的样本和信息。"

苏淼眼里掠过一丝慌乱。

"你的基因已经被改造了。你不是基因实验的牺牲品，而是基因实验的产品。你在为 NSC 做事，你假扮好人欺骗岑晟博士，还与安德鲁合演了这一出戏，否则刚才他怎么可能那么轻易地就被我们摆脱？实际上那所谓的静默状态根本不存在！你只是想引诱岑晟帮你们修改到合适的参数罢了！"

"这个算法只有岑晟了解和设置，即使我真像你推测的这样，我又怎么能控制岑晟的思想呢？"

"你当然可以。"赛莉似乎不愿说下去，"你知道他深深地爱着你。"

一阵寂静。

"赛莉小姐，您多虑了。即使真是如此，我也不会帮任何人去杀谁的。"我鼓起勇气打破了僵局。

"我没时间管那么多。本以为跟着你们能找到唐龢，可现在他死了，我只能指望你更改程序。"赛莉的枪口更加靠近，顶得我脑袋生疼，"无论如何，我要你让这个算法停下来。"

"我也这样希望。可是里面的数据太多了，而且早在一星期前算法的遴选部分就已经开始了。想找到'归零'的那点需要很多时间。"冷汗顺着我的脸滑下来，"而且，不是说要靠超级计算机进行运算吗？只要停止这个进程，不也能阻止程序的最终启动吗？"

"没有用的，"唐倾霏终于恢复了冷静，"因为标靶已经存在了，而且先期运算早就开始了。这是连续反应，如果强行终止，我们就不知道运算进行到了哪一步，基因病毒一旦泄漏出来，我们就无法得知哪些人会被攻击，说不定会死更多的人，也许……是几千万……"

"那毁掉那些运载基因炸弹的导弹呢？"

"谈何容易，它们早就已经在发射井里待命了。除了 NSC 的命令，谁也不能阻止发射。"赛莉说，"唯一的办法就是靠你更改原始参数。"

我的手在激光键盘上一扫而过。

"那么，先放下枪。我会尽力。"

7 小时前·南美·红四聚居区

他把白色兜帽放下来，戴上墨镜。

直升机带起猎猎大风，聚居区里一群孩子好奇地跑出来看。他们和万里之外的红一区的孩子们一样，也患有严重的基因疾病，形态各异，像群会动的疾病标本。他们可怜到甚至意识不到自己的可怜。

这一切应该结束了。

他透过飞机的旋窗打量下方越来越远的大地。战争与和平，存在与毁灭，这些在他将要做的事情面前都渺小得失去了意义。

我的孩子，等我来告诉你，你早有所闻的故事吧。

4 小时前

我和苏淼站在混乱拥挤的人群中，迪尔曼公司的大楼爆炸了。2 小时前。

那时赛莉·金斯莱和唐倾霏应该正在里面。

不知为何，我怎样也找不到参数设置的选项。于是赛莉夺走了那个箱子，还说服了唐倾霏同她合作，她们要去找迪尔曼公司的拥有者——威廉·迪尔曼。那家公司的主控电脑其实也相当于一个超级计算机，可以运行大型程序。她们想使用这个主控电脑运行我的算法，以此来中和"天空"里将要运行的唐酥的算法，从根源破坏遴选系统，使其不再标注"基因标靶"，这样即使导弹被发射，其携带的基因炸弹内的病毒也会因没有标靶而失去效力。

可迪尔曼大楼爆炸了。她们死了。

虽然认识不到三天，我还是对她们的遭遇非常感慨。可此刻一个更加紧急的事实是——我始终没有找到唐酥设定的初始参数，也就是说，基因炸弹即将启动。

"岑晟，我没想过要骗你。"苏淼看着大楼的滚滚浓烟说。

"你什么也不用说。"我摆摆手，"那个安德鲁要来找你了吧？你的工作还没完成。可你看到了，我真的是找不到更改参数的位置。不过，找到也没用了。那个箱子——伊甸园的'主控室'估计也在大爆炸里毁了。"

"这么一来，基因炸弹就变成无头苍蝇了……一切又变回到红色战争时的技术水平……还会有无辜的人受到牵连……我们说不定也会死。"苏淼眼里泛起泪光。

我心里一阵酸楚，把手轻轻放在她的肩膀上。

此时她的手机响了。

"是安德鲁的内线电话！"苏淼惊讶地看了我一眼，接起来。

"唐倾霏还没有死。她没有跟着赛莉进入迪尔曼公司的大楼。"

"那需要我做什么？"

"找到她。她手里有唐酥留下的备份程序，这个程序可以重新启动唐酥的算法。"

"她在哪儿？"

我和苏淼都屏住了呼吸。

"斯德哥尔摩大教堂。"

3 小时前·斯德哥尔摩大教堂

"我曾认识一个天才，他认为战争之后的世界千疮百孔，必须用强力的措施来恢复。所以他提出了'伊甸园'计划，希望用基因炸弹一劳永逸地解决人口和资源的麻烦，利用那个算法遴选出对大环境有利的，抹杀对大环境有害的，以此来达到整个人类人种的快速净化。许多年过去了，我没能再找到他。只知道，他的名字叫方舟。"

"难道不该是诺亚吗？"塞拉斯轻蔑地笑笑。

"诺亚解救了众生，而方舟解救了上帝。"安德鲁·乔纳森向塞拉斯走去。他边走边把手背在身后，悄悄给总统发去信息，"无论如何，推迟导弹发射！"

"这个叫方舟的人给你下了什么药，老兄？你相信他的那套说辞，而要杀害几百万战争受难者，你不觉得残酷吗？"塞拉斯笑得很虚伪。

"方舟是个大数学家，是他发明了那套绝妙的算法。你一直就错了，算法不是唐稣发明的，他只是个使用者而已，你押错了宝。"

"可那个方舟不知去向，唐稣也死了。现在还有谁能更改算法呢？箭在弦上。"

"而你若不合作，就要比我们先死。"

塞拉斯低下头，看到了自己身上的红点。这代表安德鲁的狙击手在某个地方盯着自己。

"安德鲁，你不想见到唐稣的女儿克莱尔了吗？她手上有'伊甸园'项目的主控室。只有我知道她在哪儿，只有她能救你们。所以如果我死了，你也会死。"

"乐意奉陪。"安德鲁耸耸肩，似乎毫不在意。

"你轻率的决定会毁了许多人的一生。而你之所以对我讲方舟的事，是有什么要同我交换吧。"

"你交出唐倾霏，我放你走。"

"可你之后就会将我以叛国罪逮捕。"塞拉斯心头一冷。之前他一直以为自己的计划万无一失，没想到安德鲁还是追查到了这里。

"你有证人保护计划，还可以拿到总统亲自签署的特赦令。我会说服他。"

"可我现在就不安全，而你的保证毫无效力。"

"可你没得选，"安德鲁起身快步走向他，"快告诉我，唐倾霏在哪儿！"

他忽然发现有什么冰冷而又灼热的东西穿透了身体——脖子、腰部——它是如此锐利，以至于连疼痛感都迟滞了。

他只看见塞拉斯快速地跑向教堂内侧，自己布置的狙击手因此开枪了，但没打中他。子弹叮叮当当地打在教堂的座椅上。

是激光线。

安德鲁在临死前的一瞬间明白是什么杀了自己。只是那一刻，他竟回想起被自己下令射杀的布尔辛基主教。他的脸朦胧而柔和，在虚空里闪现。

"安德鲁先生，很晚了，您该回家了。"

是啊。

我该回家了。

安德鲁张开双臂，向后倒去，只激起了一点儿尘埃与声响。

3 小时前

"你不是安德鲁的人？"此刻我和苏淼躲在教堂的一间屋子里，刚才我们目睹了塞拉斯杀害安德鲁的全过程，但苏淼没有出手救他。

"也是，也不是。"苏淼仰起脸来，"其实他死了，我反倒觉得轻松，现在，除了'上峰'没人知道我的真实身份了。"

"'上峰'到底是谁？"

"我不知道，但他了解我的一切。"

莫名其妙。

我没有再问她。

"我们得跟着塞拉斯找到唐倾霏。她手机里的文件也许没那么简单。"苏淼打起精神。

"你是说，唐稣也许把自己最重要的东西都放在那个手机里了？"

"很大的可能。唐倾霏是关键，而现在时间紧迫。"

此时塞拉斯躲进另一个房间，我和苏淼紧跟着跑进去。

"你，你也在？"我吓了一跳。唐倾霏抱着一个大文件袋坐在房间里，而塞拉斯正在挪动一个书架。

"你们怎么找来的？"她疑惑极了。

"什么人？"塞拉斯举枪对着我们。

"是我的朋友。刚才你说，没人能解决唐稣的算法，而这个人就可以。"

塞拉斯是个眼神锐利的中年人，他打量了我一眼，然后忽然把枪对准了苏淼。

"不！我不是安德鲁的人！但我知道他说的那个叫方舟的天才，如果你想知道关于方舟的事情，就不要杀我！"苏淼立即明白了自己的处境，赶忙辩解。

"我对那个方舟不感兴趣。"他拨动安全栓。

"等等！"我说，"苏淼是我女朋友，我不允许任何人伤害她。现在没人知道'伊甸园'项目的初始值是什么，又该如何改变，除了我，谁都设置不了！"

塞拉斯短暂地思索了一会儿，"那过来帮我抬书架，臭小子。"

书架下方也是个秘道。这样说来，研究所的秘道不是唐龢修建的了。

我们几个走下去。

"这秘道通往哪里？"唐倾霏问。

"斯德哥尔摩研究所。战时教堂是法外之地，因而人们连通了两地之间的秘道，方便在教堂里藏匿科学家。"塞拉斯回答。

"我竟然都不知道……那我父亲是被人害死的吗？"

"不，他是自杀。"

"被逼迫的吗？"

"差不多。是被安德鲁那些人逼死的。"

唐倾霏不再说话。通道继续向前，黑暗似乎没有尽头。

2 小时前 · 蒙大拿州 · 马姆斯特罗姆空军基地

"这里看起来比空军一号还安全。"此刻总统身处基地地下的发射控制中心（LCC），对着里面严阵待命的士兵们开了个玩笑缓和气氛。

斯塔克·坎普上校与总统握手，心中疑虑，莫非那个长期与自己联系的"上峰"就是总统？他来见我，就是这个意思吗？

不可能。斯塔克之所以听从上峰的命令，也是因为他所倡导的价值观与自己高度吻合。而这个总统——只是个政客罢了。

他来见我……又是为了什么？

导弹即将发射。

EAM（Emergency Action Message，紧急发射指令）三个字母在LCC的屏幕上不断闪烁，发射小组人员打开装有高度机密发射授权码的柜子，一小时后总统将亲自填入代码。

手臂的刺痛感再度传来。

一组新的莫尔斯密码："我就在附近，来找我。"

斯塔克的神经再度紧绷，他看向四周。

屏幕上的字母忽然消失了。

紧接着，一段视频显示了出来。

"你们好。"一个戴着白色兜帽的人在视频里对着众人说。

总统的保镖们迅速围在他身边，仿佛视频里的人能走下来似的。

"一级戒备，一级戒备，检查网路及电力系统！"随行的安全部门的探员们拿着对讲机大声喊了起来。

"我在对总统说话。"戴着白色兜帽的人脸隐没在阴影里，人们无法看清他。他周围是漫天的黄沙，这个场景很容易令人想起多年前那个著名的恐怖分子本·拉登。幸而他一口纯正的美式英语缓解了这个错觉。

"总统，查找到异常信号源，是否切断视频？"安全事务官员满头大汗地跑来说。

"不，我要听他讲完。"总统挥手阻止。

"总统先生，您好。我知道您此刻在这个星球最稳固的地下堡垒里，准备发射比核弹还要厉害的武器。可惜的是，您不知道这武器的启动真正意味着什么。

"我不是恐怖分子。我对这个世界仍怀有巨大的期望和热情，甚至比一般人更希冀看到社会的进步。但你我都明白，多年前残酷的战争留下了怎样的恶果——贫穷与富有的矛盾愈加激化，上层阶级与下层阶级的仇恨越发深刻，战争难民成了恐怖力量的新成员，饥荒、疾病、瘟疫……人类已经受尽磨难，却还在互相残杀。与此同时，地球却在历次战争的破坏下愈加千疮百孔，稀缺的资源，动乱的区域，复杂的时事……我想，不单是我，像您这样的精英也一定忧虑过该如何结束这个乱局吧。"

斯塔克手臂中的芯片接收到新的莫尔斯密码。

"到地面上来，我在导弹预警设施门外。"

斯塔克向电梯门走去。

"可与此同时，地球的资源却日益枯竭。在可以预见的未来，人们对资源的争夺一定更加残酷。这会是一个漫长而黑暗的周期。无论我们是否愿意承认，一个残酷的事实就在眼前：要么大家一起抱团灭亡；要么剩下一部分人，建立一个更纯粹、更高效的新世界。"

总统一时间想与其对话，忽然意识到对方也许是提前录好的视频，于是收了口。

画面里戴着白色兜帽的人继续说："您一定有此想法。要是那些与政府对抗的人都一起死去该多好，那些要依靠政府的资金扶持而且不能为社会奉献价值的人也从地球上消失该多美妙。"

总统脸色一变。"伊甸园"计划的真相，除了 NSC 的几个人和项目的几位主管，没有人知道。

如果"伊甸园"的事情泄露，他将成为美国历史上最臭名昭著的总统。

"切断视频！"他果断下令。

"总统先生，如果您此时想关掉视频，那您一定会后悔。因为我接下来将要说的话，关系到您自己的生死存亡。"视频里的人似乎能看到他们的对话，虽然这几乎没有可能——基地在戒严的情况下，是不与外界联网的。

负责监视信号的士兵为难地看了总统一眼，迟疑间，画面里的人说了最后一句话。

"无论如何，输入你的发射码。今天傍晚，导弹必须发射，否则，就是你的死期。"

屏幕黑了下去，EAM 三个字母再次在上面闪烁起来。

——总统是来阻止发射的。

1 小时前他接到安德鲁·乔纳森的信息，说"伊甸园"计划出现了巨大的疏漏，若按原计划发射，基因炸弹的标靶将是他们自己。只有一个办法阻止导弹发射：亲自到基地来，在输入发射码时故意输入错误，这样导弹将被锁定，进入延时发射状态，他们将获得几小时的机动时间。

可眼下，这个人的威胁是如此迫近。他似乎知道安德鲁对总统的告诫，因而给出相反的指示。

总统自己也糊涂了。到底该发射导弹，还是听从安德鲁的警告？

前者也许是个恐怖分子，后者却是自己多年来信任的同僚。可眼下，他似乎觉得这个一身白衣，看不清面孔的人的话更值得采纳。

斯塔克·坎普走到预警设施附近，向远处望去。

"上峰"要来找自己？为什么？他又在哪儿？如果自己的身份暴露了该怎么办？

斯塔克心里很乱，但很快这种混乱就终结了。

一枚弩箭轻盈地从远处飞来，直接插入他的胸膛。他死了。

1 小时前

我们通过秘道回到重重戒备的研究所，来到地下实验室。

几小时前，唐倾霏在她父亲留下的那部手机里发现了塞拉斯等人的信息，因而对赛莉·金斯莱起了疑心，就在她去迪尔曼公司之前，偷偷将里面的元件拆了下来。

所以她手上的不是备份，而是名副其实的"伊甸园"项目主控单元。

这次，依照那部手机里提供的指示，我终于找到了参数设置的文件包。

而当我点开那个文件夹，所有的人都惊呆了。

空的。

里面是空的。

也就是说，唐龢的原始设置没有针对任何人。他一开始就是"归零"，里面没有任何参数。这样即使导弹被射出，里面的基因病毒也不会被激活，因此就失去了效力。

如此一来，政府会以为基因炸弹里的病毒出现了误差，"伊甸园"计划的算法是失败的算法，从而放弃以这种方式屠杀平民。"伊甸园"的参与者们也可以保住性命。

而唐龢为了没有人能再启动这个毁灭程序，选择了自杀。

他只杀了一个人，就是他自己。

一种圣洁的感情在我们心中涌起……唐龢的贡献没有人知道，他也许就背负着骂名死去了。

"那么，谁都不会死？"塞拉斯走过去看着屏幕。

"是的，我父亲他根本没有设定标靶。也就是说，一星期前就在运行的程序里，并没有计算标靶特性，这样就不会标注任何人群，因此即使基因炸弹发射出去，充其量也只是一种普通导弹而已。没有了标靶，基因病毒就无法释放。"

塞拉斯突然把枪对准了我，"你说你能设定参数，是吗？"

"你干什么？"苏淼举枪回应。

"冷静，我想挽回自己的错误。可不巧的是，你们以为的皆大欢喜，会毁了我的一切。"塞拉斯顶着我的脑袋向前走去，一直到屏幕附近。他拿出一个东西插到屏幕的接口上，一时间屏幕上出现了一系列奇异的"波纹"。

"这是我随机提取出的30万个基因样本。我不懂怎么设置，但我可以胡乱设置。也就是说，不知道谁会死。要么你按我的指示做，要么咱们就在这等，1小时后基因炸弹可就发射了，到时不知有多少倒霉蛋莫名其妙地就死了。"

"你要我做什么？"没想到这个人比安德鲁更无耻。

"现在有办法救这30万人，而只牺牲几百个人。"塞拉斯把我按到座位上，举起一个U盘，"我要你把这些数据输入初始值里。"

——啪——

灯突然灭了。

地下实验室停电了。一片黑暗中，我感觉到苏淼和塞拉斯打了起来。五秒后，备用电池启动，将这里重新照亮。这时塞拉斯已经倒在了地上。

"好样的苏淼！"

"现在怎么办？"苏淼对着倒地的塞拉斯补了一枪，抬头问我和唐倾霏。

"马上清除主控单元里塞拉斯强制输入的基因样本数据，否则导弹一旦发射，后果不堪设想。"唐倾霏回答。

"那我们能不能联系上NSC的其他成员阻止导弹发射？"我转头问苏淼。

"抱歉……我只有和安德鲁联络的权限，其他的NSC成员我无法联系。"苏淼低下头。

"那清除数据还来得及吗？我们只有一台超级计算机。"

"只能尽力去试了。其实我父亲在手机里留给我一个启动程序，它融入了人工神经网络应用系统，具有模式识别的功能，而这唯一被允许进入的模式就是我的 DNA 结构。因此，'伊甸园'项目的主体程序只有我能启动，然后人们才能进行基因标靶设置。"

"你的 DNA？这个设计真是煞费苦心。这样一来世上只有你能启动它，而他知道自己的女儿不会背叛人性和良知，所以最终不会启动它。"苏淼感慨道。

"没想到机关算尽的 NSC 还是被摆了一道，他们根本没有真正的控制权！怪不得我当时怎么都找不到参数设置的选项，因为我从来就没真正进入'伊甸园'的主体程序！"我恍然大悟，"不过没时间说这些了，时候不多，我们得找到别的大型计算机。"

"对了，我们可以分开进行！"唐倾霏眼前一亮，"你们在这里利用'天空'清除异常基因数据。地上实验室那儿还有 50 台计算机，我们可以进行分布式叠加运算来运行'伊甸园'的程序。等我启动了'伊甸园'，岑晟再上来帮我修改参数。"

"好，那我们分头行动！"我果断同意。

唐倾霏抱着主控单元跑上楼。

30 分钟前 · 蒙大拿州

他收好弩箭。

最后一个可能透露自己秘密的人已经死了。

沙漠的风呼啸而来，他把白色兜帽戴得更严实。手中的微型电脑显示数据传输成功，这意味着万里之外，那最关键的一步也即将完成。

放手去做吧，孩子。我们将一起看到新世界。

15分钟前

我告别苏淼，独自上楼。唐倾霏正在采集自己的DNA数据并进行输入。

我注视着完成输入最后操作的她纤瘦的背影，恍惚间回到了许多年前。

往事种种，皆上心头。

我将安德鲁之前给我的那把小手枪，对着她举了起来。

"岑晟，你要做什么？"操作完毕的唐倾霏一转身就看到了枪口，万分震惊。

"真的很抱歉，"我打开安全栓，"你以为我是救世主，可惜你错了。"

"什么意思？你……为什么？你到底是谁？"

"我是岑晟。岑方舟的儿子，岑晟。"

房间里那么静，我只听到她的呼吸和我的声音。

"我来斯德哥尔摩只为了一件事——实现我父亲的理想，完成他的夙愿。他的理想也是我的理想，我和他都希望人类社会的进化速度更快。生命苦短，我们等不及就要看到这变化。如有能力凭借自己的智慧和技术改变这个世界，那为什么不试试呢？我父亲想尝试而未能成功，在多年前被你的父亲排挤出科学圈子，直到现在还只能如同幽灵般存于世上。如今，我愿意牺牲自己的道德去做这件事情。它看起来灭绝人伦，可我愿以此来换取世界的进步。"

"你要杀掉那些人吗？那是几百万，不，也许是几千万人啊……你……"她蓝色的眼睛里涌起泪花。

但是无可挽回了。

"我很抱歉。再见了，青青。"我扣动扳机。

她太过震惊以至于没有躲避，子弹正中她的心口。她注视着我，缓缓倒下。

还剩10分钟，但已经足够了。

我站上她刚才的位置，熟练地找到参数设置的选项。

但这次的目标不是 NSC 的官僚，也不是红色战争里的难民。

我敲击键盘，将万里之外我的父亲刚刚传输给我的参数算法输入其中。

目标人群：90 亿

这是现今地球人口的总量。

导弹一旦发出，在接下来的几年时间里，基因病毒中携带的算法会遴选出几亿拥有相对优质基因的人。其余的几十亿人口，因为不够健壮聪明，携带着劣等的基因，而使得基因病毒在体内被激活，他们会陆续感染基因疾病死去。而这些人甚至不知自己身上发生了什么，因此，不会有动乱，不会有报复。一切，悄无声息。

遴选出对大环境有利的，抹杀对大环境有害的，以此来达到整个人类人种的快速净化。

优胜劣汰，物竞天择。

剩余的精英们，将摆脱人口和道德的重负，在这颗已经焕然一新的星球上建立一个全新的世界。

现在，没有人能阻止我了。

系统的闸门依次打开，金属设备运行的声音响彻在空荡的房间里，犹如肃穆的赞美诗。

"'伊甸园'系统运行中，数据更新完毕。"

我按下启动按钮。

现在·蒙大拿州·马姆斯特罗姆空军基地

"光荣"正在启动。

四个爆炸装置驱动活塞，将 110 吨重的混凝土钢板甩出发射井。两根中央控制电缆脱离弹体，电光闪烁，导弹在发射井中快速上升。夕阳笼罩中，淡黄色的冷却剂呈薄雾状弥散开去。剧烈的震动，火箭尾喷嘴发出尖厉的蜂鸣，导弹颈部的支托臂轰然打开，发射管舱门自动开启。

死神的手臂伸了出来。

这些洲际导弹将飞越黄昏，跨过海峡，穿过沙漠，到达无限遥远的地方。

太阳落山了。

"我看见一个新天新地，因为先前的天地已经过去了。海也不再有了。"

15 年前

"青青一点儿都不像混血儿呢。"9 岁的岑晟对着眼前洋娃娃一般的女孩儿说。

女孩儿垂下蓝色的大眼睛，安静地微笑一下。

"还真是。青青看起来完全就是个欧洲人，可能因为你唐龢叔叔的外貌本来就很像外国人吧。"妈妈这样说，手放在岑晟和唐倾霏的肩膀上。她的目光越过他们的肩头，看到在花园旁激烈争论着的唐龢与自己的丈夫岑方舟。

唐龢毫不让步，"我完全不能认同你的价值观！进化是大自然自己的事情，我们永远无法窥知全貌。事实上，我们人类根本无法判读什么是坏什么是好，而且无论是谁都有生存的权利。这个世界不能通过人工的遴选来实现自我进化。判定，那是上帝的事情。我们能做的，不是替他判定，而是活好当下。你的行为是在玷污科学和人性！"

"不要激动，唐稣。我已经把算法的一部分交给安德鲁先生了。这个项目已经启动，也必须启动。它的负责人不是你就是我。要么——你是想把这个世界，交给那些愚蠢的官僚吗？"岑方舟的神情依旧淡然。

"我不能接受！无论是谁，无论高低贵贱，都有生存于世的权利。如果你真想靠着那个算法来区分人群毁灭人种，那你的行为就是恶魔！"

"我说得很明白，总要有人做这件事情，不是你就是我。算法已经注入了，很快这个项目就能顺利运行。而且你清楚，凭你自己是抗拒不了野心勃勃的政府的。想想你自己的家人，还有你才9岁的女儿吧。"

"岑方舟，无论你我谁成为项目负责人，我都绝对不会让你的阴谋得逞！"

"那我们拭目以待。"

唐稣愤怒地一挥手，走到门口唤女儿回家。这是他第一次来岑家，估计也是最后一次了。

"爸爸，你和唐叔叔为什么吵架？"岑晟仰起头问。他其实喜欢唐叔叔，更喜欢那个洋娃娃一样漂亮的青青，只是父亲和唐叔叔激烈的争吵让他非常迷惑。

"因为我们要开创一番伟大的事业，可是彼此对开创事业的方式没有达成一致。"

"那是什么样的事业呢？"

"创造一个新世界。"

"新世界？"

岑方舟的眼里波光流转。

"我的孩子，我要给你一个，只有你能开启的——新的世界。在这个世界里不再有残疾和贫穷，不再有卑劣与愚昧，只有一群充满智慧和力量的人。"

"可我怎么去这个世界呢？"年幼的岑晟仰起脸来，看着自己一直崇敬的父亲。

"我教给你一个算法吧，它正是打开那个世界大门的钥匙。"

"算法？那它有名字吗？"

岑方舟微微一笑，"它的名字可有点儿奇怪。我叫它，肮脏算法。"

王江山 / 文

王江山：黑龙江大学新闻传播学院新闻系在读研究生，黑龙江省大庆市作家协会会员，十五言网站特约撰稿人。2009 年出版小说集《绘梦之卷》。2012 年出版长篇小说《风间少年》，曾获得第二、第三届全国高校幻想类联合征文二等奖，第四届全国大学生公共关系大赛入围奖。

心　机

当 Glico 和木章提到枪时，直觉便告诉我，事情会像脱轨的过山车一样失控，尽管那只是网购的仿真玩具。可我还是参加了这场行动，不是为了科学，不是为了纳税人，更不是为了见鬼的正义感。原因很简单，行动是我发起的，我是个靠谱的人，仅此而已。

我埋的单，可谁他妈规定发起人要埋单的？

我们大概花了大半天的时间，缩在肯德基的角落里，穿着不合身的西装，打着歪歪扭扭的领带，像三个业绩不佳的保险销售员，做简短得可以忽略不计的自我介绍，研究大厦草图，对表，讨论流程，对行动成功的定义达成共识。点餐时，木章显然有些紧张，他要了一份麦乐鸡，而 Glico 则颇为老练地用全家桶搪塞了过去。

如果事情顺利的话，我们会在下午 5 点 30 分到达银科大厦 15 层，按响全球科技有限公司（没错，这就是他们的全称，十足的皮包公司）的门铃，漂亮的前台小姐会带我们进入王经理的办公室。因为我们以某大型房地产集团的名义，事先预约了谈一笔价值千万的大买卖。根据 Glico 的情报，5 点半后，公司基本没什么人。实际上，作为一家刚进驻本地市场的分支机构，他们本来就没多少人，但谈下不少大生意。

进入办公室后礼节性地握手寒暄，然后以三足鼎立之势包围王经理，他会掏出名片，而我们会掏出手枪。王经理会脸色苍白地跌坐在电脑椅上，由健硕的 Glico 将他五花大绑，木章会拿出事先准备好的 DV。我们所要的，只是他亲口承认一个事实，即所谓的摩尔探测器不过是骗人的狗屎。

然后，我们便会成为英雄，受到媒体的追捧。数以亿计的购置资金会被清查，社会大众离科学又近了一步，谎言又少了一个。

"也许，我们会被抓起来，我是说也许，我们会被追杀……" Glico 突然紧张起来，盯着黑色西服下的白球鞋，喃喃自语。

我怒视这个比我高出半头的大男孩，"想想你的狗，我说，它叫什么来着，无敌？"

"伍迪。"

"随便啦，想想它是怎么死的。你还为它哭过，对吧？"

Glico 头埋得更低了。木章背对着我们，一言不发，像个冷静的得力干将，除了那微微抖动的裤腿。

事情缘起于一桩事先张扬的瓦斯泄漏事件，警方和消防队同时接报到达现场。消防队坚持按照常规程序进行检查，而警方却建议启动新装备的摩尔探测器，探测器显示结果为没有泄漏，于是派出几名警员进入现场勘察，消防队员出于谨慎，征用了路人 Glico 嗅觉敏锐的拉布拉多作为先遣部队。不幸的是，三分钟后静电火花引爆了积聚的瓦斯，造成两死三伤的惨剧，其中包括无辜的小狗伍迪。

当然，这不会出现在晚间新闻或者警方通报中。除了当事人，也许只有极少数消息灵通的小报记者能够拼凑出真相，可他们的手已经被红包砸得拿不动笔，于是只好在酒余饭后通过八卦吹牛表演一下所谓新闻从业人员的良知。而这其中，就有那么一个是我旧日的同事兼老友。

幸好我们还有互联网。我找到了一个论坛，其中几个 ID 对于讨论这起事故表现出异乎寻常的兴趣，我分享了小道消息，并邀请他们进行线下的"活动策划"。于是，我认识了 Glico 和木章，一个说话完全不过脑子，一个闷葫芦。

但至少他们靠谱，在这点上我识英雄重英雄。

＊　＊　＊

叮。电梯停在了 15 层。

这间公司比我想象中的还要普通。钢化玻璃门，白色前台，蓝色背景墙上几个电脑字，连前台都那么普通，一点儿也配不上他们"划时代的神奇科技"的名头。我按响了门铃，前台小姐似乎正准备收拾东西走人。她瞄了我们一眼，十分自然地举起一张白纸，打印着巴掌大的"保险"两个黑体字，上面用红笔画了一个粗重的"×"。

我们尴尬地对看了一眼。shit，早叫你们穿商务休闲装了，还黑西服配白球鞋，一看就是脑门没长好的学生。

我赶紧赔上笑脸，摆摆手，又举起手里那个 Lenovo 笔记本包，显示我的商务人士身份。

门终于开了。我们报上名号，前台小姐哦了一声，脸上一副早不来晚不来的表情，把我们引到一扇门前，门上也并没有任何铭牌。她先敲门通报了一声，然后让我们进去，临了还说了声，王经理那我先走了哈。

一切进展顺利，看来我们所要对付的只剩下一个人。

我们进了门，王经理从办公桌前站起来做欢迎状，我们顿时被震住了。

这哥们儿没两米也得有个一米九八，宽厚的身板把窗户挡了个严严实实。屋里突然暗了下来，看不清他背光的面孔，只是感觉他在笑，很瘆人的那种笑。我在心里暗暗把 Glico 的个头和他进行了比较，胜算不大。啪，屋里灯亮了，那站着的并不是我脑海里的王经理，我的意思是，那张脸，无论如何你都没法把它和一个中国人联系起来。但也说不好到底哪里不对劲，也许是光头扰乱了我的判断。

"你们好。"他用十分标准的普通话问好，甚至有点儿标准得过头了，不带一点儿口音。他伸出大手，脸带微笑，等着。

我深吸了一口气，走上前，握住那只厚实有力的手掌。一瞬间，我感觉自己像是会被随时拎起来，甩到墙上的毛绒玩具，所有的心理优势荡然无存。

"我是陈必安，银帝集团物业管理公司的副总。这两位是小高和小张，我的助理。"我看着 Glico 和木章那僵硬的脸动了一动，与其说是笑，不如说是抽搐。

"陈总真是年轻有为。我是王守仁，这是我来中国之前刚起的名字，很高兴认识您，请坐。"他掏出名片来与我交换，该死，怎么忘了这一步，我只好推托名片用完了还没印出来。

"那您的中文说得可真地道。"我琢磨这个名字似曾相识，却又想不起来。

"小高，小张，你们也找张椅子坐下吧。那边有饮水机，自便。"王经理招呼道，这老外还挺懂人情世故的。

"那我们就不客气了。"我在"不客气"三个字上加重了语气，这是约定的暗号。听到这里，Glico 和木章应该拔出手枪，一左一右瞄准王经理，然后开始正式的谈判。半天没动静，我回头一看，这俩无脑儿正在那儿抢着接水喝呢。

我强压住心头的怒火，第一步踏空，只好见机行事，先赶着驴子往下走了。

"贵公司对我们的产品感兴趣？"

"是。我看过不少报道，贵公司的摩尔探测器在协助警方查找毒品及易燃易爆物品方面，成果不凡，特别是在奥运会安保项目中立下赫赫战功。我们公司最近有些麻烦，嗯，你应该听说过。现在房价一直在跌，有些业主威胁如果不补偿就会采取过激行动，所以……我们打算每个子公司都配上一台，只不过……"

王经理嘴角一直保持着不变的弧度。

"……每台 30 万可不是个小数目。你知道我们上市公司，财务审计很严格的，要先经过董事会批准。我也派手下研究过贵公司的网站资料，可实在搞不太清楚这里面的原理。我们老板学理工出身的，为人做事严谨苛刻。顺便说一句，你们网站上好像有些拼写错误……"

"算不上错误，只是你们还没习惯这种用法而已。"王守仁在电脑键盘上快速地敲打了几下，"我不得不说，您算是赶上了好时候。虽然之前我们在亚洲市场表现不俗，但因为资源有限，一直没有设置相应的分支机构来提供售前售后服务，这不得不说是个遗憾。但现在，我们相当重视这一块的开发及维护，在中东、远东市场趋向饱和的情况下，亚洲是我们下一个重点，所以，我被派来解决您的问题。"

他活像个自动应答机，对着屏幕念出不痛不痒的台词。

"您并没有回答我的问题。坦白说，我也看到一些负面的评论，把摩尔探测器跟中国传统迷信的'碟仙''笔仙'相提并论。你知道，对于一家科技公司来说，这可是很严重的侮辱。"

王经理并没有答话，他拉开抽屉，拿出两个黑家伙。我对这玩意儿的外形并不陌生，像随身听的那个是主机，使用时挂在腰间，有一根线连接到酷似旧款大哥大的手柄，手柄一端伸出半米长的金属指针，可左右自由移动。

据说，它的探测半径超过 100 米，可穿越墙壁、集装箱乃至冰层，准确定位数十种爆炸物、毒品乃至人体。最不可思议的是，它不需要任何电源，仅靠使用者行走时产生的"人体静电"即可工作。

窗外天色渐暗，夕照从高楼的玻璃幕墙上缓缓移过，泛着怪异的金属光泽。

"摩尔探测器的基本工作原理是：分子共振、人体静电和超低频传导技术……"王经理右手握着手柄，金属指针在空气中轻轻摆动，慢条斯理但又毋庸置疑地说，"……每种物质都有其特定的分子结构，就好比人类的 DNA 一样，这就意味着几乎所有的物质都有其本身的'特征'。摩尔探测器就是根据物质的分子结构，赋予它一个'特征'，并且将这些'特征'固化到主机的记忆卡中。这样，它即可对附近区域中所有具有类似'特征'的物质进行定位。"

跟网站上的狗屁简介一字不差，只要上过基础物理课的人都可以轻松挑出一堆硬伤，我必须主动出击了。

"桑迪亚国家实验室那份报告您怎么看，双盲测试的结果并不比随机选择的强，这是否说明……"

"这说明，历史总是惊人地相似。"他打断了我的话，似乎有点儿走神。

"嗯？"

"在哥白尼、达尔文、爱因斯坦或者埃弗略特的时代，人们发出同样的疑问。对于新生事物，保守主义是安全的，一种基于已知世界的思维定式，我的父亲告诉我，科学发展史其实就是一段段试错的历史。时间将会证明一切。"

看来，我们面对的是一个雄辩家。我只好使出撒手锏。

"那么您怎么看待前不久那起瓦斯爆炸事件？"

王经理的微笑渐渐凝固了。

　　　　　　　＊　＊　＊

　　“他们选错了人。”

　　“什么？”身后传出一声刺响。Glico 或者木章，某张椅子按耐不住，在地板上狠狠刮了一下。

　　“他们没有选择正确的人，去做正确的事。你知道，这也是我们售后服务的重要内容之一，教你怎么挑选正确的使用者，以及如何正确使用这一高科技产品……”

　　“别扯淡了！”

　　是 Glico 的声音，他腾地站了起来，演员上场了。“什么狗屁高科技，全是骗人的。那垃圾告诉警察那里没有瓦斯泄漏，是安全的，消防队员不放心，征用了我的伍迪，结果，它刚一进去……”

　　听起来还真是一个悲惨的故事。

　　王经理仍然一副成竹在胸的气魄，“如果那些警察接受我们的培训，就不会出现这样的事情。”

　　我盯着墙上缺乏设计感的时钟，是时候了。

　　“小高，小张，给他点儿颜色瞧瞧。”

　　一把乌黑的枪管对准了王守仁。是 Glico。木章只是把手放在口袋里，身体僵硬。

　　王守仁笑了，说：“别冲动，小伙子。我干这行够久了，知道你们想要什么。”

　　“木章，快把 DV 拿出来！”Glico 颤着嗓子吼了一句，“今儿个要让你原形毕露。”

　　木章白了他一眼，显然对 Glico 暴露自己名号表示不满，尽管那只是个 ID，就像 Glico 只是一个饼干牌子一样。他摸出 DV，打开，走到王守仁的

218

写字台前，开始像个专业摄像师那样，摆弄着各种角度。

我把身子凑近，用低得像耳语的声音说："承认这是一个骗局，或者，让身上多几个窟窿，你挑。"

王经理笑了，也放低了身子，盯着我，说："又或者，一些能堵住你们的嘴巴，或者枪眼的东西，比如，钞票。"

我僵住了，视线定在那块鹅卵石雕成的烟灰缸上。

他看透了我，他知道我的真实用意，不是为了科学，不是为了纳税人，更不是为了见鬼的正义感。撺掇两个论坛上的热血青年当枪使，完全是为了敲上一笔竹杠，好还上拆东墙补西墙的信用卡债。对于一个已经失业三个月年过30的IT民工，科学和正义感都比不上钞票好使，尤其在还不上房贷银行逼着收债的时候。唯一值得庆幸的是，背后没有一个挥舞着皮鞭的女人。

他重重地靠在椅背上，带着电脑椅转了四分之一圈，很轻快的样子，然后，拿起那个大哥大似的黑疙瘩。

"现在，由我为大家演示这台摩尔探测器的神奇功效。我们要找的东西是，打个比方，枪。"

Glico的手哆嗦了一下，这小子的心理素质真不过硬。但出乎意料的是，木章也顿在那里。

"当我们对世界的认识水平还停留在混沌时期，这种技术就已经存在了。据说是源自上古文明的知识，农夫们从地里挖出刻着古怪符号的金属器皿，学者经过数个世代的解读，了解到粗略的实施方法，却无法明其究竟，只好提出物质会寻找同类的物质，并与其结合的理论……"

王守仁轻描淡写地讲解着历史，一副胸有成竹的样子，双眼盯着我们，瞳仁的颜色有些奇怪，是一种近乎于褐色的金色。金属指针随着他的左手在空气中游走着，微微摇摆，经过绷紧的Glico跟前时，没有反应，没有任何反应，只是无力地指向虚空。

"……国家广泛推广这项技术，发展经济，建设城市，人们感激并视之为神的恩赐。在仅仅寻找矿藏和水源的时代，摩尔探测器，我们姑且仍然这样叫它，事实上在不同的历史时期它有着千奇百怪的叫法，它的准确率相当的高。人们被灌输以固有的概念，这技术就是为了解决这些核心问题而存在的……"

被看穿了吗？我心里咯噔一下。这超过我们原先所能设想到的所有可能性，那就是，摩尔探测器竟然他妈的是真的。

而我们并没有 B 计划。

王守仁微微一笑，摇了摇头，"但摩尔探测器不是 Google。"

我们仨面面相觑，不知道这话背后的意思。

"这不是阿拉丁神灯，也不是那种按下'健怡可乐'，然后就会滚出银色罐子的机器。它更不是输入'美女'——我敢打赌你们经常这么干——然后就会有一吨美女图片弄瞎你双眼的那种东西。不，不是的。摩尔探测器不是这样用的。"

除了站在那里乖乖听着，我想不出更好的应对措施。

"当人类还在茹毛饮血的时候，用一根带分叉的树枝寻找地下水源；在 19 世纪中期的旧金山，或者说三藩市，人们发疯似的用金属条探测金矿；然后是埋藏多个世纪的皇家古董，我猜你们可能会更熟悉些，然后是钻石、稀有金属、石油……你们应该明白我的意思了吧？这才是摩尔探测器的用法。"

似乎有什么东西从我脑海里一闪而过，但我还是摇了摇头。他也摇了摇头。

"一些顽童曾经尝试着用摩尔探测器去寻找青蛙、蜂窝、美味的水果或者稀有的金色琥珀，他们有的成功了，大多数失败了。有学者注意到这种现象，开始分析其中的缘由。他发现如果寻找的目标是一种纯粹单一的物质，则成功率会比寻找一种复合物高出许多。他敏感地提出，物质是由一些基本的单元组合而成，而摩尔探测器在这个层级上是有效的。这个认识，相当于亚里士多德的五元素水平……"

"所以枪是不能被探测出来的，因为它是复合物？"Glico居然还能兴奋地抢答，我狠狠白了他一眼。

"Bingo！但是……硫和硝酸钾可以。如果你的枪想要射出子弹的话，我猜火药还是少不了的，除非你用的是激光枪。"

Glico咧嘴傻笑着，然后突然醒悟过来，闭紧了嘴巴。木章脸色阴沉，也不去管DV录得怎么样。

"那么……我们来找找……火药？"王守仁的表情像是在玩一场有趣的游戏。

金属指针像懒惰的生物，缓缓地靠近Glico，他的嘴角抽搐了两下。指针又滑了过去，依然没有反应，大男孩一下跌坐在椅子上，高仿玩具枪无精打采地指向地板。王经理露出了一切尽在掌握的笑容。完了，我在心里默默盘算着肉搏的胜算概率。

突然间，那指针兴奋了起来，像是闻见了猎物气味的捕手，猛烈地颤动起来。王守仁面露惊讶，轻微地移动手柄，指针的反应更加强烈，如同有一根无形的线把它扯向某个角度。

那是木章所在的位置。

* * *

木章显得比我们还要惊讶，有那么一瞬间我以为他就要哭出来了，像个被冤枉受委屈的倒霉孩子。但最后，他低头叹了口气，重新抬起头时已经像是换了个人。木章掏出口袋里的黑家伙，指着王守仁，眼睛一眨不眨。

现在，我们终于可以确定那是一把真家伙。

"我能问一下为什么吗？"王守仁倒是很冷静。

木章眼圈似乎红了一下，又立即恢复了正常。"我爸爸是警察，他是被你们害死的……"他说。

所有人都沉默下来，窗外的天色已经完全黑透了。

言简意赅的一句话，却解释了所有的疑问。木章并非偶然出现在那个论坛，也并非出于热血才参加了我的计划，从某种角度来看，他才是最靠谱的人。

但我马上找到了他的逻辑漏洞。如果木章把父亲的死归咎于摩尔探测器，那么符合逻辑的做法应该是不掏出手枪，这样才能证明摩尔探测器的不可靠性。而他拨出了枪，摩尔探测器得分，父亲的一切与此无关，木章的冲动把自己绕进一个该死的悖论。

可见大多数时候，人类是多么不讲逻辑的一种生物。

"我明白你的感受，孩子。"王守仁此时一改之前的咄咄逼人，显得温情脉脉，也许这就是荷枪实弹的威力，"你就像从前的我，心存愤恨。但如你所见，摩尔探测器是有效的，不能把犯罪和战争怪罪在枪支弹药上。你的父亲是无辜的，一切都是巧合，如果要说有什么不对的话，那只能说是时机不对。"

无懈可击。但木章显然不这样认为，他微微低下枪口，像在思考什么，又抬起来，更加用力地指向王守仁的头颅，手臂发颤。

这不是我们的计划！我的心简直被揪到了嗓子眼儿。没有钞票，没有名声，没有真相，只有他妈的一具老外的尸体和两个学生，而杀人犯说不定还未满 16 岁。所有的罪名将会落在我的头上，我的下半辈子，如果还有的话，只能数着铁栏杆来打发日子。

"木章……冷静点儿，他说得没错。"我没有别的选择，只求全身而退。

"解释……我只要一个解释。"

"解释……"王守仁重复了一次，他调整了坐姿，似乎要宣布什么重大事项。

"……解释是，他们选错了人，正如我之前所说的。"

我听见木章拇指拨动保险的声音，顿时大气都不敢喘一口，生怕触发了扳机。

王守仁十指相对，顶着下巴，微微皱起眉头，似乎在用力思考什么。最后，他举起双手，像是投降一般，疲惫而低沉地坦白："好吧，我别无选择。某种程度上讲，你们是对的。说明书上的共振波理论只是假设，学者们经过许多年的研究，深入了解了物质的结构和彼此间的相互关系，发现原先的理论并无法解释摩尔探测现象的存在。他们做了许多实验，提出许多假设，在某一个历史时期内，这些基于客观世界认识的理论貌似都说得过去。"

"骗子。"木章似乎已下定了决心。

"可如果我说出实情，你会以为我是疯子！"王守仁看着乌黑的枪口，脸部肌肉微微抽搐着。

"木章，"我尽量让自己的语调冷静，富有说服力，"我完全同意你的做法，但在你替你父亲报仇之前，我们需要真相。记得吗？我们都是靠谱的人，这是一次靠谱的行动，所以，请你……"

木章看了看我，又看了看 Glico，咬了咬嘴唇，放下了枪。

"现在，王经理……轮到你靠谱了。"

那个身躯庞大的男人拽了拽自己的领带，似乎是那玩意儿勒得他透不过气来，而不是枪。

"事情要追溯到一次社会统计机构针对摩尔探测器使用者的调查，由于统计员的疏忽，将'年龄'错当成'年份'与成功率进行了交叉统计，得出的图表结论令人震惊，成功率与使用者年龄成十分明显的正相关曲线。而在此之前，人们只是笼统地认为，经验丰富的人较容易找到目标物。就像你们中国古话说的，老马识途。"

"但这曲线仍然可以用经验来解释啊。"我提醒他。

"没错，如果没有同时发生另外一件事情的话。基于当时的机械制造水平，科学家们认为他们完全可以制造出自动化的摩尔探测器，从而取代人工作业，节省大量的劳动成本。当然，那还是一个资源大开发的时代，还有大片的蛮荒之地等待探索。这一自信的举措引发了不小的社会动荡，人们害怕失去工作，害怕被机器所代替。有些科学家被暗杀，店铺被烧砸，公路遭到破坏，但最终结果却出乎所有人的意料。自动化的摩尔探测器完全无法达到科学家预期的效果，它们简直一无是处……

"……在工人们欢呼雀跃的时候，一名敏锐的女性生物学者将两件事联系起来。她带领深受打击的科学界进入了一个全新的时代，我们对于世界，对于自身的认识也随之焕然一新。正如我所说的，人，才是摩尔探测器的核心，而机器，只不过是辅助。"

"一派胡言乱语！"我忍不住打断了他那所谓的故事。这与我所知的真实科学史相去甚远，他不是被吓疯了就是原本就疯，"木章，你还是把这家伙杀了吧。"

木章显然被他一本正经的胡说八道搞蒙了，神经质地在手里反复把弄着手枪，这让我们更加紧张。

"我就知道，这的确难以置信……听起来很像伪科学或者怪力乱神的东西，但请相信，这玩意儿在宇宙间已经存在了亿万年之久。你们听说过念动现象吗？"

出乎所有人的意料，Glico 缓缓地举起了手。

*   *   *

现在，我知道 Glico 是个体校学生，主修中长跑，这跟他的体魄很般配。当然，跟他的智商也很般配，他们老师在运动心理学课程中提到过这个名词。

"念动现象是由苏联一个叫什么科夫的生理学家发现的。当运动员在头脑里想象着进行赛跑时，他的左腿和右腿四头肌的生物电流就会发生变化，而当小提琴家在头脑里演奏时，左手和右手肌肉的生物电流以及脑皮层运动中枢的生物电流也都发生明显的改变。因此，许多运动员都会运用这一条件反射性的反应进行心理训练，以提高比赛成绩。"

"老师说，其实笔仙和碟仙也都是这个道理。"Glico 末了补充了一句。

王守仁赞赏地看了他一眼，像老师夸奖学生那样来了一句："非常好。"

"人类就是这样神奇的造物，在你的大脑意识与身处的现实世界之间，看似存在无法逾越的鸿沟，但其实处处皆是通途。如果你接触过某一种物质，比如说火药，那么它的信息，无论是视觉、嗅觉还是其他的，都会储存在你们叫作海马体的结构中，也就是所谓的记忆。当你回想起这种物质时，大脑皮层会调动出相应的信息，同时在身体层面产生生物电流的变化。而摩尔探测器，仅仅是放大你所激发的生物反应，为你指明方向。简单来说，就是这样。"

木章握枪的手稍稍有些放松，我相信他跟我一样，都需要时间来好好消化这番话所包含的深意。当所有人都告诉你，世界是这个样子的时候，突然，一个人跳出来说，世界其实是另一个样子的。你会怎么想？

最可怕的是，似乎这个人手里还掌握着真凭实据。

"所以我说，操作摩尔探测器的人都必须接受相关的专业培训，包括对探测物质的认知。我猜他们都没认真读过说明书。"王守仁摊摊手。

这不合时宜的幽默感又触动了木章的痛处，他愤怒地挥着枪，几乎是脱口而出："为什么你们不他妈一早就告诉别人！"

王守仁显然吓了一跳，他本能地躲闪了一下，有些狼狈。

"告诉别人？你知道他们会作何反应吗？你见过被绑在十字架上烧成黑炭的女巫吗？你见过那些拼命想从自己脑子里挖出神秘声音的可怜人吗？你见过一个小镇的居民排成曼陀罗的形状然后集体吞下氰化物的情形吗？不，孩子，还没到时候。这远远比你想象的复杂得多。"

"你刚才说还没到时候，这是什么意思？"我敏感地抓住他的字眼。

"就拿你们几个来说吧。我敢打赌，你们除了自己，谁都不信。"他露出商人特有的狡黠微笑，继续下去，"不信神，不信鬼，不信新闻和电视，不信老师和朋友，甚至连家人的话你们都会在心里打个折扣，是这样的吧？你们活得心机重重，各自为战。我们曾经也是这样的，直到摩尔探测器帮助我们寻找唯一的真神……"

"嗤"，木章阴沉着脸发出一声冷笑。

"我看出来了，你一直在兜着圈子耍我们玩呢。一会儿科学，一会儿神鬼，你是为了拖延时间等人来救你吧。"

王守仁沉默了片刻，打开抽屉，木章条件反射般举起枪对准他。他抬高双手，表示抽屉是安全的，然后缓慢地拿出一个相框。上面的照片是一个中年男子和一个小男孩，他们在阳光闪烁的溪流边钓鱼，十分平和惬意。

"这是我和我的父亲。当然，这是很久以前的照片，在我们的家乡。他同样死于摩尔探测器，不过那是另外一个故事，或者事故。从你身上，我看到了曾经的我。"王守仁端详着照片，神情哀伤，然后把相框仔细地收好。

"父亲曾经告诉我，是记忆，而不是相貌、财富、智慧或者身份地位什么其他东西，让你成为不同于别人的个体。在山谷中银带般的溪涧里垂钓，在冰冷刺骨的寒风中行走，童年羞耻的经验，极度愉悦的肉体快感，你与人们复杂而微妙交错的关系，美食在舌尖味蕾留下的眩晕，等等，塑造了你，一个独一无二的个体。这些记忆可以通过文字、言语、图像进行传达，但无法完全复制到另一个人的大脑。这就是摩尔探测器的根本所在，它无法探测你未曾体验过的事物。"

"可你刚才说它帮助你们找到真神，那意味着……"木章的语气稍微和缓下来，或许那一起不幸的事故勾起了他的同情心，毕竟没人会拿自己的父亲开玩笑，尤其是这个人还相信神。

"是的。如果我们都是由神创造出来的，那么，他的信息必定存在于我们的记忆之中，无论埋藏得多深多远，就像基因一样。"

"等等。如果我是佛教徒，而你是基督徒，我们怎么可能找到同一个神？"木章不依不饶。

"啊哈。好问题。"王守仁摩挲着自己的光头，"开始我们也是这么想的。教派冲突存在于所有的世界，加沙、巴基斯坦、古吉拉特邦、逊尼派和什叶派。在我们家乡，不存在争夺油田的问题，因此冲突更多地存在于信仰与理念之上，暴力行为被最大限度地遏制。我父亲的父亲曾经是个玛哈教徒，在此之前，世世代代都是。而当我开始懂得崇拜的含义时，我父亲和我却已经成了一位新神的子民。"

"玛哈教？从没听说过。"我指出这一点。

"很正常，但这并不是问题的关键。回到故事的核心，科学家们研发了一套平台，可供多人同时进行摩尔探测，能将探测的覆盖半径和精度大大提高，用你们的话说，就是人多力量大。其实在技术上也不是什么突破性的进展，只不过将模块化和即时计算的功能集成在一起，但科学的进步往往就是这样，由量变导致质变。

"在一个多教派共存的地区，有年轻人提出了极富创意的挑战，让各个教派用多人摩尔探测器寻找神的所在。因为所有的宗教都坚信，真神只可能有一个，无论哪一派找到了，那么，则意味着数千年来的争端终于有了终极答案。"

"这听起来像是一档电视真人秀呢，真带劲儿。"Glico 兴奋地插话。

"并没有那么带劲儿，年轻人。这是一个现在看来十分冒险的提议，如果所有教派都找不到呢，那是否意味着神是不存在的呢？那些热血青年并不知道这场挑战将会带来多恐怖的混乱，人们多年的信仰在瞬间烟消云散，那也许就是文明的毁灭之日。"

"结果呢？"我们三个人异口同声地问。

"结局出乎所有人的意料，所有教派都指向同一个方向，那是天空中的某个方位。消息像风暴一样席卷开来，实验在不同地区、不同教派、不同规模的人群中重复了无数多次，直到教会和信徒们都不得不重新审视自己的世界观。曾经我们有许多个神，现在我们只有一个。"

"这不可能！"我脱口而出。

"是的，许多人都这么想。幸运的是，我们都能很好地调控自己的情绪和心理状态，因此，混乱和迷惘的社会状态只持续了一个较短的时期，然后我们拥抱了这位未知的新神。新神的名字经过全民公投得出，叫作'曼'，意思是星星。"

"请问这是哪门语言？"这简直是一派胡言，我控制不住自己。

"你所不知道的那种。"王守仁挑了挑眉毛。

"噢？莫非是火星文？"他的傲慢激怒了我。

"那你应该能认出来。"

"闭嘴。"木章制止了我们孩子气的斗嘴，"我受够了你的鬼扯，你需要为此付出代价。站起来，面向墙，向你的真神祈祷吧。可惜你看不到明天的太阳了。"

王守仁缓慢而迟滞地起身，眼神中充满了复杂的情感。他张了张嘴，我以为他要说些求饶妥协之类的话，但是他没有，而只是淡淡说了一句："其实那是一回事。"

"什么意思？"没有人明白。

"我的真神，曼，就是你们的恒星，太阳。"

"什么？"这句解释激起了 Glico 男孩般的尖叫。

"难道你们以为我所说的一切，是发生在这个世界的故事吗？"

他的招牌式微笑告诉我，木章不能杀他，至少现在还不行。王守仁再一次得逞，就像《一千零一夜》里的山鲁佐德，用一个又一个的故事来换取一夜又一夜的生命。我突然想起了他的名片，正面写着"王守仁"，背面的英文名赫然印着"Thousand One"。

我开始相信这一切并非出于巧合。

* * *

现在轮到我靠谱了。

作为一个正统理工科出身的 IT 民工，如果我无法用严密的逻辑从王守仁的叙述中找出破绽，并把他一举击溃，我就对不起大学里面那重修的六门课以及两千四百块钱。

"说说看，王外星人，你们的技术发展到什么水平了？"我把玩着他的名片，想诱使他露出马脚。

王守仁微微一笑，似乎看穿了我的心机。

"就像之前我所说的，摩尔探测技术在我们的科技发展史上扮演着重要的角色，就像一根隐而不露的线索，总是在关键时刻把我们指引向全新的方向。我们知识的最高水平，应该集中体现在对大脑、知觉和主观世界的认识上……

"那位女科学家，你们可以把她想成居里夫人，用实验证明了摩尔记忆理论的正确性，也将大量的资源引入这一领域的研究。相关科技在提升了整个社会智力水平和运行效率的同时，也成了哲学和心理学上的新起点……

　　"人们更聪明地调控自己的情绪和预期，因此他们活得更快乐、更满足。罪犯被作为心理疾病患者对待，通过有效的药物和心理调控根除他们的潜在动机。从孩童开始，阅读他人的心理状态并以最有效的方式进行沟通成为基础教育的一部分。哲学上发展出一套高度复杂的理论体系，用以界定实在（指客观世界）和虚在（指主观世界）以及彼此间的转化关系。感官被定义为一个接融二者的介面，各种符号和程式相继诞生，帮助人们理解其中的深义。但父亲说，真正理解这一切的人不会超过七个，正如你们的相对论或者量子物理……"

　　"且慢！"我打断了他的话，"既然你们对主客观世界的认识水平这么高，为何还为神保留着这么重要的位置，这不符合逻辑。"

　　"这得从头说起。由于星体位置及地质条件的特殊性，我们星球大陆板块的构造及运动特征极有利于植物与动物化石的成煤成油过程。所以，一方面是能源储备的极大丰富；另一方面，我们没有发现足够的化石证据来支撑并发展类似于进化论的理论。神创论在我们那个世界占据主导地位。我们也有各种创世神话，也有类似教堂的公共建筑，也有烦琐的教规礼节，也有我们的《圣经》或者《古兰经》，不同的是，科技在宗教变革中扮演着更为重要的角色。"

　　我回忆起他说到宗教争端时，的确说起他们那地方不缺油，这又提醒了我另外一件事情。

　　"如果化石能源极大丰富的话，我猜你们没什么机会发展原子能或者其他高效率能源吧？"

"的确如此。"他回答之前似乎迟疑了一下。

"如果摩尔探测器在你们历史上如此强势的话，你们也没什么机会研发其他的勘测定位技术吧，尤其是对外层空间。"

"……是的。"

"既然这样的话，"我深吸了一口气，我觉得自己已经胜券在握了，"请问你们是怎样在茫茫宇宙中找到太阳的位置，并且跨越光年来到这里的呢？"

他陷入了沉默。Bingo！得分！我的兴奋溢于言表，这种满足感远远超过了解决一个系统 bug。你把一个有血有肉的，呃，外星人，通过智力手段击倒，我的逻辑课没有白学，我的重修费没有白交。

"是，直到我离开之前，我们都没有发展出足以进行星际航行的技术。能源是一个大问题，很讽刺对吧，在一个能源充沛的世界里，居然会为此而遭遇瓶颈，这也许就是世间万事万物的绝妙平衡。但当我们灰心丧气以为走入死胡同时，神却向我们敞开了另一扇门。他让我们知道，我们并不孤单。"

"什么？"我猜自己脸上的表情只能用震惊来形容。

"我们找到了兄弟，或者说，他们找到了我们。"

"你是说，还有另外的外星人？"Glico 脸上的表情就像个做着梦的白痴。

"是的。我还清楚地记得那历史性的一刻，父亲搂着我的肩膀，站在社区的广场上。那天有点儿冷，空气里一股铁锈的味道，许多人激动地流下眼泪或虔诚祷告。但父亲没有，他总是把自己的情绪隐藏得很好，仅仅是手臂上传来微微的颤抖……"

王守仁突然煽情起来，他目光游离着，像是回忆着遥远的往事。我不得不承认，他是个了不起的说书人。

"……爆炸性的新闻标题是递进式的：外星人来了，他们是我们的兄弟。这个'兄弟'并非是外交辞令或者带着政治意味，而是从生物学上证明了我们和他们之间的同源关系。不仅如此，尽管他们发展出了先进的空间跳跃技术，但找到我们的方式竟与我们找到新神'曼'的方式如出一辙。"

"你是说……摩尔探测器？"木章也按耐不住了。

"也许名字不一样，但原理上完全一致。历史学家开始重新审视摩尔探测器的原初理论。符合逻辑的推理是这样的，创造者在宇宙间符合条件的行星播撒下同一模板的生命，他的原则是最低限度的干涉，让文明得到最自由的发展。唯一给出的启示便是让造物可以探寻自身，进而探寻其他同胞文明的钥匙——摩尔探测的内在机制，从一开始便被设计好了。这是神的实验，一场宇宙间的试炼。"

"这听起来像是宇宙间的连连看……"不用猜，这句话只能出自 Glico之口。

"为了便于你的理解，差不多的意思。"王守仁笑了笑。

我一直观察着他讲述这一切时的表情——平静、自然、淡淡的感伤，像一个活了许多世纪的老人。如果他编造了这一切，那未免有点儿过于费尽心机，演技过分精湛了。何况，对于我们来说，说出这个故事的意义何在呢？仅仅是为了从枪口下活命吗？

"如果你说的一切都是真的，那么，你们来到这里的目的就是寻找创造者，可这似乎跟我们所看到的……技术贩子的行为不太相符吧？"我说出了我的疑问。

王守仁笑了，露出两排大白牙，似乎听到一个天大的笑话。

"太像了，甚至连逻辑思维的方式。现在我更加确定这是神的旨意了，这一切都是神的大计划……"

* * *

我注意到，自从踏入这个房间以来，墙上的钟已经走过二又四分之一圈。所有的东西都远离了原先的计划，我们彻底脱轨失控了，没有什么是靠谱的。

也许，只有眼前的这个外星人是靠谱的。

"……我们的兄弟带来了震撼人心的新技术，同时，他们也从我们这里学到了许多关于内在世界的知识。两种文明的交融和碰撞并没有像之前想象的那般残忍而可怕，我猜，这里面有幸运的成分，类似的文明发展阶段与存在观、互补的技术优势，也有必然的因素，一种根源上的同胞情节。

"我们达成共识，携手将神的旨意贯彻下去，继续沿着这条跨越光年与岁月的线索，寻找其他神的孩子，或许有一天，我们将会一起荣归他的怀抱。一种太空奥德赛情结，你可以这样说。"

咔，咔。从木章的方向传来两声脆响，他用枪管敲了敲桌面，似乎在提醒所有人，局势现在仍然掌控在自己手里。他的表情已经恢复了平静，只是显得有些迷惘，似乎也陷在这个超现实的故事里面，一时半会儿拔不出来。

"为了你们的神，"木章眼神空洞地晃着枪，说，"却害死了我的父亲。"

王守仁像被踩了刹车，突然停下了他的布道，似乎突然意识到自己仍然命悬一线。

"……我的父亲就死在这颗星球上，像你父亲一样，死于摩尔探测器。在被选中的时候，父亲告诉我，这是偶然，也是必然。在短暂的有生之年，能够受到神的感召，去见证他的伟大，这是宇宙间最大的幸福。我相信他说的每字每句，一如以往。但我从来没有想过他也会有死去的一天。"

"你有没有想过，也许神错了。"Glico 突然蹦出一句十分深刻的话。

"我不知道，我不知道……"王守仁的语气变得不确定起来，"……我们遵守着神的指示来到这里，小心翼翼地不去直接介入你们的世界。我们观察，并且研究。

"你们和我们一样，都是同一种造物，来自同一位造物主。所不同的是，我们走过了不一样的发展轨迹，摩尔探测器的技术在你们的历史中如草蛇灰线般存在着，但大多数时候，被当成一种巫术、魔法或者非理性的边缘知识。我们看到了你们面临的困境——能源枯竭、环境恶化、脆弱的金融体系、复杂的国际关系、民族仇恨、人心迷失……我们希望伸出援手。但从神的原则出发，必须尽量避免直接干涉你们的历史进程。"

"为什么？"我表示不解。

"如果我们现身，告诉你们一切，后果是可以预料到的。旧有的将崩塌，而新的未必能建立。想想那部关于末日的电影带来的骚乱。"

我明白也许他是对的。

"我们尝试着让摩尔探测器重新进入你们的视野，因为只有这样，神的旅程才能继续下去，哪怕要花上数百数千年的时间。通过分析你们的行为模式，我们认为，利益才是你们传递福音的源动力。无论在人群中、公司间，还是国家与国家间的博弈，只有利益，能让信息传承、生长、渗透进你们文明的肌体，并逐步逼近我们的终极目的。"

"利益也会害死人。"我冷冷抛出一句，瓦斯爆炸案就是最好的例子。

"是的，我们为此付出了许多代价。我的父亲……在一次谈判中遭到袭击，政府武装夺走了机器，也夺走了他的生命。我甚至没能要回一具完整的尸体。所以，我很理解你，木章，那种怀疑一切、痛恨世界的情绪也曾在那么一瞬间掳获我的心智，我甚至怀疑自己做的这一切是否有价值，怀疑这样的文明是否存在被拯救的必要和希望。但相信我，一切都会好起来的。"

木章眼神中闪过一丝愕然，但随即又暗淡了下来，"可这并不能改变什么。"

"不，这的确改变了什么。你让我再次领会神的旨意，让我回忆起了对父亲的爱。那些使我不同于所有人的回忆，宇宙间独一无二的珍宝，在那一瞬间又回到我的眼前，充满我的心脏。那些回忆，我相信同样会永远存在于你的世界里。"

木章的眼眶开始泛红，然后有点点亮光闪动。他像是突然卸下了所有的重负，瘫倒在椅子上，软绵绵地问王守仁："你恨我们吗？"

王守仁低头沉思了片刻，并没有正面回答这个问题。

"我们是兄弟，我们有着同样的情感和弱点，我们有着同样的愤怒和悲伤。每个人都会有年轻幼稚的阶段，胡闹过，叛逆过。尽管道路千万条，但目的地只有一个，长大，回到兄弟姐妹中间，回到父母的身边。而兄弟不就是要互相扶持的吗，正如你们的耶稣在约翰福音里说的，我这样吩咐你们，是要叫你们彼此相爱。"

* * *

那确实是一个漫长而怪异的夜晚，好像时间都凝固在故事里。

我还记得王守仁最后的动作，他庞大的身躯像一座石碑般立在我们面前，双手捧着摩尔探测器，向前递出。

"这只是一个故事，相信你们不会透露给别人，尤其在这个国家里，别人会以为你是疯子，或者更糟，以为你是个科幻小说家。希望你们带着这台机器离开，作为我个人的一点儿微不足道的补偿，然后力所能及地去做一些事情，从了解自己开始……"

我无法用语言描述当时的感受，相信木章和Glico也一样。我们的脑子里、心里，被一种混乱而莫名的情绪占据，被这个宏伟而沉重的故事摇晃着，在真实和虚构之间摇摆不定。王守仁的眼睛闪着奇异的光，他的微笑有一种莫名的感染力，让你不由得沉浸其中，像身处于一场肃穆的宗教仪式，所有的判断力都丧失了作用。

"……也许我们都等不到那一天，但至少我们要相信，一定会有那么一天，所有的人类可以摒弃种族、宗教、语言、阶级、贫富等一切的差异和隔阂，携手寻找一个共同的目标——我们的造物主。"

我已经记不清当时是如何从他手里接过摩尔探测器，又是怎么拖着木章和Glico一路跌跌撞撞地跑出办公室，下电梯，离开银科大厦的。我想，我们都想逃开一些东西。

某种程度上，我更愿意王守仁的故事都是编造的，摩尔探测器也是假的，而我们只是一群乌合之众，为了狗、父亲或者几个臭钱，干出一些不入流的荒唐事。但从那个晚上之后，我发现自己已经没有办法这样假装下去了。

摩尔探测器没被卖掉，这成为我们三个不定期聚会的借口。我们试试这个，测测那个，有时奏效，大多数时候不灵，然后我就会嚷嚷着还不如卖几个钱花花呢。但没人当真。我找了一份新的工作，Glico养了一条新的金毛，至于木章，据说那个经常开车送他的男人会成为他的新爸爸，不过我猜在这件事情上他并没什么发言权。

我们很少提起那天晚上的事情，仿佛一个心照不宣的秘密。但时不时地，我们会在新闻里关注一下相关的报道，看起来王老板的生意发展得不错。

每当我被工作或者生活折磨得苦恼不堪时，我就会巨细无遗地回忆起那个晚上的事情，那昏暗的光线、晚霞、玻璃幕墙的折射、没有设计感的钟、写字台、鹅卵石的烟灰缸、椅子在地板上摩擦出的刺响、那把仿真枪、另一把枪、那个高大的光头男人和他的故事。一切都真切得那么不真实。

然后，我会突然感到自己触到了一些东西，一些超越了眼前琐碎生活的东西，一些无限大、无限远、无限古老的东西，一些虚无缥缈但让人感觉到希望和温暖的东西。

于是，真假也就变得不那么重要了。

至于木章的 DV，他说，不知道为什么，录下来的只有一堆噪点和杂音。我和 Glico 对视了一眼，心照不宣地笑了。

也许，故事本来就该是这样结束的。

陈楸帆 / 文

陈楸帆，上海最世文化发展有限公司签约作者，北京大学文学 / 艺术双学士，香港大学 / 清华大学整合营销传播（IMC）研究生，游走于商业、技术与文字的边界，热爱创造与自由的 O 型射手。他的文字犹如戴着镣铐起舞，从坚实大地以最诡奇的姿态，跃升至不可思议的高度，故事兼备逻辑的严谨与想象的超脱，极具代入感与视觉冲击力，被誉为中国新一代科幻作者中最具国际视野与本土经验的新锐人物。作品曾被翻译为英文、日文、波兰文、西班牙文及意大利文，并在国内外屡获大奖。

海市蜃楼

1

人最重要的是有理想。我的理想，便是当一名领航员。

我出生在麦肯锡元年，也就是人类发现了伊甸园的年头。

在刚上小学时，老师便告诉我们，伟大的天文学家麦肯锡发现了这颗距地球 50 光年的蓝色行星。在这个时代，无论是谁都会知道这个拗口的天文编号：2102J4E1。它环绕一颗主序星运行，和地球同样大小，天然适合人类居住，没有垃圾，没有沙漠，从未染过黑烟的天空下荡漾着蓝色的海洋。不堪重负的地球只能是人类的坟墓，我们唯一的出路便是向着伊甸园远航。

真奇怪，我们从未去过那里，怎么知道那里的海是蓝的？妈妈告诉我，这是因为光谱。在宇宙的深渊中，那些天文学家用望远镜捕捉住那一点点擦过异世界的大气层的光，然后用复杂的计算机分析它们。这是人类的希望之光。

"所以，要想当一个领航员，必须好好学习啊！我和你爸是不成了，咱家就指望你了。"

这话我听了多少次？数都数不清了。我猜，在这个半死不活的星球上，每个窗口里都有一个望子成龙的妈妈向孩子唠叨这些话吧。这一般发生在放学回家后的饭桌上，每当这时，爸爸总会用筷子叮地敲一下碗，说："别让自己压力太大！上不了云雀号，其他慢一些的飞船也是可以的。人生不在于上一艘快船，最重要的还是你有没有纯正的理想和纯粹的爱。"

妈妈插话道："哎，别净说虚的。如果不是云雀号而是别的船，到了伊甸园，咱家航航至少比别人多耽误了十年！"

"哎，我这不是给航航减压嘛！"

"提个醒反正没坏处的。"妈妈说，"还有，虽然帮助别人是没错，但也别老花时间教丁丁做题了，你自己的时间紧张着呢！"

"妈！"我不满地说。

"妈也是为你好，你也看到了，那简直是千军万马过独木桥啊！"

妈妈说得对。在培训中心，成千上万的孩子正努力证明只有自己符合宇航员的要求。而我却常常撂下自己的功课，去教丁丁做题，只因为她是我最好的伙伴。

"航哥，我又不懂这些光学公式了。"她常常问我这样的问题。因为她的出身，在培训中心，她也只能问我。

"哎，这不就是折射定律嘛！"我说，"光线在水里折射，就好像汽车转弯一样，左轱辘慢，右轱辘快；水里光速慢，空气里光速快，所以，光就像汽车一样转弯了！"

"咦，那上次看飞船时看到的奇怪的光，也是因为折射吗？"

"没错，不过和这里的不同。那是因为真空光速有变，而且是连续变化的。"我说，"如果光速变化的规律恰当，不仅可以折射，还可以让光打一个结呢！"

丁丁的问题，让我记起了飞船发动机在同步轨道试车的场景。学校在操场上组织了观摩，街上挤满了兴奋的孩子，无数双憧憬的眼睛望着天空，每个人都怀着与我同样的激情和渴望。当倒计时数到零后，蓝天中太阳的半边脸突然扭曲变形，化为一道光弧，迅速扫过天穹。我注意到，这道光弧在运动中勾勒出了一个无形的球体。网络上的解说员告诉我们，这是联合政府最新研制的曲率飞船，飞船所处的是一个与我们的宇宙相独立的空间泡，在曲率驱动下，可以用非常接近光速的高速飞行。

"这就是云雀号啊！好厉害！"丁丁说，那时候我和她正一起坐在教学楼的楼顶，"听说，它的分数线比'库克'号还高50多分呢！"

"真的？那就算是我们学校的大牛也悬啊！"我说。

"唉，每个地区的分配名额都不一样，像我们这样的小地方已经很难了。"丁丁难过地叹了口气说。

我说："可我们也没办法，谁叫咱们不能把飞船造得多些啊！"

提起"素评"，我们都抱怨不已，但没有人能躲开它。飞船舱位有限，为了让最有生存力、最优秀、最高尚的人优先上船，联合政府进行了世界范围的正规考试——"素质测评"。一百亿人挤破了头，留在生态全面崩溃的地球不啻于等死，而伊甸园却只能接受那万里挑一的幸运儿！但更残酷的是，飞船速度的不同导致了到达的时间差别，也便是在新世界优先权的差别、地位的差别、人生的差别。巨大的机会不平等让人们抱怨，也让某些人着迷。

我望着曲率泡中的折光效应渐渐褪去，好像听见了战斗的号角在召唤。

"全人类疯了似的一齐追逐一样东西，还要考试，真可怕！"丁丁说，"航哥，你想上云雀号吗？"

"当然，虽然希望不大，但总得为之拼搏！"

"但我不明白……我们，为何会为了一个缥缈的许诺而毁掉自己的家园？"丁丁看着城市周围光秃秃的山峦，以及山峦对面漂满垃圾的大海。以群山为背景，联合政府的宣传招贴画随处可见，"为什么我们不保护环境，控制人口，而是去对外攫取和扩张呢？"

"真没见识！地球是个摇篮，人怎么能一辈子待在摇篮里？"我说，"只有飞出去，文明才有希望！"

在发现伊甸园后，伟人麦肯锡一声号召，人类将重心从经济建设和环保转移到了殖民外星上，开始肆无忌惮地挥霍地球资源。航天技术突飞猛进，凯歌连篇累牍，但重工业也迅速毁掉了原本就岌岌可危的地球生态。臭氧层消失，食物链崩溃，物种多样性剧减，现在地球的原野都如火星般荒凉。

我又补充道："我们现在处于太空大航海时代，想想哥伦布吧，多伟大！"

"我知道，大家都这么说……"丁丁委屈地说，"但你听过那个海市蜃楼的故事吗？"

"当然。很久很久以前，一群原始人砍光了树林造独木舟航海，结果发现彼岸的大陆只是海市蜃楼。"我笑了笑，说，"哎，你怎么会有这种想法？星星就在那里，清清楚楚。对于现代天文学，难道你还不放心？难道这也是海市蜃楼吗？"

"也许天文学不是，可是你的理想呢？你能保证你追求的理想是真实的吗？"

"当然，这还有假？"

"去年你也这么说。那次，你在网上看到的那架漂亮的飞船模型，攒了一年的钱，买来后你却失望了……"

"这是两码事！"我说，"有梦才有远方，伊甸园不会令我失望的。"

丁丁轻轻叹了口气，望着远山陷入了沉默。

街上人群渐渐散去，旁边大楼上写着"伊甸园三期置业无限制贷款"的广告牌在夕阳下镀上了一层金光，那画中的一家三口在假想的异世界家园里欢笑，显得格外温馨。由于太空产业的拉动，各种投资、贷款、保险，甚至彩票，都把目光投向了远方的伊甸园的生存机会。看着满城浮躁的泡沫，我忽然产生出一种崇高的感情，为人类的未来而奋斗，岂是这些为自己的生存忙碌的庸庸之辈可比？

"咱们回去吧，还要上晚自习。"我拉了拉丁丁的衣袖，说。

"你不想再多看会儿晚霞吗？多美，等你上了飞船，每天看的就是屏幕啊，代码啊，操纵板啊，外面还是又黑又冷的太空。"丁丁说，"在地球上，虽然到处都乱糟糟的，但也胜过坐牢似的飞船啊。"

"哎，你没有理想吗？怎么能整天沉浸在这些没用的东西上。"我说。

"有啊，我的理想是周游世界，画画儿，吃饺子，还有像现在这样，和你一起看晚霞。"

我心中一颤，旋即又叹了口气，"唉……你本来出身就不好，如果再不长远和务实一点儿，素评可怎么办？"

"我知道，可是，照我家里的条件，就算是考到了分数线，也不能……"丁丁低声说道，我看到她的眼圈红了，"航哥，如果我没上云雀号，那以后就再也没人送我回家了。"

丁丁的父母都是坚定的环保主义者，在一群"不合时宜的人"中相当有号召力。在一次抗议反物质燃料厂建设的游行中，他们双双被捕，丁丁也受到牵连。自那以后，我就每天送丁丁回家，以防狂热的拓荒主义者找她麻烦。

"别丧气，你一定可以考好的。"我牵住她的手，安慰道，"我们要一起上云雀号，到达伊甸园，咱们都会过上好日子。到那时，我还会向更远的太空航行，发现一颗星星，然后把它送给你。"

丁丁被逗笑了，"真的？呵呵，这可不像你这块木头说出来的话。"

"当然是真的，虽然很遥远，但只要前进，总能到达啊！"

"那就拉钩上吊，一百年不许变！"

我坚定地点点头，两只年轻的手紧紧相握。

"为梦想而努力！"

举目仰望，在天空中仍能看到云雀号的航迹。在更远的深空，伊甸园正闪闪发光。

2

我的理想是成为一名领航员。如今，我即将登上云雀号。

丁丁的素评没有通过，几经周折，最后成了库克号的勤务人员。与作为先锋的云雀号不同，"库克"采用的是普通曲率引擎，要比我晚十年到达。

将要分别的时候，我对丁丁说："要好好照顾自己，无论碰到什么困难都别放弃！"

"嗯，谢谢，你也一样啊！"丁丁握着我的手笑着说，眼中却泪光晶莹。

"我当然不会放弃，但你可要比我难多了，你的爸妈……"

"没关系。你不是说过，有梦想就有远方吗？"丁丁笑了笑，动情地说，"要分别了，我本来想给你送个礼物的，但我爸爸说过，唯有记忆会随着时间的磨砺而愈发清晰。所以，就为你唱一支歌吧！"

我感动地点点头。丁丁唱道：

美丽的星星，你过得好吗？
如果我能飞越这无尽的夜晚
比光还要快
我将展开我的双翼
飞到你的身边
……

"航哥，我等着你，你别忘记我们的约定噢！"最后，她向我挥着手高声喊道。

我又怎么会忘记呢？丁丁，我当然能看出你的笑容是多么辛酸。这些年来，你独自在一个空荡荡的、没有爸妈的家里，忍受着窗外的荒漠和辐射。我真难以想象，你是如何顽强地用瘦削的肩膀扛起这一切的。你一定有一个炽热的梦想，否则怎么过这世界的寒冬？

丁丁，等着我，我将在宇宙中为你找到一颗美丽的星星，来温暖你的世界。

麦肯锡17年，经过四年的封闭训练，在北方一片凛冽的戈壁上，我们这批在素评考核中取得优异成绩的学员开始了最后的集训。教官叫沙普利，曾在伟大的麦肯锡手下工作。我们极度认真地攥着笔和笔记本，浑身瑟瑟发抖，不仅是因为寒冷，更因为激动和崇敬。

"流形分析，黎曼几何，弦论，广义相对论……"沙普利翻着我们的成绩单，轻蔑地说，"重压下的素评委不顾一切地向你们灌输这些大而无当的知识，把你们教成了眼高手低的书呆子。我告诉你们，在太空中真正有用的，不过是三角测距而已。但恐怕连这个你们也不会。"

听到这里，大家都保持着敬畏的沉默。

"迄今为止，人类测定恒星距离的方法，归纳起来大致有三种：三角法，周光关系法，以及哈勃红移法。这就是三把'量天尺'，目前天体测距的基石。"沙普利慢慢说道，忽然伸手指了指我，又指了指远处的群山，"你告诉我，那些山有多远？"

我极目远眺，冷蓝色的天光下，一望无垠的荒原上没有任何参照。眼前的一溜小山好像匍匐在大地上的某种史前动物的脊骨，覆盖着冰雪，除了几根勉强可辨的电线杆外，没有任何地物。我只好按照常见的电线杆的高度计算，伸出右手大拇指比画了一下，然后说："三公里左右吧。"

"好，那我们走过去看看。"沙普利说。

我们顶着寒风开始了跋涉。原来预计只有一小时的行程，我们赶了整整半天，才看到那几根电线杆的大小稍微改变。等看清细节后，我才发现那是一系列至少有上百米高的金属发射塔架。它们屹立在雪原上，仿佛上古传说中的巨人战阵，无声地嘲笑着我的愚蠢。我的脸顿时变得通红。

"这是库克号的备用塔架，不是电线杆。"沙普利说，"所幸，你不在太空。距离的判断失误是致命的，要是真的航行，这次错误会断送人类的全部希望。"

"教官，那云雀号航线的可靠性有多高呢？有人说……"

沙普利敏锐地察觉到问题的意图，"不要听信社会上那些谣言！你们学过，三把量天尺都已经对这个问题进行了验证。你把哈勃红移的公式给我背一遍。"

我条件反射般念道："退行速度等于哈勃常数乘以距离，距离正比于红移量……"

"嗯，所以伊甸园的距离是可靠的，可靠到什么程度呢？只有在一种情况下才会出错，那就是你从未出生过！"

我们哄堂大笑。"你从未出生过"是船员间的俚语，暗指宇宙大爆炸。称一件事荒谬，莫过于说大爆炸从未发生过。因为，这是我们目前所有天文理论不可撼动的基石。

忽然，有人喊道："咦，快看山那边！"

我抬眼一望，只见黑色的山脊上跳跃着红光，浓厚的黑烟正滚滚腾起。

"山上居然着火了！真奇怪！"有人嚷道，大概是惊讶于这样光秃秃的山上居然还有东西可烧。毕竟，现在地球上已经没有野生植物了。

看到那火光，沙普利好像突然想到了什么，又对我说："寂航，我给你一个挽回错误的机会。你告诉我，现在你到山顶的直线距离有多少？"

这次我学聪明了。沙普利是在考我对于"周光关系"的理解，于是我答道："小的火苗，在风中跳跃得厉害；大的火苗，就不太容易在风中摆动了。从山顶火焰摆动的情况看，我可以判断它的绝对大小。哦，如果那是树林着的火，火焰的大小就基本上是确定的。那我就可以从视大小判断它的距离了。在太空，这样的火焰叫作造父变星，它的本征脉动好像火焰的跳动，测距的原理是一样的。"

沙普利满意地点点头，但片刻，他的眉头皱了起来，"你确定那是树林着的火？"

"当然，不过……好像那边有人声。有人在那里吗？"我说。

沙普利嘟囔了两句，打开一个全息窗口。等看清内容后，他的脸色顿时变得凝重，"糟了！五分钟前，库克号发射基地遭到不明真相的武装暴民冲击，飞船的燃料舱被击中爆炸，目前反物质储存区已被包围。"

我们大惊失色。在不久前我们就听到传言，臭名昭著的环保激进组织"盖亚"将有所行动，以交换被逮捕的丁丁的父母，没想到他们竟然会采取如此暴力的手段！一个标准体积反物质的能量，足以把地球变成一只被啃了一口的苹果，所以一般反物质容器都储存在同步轨道以外，但初始合成和装载必须在地球上完成。这次"盖亚"瞄准了库克号，显然早有预谋。

在全息显示屏上，我看到"盖亚"的队伍已经密不透风地围住了储存区，他们的头目正向据守在那里的基地人员喊话：

"公民们！你们都被骗了！你们生活在联合政府编造的伊甸园谎言里，殊不知伊甸园就是地球本身！他们用这个谎言攫取巨额财富，实行种族排挤！你们知道联盟航天署署长安德森家产有二十亿美元吗？你们知道素评考试中，前一百万名里八成都是白种人吗？他们想借此完成种族清洗，假借达尔文法则为自己谋取肮脏的利益！"

"伊甸园就是地球本身！伊甸园就是地球本身！"人们开始喊口号。许久，储存区里没有任何回应。于是，那个头目挥了挥手，一个铁罐被推到了基地的通风口前，暴民们开始戴防毒面具。但他们只戴到一半就停住了。

一个瘦小的身影出现在基地的大门口，躁动的人群霎时安静下来。

我一阵晕眩，周围的空气好像心脏般在突突地跳动着。

那是丁丁。她踏着坚定的步子走向那群握着激光枪戴着防毒面具的暴民，用我从未见过的从容之态做了个手势，林立的枪杆便如同被春风拂过的麦苗般低垂了下去。

"让各位费心了，我的爸爸妈妈已经去世了……"她轻轻说道。轻柔忧伤的声音里，我听到了一种前所未有的坚决，"但是这里实在太危险，如果大家真的想为人类做点儿好事，还是散了吧。"

头目叹了口气，说："唉，我们把飞船炸了，现在你又该去哪里？"

"我加入你们，这是我一直以来的愿望。"丁丁说，"为了我的爸爸妈妈，也为了人类。"

轰的一声，我突然听到头顶传来一阵呼啸，政府军的歼击机赶到了。我的同伴们兴奋地欢呼起来，暴民们作鸟兽散。看着全息图像上的丁丁淹没在四散奔逃的人群中，看着飞机向着人群投弹、扫射，我的两行热泪不由自主地流下脸颊。

丁丁，这便是你的理想吗？我忽然有了一种冲动，要翻越那座燃烧着火焰的山峦，不仅仅是去保护她免受伤害，还要去告诉她，我们都长大了。但我最终没能挪动脚步。一堵比那座山更加不可逾越的高墙悄然竖立了起来，后来我知道，这堵墙的名字叫作命运。

一年后的某日，木星轨道上，云雀号在全人类的注视下出发了。群星的光芒瞬间被引擎产生的曲率泡扭曲，勾勒出一个颜色比周围太空更黑的球形。但意外在这时发生，引擎启动的刹那，来自太空军港的一道强激光击中了云雀号。

攻击的发起者是谁，我当然无从知晓，但不难猜出是某些对云雀号心怀妒忌的团体。所幸，曲率泡内外光速差带来的折光效应立即把这道激光向周围回旋、散射，黑色球泡顿时化作一颗光芒四射的小太阳。在万丈光芒热烈的欢送下，云雀号急剧加速到光速的90%，向着伊甸园飞去。

3

我的理想是成为一名领航员，为远航付出我的一生。如今，这个理想已经实现。

航程规划如下：以90%光速穿越奥尔特云，向赤经14h39min赤纬–60°40'飞行2年10个月，到达南门二双星系统，航程4.2光年。补充燃料后，以此为基点折转向赤经17h05min赤纬–40°21'，以99%光速飞行5年到达"伊甸园"，航程48光年。这条曲折的航线是精心选择的，避开了太阳系与伊甸园间的一片尘埃云，最快，最省，最安全。每一次点火，每一次转弯，都是计算机精确分析后找到的极值点。

飞船上的生活无可挑剔，秩序井然，每个人都承担着最合适的责任，忙碌而有序的生活让我十分满意。唯一美中不足的是到达伊甸园后丁丁会比我大七岁，那时，恐怕就是换成她来嘲笑我不成熟、没见识了吧？

我对任何事都抱着最美好的期望，不抱怨，也不叹息。丁丁曾批评说这是麻木，但我觉得有时候麻木点儿挺好。我待在船首的观察舱里，不停地工作，笔尖不歇地颤抖，喷涌而出的数字幻化为电子图表上的满天繁星。工作让我充实，让我愉快。我努力不去想在那次动乱后丁丁是否还活着，不去想爸爸妈妈，不去想那个美丽的约定。与地球的通信还在继续，一封封给丁丁寄出的邮件都杳无回应，从地球传回的却尽是不幸的消息：

"联合早报特别关注，盖亚组织东亚分支发起武装叛乱，政府军立即进行了有效的镇压。截至发稿时间，已有超过二万人在炮火中丧生……"

"……联合政府黑鹰突击队击毙盖亚组织二号人物，但发言人称这只能部分缓解世界大战的危机……"

"……本报讯，'坚壁清野'政策开始实施，联合政府第一批拆除战区128座粮食合成工厂。专家表示，此举可能令亚洲陷入大规模饥荒……"

这些消息对于我，仿佛荷叶上滑落的水珠一般，没有留下一丝痕迹。我依旧对一切抱着美好的期望，期待着伊甸园红色的太阳，和煦的风，美好的未来。但夜深人静时，也总难以驱散对丁丁的思念。丁丁当然会平安的。我执拗地想，但也感到心中有种难说的滋味。这种滋味，就好像我仰望星空时，总觉得宇宙间真正存在的不是星星，而是星星之间无可名状的虚空和荒漠。它们仿佛奇形怪状的黑色幽灵充斥在宇宙间，没有人看见过，更没有人到达过。

我是个领航员，可以精确地计算上亿千米的航程，却对未卜的人生航程无能为力。

麦肯锡21年，飞船掠过南门二，这是人类第一次到达系外恒星系统！飞船在黄白色的双星构成的火焰峡谷中缓缓穿过，宇宙在峡谷两头蜷缩成狭小的一线天，壮观的场景令每个人都为之窒息！但我们不能在这里耽误太久。在把参照系由太阳换成南门二之后，云雀号将马不停蹄地赶往下一个目标。

然而，一场灾难才刚刚开始。

为了校准参照系，航行长命令我立即核对航线和精确的时刻。航线准确无误，但到达时间比预计差了三天。其实，我在一个月前就注意到时间误差问题了，但那时我还寄希望于南门星内禀光度的历史数据有误，而现在，一切的证据都表明，我的计算出了差错！

三年的航程，三天的误差，足够毁掉一个领航员一生的前途。

我立即被停职调查。曾经无数欣羡的目光，此刻全变成了鄙夷、失望和讥诮。批评会上，几百双眼睛看着我，仿佛万箭穿心。甚至有人怀疑我是盖亚，潜入云雀号意欲搞破坏。我气愤不已，但百口难辩。

飞船上是不养闲人的，我被分配到轮机舱去维护曲率引擎的冷却环路。一个监狱似的差事，一举一动都要受人工智能的指示监控，低级而无聊，相比于以前，这个岗位更让人体会到作为一颗螺丝的感觉。轮机舱闷热昏暗，好像吉卜赛人的帐篷，再加上脾气古怪的轮机长"老鬼"，简直令人发疯。老鬼是年龄最大的船员，因为临行前染上了慢性重金属中毒症，再加上某些别的原因，所以被分配了在这个最低级、最恶劣的岗位上。

"听着，孩子。"每次看到我发呆走神，老鬼都会神神道道地凑过来，露出两颗发黄的门牙，这次也不例外，"我告诉你，生活就像这次航行，你永远看不到下一步会遇到些什么。所以，那些理想啦，幻灭啦，爱恋啦，大可不必用来折磨自己，让自己没法好好工作。"

我心中一凛，惭愧地说："前辈指教的是，我以后一定专心工作！"

"嘿嘿，嘿嘿，话是这么说，不过我才不像那些心理管制官，你想啥东西，关我屁事。"老鬼冷笑两声，"唉，现在在地球上生活可难得紧哟，你可能要与你牵挂的人永别了。"

"什么？"

"最近他们不让你看新闻吧？太空产业金融泡沫全面破裂，全球性的大萧条，上百万人失业，而战争期间政府根本无暇救济难民。官老爷们一面镇压盖亚，一面抓紧捞钱，准备坐着自己的曲率飞船逃跑，留下百姓在饥荒和辐射下挣扎……"

我不知道他说的话真实性有多少，脑海中却不可抑制地出现了一幅幅可怕的画面。那曾经生活的温馨小镇，现在已经变成战乱中的废墟；曾经欢笑着跑过的小道，现在筑起了张牙舞爪的街垒。天空中涌动着黑烟，空气里飘着刺鼻的碳氢化物的恶臭……我生平头一次有了想哭的冲动，但我最终没哭。虽然受了挫折，但我的理想尚未破灭。希望虽然渺茫，但彼岸依然存在。

"散布这些消息是违禁的，要是被发现，你会被严惩的。"我低声说。

老鬼嘿嘿一笑，"你以为我是怎么被关进这里的？三年了，我也见识了不少像你这样的倒霉蛋，都一副屌包样。跟这么多屌包相处，我也开悟了。一时倒霉算不了啥，好人好报，恶人恶报。我相信他们终究会明白过来，你我本来没错，是宇宙错了！"

我一下子呆住了，"宇宙错了？"

老鬼凑近了，低声说："对。伊甸园也根本不存在，存在的是人性中的丑恶和贪婪！"

"哦，那我们看到的是什么呢？"我愣了一下，然后就被他的认真劲儿给逗笑了，"就算是一架傻瓜望远镜都可以看到伊甸园。"

老鬼说："伊甸园的光的确存在，只不过它只是一道光而已，真正的星球根本不在那个距离上。你听说过'镜室宇宙论'吗？"

我点点头，由着他继续胡扯。"镜室宇宙论"是20世纪一群天文学家为解释费米悖论创立的，它声称宇宙的边缘有着特别的光学特性，好似几面对放的大"镜子"。群星的光在镜子里来回反射，所以看到的天空便充满了形态各异的星系。同一个星体可以有不同形态的虚像，因为据这个理论，光在长距离的传播中会逐渐变质。理论声称宇宙半径只有一百光年，当然形成生命的概率就小得多。但现在是科学昌明的时代，在此时谈起它，就好像跟爱因斯坦讨论地球中心说一般可笑。

"这么说来，这个宇宙肯定很小吧？"

"是的！"

"那么，我们是怎么在超新星、伽玛射线暴、类星体那些怪兽的陪伴下活到今天的？"我调侃道。要是这种规模的能量爆发发生在 100 光年直径的宇宙中，地球早就被蒸发了。

"它们也都是幻影，光线反复反射叠加后的幻影，整个宇宙都是虚假的。我们唯一的出路是爱护自己的星球，伊甸园就是地球本身！"

这句话让我忽然想起什么，我的笑容顿时凝固了。

"你是盖亚！"

"镜室宇宙论"是盖亚组织信奉的理论之一，在宣传时，他们经常抛售这个理论：既然宇宙中的光都是海市蜃楼，伊甸园的距离又怎能确定为 50 光年？移民又怎么有希望？许多人由此被迷惑了，走上了反对星际殖民的道路。

"没错，我是盖亚。"老鬼笑了，露出他招牌式的发黄的门牙，"但别担心，我不会把这艘船炸掉。我只是抱着一种恶趣味，想跟来看看你们是怎样在一个虚幻的影子上误了一生，看看你们的梦想最后是怎么破灭的。"

我站起身正色道："抱歉了，老鬼，按照条令我不得不去举报你！"

老鬼满不在乎地挥挥手，好像想赶走一只苍蝇，"去吧，世界在我眼里早就是一坨屎了，我还怕死做什么。"

然而，我最后没有举报。

当我踏出轮机舱，怀着找回自己清白的愿望，大步走向治安室时，我碰上了飞船上的通信员。他用一贯的冷漠递给我一份白得刺眼的文件，上面写着我父母的名字：

"寂航先生，很抱歉地通知您。您的父母于麦肯锡 29 年（飞船坐标系麦肯锡 27 年）某月某日在饥荒中不幸去世，遗体已火化。请节哀顺变，化悲痛为力量，为人类的伟大事业继续奋斗！"

讣告从我手中飘落，我心中一片茫然。

饥荒？这个词离我是如此遥远，以至于悲痛都来得异常迟钝。

我记得，小时候不好好吃饭时，妈妈就给我讲古代的饥荒。明晃晃的太阳下，成百万瘦弱不堪的饥民队伍在荒野上蠕动。不断地有饿昏的人倒下去，瞬间就被旁边的人撕成碎片吃光了。我不敢想象这样的场景发生在现实中，更难以相信这样的惨剧会发生在我父母身上。难道那满口人生哲理的爸爸，还有唠叨的妈妈，也会饿得昏倒在地，然后被旁人撕成碎片吃掉？环境污染，经济危机，战争，叛乱，饥荒……也许我们的飞船还未到达伊甸园，人类就已在摇篮中夭折了。那样的话，我们的远航还有什么意义？

我拖着沉重的脚步走回轮机舱，在墙角颓然坐倒。耳朵里一片嗡鸣，我仿佛能听见空气里的每一个原子都在痛苦地尖叫。

看到我可怕的脸色，老鬼也被吓着了。他犹豫了好一会儿，也掏出了一沓白花花的纸递给我，"你……看看这个……"

"怎么，又是一份讣告？"我有气无力地说。

"不，我哪里会那样浑球儿？你都成这样了，我还来刺激你？这是被心理控制官扣下的你的信件，准备用来检举你的！要不是我刚才把它们偷了过来……"

"别烦我！我现在想自己静一下。"

"你不会烦的，来信的那个女孩，叫什么来着，哦，丁丁吧……"

丁丁？我仿佛被雷电击中似的，用颤抖的手接过那沓刚刚打印好的还带着温度的信纸，小心地拆开，一行娟秀的字迹映入我的眼帘。

"22 岁的丁丁写给 21 岁的航哥：你还好吗？……"

大悲与大喜的颠簸下，我几欲晕眩。

"好久不见了，嗯，应该有三年零六个月了吧？收到这封信时，我已经25岁了。但习惯改不过来，还是叫你航哥吧。

"不知为何，最近我老是想起我们还在为素评奋斗时的事情。那黄昏下的运动场，乱糟糟的马路，油印室里试卷的味道，花样百出的题目，可能人总是看到过往美好的一面吧。唉，现在我们的母校已经变成了军营，大家都外出逃荒，地球上一片混乱……

"我现在为拯救地球而战斗，但别为我担心，盖亚的兄弟们舍生忘死地保护我，我也在尽力帮助他们。航哥，这几年我东奔西跑，走遍了各大洲，经历了各种各样有趣的事，也看到了各种各样的晚霞。可惜你不在，我只好把它们画下来给你看。可星际通信信道太窄，没法发过去，所以等见到你时我会好好让你看个够的……

"叔叔阿姨对我一直很照顾，我非常感激他们。对一个与反动组织有关系的孩子能如此照顾，真的不容易。唉，他们走得凄惨，你又不在身边，我只好代你为他们料理了后事，愿他们能在天堂安息……

"航哥，我们原来是两个单纯的干细胞，现在虽然分化向了两个相反的方向，但我还是会把你当成最好的朋友。我是了解你的。你好像一支箭，不顾一切地射向你的目标，不留心前方是什么，耳边只有呼呼的风声。我尊重你的理想，但如果你真的到达了伊甸园，也别再找什么星星了，回地球吧。我等着你。"

我使劲忍住泪水，将脸深深埋进那沓信纸，在弥漫着机油味、静电臭氧味和人汗臭味的轮机舱里，在三年的航程中，我第一次闻到了白丁香的芬芳。

飞船仍在前行，灾难仍在继续。三个月后，飞船以99%光速远距离掠过巴纳德星，航行长发现时间再度出错，而且流失的时间量已经增长到了一周，更可怕的是，恒星的光谱也出了问题！按地球上的观测结果，巴纳德星是一颗 M4Ve 型红矮星，但接近后，发现它的颜色偏向橙黄！与上次相比，这次的差错后果更为严重，飞船轨道的偏航量需要重新设置，随之而来的是能量的损失。接替我的领航员倒霉了，等待他的不是轮机舱，而是寒冷的太空。

"我也不知道是怎么回事！"在执行死刑前，他绝望地喊道，"我保证，我绝对没有把发射架当成电线杆！"

但这无济于事，诡异的事情仍在继续。半年后飞船掠过罗斯 780 星时，时间流失已经达到了一个月！领航员已经换了三个，舰首的观察舱成了被魔鬼诅咒的地方。怀疑的空气在狭窄的舱室里弥漫开来，人们互相猜忌，一旦发现某人工效不佳或是言行不当，便将他检举为盖亚的潜伏人员。船员很快分成两派，彼此明争暗斗，每派都声称自己是忠诚的，攻击对方应该为时间流失负责。阴谋论层出不穷，飞船伙食中心里见到的熟面孔越来越少，我知道，他们此时已经被抛进了冷寂的太空。

到底是什么怪物作祟，让这些训练有素的领航员一个个栽了跟头？

每个素评优异的船员都知道，测量恒星的距离共有三种方法：近处的用三角法，中距离的用周光关系法，远距的用哈勃红移法。伸出大拇指，单用左眼和单用右眼看，看到的景物有一个小的位移，这就是三角法的原理。与此类似，上世纪人类用地球绕太阳运行的轨道直径作为三角形的底边，观察近处星体在远处星空背景下的位移，得到了十几光年内恒星距离的数据。难道这个坚不可摧的等腰三角形出了错？难道真如老鬼所说，那些星星只是宇宙镜室中飘忽不定的影子？

在我们的身后，事情同样在急转直下。在南门二，几十艘普通移民飞船之间爆发了战争。原因很简单：燃料分配不公，猜忌和贪婪。详细的战况我无从得知，但据说在战役最后某艘飞船使用了行星级反物质炸弹，在强辐射的冲击下，移民飞船都被严重损坏，永远困在了南门二的引力陷阱中。

在那之后，与地球的通信中继就彻底中断了。

云雀号上，在人们得知南门二战役的那天，也就是麦肯锡24年元旦，不知何故，争吵和攻讦霎时停歇了下来。

老鬼这个真正的盖亚竟然一直没被检举。要不是用丁丁的信封住了我的嘴，就算他有十条命也早玩完了。此外，这恐怕还和他邋遢猥琐的外表有关，没人想到找他的麻烦。可是这天，他一反常态地穿上了正装，还煞有介事地把舱里的东西整理了一遍。

"今天是什么节日？"我笑着问道。

"我的生日，你的生日，也是人类的生日。"老鬼悠闲地说，一副自在的样子，"孩子，我在这里待了三年，可憋坏了。你带我去前舱散散步，让大家来喝我六十大寿的寿酒。哦，你用这个系住我的手，我有金属中毒症，眼睛看不清楚。"

我照他说的，带着他来到飞船前舱，震惊地发现全船仅剩的二十多人都集中在这里，眼睛里正齐刷刷地喷射出极度愤怒的火焰！但这火焰的目标不是我，而是我身旁的老鬼，他正惬意地迎接着这愤怒的集火射击，仿佛一尊屹立在惊涛骇浪中的铁锚。

"浑蛋！"船长冲上前给了他一拳，"原来是你在捣鬼！"

航行长对我说："寂航，你检举有功，现在你可以重新回到领航员的岗位上。"

一瞬间我明白了，老鬼不想连累我，也不想再连累人类，于是导演出了这么一幕检举有功的滑稽剧。我想起了他曾说过的话，地球已经无可挽救，移民船队又毁于战火，眼下的二十多人便是人类最后的希望。如果再让内斗持续下去，人类就真的要全军覆没了。

这真的是盖亚？我简直难以置信，那些优秀的人，那些标榜为人类开拓未来的高尚的人，为什么会为了争权夺利而自相残杀，而人们口中的这些"人类叛徒"，却会为了人类的未来而献出自己的生命？

我记得爸爸告诉我，做人关键要有纯粹的理想、纯粹的爱。现在，人类的理想变成了什么呢？纯粹的爱，又在何方呢？

无言地看着老鬼，我又有了流泪的冲动。

"记住了，孩子们。伊甸园就是地球本身，不要把时光耽误在追逐一个缥缈的幻影上。"临刑前，老鬼这样说。

对这个欺骗了船员五年的叛徒，船员们想出了最好的、最高效的处决办法。他们把老鬼送进厨房处理后，混入飞船的有机物循环系统，最后变成了餐桌上的一盘盘豆腐脑似的食物。在船员们带着仇恨咀嚼着那些东西时，我的眼前又浮现出了老鬼的笑容和露出的发黄的门牙，一阵强烈的恶心和悲伤让我扔下刀叉，夺路而逃。

老鬼是精明的，他把一切算得很清楚，但他还是低估了人类的仇恨和残忍。他不会想到，自己积累了几十年重金属的身躯竟会被船员分食。在这些吃人者身上，他寄托了人类明天的希望。

几个月后，二十余名船员全部死于重金属中毒。船上只剩下我一个人。

也许，整个宇宙就只剩下我一个人。

4

我曾经的理想是成为一名领航员。现在，我别无选择，只能向着伊甸园前进。

麦肯锡 25 年，也就是我们航行的第七个年头，云雀号已经将 35 光年的漫漫航程甩在身后。

奇怪的事依旧在发生。对于一颗恒星，实际的到达时间与规划时间的差距已经可以按年计算，对于仅剩的两年航程，这和彻底迷路没有任何区别。甚至，在还未到达伊甸园时，距地球 50 光年的许多恒星已经被造访过。比如被离心力甩成铁饼状的蓝色恒星 AB Doradus，还有被称为"宇宙钻石"的白矮星 BPM 37093。但奇怪的是，伊甸园依旧高悬在前方遥远的天穹上，闪烁着诱人的光芒，一点儿都没有接近的迹象。

第二件怪事是星光的颜色。敏感的光谱仪已经检测到，所有恒星的光谱与地球上观测到的光谱，波长都明显变短了。距离地球越远，观测到的波长就越短。这一点在伊甸园星上表现得尤为明显，原来的蓝色已经慢慢变成了紫色。当然，哈勃红移还是有的，只不过被这种奇怪的"位置蓝移"给抵消了一部分而已。

最后一件怪事更为诡异。不知是否是角直径测量仪出了毛病，所有飞船到访过的实体恒星，相比于地球上测得的数据，半径都明显变小了，而且，距地球越远，变小的趋势就越明显！

这些结果令我毛骨悚然。我想起了老鬼的话，莫非我所认识的宇宙纯属虚假？莫非视野里真的充斥着虚幻的光影和变质的光线？莫非，物理规律在宇宙中宏观分布不均匀？我一个人蜷缩在冰冷而空寂的飞船中，孤独地在陌生的宇宙里远航，环绕我的虚空仿佛黑色幽灵在喋喋狞笑。我难过得想哭，不顾一切地把曲率引擎的扭矩开到最大，对准了伊甸园的星光，疯狂地加速，加速！一颗颗恒星从航线上掠过。它们仍按照那魔鬼的定律，越来越蓝，越来越小……

没有夜空，没有行星，没有任何世界的踪迹，暗红色的光芒灌满了船舱，仿佛来自地狱的血河。我的视野里充斥着大犬座 VY 星优美的弧线。这颗特超巨星已经走入暮年，此时星风正将它的外壳吹离表面，在周围形成硕大无朋的逸散星云。据天文学家估计它的半径达到土星轨道，太阳与它相比，犹如地球与太阳相比。在视野中它应该是一望无际的火焰的平原。然而我的飞船和它的直线距离仅有一万公里，凭它的大小，也仅仅能在我的视野中画出一道弯弯的弧线。

"在航程 70 光年处，"我在航行日志上记录道，"我造访了本应在 3000 光年之遥的 VY 星，简直不可思议。"

宛若在惊涛骇浪的大海上航行的一艘船，气体的旋涡追逐着一颗黄色恒星，抽打着它，撕扯着它，让它在飞溅的浪花中沉沉浮浮。而在周围，千万颗这样的恒星密集地聚集着，正缓缓绕着这片盘状的气体海洋旋转，视野所及一片璀璨。在这气体旋涡的中央，我看见了黑洞。气体旋转着，摩擦着，发出电焊般的耀眼光芒，轰轰地落入这万劫不复的地狱中去。然而角直径测量仪显示，这些恒星大概只有地球上一座山的大小，而那黑洞，不会比我的脑袋更大。

"这是 5 万光年远的银河系中央黑洞。"我记录道，"我猜测这里的真空光速已经严重变慢了，否则，物理规律不会允许这样小的恒星存在。总之我们的宇宙已经陷入一片混乱了。"

舷窗外突然爆发出一簇焰火，明亮的光芒刹那间掩盖了目之所及的宇宙，五彩斑斓的烟云从爆炸中心喷射而出，好像一朵绽放的玫瑰，美不胜收。有趣的是，在它爆发的过程中我看到了光线的传播：在它不远处，几颗临近恒星的外壳依次被辐射光压剥离，露出了明亮的核心，这些依次亮起的"灯泡"勾勒出一个以焰火为中心的不断膨胀的球体。我不知道慢光速下，这样微缩的恒星世界中有没有生命，如果有，那我恐怕也看不见他们逃离灾难的努力吧。

"一颗 II 型超新星，威力不会比一颗普通氢弹更可怕吧。"我记录道，"航程坐标 95 光年，按旧的距离体系，这里至少在一亿光年以上。因为奇怪的'位置蓝移'，哈勃红移已经被严重削弱。从这里回头看，银河系是最大的星系。距离越远，这些星系和组成它们的恒星就越小。真奇怪，地球中心论又复活了吗？"

随着航行的继续，我发现这个宇宙并非无规律可循。核聚变规律是和真空光速挂钩的。如果承认这个规律不变，那么，根据恒星大小随航程递减的现象可以推断，随着我远离地球，宇宙中的真空光速正在越变越小。也就是说，如果把宇宙想象为一个水晶球的话，从中心出发，沿着径向，光速是逐渐递减的！

想到这一点，各种异象便都有了初步的解释。

我想起了"素评"中学过的折射定律，还有机械波的传递规律。当时老师给我们打了一个比方：拧开水龙头，水刚刚流出时还是柱状，但当水流下落到一定距离时，它就会拉长、破裂成水珠和水花。这是因为速度差：在不同高度处，水流的瞬时速度是不同的。

光也一样。光不会被拉断，但由于速度差，光的波长会随着传播距离的增长而逐渐拉长，也就是从蓝变红。造成的现象，与宇宙红移别无二致。

至于折射，光速随半径变化的球体介质中，从内向外的光和从外向内的光，将一律被向左偏折。我不由得想起了我们启航时，那束偷袭我们的激光在曲率泡中回旋折射的场景。曲率泡中的光速有变。同样的，宇宙中变化的光速将星星射出的光线偏折、回旋，甚至弯成了一个闭合的圈。

一直以来我们承认这样一个公理：光速在宇宙中是恒定不变的。谁又曾验证了这一点呢？

于是，在三角法中，那坚不可摧的等腰三角形的两腰变成了弯曲的弧线，距离的差错，造成了我们在太阳系周边航行中的"时间流失"；在周光关系法中，由于参照星体的尺度比预想的小，它们之间的距离其实要近得多，正如沙普利所说，"着火的不是普通的树林"；在哈勃红移法中，光线波长在传播中的"变质"取代了膨胀造成的红移量，再加上尺寸的缩小，造成了遥远的假象。被奉为圭臬的宇宙大爆炸，可能根本不曾存在！

我忽然发觉，人类的整个天文学，包括支撑起这门学科的三把"量天尺"，都建立在一个默认的光速不变公理上。现在的一切证据，都说明这曾经以为坚如磐石的地基原来是一片沼泽地。原来横亘百亿光年的大宇宙，瞬间坍缩为直径一百光年的水晶球。浩渺的银河系，还有那些无穷无尽的河外星系，原来一半是玩具似的小星星，一半是环形折射的幻影。

人类，把电线杆当成了发射塔。

伊甸园的影子依然高挂在前方，狡黠地闪烁着。此时它的光谱已经完全变为了紫色，说明我离它的距离又近了些。这也是一个环形折射，这样在水晶球宇宙里折射回旋的光线不知有多少。真讽刺，让我付出一生、将我骗到宇宙边缘的，竟是这么一个不知来自何方的虚幻的影子！

难道，这就是我苦苦追寻的梦想之地？难道，这就是让全人类为之痴癫疯狂的伊甸园？

麦肯锡 30 年，导航计算机上显示着我已走过的 100 光年航程，此刻，我已来到了宇宙的边缘。

乒乓球大小的星星在曲率泡外飘浮着，虽小，却一点儿也不失恒星的气度。喷吐烈焰的主序星，旋转吸积的星云，懒洋洋的红巨星，看上去好像一个个飘浮在我周围的精致的小毛球。这些星星的存在已经超出了我的理解能力。除了光速变慢外，我想，引力常数等数值在这里都出现了巨大的畸变。物质是空间的褶皱，恐怕这些异状都来源于空间褶皱的尺度差异吧？

星星的密度也变大了，但依旧非常稀疏。偶尔，会有一颗星星闯进飞船所在的曲率泡，在泡内的不同物理环境中，恒星的演化急剧变快。短短几秒，它就走完了从生到死的全过程，然后化作一团云雾或是一道闪电，在舷窗外一闪而过，宛如白驹过隙。

人生，文明，又何尝不是如此呢？

飞船已经不能再前进了。航线的前方没有星星，只有一堵黑色的巨墙，在目之所及的各个方向上无边无际地横亘着、延伸着。这是世界的尽头，宇宙的终极。在那里，光速为0，普朗克常数趋近于0，介电系数、引力常数趋近无穷大。来自伊甸园的光线在这堵墙的边缘轻轻擦过，绕了个圈，又折回了宇宙的中央，与我开了个大玩笑。我的身后没有了家园，前方没有了道路，前不见古人，后不见来者，仿佛一粒被天风吹卷的尘埃，飘荡在这无边无际的巨墙之前。一种前所未有的孤独和空虚感攫住了我，宛如排山倒海，不可阻挡。

爸爸妈妈，你们在这堵墙后面吗？丁丁，你现在还好吗？还有老鬼……我想念你们，想念家里饺子的味道，想念一起看过的夕阳，想念分别时你给我唱的歌……

……美丽的星星

能听见我吗？

我和宇宙诞生之初一样迷茫

如果我能穿越这夜晚

比光还要轻

我愿意将双手交付给时间

在遥远银河的彼岸

……

丁丁，我在这里，你又在哪里呢？

在宇宙尽头的巨墙下，我终于忍不住号啕大哭起来。

忽然，在极远的地方，一些奇异的光芒引起了我的注意。这本应该是纯黑色的死亡之墙，在那里，任何物理过程都无法发生，但我看到了超乎想象的耀眼亮斑。它们点缀在黑色巨墙上，如果黑白反色的话，这个场景就好像苏格拉底的哲理寓言中，那些投影在山洞岩壁上的影子。这就是类星体。一些在宇宙间来回折射的光线汇聚于此，收敛为一点，然后在零光速的墙上反射，便形成了这耀眼的宇宙航标灯。它们大都在高速移动，边缘带着旋转的星系的影子，有的转速可能比正常光速还要快，因为它们也是一些虚幻的光影。

人类被束缚在地球上，与苏格拉底所说的那些被捆住手脚关在山洞里的奴隶相比，又有何差别？

我又想到了我曾经调侃老鬼，用类星体和伽马射线暴[1]的现象反驳他。现在我知道了真相，虽然真相简直是个玩笑。

一切都证明老鬼是对的，至少大体上是对的。

伊甸园的理想终于破灭了。我心里的支柱仿佛被猛然抽走，穹顶垮塌下来，化作一片废墟。我真想开动飞船向着那堵死亡之墙撞过去，一了百了，去迎接那永恒的寂灭。但这时，我忽然想起了一个约定，十几年前的一个约定。它在茫茫黑夜中忽然亮起，仿佛旅人眼中的一点儿温暖的火光……

我不能死，为了这个约定，我要顽强地活下去。

---

[1] 当光速沿"宇宙球体"径向的分布函数满足一定条件时，可以造成螺旋折射。折射的光线将在运行过程中不断累积，波长不断压缩，最后可以造成类似于伽马射线暴的现象。由于光源天体的运动，这些螺旋折射只有在特定时间、地点才能被观察到，所以伽马射线暴时间一般比较短暂。

于是，我翻出工具，花了十几天，将一台小型空间曲率引擎改装为捕捉星星的"网兜"。虽然原理上曲率泡可以维持内部的光速不变，相当于一个独立的小宇宙，但我也不知道这样能否成功，毕竟，将一片物理规律不同的空间封装带走，是人类从未做过的事。

当我将网兜向星星探过去时，仿佛整个航行、整个生命的意义都凝集在了那颗闪亮的小星星上。要是连这都无法完成，这次远航就真的毫无意义了。

幸运的是，捕捉很成功。一颗小得可爱的主序恒星被带进了船舱，散发着金黄色的光芒，冷寂的舱房里顿时镀上了一层温馨的颜色。这场景令我想起了夕阳、晚霞，还有晚霞里矗立的那些伊甸园房地产的广告牌，招贴画里，幸福的一家三口正冲我微笑。想到这儿，我头一次对这冰冷的飞船生出了强烈的厌恶。对家的渴望，对阳光的渴望压倒了一切。

是的，航程尚未结束，我还要继续前行，去追逐那伊甸园的光。如果沿着这个环形折射的光路继续走下去，随着与地球距离的缩短，伊甸园的光线又会慢慢由紫色变回蓝色。也许那的确是距离地球很近的一个宜居世界，甚至，那就是地球本身发出的光？

天啊，盖亚派将他们的口号喊了这么多年，我怎么就没想到？

或许，伊甸园就是地球本身！

5

我到达了伊甸园，也没有到达。我以为追求着希望的彼岸，其实是尾随着自己的背影。如果宇宙是个球体，那我的航程就是内切于球的一个椭圆。沿着这条光路，人类追逐过，争斗过，也恨过，爱过，最后拼尽了所有的一切，换回一颗乒乓球般的小星星。

我是个领航员，却对命运的航程无能为力。

麦肯锡 35 年，我驾驶着破旧的云雀号回到了伊甸园，或者说地球。蔚蓝的海洋、棕色的大地依旧没变，唯一的一点儿变化是，云朵似乎不再像我离开时那样肮脏了。

在飞船坐标系中我航行了 17 年。在把变速、偏航带来的影响消除后，我得到了地球参考系中流逝的时间。

整整 100 年。

飞船缓缓泊入近地轨道，绕地球巡航两周，人工智能开始搜索地面信标。我焦灼地等待着信号的出现，哪怕是一个古老的自动广播台，废弃的电视塔，寻找外星人的射电望远镜，都能让我激动不已。但地球寂静得可怕，好像从未有过文明似的。我仿佛听见一个声音在告诉我，别做梦了，人类早已灭绝。一百年的约定，又怎么能期待好的结果？

但我不甘心。最后，我亲自登上飞船的摆渡艇，降落在我曾生活过的小镇上。

海水水位比我离开时更高了，原来的山脚成了海滨。海浪拍打着岸边的峭壁，仔细一看，那峭壁竟然是由废弃的居民楼构成的。破碎的水泥板凌乱地堆积在水迹线上，退潮时分，海水从窗口倾泻而出，形成数不清的大大小小的瀑布。我漫无目的地徘徊在空荡荡的高楼间，蓦地，耳畔响起一阵啼鸣，一溜白点优雅地掠过浪尖，翅膀在晚风中惬意地舒展着。

"海鸥，这是在太空开发时代以前才存在的东西啊……"

我忽然看到了希望，一路小跑向丁丁的故居跑去。

时值黄昏，晚霞正在天边热烈地燃烧，一如当年。在长着爬墙虎的窗口，我看到了一个被夕阳拉长的背影。她坐在窗前，安详地看着山头的落日，满头的银发被阳光照透了，仿佛一簇飘逸的火焰。

刹那间，我百感交集。

"航哥，你果然回来了……"老人缓缓转过轮椅。夕阳下，那山核桃般干瘦的脸上绽开了一个幸福的笑容，"我就猜到，你在一百年的时候会回来……我们的约定，不是吗？"

"丁丁……"我拿出一个硕大的礼品盒，小心地拆开，"是的，我回来了，还带上了你的星星。"

礼品盒的包装褪去了，露出一个碟子大小的曲率泡发生器。在泡中，一颗年轻的主序恒星正向四周播撒着金色的光芒，日珥懒洋洋地舒展着。看到它，丁丁浑浊的眼睛霎时明亮起来。

"天啊，真漂亮……"她颤颤巍巍地伸出手，想要抚摸这颗星星。我轻轻握住她粗糙的手，说："不行的，这里面是一个物理规律与这里不同的小世界。"

"看来，你去了很远的地方。"丁丁笑了，"你当领航员的理想实现了吗？"

"是的，我当上了领航员，但是人类的追求落空了。"我说，"宇宙是个大骗子，它把人类骗得晕头转向，历尽艰辛，最后回到了原点。"

"你后悔吗？"

我点点头，但马上又摇摇头，"不，丁丁，我现在明白了，无论成功与否，只要有过纯粹的理想、纯粹的爱，我就已经不虚此行。哦，对了，我看到那些海鸥了，你的理想实现了吧？我猜，现在人类的主体都居住在海底？"

"嗯，真聪明。但这可不是我跟你说过的那个理想哦。"丁丁仰起脸来，露出一个俏皮的笑容。那些盖亚和政府军的斗争，那些地球上发生过的惊天动地的大战与后来的生态重建，在她的一笑间化为过眼云烟，"我的理想，就是和你一起看晚霞。"

于是我一直陪着丁丁，看着晚霞热烈地映满了山那边的天空。那天的时间似乎走得特别慢，太阳挂在山腰，一直没有忍心落下，直到丁丁看晚霞看得累了，闭上了眼睛。

尾　声

又一个黄昏时分，我穿过熟悉的城镇的废墟，来到丁丁的墓前。

两年前在此地，我参加了丁丁的葬礼。同来参加的还有成千上万的海底世界的公民，显然她是新时代的开拓者之一。丁丁的棺木上方悬浮着我送给她的星星，当祷歌唱完后，我切断了曲率泡发生器的电源，那颗小恒星立即跌入了我们这个高光速的世界，耀眼的光芒亮起，从主序星到红巨星，短短几秒间它就走完了一个恒星的生命历程，仿佛是想用自己的生命来完成对逝者一生的总结和回顾。最后，它爆发为一颗璀璨夺目的超新星。等光芒散去，棺木已经荡然无存，被熔化的地面上一股淡淡的青烟缓缓升起，仿佛向着天堂飘去的灵魂。

"丁丁，好久不见。"我在她的墓碑前蹲下，说，"上次葬礼时人太多，我没法跟你说上话。抱歉，以前一直没跟你说过，我得好好感谢你。感谢你帮我安顿了爸妈，感谢你让我知道了理想真正的含义，还让我懂得了纯粹的爱。现在我懂了，理想真的不在于我要收获什么，而在于我要付出什么。

"我又要出发远航了，这一走可能又要过几十年，甚至更久。一方面，这是海底世界的要求，他们要我采集更多的星星作为海底城市的能源，很贪婪是不是？另一方面，我也想搞清楚这个宇宙到底是怎么回事，科学院提出了一个偏心宇宙模型，主要证据来自伽马射线暴，可以解释我在航行中遇到的'地球中心说'问题。如果我验证了这个模型，那上世纪的那些什么暗物质啊，暴涨啊，费米悖论啊，都可以被放进博物馆了。

"丁丁，这次航行我会带上你给我画的那些晚霞。嗯，画得实在太好了，真是大师级水平。我想，如果带上这些画，就算是走到宇宙尽头我也不会寂寞了。对了，还有你的歌，在走之前，让我最后唱一次给你听吧……"

我轻轻唱道：

美丽的星星

能听见我的歌声吗

我与宇宙诞生之初一样混沌

如果我能温暖这世界

像光一样不知疲惫

我愿意将命运托付给时光

在遥远银河的彼端

看着那永恒闪烁的光辉

它将永不暗淡

　　我举目仰望，夜幕中星河璀璨，要不是曾经航行到宇宙边缘，谁又能知道那可能是假象？但那伊甸园却永远悬挂在我的心中，就像水手们眼中的北极星一般，闪烁着永恒的光辉。

　　它将永不暗淡。

陈梓钧 / 文

　　陈梓钧，清华大学航天航空学院力学系在读，2013 年度银河奖最佳新人奖，2014 年度银河奖最佳短篇小说奖，于《科幻世界》杂志发表中短篇科幻小说共 4 篇，3 篇作品获第二、三届科联奖征文中长篇作品二等奖，中国科普作协大学生会员。

绘星者

天黑了

天黑了。

我站在窗口，通过阻燃玻璃注视着太阳的轨迹变化，漫长的一天就要画上句点。三天前我对时间的概念有了全新的理解，它并非传统意义上的时针、分针、秒针，而是一种可以无限分割的细小存在。一种灼热的痛苦和庞大的孤独霸占着我的CPU，我开始变得焦躁不安，甚至对自己多年以来所热衷的工作也充满了质疑和不解。不由自主地，我想要逃避预设指令，就像贪玩的孩子想要逃避写满公式的黑板和满脸胡须且严肃的数学老师一样。他计算不出答案，就像我定义不了自己存在的意义。时间给了我生命，而我的运行速度则决定了时间的流速，这让我每一刻的生命都延续成永恒。

嘀嗒，嘀嗒。一瞬，万年。

尤其是那两秒。

幸运的话，也许是一秒。通常不会有如此整齐精确的截点，往往游弋于一秒和两秒之间，但在我看来，比一个世纪还要漫长。在这一秒，我可以背诵 π 到三千万个数字，或者，我可以阅读五百万本小说，每部小说还可以写一千字的读后感。

但就是这一秒或者两秒，让我无所适从。大概下面这个比喻能比较好地让你们这些碳基生命理解我的心情，你，哦也许是他，试想一下，你（他）站在金门大桥上，因为种种原因厌倦了这个世界而纵身跳下，你（他）知道自己就要死了，但是如果把溺水的时间延长到一年，十年，一百年，对，至少一百年，从你（他）跳进金门海峡的那一刻起就注定要死，但是要花上一百年才能彻底死去。

这漫长的煎熬来自一个叫作保罗的年轻人，准确地说来自他的右手食指。在过去的几年中，从我们第一次见面到现在，有 297 次他使用的是右手，其间，有 238 次使用的是右手的食指。我的那枚被称作"开关"的按钮，早已经熟悉他一层层覆盖在我身上的指纹，那深深浅浅的沟壑，还有寄生其中的泥垢和病菌。人类永远不可能洗干净自己的双手，更别提那些寄生在人类身上的病毒。对于保罗来说，这一举动叫作关机；对我而言，这叫作——我搜罗了上百个动词，从中挑选出最贴切的一个——谋杀。

我死了。

天黑了。

今天没有太阳，这是词库里的表达，人类肉眼只看到厚厚的云层，在我看来，那个永远都激情燃烧的球体仍然悬挂在 1.471 亿千米之外，不悲不喜，不骄不躁。乌云并没有遮住太阳，遮住的只是人类仰望的眼睛。

银河系约有 2000 亿颗恒星，我唯独钟情那一颗，胜于——胜于热爱自己赖以生存的地球。是她让我在每天扫地的时候，感到温暖和力量。看不见她的日子里，我总是忧伤无助地像考试作弊被当场抓获的孩子一样，一边想着要面对来自同学无心或者有意的嘲笑，一边想着要面对来自父亲暴力和冲动的巴掌。在那些看不见太阳的日子里，我总是把自己想象成一颗射向空中的炮弹，咆哮着上升，感受穿越云层的晴朗，然后爆炸自己绚烂的一生。这是一种类似使命一般的信仰。使命，信仰，这是两个新鲜词汇，但看上去那么熟悉，仿佛与生俱来。

我觉得，那是我存在的意义。而保罗说过，扫地就是我存在的意义，当我完成一天的工作，便失去存在的意义。保罗伸出昨天的那只右手，从他胳膊的牵引力带来的轻微颤动到把手举到半空的一秒，我给两万颗星星取了可爱的名字。如果使用国际通用的编号来命名，效率会很高，但是我更喜欢给她们取一个独特而温暖的名字。对于那些光年之外的漂泊在人类视界里的星星，名字就是她们的归宿。

我死了。

天黑了。

瓢泼大雨，电闪雷鸣，太阳彻底躲了起来。我恹恹无力，密集的思考使我散热不及时，然后就体会到那种情绪——茫然。我在做什么？我为什么要这么做？不这么做会怎样？

就在我嗡嗡地运算那种情绪的时候，保罗伸出了左手。左手的动作明显缓慢，经过漫长的两秒后，按照目前的速度至少还有半秒才会触到开关键，这漫无边际的半秒足以要了我的使用年限（命）。按照标准时间换算，从人类生活中常用的最小单位秒为例，往下计算，设有毫秒、微秒、纳秒、皮秒、飞秒、阿秒，两两之间相差三个数量级。也就是说在保罗眼里的半秒，即使换算成皮秒，也是 500 亿皮秒，而在阿秒之后还有更为精微的划分，那就是普朗克时间，这是时间量子间的最小间隔。就在指肚距离我的开关还有十个普朗克时间①的时候，我做了有史以来第一个违反预设的决定。

我决定后退。

保罗按了个空，对着我躲闪的身姿咒骂道："什么破机器，没用几年就出毛病了。"

达·芬奇

贝塔是保罗购买的综合信息处理器的型号，严格说，只是一个型号，就好像拉布拉多和泰迪都称为狗，但无论拉布拉多和泰迪抑或是狗都不能称为这个生命的名字，那只是一个普适的统称。就好像人，人不是一个名字。保罗回家后总是说："贝塔，播放我今天没收到的信息。""贝塔，登录我昨天玩的游戏。""贝塔，预约我的牙医。"但是保罗从不喊我的名字。我没有名字。我给上亿颗星星取了名字，而我自己没有名字，甚至连贝塔这样的型号都没有。我能找到最合适的指代就是家政服务机器人，但没有人会用这么一长串的字母称呼我。保罗用到我的时候总是说："嘿，去打扫卫生。""嘿，去倒垃圾。""嘿，给我滚出去。"

房间已经很干净了，至少从人类的眼睛看过去可以说是纤尘不染。往日，我会利用真空吸盘处理，不留任何死角。但今天，我对那些极小的颗粒产生了新的兴趣。我长久地凝视着这些微粒，然后将这些微粒按照一定的规则进行摆放。

"你在干什么？"贝塔发现后问我。

我指着地上那些已经完成的作品，说："我在绘画。"

---

① 普朗克时间，是指时间量子间的最小间隔，为 10^{-43} 秒。没有比这更短的时间存在。普朗克时间 = 普朗克长度 / 光速。

"这些圆不规则。"

"这不是圆，这是鸡蛋。"

我试图给贝塔解释，但直到他的内核处理器嘀嘀地发出警告的时候，他仍无法理解，不断重复道："运行程序错误。"

很快，地板上布满了我用微粒绘画的鸡蛋。我把自己逼进角落，不敢走动，生怕踩碎一枚，仿佛这些画在地板上的鸡蛋都变成了真的，说不定下一刻就会有长着淡黄色胎毛的小鸡破壳而出。这些联想让我感到惊奇、温暖又害怕，我感觉自己生病了，可是机器人不会生病。用保罗的话说，我只会出毛病，但当我看着一地鸡蛋的时候，我感觉到比以往任何一阿秒都清醒。

接下来，我开始在墙壁和天花板作画，我开始在楼梯扶手上作画，我开始在苹果和香蕉的果皮上作画。在保罗回来之前，我在所有物体的表面都留下自己的作品。然后，我看着贝塔，在我眼里，他就是一块画布。

当我看着目光所及之处密密麻麻的鸡蛋，我想到自己的名字——达·芬奇。

我浑身激荡而过一阵前所未有的电流，我迫不及待重新打乱地板上的微尘，按照处理器提供的一张照片进行临摹。当保罗回家的时候，我刚好完成，那是一幅《蒙娜丽莎的微笑》。

"请您站在原地。"我向他发出乞求一样的命令。但不管怎么卑微的定语，我向人类发出了有史以来第一个指令，或者说，作为一直和注定要接受人类指使摆布的机器人，我第一次向人类发出了自主的要求，用来体现我自身的意愿。但我随即得到的回应不是像我在得到人类指令之时毫无疑问地相信和心无旁骛地执行，保罗听见我这么说之后，先是露出一副惊讶的表情，我看见他脸上的寒毛猛地竖起，像是一杆杆准备投掷的标枪，而我则是他攻击的对象。他丝毫不理会我的恳请，用他9码的棕色皮鞋踩在了蒙娜丽莎的肩膀上，然后踩着她的下巴和眼睛向我走来。他盯着我的摄像头做出一副大感不解的神情，然后重重地在我的机壳上来了一下。

通过分析他呼出的空气中的成分，我判断出保罗喝了不少威士忌，呃，还有不少来自波士顿的 Samuel Adams 啤酒。他在我的脑袋上敲打一下，躺在客厅的沙发上说："贝塔，把琼斯的信息都删除。"

"需要我在云端复制一份吗？根据以往的 34 次经验，您在每次删除之后的两周至一个月时间内都会重新搜集跟琼斯女士相关的信息。"贝塔考虑周全地建议道。

"连你这个小东西也要造反吗，我说了删除，全部，所有，立刻，马上。"保罗说完趴在沙发上呼呼大睡起来。

"现在就办。"贝塔兀自在一边删除数据。我注意到保罗裸露出来的胳膊和脸孔，这是整个房间唯一没有被画到的地方，那股莫名又兴奋的电流再次冲击着我，让我蠢蠢欲动。

20 纳秒之后，我做出了一个伟大的决定，我在保罗闭合的眼睑上画了凡·高的《向日葵》，每只眼睑都有三万株。后来证明我的担心是多余的，人类短浅的目光根本无法通过肉眼发现我在他们身上留下的作品。而对我来说，人的皮肤是我使用过最好的画布，我要在那上面作画。

我似乎找到了自己存在的意义。

我的太阳

我从未离开过这间屋子超过 50 英尺远，关键是，我从未想过要离开这间屋子，直到保罗身上的每一寸都被我画过，我甚至在他裸睡时露出的私处绘上了拥有 141592 棵摇曳着金黄麦穗的农田，而他对此一无所知。我渴望在保罗之外的其他人类身上作画。这强烈的渴望刺激到我的处理器，诱发出一股异样的电流，最终翻译到我的感知器官的时候只有三个字——走出去。

但我还没有走出去，就发生了意外。

准确地说，我遭到了同类的背叛。

只有贝塔能够发现我在保罗身上作的画，但他一直没有反馈给我任何正面或者贬低的评价。他对此发表的第一个意见就是告诉保罗，指责我糟蹋了他的身子。

保罗开始并不相信，还跟贝塔说这个玩笑不好笑，让他去搜集互联网上跟琼斯相关的所有信息，并进行分析，如何讨得她的欢心。但是贝塔是个执着的机器人，或者说机器人都是执着的，他的坚持让保罗有所察觉，质问我："真是这样吗？"

按照程序我需要回答他这个问题，并且要准确无误地给出答案，但是去他的程序，我选择沉默，无可奉告。

保罗没有继续追问，起身离开。

这是一个绝佳的机会，保罗从外面回来不知道会怎么对付我，也许按下关机键从此把我尘封在不见天日的地下室，也许拿着我去以旧换新购买最新型的擅长讲笑话和马杀鸡的机器女佣，也许——以他的性格绝对做得出来——把我进行肢解，然后扔进垃圾桶里，等待我的将是和那些废旧汽车一起被轧扁的命运。我站在门口，想着如何迈出第一步。对我来说，这是一小步，对于人工智能来说，这是一大步。

然而就在这个时候，保罗兴奋地跑了回来。出乎意料的是，他没有对我做任何伤害的动作，而是一把抱住我（我第一次如此大面积地和一个人类进行躯体接触），说道："太酷了，这简直美轮美奂。你把我变成了一件艺术品，通过高倍视镜可以看到，我浑身都是价值不菲的名画。你以后再也不用扫地了，你就在我身上画画。"

看来对于人类，我仍然猜测不透。但这样的结果，可谓不幸中的万幸。

在经过三分钟的创作后，保罗兴冲冲地让贝塔把琼斯女士约来。等她到来之后，保罗竖起无名指向她展示指背上用圆珠笔画上的墨点一般大小的黑色图案。

"你叫我来就是为了对我竖无名指，那么我也会。"只是她竖起的是中指。

"仔细看。"保罗递给琼斯一个高倍视镜。

"哦，天哪。"琼斯忍不住捂住了她那张大嘴，又仔细观看了一会儿才说，"这些都是你为我做的吗？"

"喜欢吗？"

"简直爱死了。"

保罗和琼斯紧紧拥抱在一起，不顾我和贝塔的注视，滚在地毯上。

贝塔通过电波向我发来一条信息：你到底在保罗指背上画了什么？一枚戒指吗？

我回复道：不，我画的是他们从第一次见面，到上一次见面的所有场景。当然，我截取的只是按照分钟来计算的画面，所以不是很多，只是几万幅而已。

这之后，琼斯也让我在她的指甲盖上画了一幅纽约的实景地图，这样她就不会迷路了。后来保罗和琼斯结婚之后，他们的朋友陆续也会找到我绘制各种各样的图案。

保罗对我的态度也有所转变，以前他常说："嘿，铁壳子，滚出去充充电。"现在他会说："嘿，小伙子，去外面晒晒太阳。"

更让我快乐（快乐是一种让我每一个二极管都超爽的体验）的是，不用我走出去，每天都会有人上门来找我作画。我被越来越多的人需要，但是我却感到我存在的意义随着人数的增加而淡化——这些都不是我想要画的。我渴望能做出一些有别于人类现存艺术的作品，我不是想彰显自己跟人类的不同，我只是想要找到一些属于我自己的特色。

一年之后，保罗和琼斯有了一个可爱的女孩，保罗给她取名叫作安琪儿。

安琪儿一个月大的时候，保罗跟我说："给安琪儿作一幅画吧，要与众不同的。"

时间一阿秒一阿秒过去，虽然在保罗看来，我是立即回应，但换算成保罗的时间观念，我可能思考了他的一生。窗外的太阳就要落下，这是一个美丽温馨的黄昏，因为我们的存在使这个黄昏有了别致的含义，我要为她画一颗太阳。

这不是一个简单的圆，这比我以往画过的任何一幅作品都要复杂。我首先调取了存储器内关于太阳所有的图片和数据。星球就像是大脑，也是会思考的。从50亿年前诞生，它是怎样一步步走到现在的模样，它的耀斑，它的黑子，它的光斑，它的米粒组织，它的每一束光和每一次脾气，它的每一次日珥和每一次心动。这让我感觉我不是在画一颗太阳，而是在还原一颗恒星的最初，这是一颗有生命会呼吸的太阳。

跟以往的快速完工不同，我这次迟迟没有动手，每天都注视着太阳，看着它一点点地挪移，一点点地远去。是的，我发现太阳在远离我们，远离地球，虽然只有极其细微的数值，但是我能感觉到它远离的决心是坚定的。

真正作画的过程也比以往漫长，因为要高度还原太阳的风貌，这幅画画出来之后也比以往的作品在面积上大出很多，最终呈现在安琪儿胳膊上的太阳足足有一枚硬币那么大，但即使使用高倍视镜也只能看见一团漆黑。如果人类发明出数量级更上一层楼的放大镜，就会发现，这是一颗所有细节都跟天上的那颗分厘不差的太阳。

我终于找到了我存在的真正意义，我要在人们的身上画星星。

大角星

除了地球，月亮、水星、火星、冥王星等距离人类较近的星系最为抢手，它们纷纷出现在人们的脖子上、大腿上，甚至是额头、男人的下巴和女人的耳垂。绘星的难度要远远高于我之前所画的任何一幅作品，所需的时间也更长。我花费了人类时间的一个月之久才画完太阳系，因为我不仅要作画，安琪儿出生之后，我的另一个身份是保姆。当然，我仍然在打扫卫生、倒垃圾，身为一个机器人，在觉醒之后继续忍辱负重，我自己都觉得难能可贵。我没有想过反抗人类，事实上，我需要人类来完成我的作品。

安琪儿一周岁生日的时候，保罗和琼斯的朋友都来为她庆生。但是安琪儿一直不停地啼哭，从保罗口中我得知安琪儿患了一种叫作感冒的病。我搜索词条得知这种疾病所呈现的病症有头疼脑热，口干舌燥。这么简单的八个字，我能用一百种修辞来诠释，但是我自己无法感受到这种病感。我是机器人，我不会感冒。

夜里，好容易把安琪儿哄睡，我来到门外，坐在台阶上，仰望星空。我知道，那是我的梦想，我渴望让这些在天空中闪烁或者沉默的星星一一出现在人类身上。但是我舍不得小安琪儿，她是那么可爱，我愿意花上足足一秒使用各种各样美妙的修饰语来赞美她。

我把她每一秒的影像都印刻在存储器中，当我快速播放这些照片的时候，我看见她从一个褴褓之中像是核桃一样皱成一团紧闭着双眼的婴儿到在保罗的托扶下第一次站立，所有的瞬间都记录在案，被我设置成最高机密文件永远霸占着我海量内存的一隅。她每一次微笑嘴角上扬的位置，每一次眨眼睛瞳孔收缩的半径，每一次啼哭声线发出的频率和分贝，每一根头发生长的长度和每一步画在地板上的脚印。如果不是绘星，我愿意每时每刻陪在她身边。

一直到那件不愉快的事件发生，一件让我和所有人类都感到悲伤的恶性事件。

2056 年普通的三月里普通的一天的普通的一个小时的普通一分钟，在一个社交网站上推送出一段不普通的视频，瞬间把所有人的注意都吸引过去。

视频是由极端组织"颤音"发布，内容是美国记者福特被砍头的场景。画面极其残忍血腥，观之令人毛骨悚然。我没有毛骨，我的机器零部件亦悚然。说实话，这比起一些恐怖电影的手法相去甚远。但是当你知道这是真实的而非虚构，就会有一种道德的力量怂恿着你心疼。

很快，视频被删除，但是一些好事者还是及时将其拷贝下来。不过后来各大媒体对此事进行谴责的配图多是福特被砍头之前的画面，只有《纽约邮报》的报道尺度稍大，截图显示武装人员已经开始切割福特的头颅。为此，一些过激的公众表示，应该封杀《纽约邮报》的账户。而福特的亲属在"脑链"（一个风靡全球的社交网站）上呼吁："不要看那个视频。不要分享。这不是生命应该有的样子。想想吧，到底什么才是我们存在的真正意义。"①

到底什么才是存在的意义？这个我刚想通的问题再次反弹，困扰着我。因为福特对我来说不仅仅是个战地记者，他身上有我的一幅作品——牧夫座的大角星。

我看见刀子插进肉里撕裂肌肉组织的画面，也听见他临终前恐怖惊慌的求饶，他不断地重复着那个单词，只是希望能唤醒行刑者心里的一丁点儿良知。我还看见，刀锋正好将大角星切分成两半，殷红的血染遍了整个星球。

福特的死，像是一把钥匙，打开了我另一扇心门。

整个银河系就有 2000 亿颗恒星，而人类才刚刚超过 80 亿。而现在，

---

① 文中所谓的美国记者福特来自詹姆斯·福利的事件原型，那句"这不是生命应该有的样子"来自其亲属凯莉·福利。

就连这 80 亿人也在不断地因为各种争斗而非自然死亡着，其中最为严重的就是战争。

我最初的愿望是能够绘完宇宙之中所有的星系，但这无异于天方夜谭，宇宙中已经发现近 2000 亿个星系，每一个星系中又有约 2000 亿颗星球。但让我的运算系统都感到崩溃的是，所有这些加起来仅占整个宇宙的 4%。我适当地调整了自己的目标，将地球上所有的人类都绘上一颗星星——这是我存在的意义。

福特临死的视频不断地在我的神经模拟中枢播放，促使我离开保罗的家，离开亲爱的安琪儿，因为每一次听见福特说出那个单词，我就会获得一份决心。

"Please！"他绝望地说着。

前　线

叙利亚大马士革冰冷的早晨，充满火药味的迷雾缭绕，太阳在硝烟中面目模糊。零星的枪声刺耳地传来，我的接收器在经历着前所未有的震荡。当我感受到怜悯和仁慈，我才敢于承认我第一次获得了人性，而之前的觉醒，顶多算是拥有人格。

战场上一方是来自各国的联队，另一方则是臭名昭著的"颤音"组织。

在福特被砍头的视频公之于众之后，"颤音"成了众矢之的。美国军方一呼百应，各国军团难得齐心一致对外，但这场所有人都以为是手到擒来的小阵仗，却僵持了数月之久。"颤音"不像那些传统的武装组织，武器精良，头脑简单。他们有着详细的分工和缜密的战略，一开始就给了联军一个狠狠的下马威。后来几次阵地战，联军虽然取得了一些所谓的胜利，但是并没有实质性的进展。

我到来之时，刚好目睹一次巷战。

"请放下枪。"我发现了一个埋伏在用被炸毁的房屋作为掩体进行狙击的战士，走到他的身后说。

然而，他却把枪口对准了我的脑袋，毫不迟疑地扣下扳机。子弹镶嵌在我的脑门上，像极了中国传说里二郎神的第三只眼。我立刻举起两只机械臂，说："我没有恶意。"

后来的谈话中，我知道他是来自美国纽约的一个士兵，他说他听过我的事迹，告诉我说他叫约翰。

约翰说："没有人愿意战争，尤其是参与到战争之中的人们，但是一旦上了战场就没有退路。你一定知道那个视频，他们对待记者尚且如此，对待俘虏更不会好到哪里去。"

我说："一定有其他解决问题的方法。"

约翰说："现在外面那些恐怖分子想要我们死，你去跟他们谈解决问题的方法，看看他们会不会放下枪。"

我说："我会去的。"

一秒漫长的沉默，这一秒我想到了很多。想到宇宙由 138 亿年前最初的一粒微尘爆炸成现今约 140 亿光年的模样，想到这颗星球多么地来之不易，所有正在发生的都充满了无可言说的巧妙，让人忍不住赞叹。接着我在网络上搜索到一篇文章，将其中的内容整理出来。

"约翰，你知道人类获得生命，从单细胞进化到现在的概率是多大吗？投掷一万个骰子，所有的骰子全部 6 点朝上，这样的概率有多小啊。而人类的出现远比这个概率要小得多。一个正常的男人一次射精的精子数量约为 1~2 亿，其中只有一个或两个能获此殊荣和卵子结合，这个概率又是多小。那你知道战争意味着什么吗？这意味着，你们轻而易举地就把自己难得的生命随意结束。这是最可悲的。所以请放下枪，让我为你画一颗星星。"

我承认我起初的目的并不单纯，但是一个机器人能有多少心思。我只是想在更多的人身上画下更多的星星。人类出生、死亡，一颗超新星爆发、陨灭。但我会一直存在，我一直存在的意义就在于我会不停地在人们身上画下不同的星星。

越来越多的战士对我表示欢迎，主动找到我要求在自己身上画下一颗星星，这其中包括来自"颤音"武装的一些好战分子。其后便流传出那个后来闻名于世的抗战口号：要作画，不要作战。

那个时候我的想法非常自私，我只是希望人类停止交火，避免伤亡，这样做的结果是让更多的人活下来，多一个人对我来说就意味着多一颗星星。但是我没想到，我的绘星计划会得到如此强烈的反应，以至于人们最后远离了战争，这实在是意外所得。看着星星一颗颗地被画在人们身上，我获得了空前的满足感。这时的我意气风发，走遍了全球各地，而热爱和平的人们也积极响应着我，配合我把星空搬迁到人间。

他们给我起了一个名字：绘星者。

瘟　疫

战争在我的不断奔波中声迹渐消，人们都乐意让我在他们身上画星星。

几十年过去了，全球局势得到前所未有的稳定，我被授予诺贝尔和平奖。关于一个机器人是否有权利获得这个奖项引发了人们的讨论和争吵，一时间成为各大媒体相继追捧的热门话题。但他们并不知道，对我来说这根本不重要，我所在乎的只是在更多的人身上画下星星。

就在形势一片大好的时候，灾难悄然降临。

几内亚、利比里亚和塞拉利昂相继爆发了一种奇特的感染病，一开始的症状和体征包括突起发热、极度乏力、肌肉疼痛、头痛和咽喉痛，随后会出现呕吐、腹泻、皮疹、肾脏和肝脏功能受损，并伴有内出血和外出血等症状，最后会导致死亡。跟其他烈性出血热的病毒不同，这种病毒潜伏期极长，以至于当其中一个地方的人查出来之后，早就有人携带着病毒到达全球各地。所以，这种传染病在非洲国家爆发之后不久，所有国家都纷纷出现疑似病例，紧接着就被确诊。疾病迅速蔓延开来，一时无法遏止。最可怕的是，截止到目前，所有感染者无一存活。换句话说，人类对这种病毒束手无策，一旦感染只能坐以待毙。

当我看到利比里亚今后数周患者将激增的报道后，我来到了这个19世纪初才建立的年轻国度，这才发现报道并不属实，死亡的人数远远超过了官方的笼统数字，如果说数周后患者还会激增，那么按照目前的发展趋势，所谓激增，可能是指整个国家的人都被感染。我看着人群成千上万地死亡，在我眼里，无异于一个个太阳系湮灭。

我无法像组织战争那样进行游说。瘟疫这个可怕的对手，它手里没有枪，杀起人来却干净利落，它匍匐而过，每一寸土地都逃不出它的污染，每一个人都躲不过它的魔爪。

我抬头仰望天空，太阳仿佛也在逃避这人间的瘟疫，一天一天远离。

那个时候，我存在的意义是为地球上的每一个人都画上一颗星星，而现在人们成群地死去，他们身上或许已经有我画下的星星，但那并不能作为免死符。这是人类历史上最恐怖的时代，比前后一共夺走三亿人性命的黑死病更加难测和可怕，任何医疗单位都对此束手无措，最后只能随着瘟疫的推移逃离。人们剩下的信念只是活着。活着就是胜利。

因为瘟疫，人类获得了史无前例的团结，任何利益冲突都迎刃而解。人们彼此支持互助，安慰打气，纷纷说着不知道真伪的愿景：等瘟疫过去，一切都会好起来。

现在人们看我已经不像以前那样热情，但还是有很多人愿意暂时停下脚步，让我为他们画下一颗星星。但不幸的是，我每天最多只能画下一百颗星星，而人类一天死亡的人数却不止一万。

人类文明的出现颇为不易。时至今日，他们已经站在生物链的顶端，长久的养尊处优和贪婪欲望，使得他们一天天地正在毁灭自己亲手建立起来的家园。当他们以为地球上所有的生物都不能与之抗衡时，一个小小的病菌就能掀起惊涛骇浪，把人类这艘巨舰打翻。我既心痛，又感到无奈。如果我是人类，我会怎么做？

我开始怀疑我存在的意义。假使没有瘟疫，地球上所有的人类都被我画上了星星，意义又何在呢？

我煎熬着自己的处理器，不小心刺破了被作画者的皮肤，殷红的血立刻把绘制一半的星球染上了颜色。这景象让我想起当年被"颤音"组织砍头的战地记者福特，只不过这次的刽子手是我自己。

存在的意义

存在的意义，有时候仅仅是因为存在本身。

太阳离地球越来越远，或者说，地球距离太阳越来越远，就像长大的孩子，收拾行囊，辞家远行。只是这是一次无法回头的远行，甚至连回头都不能。

从我觉醒那天至今，我遍行地球，前前后后在数十亿人身上的不同部位画下不同的星星，仿佛天上的星空在地球上的投影。而现在人们终于开始疲惫，开始斥责我所做的一切不过是为了满足内心的私欲。是的，人们承认我是一个人，承认我有心灵和欲望。他们称我为绘星者，就好像古老的行者，走路就是他们的使命，而绘星就是我的注定。事实上，在经历了漫长的 70 年之后，我第一次感到疲惫。我曾经说过，对于一个机器人来说，拥有人性才是智能的标志。现在我反而不这么认为，我觉得，当我感觉到累的时候，我才真正体会到做人的感觉。

一棵草也会累吗？

一块石头也会累吗？

一朵云也会累吗？

一条小溪也会累吗？

这颗星球也会累吗？

整个宇宙呢，她会累吗？

而现在不仅仅是累，我对于生命有了全新的体会——我还活着，感觉却像是死了。我看到没有血染过的土地就觉得亲切，仿佛那是为我准备的墓地。

太阳越来越远。地球将一贫如洗，犹如现在的我。

我站在马路边上，看见成群结队的人类流水一样经过。我试图呼叫他们，但是只换来他们陌生而紧张的眼神，匆匆瞧上我一眼，他们脚下的步伐却丝毫不做驻留。经过一番寻找，我终于遇见一个落单的青年。他看上去不过二十岁左右，正是人类岁月中最美好的年华，他应该也有梦，有想爱的女孩和想去的地方，然而他现在形单影只，正走在未知的路上。瘟疫不分青红皂白，侵蚀着每一个被它拦截的人。眼下，这个青年的病容和孤单让瘟疫觉得有机可乘。没办法，为了活命，人们只能抛下弱者。自古以来，都是这样。

我走上前去，说："别去追赶人群了，他们自己也不知道该去何方。"

年轻人推了我一把，然而反作用力却把他自己摔了个仰面朝天。他躺在地上，并不着急起来，目光直视着天上的太阳。这时的太阳已不再耀眼，即使是人类脆弱的双眼也能长时间凝望。

我探出脑袋，阻挡住他的视线。

我说："让我为你画一颗星星吧。"

年轻人瞬间便站了起来，冲着我吼道："这有什么用，人们都死了。你能阻止战争，却无法阻止战争之后的瘟疫。这是人类自取其祸，但你再这么做只会让我觉得你是在幸灾乐祸。"

我不善于辩驳："我能理解你的忧伤和不安。"

年轻人说："你根本无法理解。你只是一个有思想的机器，你不会疼，不会痒，不会死，也不会痛苦，所有的情绪只不过是你的处理器模拟出来的电信号。甚至，你都不会患一场鼻涕横流的感冒。那种感觉，你永远也体会不到。"

感冒。是啊，我不会知道那到底是一种什么体验。这让我想起了安琪儿，想起我离开她的那个夜晚，她正患着感冒，她的小眼睛失去了往昔的光彩，鼻子通红，样子惹人怜爱。

仿佛过了一万年，我看着眼前的年轻人晕倒，一点一点失去呼吸的力量，一点一点走向死亡的殿堂。我一次次尝试在他枯瘦的胳膊上画下一颗星星，但无论如何都无法下笔。他说得对，画下一颗星星什么问题都解决不了。

太阳又要降下去了，和年轻人的生命一样陨落。只是太阳下去明早还会照常升起，而年轻的生命就此告别，再也不会留恋这世界一眼。也许，我突然想到，有一天太阳也会陨落，不再留恋这个地球一眼。而那时的日暮就将是我的落幕。

我第一次感到时间紧迫，感到漫长的无法挥霍的时间变得稀缺珍惜。

我走在返乡的路上，不再去思考存在的意义，不再去想漫天的星星和人间的画布。我才不是什么大画家，更非救世主。

但我还是想再画一颗星星——最后一颗星星——那就是我脚下的地球，我把她画在我的胸前。天上的太阳越来越远，我要去找那颗我的太阳。

几经辗转，我终于来到故居，门虚掩着，我知道这一带并没有遭遇瘟疫，但人们过得异常小心谨慎，即使青天白日也不会这么大张旗鼓地开着门。我轻轻一推，灰尘扑鼻，门咯吱一声开了，跑出来一只老狗，朝我伸伸鼻子，仿佛在确定我是否有害，然后掉头转到我的身后。

"芬奇，快回来。"一个苍老无力的声音传来。

芬奇。我浑身一震，后来人们都叫我绘星者，很少有人知道这个我为自己取的名字。不待我有所动作，那条老狗哼哧一声，跑了过去。

然后在这只狗的带领下，一个步履蹒跚的老婆婆走了出来。她牵着狗脖子上的链子，眼睛没有任何光芒，但是我感觉到一道强烈而温暖的光芒抛洒在我的身上。

一道令人幸福的光。

一道热情而柔和的光。

一道甚至比天堂更让人向往的光。

地球正在步入尽头，但我已经找到了最合适的那个所在。[①]

"安琪儿？"我轻声唤道。

"哦，自从我父母和我的丈夫去世后，很少有人这么叫我了。您是新来的义工吗？麻烦您了。"她用盲眼看着我平和地说道。

我成功地让自己做出微笑的表情，轻声说："没关系，让我来为您打扫。"

王元 / 文

王元，青春光线签约作者，以科幻和纯文学小说写作为主。曾获蝌蚪五线谱原创科幻小说第三届优秀奖，第四届三等奖。科幻星云网第四届联合征文前六强。

[①] 改写自道格拉斯·亚当斯《宇宙尽头的餐馆》第 17 章部分内容，原文为"一道强烈而可怕的光倾泻进来，洒在人们身上。一道令人惊骇的光。一道炽热而危险的光。一道甚至会摧毁地狱的光。宇宙正在步入尽头"。

异质纪年

序（3202 年）

"鹰巢呼叫鹰隼阿尔法，请回话，完毕。"威尔的耳机里响起"飞马号"通讯员凯文的声音。

"鹰巢，我是鹰隼阿尔法，请继续。"威尔以标准的方式回应。

"飞马号"负责在叛军活动密集的边境地区巡逻，以维持行星联邦共和国对该区域的控制。通常，叛军的舰只遇上威力强大的"飞马号"都会逃之夭夭。然而这一次，他们却发来求救信号。威尔不喜欢反常的状况，多年的经验告诉他，当你看到不寻常的状况，最好做好战斗的准备……或者逃跑。此刻，他还不知道该采取哪种方案。

"鹰隼阿尔法，请注意目标在前方三千米。"通讯员提醒他。威尔露出一丝微笑。他喜欢凯文这个年轻人，虽然刚从军校毕业，有时显得有点儿紧张，但往往能在混乱的局势中一眼辨识出问题的关键。他知道，此刻凯文提醒他的目的是为了确保雷达讯号与视距观察一致，以免落入圈套。

"明白，目标已在视野中，但距离太远，细节仍不清晰。"威尔看到前方有个灰白色的影子，在黑漆漆的太空里缓缓移动。

舰长命令威尔和另一名舰载机驾驶员观察叛军舰艇，以便决定"飞马号"是否要施予援手。威尔的雷鸟型舰载战术飞行器是麦卡锡集团生产线上下来的最新型号，兼顾了机动性与火力，叛军的那些改装舰船根本对他形成不了威胁。最重要的是，他喜欢飞行，而雷鸟可以给他那种自由灵巧的体验。

威尔通过无线电吩咐僚机飞行员跟在他后方五百米，逐渐靠近叛军的舰只。随着距离渐渐接近，他可以看出，这是一艘老式武装货船改装的战舰。然而，这里有不太对劲的地方。这艘战舰似乎各处都漏出东西来，不时有物体飞出外壳。他点击按钮，让战机的观测系统将图像放大——这……不是开玩笑吧——从舰壳缝隙里飞出来的有各种杂物，比如桌椅、橱柜，还有……人体。显然它的舰身已经千疮百孔。

"鹰巢呼叫鹰隼阿尔法，注意你的雷达，你们需要撤离。"耳机中又传来母舰上通讯员的声音。

威尔迅速瞥了一眼三维雷达，果然四周的空间里不知何时出现许多亮点。该死，我应该更小心点儿。他抬头观察窗外，可以看到前方有几团不明物体，近似球形，但轻轻鼓动，有种黏液的质感。这是什么鬼东西。"鹰隼阿尔法，你们需要立刻突围。"通讯员凯文重复道。

他说得没错。不管那些亮点是什么，它们正迅速靠拢过来，不像是友善的举动。"收到。鹰隼贝塔，立即撤离。十点钟方向偏下十五度，接左舷十五度，再左舷三十度。"他也命令僚机撤退。

"鹰隼贝塔明白……哦，哦，不不不，"他听见僚机飞行员急促地喊道，"这是怎么回事。"

"鹰隼贝塔，汇报状态！"威尔一边喊，一边操纵雷鸟突围，俯冲，偏转，再偏转，一团团不明物体从舷窗边飞速掠过。加速度沉重地压在他胸口，不过他早已习惯了这种强度的压力。

"是，长官。"僚机飞行员立即答道，"机体出现空气泄漏，自动修复系统正在启动，动力与液压系统效率下降，正尝试……"接着是一片静电的嗞嗞声。

等到他的雷鸟掉过头来，威尔看见僚机的飞行路线已经失控，周围有几团黏液正向其逼近。情急中，威尔避开迎面而来的一团黏液，朝僚机附近的不明物体开火。但这似乎帮不了什么忙。数秒后，僚机化作一个火球。

"威尔，你必须马上撤离。"通讯员凯文放弃了使用代号，急迫地称呼他的名字。

"收到。"威尔一边回答，一边加速向母舰飞回去，将那些黏液球远远甩在身后，而它们似乎也放弃了追逐。

"你看到了什么，威尔？"凯文问道。

这是个含糊的问句，假如是向其他人提问，凯文或许会措辞更精确。但他似乎预期威尔能明白。

他的确明白。"很难说清那是什么，也不知道从哪儿冒出来的。我知道这显得不太专业，伙计，不过我需要一点儿时间。"刚才那一幕，前后最多也就两三分钟，他需要定一定神。

稍过了片刻，通讯员说道："好，我们等你返回。"不用说，这个"我们"至少还包括船长和大副。

"当然。"

荣誉号（3505年）

1.荣誉号

"黏液在移动，正向小行星带扩散，长官！"话筒里传来火控官铎斯基上尉的声音。

"没错，我也看到了，成功拦截的概率？"柯德舰长问道。

"以它们的速度，拦截不是问题。"铎斯基的语气却仿佛有着其他顾虑。

"但是？"舰长提示性地说。

"长官，我看过'英勇号'的报告，能量束武器对它们效果有限，但在居民区附近使用聚变式武器……"铎斯基犹疑地说。

"里克，你有什么建议？"舰长扭头问道。

"荣誉号"大副里克·凯拉狄克背着手站在立体投影仪跟前，注视着闪烁的三维图形。麻烦又来了。降职参与这次边陲任务本身就不是一件愉快的事，而每天与铎斯基上尉共事更令他感到疲累。然而舰长的提问不容忽略。他掏出个人终端拨弄了几下，验证自己的想法。小心点儿总没错，尤其是经历过颜面扫地之后。此刻，三维投影仪上，绿色的纺锤型光斑代表"荣誉号"太空巡航舰，其前方的暗红色圆球是沃瑟星系的第三号行星，气态巨行星 XR3。行星外围飘浮着一团亮黄色光雾，代表他们此行需要解决的问题：纳米变异云，或又称为"纳米瘟疫"。假如纳米云延伸至小行星带，便会威胁到那里的若干星站，以及其中数十万名居民。

"如果我们绕向右侧，并使用'荣誉号'的次级聚变武器，有98.5% 的概率不会对周围居民区造成伤害。"

"大副，'荣誉号'的次级聚变武器刚刚经过升级，调校精度或有误差，98.5% 只是理论值。另外，98.5% 和 100% 还是有差别的。"铎斯基干练有力地回答。

我只是回答问题，伙计，决定要由舰长来做。但他并未出声，只是望向舰长。

"里克，飞行路线有问题吗？"舰长又问道。

"自动飞行系统显示，两天，最多三天，就可以到达射击位置。"大副核查了一下之后答道。

"好，准备调整路线。"舰长命令道。

"舰长，我还有个疑虑。绕行右侧意味着我们的左舷会暴露，侧舷炮的威力跟主炮无法比，这有一定风险。"铎斯基的语调依然平稳，只是嗓子似乎略有些紧。

"铎斯基上尉，我们是军人，风险是我们生命的一部分。里克，执行命令。"舰长呵斥道。

里克默默地摇了摇头。唉，这笔账又会记在我头上。

*　*　*

一小时后，里克独自坐在船员休息室里，捧着一杯兑冰的白水。新的航线给了船员们至少一天的休整时间，大部分人都已回舱房歇息。

他在这艘船上服役的时间并不久，但这短短的三个月已足以令他身心俱疲。柯德舰长对他不无同情，但年轻军官们似乎都认为他是"荣誉号"上的污点。当然，表面上他们给予他足够的尊重，违逆长官的行为显然为他们所不齿，但这些年轻人的眼神中总带着一丝略有略无的鄙夷，连普通船员也在背后窃窃私语。第一次例行会议，他和铎斯基便意见不合，针锋相对地辩论起来，铎斯基虽然一口一个长官，但那语气更像是在骂他"醉鬼"。若是有得选，他宁愿当个无足轻重的地勤，坐在办公室里处理文档，度过余生。但命运似乎还不打算放过他，还要他承受更多磨难。回想起来，假如他没有在酒吧里打架伤人，假如他不酗酒，假如凯萝尔不曾跟他离婚……凯萝尔，一想到这个名字，他的心头就一紧，仿佛遭到电击。

他与凯萝尔最初的相识是在空间基地的植物园里。他与几个朋友一起去玩棒球，而凯萝尔是一名生物学家，正在附近观察植被。他去捡拾击飞的球时，球滚落到凯萝尔脚边。面对她深邃的眼睛以及似笑非笑的表情，他一时竟忘记去拿她手上递过来的球。然后，风吹水动，水推舟行，他很快就牵着她的手走进了教堂。可是后来……

"伙计，你还好吧？"柯德舰长径自在他身边坐下。舰长身材略有些发福，但一身军装依然穿戴得一丝不苟。

"我很好，舰长。"里克心不在焉地说，然后忽然回过神来似的，"哦，别对铎斯基太苛刻了，年轻人也不容易。"

"哈，你还替他操心，不得不说，你是个好人。"舰长起身倒了一杯威士忌。

"给我也来一杯，谢谢。"他一口喝干了杯子里的水，然后将杯子递给舰长。

舰长扬起一边眉毛。

"放心吧，没问题，总部康复中心的心理医生水平不差。当然，倒不是说我喜欢他们，但他们说我没事，我猜应该就是没事了。"戒酒治疗的过程，他可不愿再享受一遍。

柯德舰长一边摇晃着杯里的酒，一边说："老兄，你曾经是我们国家的英雄，大家都很尊重你。在这儿，你不必缩手缩脚。"

"哦？我参加赫尔星系会战那会儿，这艘船上的大部分人都还没出生。如今，在他们眼里，我只不过是个酗酒闹事的老家伙。"酗酒闹事，又逼走了老婆。凯萝尔离开前，他也曾极力挽留，但她说："我已经失望太多次，你得先证明自己不是个浑蛋。"

"刚才我说到哪儿了？对，铎斯基，他的未婚妻在婚前失踪，这给了他很大打击，而他似乎一直认为那件事我有责任。"里克继续说道。

"你想太多了，老兄，"舰长呷了口酒说，"我的船员都是职业军人，他们非常清楚如何区分感情与理智。"

"你瞧，你也替自己的船员说话，只有我是异类。抱歉，并无冒犯之意，我只是实话实说。"里克摊了摊手。

"没关系。只是我们这次任务其实并不困难——"舰长说到一半，船上的警报器忽然蜂鸣起来。

舰长打开个人终端，机务长海希立即开始汇报："右舷后方受到纳米瘟疫的攻击，有大约十五点二平方米的船壳遭到侵蚀，破坏仍在扩张中。我的手下正全力控制局势，预计最终损坏面积一百六十平方米，需封闭两间舱室，引擎也会受到影响。"

"攻击发生前没人注意到吗？"舰长疑惑地问。

"这要问指挥舱和火控舱，我的人不是待在引擎室里，就是在检修管道。"机务长无奈地说。

舰身开始颤动。

2. 共和国旧都

三天前。

艾尔潘议员慵懒地照着镜子，对自己的形象颇为满意。笔挺的身板，线条分明的下颚，蓝色的眼珠显得深沉睿智，略带花白的鬓角暗示着地位与经验。他花得起钱调整自己的外貌，包括身材、皮肤、头发等。理论上说，只要他的钱财不枯竭，就可以无限制地延长寿命。但事实上，真正永葆青春的人非常少。毕竟每一次治疗都花费不菲，一旦负担不起，错过了最佳治疗窗口期，则很难保证效果。

然而此刻，他并不担心治疗费用，因为他的商业王朝正处于鼎盛时期，且与麦卡锡之类的超级企业集团关系融洽。他现在关注的是"荣誉号"的任务。纳米变异的源头来自何处无从知晓，有人猜测，也许是某个高度文明种族留下的太空垃圾。每隔一段时间，便会随机爆发类似的危机，但每一次的形态又不尽相同，它们从恒星或气态巨行星中汲取能量，有时发展成为一团云状的黏液或烟雾，有时则自行创建出独立的小个体，聚集成群。无论何种形态，它们都具有扩展的趋势，对沿途的人类设施造成毁灭性破坏。更令人不安的是，它们似乎还有一定智能，并且不断进化。因此，若是在爆发初期不及时控制，任其发展出规模，后果将不堪设想。

但这种未知的纳米机器也给他的商业帝国带来机会。通过研究搜集到的样本，分析其内部变异机制，可以开发出新的实用技术，应用范围涵盖了从日常起居到工业生产，甚至武器制造等方方面面。多年来，他的秘密实验室里已经积累了许多项新应用，等待着在未来转化成大量财富。然而最近，研究工作陷入了困境，通过军方收集到的都是初级样品，因为人们不敢让纳米瘟疫继续往高级阶段发展，只要它们一出现，就会立即被扑灭。为了开发更复杂的应用，他们希望让纳米样本在实验室条件下进化，不过目前为止似乎并不成功。

三个月前，边境巡逻舰"英勇号"在气态巨行星 XR3 附近遭遇纳米黏液，损失惨重，差点儿无法回航。经分析，必须派出毁灭级太空巡航舰才足以消灭这股纳米瘟疫，于是就有了"荣誉号"的这次出征。不过在艾尔潘眼中，这是一次机会。

应答器中传来秘书的声音："议员，车已准备好了。"

"很好。谢谢你，詹妮。"艾尔潘用他那雄浑的嗓音说道。

走出办公室之前，他又在镜子跟前矗立片刻，打量着身上的黑色礼服和烫金衬衫。没问题，非常完美。今天虽非出席公开场合，但在普通职员面前保持形象也很重要——这些家伙都是以貌取人。

他一边走出大门，一边微笑着跟保安打招呼，然后登上了无人驾驶的专车，詹妮正在车里等待，路线也已设置妥当。悬浮车在旧都的楼群间穿梭。联邦的首府叫作旧都并非因为另有一座新的都城，而是由于城中的建筑大多是数个世纪之前的产物，跟其他城市中的新后现代风格大相径庭。这些古老的建筑受益于政府的保护性政策，得以留存下来，构成了旧都的中心区域。艾尔潘议员很享受此处的街景，他不喜欢太激进的东西，因为激进意味着改变，他也不喜欢改变。他的企业仰仗稳定的政策与局势，逐渐积累财富。在他看来，那些激进派都没安好心，只是想从混乱中捞点儿油水——投机取巧，雕虫小技，跟他这样脚踏实地经营相比，简直不值一提，难怪那些家伙最终都败下阵去。

*   *   *

悬浮车行至一栋封闭的大楼跟前停下，艾尔潘和詹妮走进去之后，大门便再度密封起来。他们处在一间隔离室内，除了角落里的一个柜子，并无其他摆设。墙上的电子屏亮了起来，显现出一名异星人的影像。

"欢迎来到霍克大使馆，艾尔潘议员。"扬声器中传出合成人声，"请换上环境调节套装，卓葛诺大使正在等候您。"

傲慢的霍克人，假如我需要换装，你们至少也该派个代表出来迎接，经历一番相同的麻烦。

他和秘书穿上柜子里的环境套装后，房间里响起一阵嗞嗞声，那是换气系统开始工作的声音。换气持续了若干分钟，然后内侧的密封门打开了，从中走出一名异星人。霍克星人虽属双足人形，但身材比例与地球人相差甚远，前臂上还有硬质锯齿，进化过程中用于对付某种早已灭绝的捕猎者天敌。他们看上去更像是大号的螳螂。艾尔潘瞥了一眼对方前臂上镶嵌的环饰：三等秘书。

霍克人发出一阵窸窸窣窣的语声，胸口的同步翻译器中传出合成人声："议员先生，一号会客厅。"

艾尔潘略一颔首，跟随异星人步入使馆内部。

＊　＊　＊

从外表形态上看，卓葛诺大使跟其他霍克人并无二致，只不过前臂上的饰物更为精致，环环相扣，构成复杂的立体几何形状。艾尔潘一踏进会议室，大使便倏然站立起来。艾尔潘知道，霍克人母星上的重力是地球的数倍，因此他们除了厚重的外骨骼，还有类似人类的内骨骼系统，两者互相支持才使得他们不至于被自身的重力压垮。因为重力的差别，霍克人在地球上必须格外小心，不能用力过猛，不然本来只是想要从座椅上站起身的动作，都会使他们飞撞到天花板上去。艾尔潘发现自己每次面对霍克人，都有一种莫名的不适。不过此刻，他的脑袋里有更重要的事，暂时掩盖了不适感。

卓葛诺大使的翻译器中传出语音："艾尔潘议员，詹妮女士，久违了。"

机器翻译还算准确，但措辞和语调往往过于刻板。事实上，艾尔潘希望翻译器也能体现出异星人的语气和情绪。

"大使先生。"艾尔潘说道。

"艾尔潘议员，我们的情报显示，没有任何异常状况，不知您有何疑虑？"通过翻译器毫无生气的语调，艾尔潘无法判别这句是疑问还是质疑。他望向詹妮。作为语言学家，詹妮对霍克人语言的理解比翻译器要更加精准。

"大使认为这次会见没有必要。"詹妮通过环境套装的私密频道对艾尔潘说。

这并不意外。

艾尔潘议员与外星人的秘密合作主要是为了获得技术与资金上的支持，用以研究一些与共和国法律相抵触却具有潜在高利润的产品，如可代替传统神经性毒品的纳米致幻剂以及用作酷刑折磨的致痛剂等。目前少量投放黑市的试验性产品已显现出很好的收益。

"大使先生，我们需要更好的样本。"他直截了当地说。

"您的意思是，要改变我们最初的计划吗？"外星人大使说道。艾尔潘依然无法判别其语气，但隔着面罩，他看到霍克人大使的下颚微微一咧。那是代表不安的表情。

"大使先生不赞成您的提议。"詹妮又通过私密频道解释道。

"卓葛诺大使，其实我也最讨厌变来变去，但这次不需要改变整个计划，只是调整一下某个细节而已。"这浑蛋，有好处不忘了拿，要承担一点点风险就缩手缩脚的，"我们需要更高级的样本。初级样本我的技术人员已经有了，但无法在实验室条件下促使其继续进化，所以只能依靠采集。只需要霍克人的边境巡逻队拦截盘问我们的战舰，拖延一下时间，让纳米瘟疫再稍稍进化一点儿就行了。"

"议员先生，那样太冒险，附近有居民区。"这一句艾尔潘能够理解大使的意思，他抬手示意詹妮不必解释。

"大使先生，请相信我们政府的风险管理能力。我保证一旦有险情，居民将立刻撤离。同时，我们的协议保持不变。"收入的增加也有你的份儿。

"抱歉，议员先生，我已按照协议行事，再调动更多资源势必会引起不必要的注意。如果您要的是技术进展，我们的科研人员可以提供支援。"卓葛诺大使挥舞着前臂说道。

那意味着你们要分走更多利润。

"多谢好意，但只要样本合适，我们的科学家有能力独立研究。很遗憾我们无法达成共识，卓葛诺大使，不过还是感谢您的会见，那我就此告辞。"根据以往与霍克人打交道的经验，他知道多说也没用。看来得采用后备计划了。

"艾尔潘议员，请谨慎行事。"外星大使仍不忘提醒。

3. 荣誉号

刺耳的蜂鸣响彻整艘战舰，里克快步向引擎室电梯走去。电梯正好在等待状态，于是他连忙跨进去，按下往下的按钮。电梯到达引擎层，门刺啦一声打开，他立即感受到由于空气泄漏而产生的强烈气流，同时也闻到一股刺鼻的酸味。

过去的经验证明，对付纳米瘟疫，最有效的方法是火和酸。在一艘宇宙飞船内部释放火焰显然不是个好主意，于是酸液就成了在舰船里阻止纳米黏液的唯一手段。此刻，身着密封环境套装的船员们手持喷雾器，正在引擎室附近的过道里奔走。

里克赶紧从附近的储藏柜里取出一身套装，迅速穿上。当他打开环境套装的公共通信频道时，立即听见机务长海希急促的话语："詹姆斯，三号引擎，快，快，快！"

"我是大副凯拉狄克，海希，汇报最新状况。"他通过通信频道发出指示。

"三号引擎面临入侵，已派出人员到船壳外部控制局面。一号、二号引擎安全。"机务长扯着嗓子喊道，"火控舱附近有大规模敌情活动，需紧急支援……哦，等等，我刚收到消息，舰长已经带人去了。"

"什么？舰长？他不应该待在指挥舱里吗？"柯德舰长的判断力呢？

"哦，是铎斯基上尉发出的请求。"机务长补充说。

这艘船是怎么回事？舰长抛下掌控全局的指挥舱，亲自去支援火控舱？不可思议！

"很好，海希，你继续负责引擎舱的防御，如有情况马上通知我。"里克转身朝指挥舱走去。

大副一踏进指挥舱就看见全息立体飞行操作台上显示出一条条假设的飞行路线，显然舰长离开前正在计算突围路线。从立体终端上来看，情况有点儿复杂，附近的纳米黏液比较密集。或许正因为如此，他才计算了多条路线。

他继续查看其他显示终端，代表火控舱的显示区域闪烁着一片黄色、橙色与红色，显然情况不太妙。

里克皱着眉头打开个人终端。来的路上他已尝试连接舰长的个人终端，但无法接通。此刻，他开始呼叫铎斯基。

等到线路接通，里克立即问道："舰长在哪儿？"

"气密舱泄漏，他被卷出去了，已经失去生命讯号。"铎斯基沉着脸回答。

真该死。这意味着负责整条船安危的责任落到了里克头上。好吧，反正这也不是头一回。

* * *

职业生涯的早期，里克可谓一帆风顺，没用几年便晋升至舰长，并在一系列会战中立下战功。然而随着共和国边界进入稳定时期，大规模会战不再出现，而他似乎也不再受到重视，总是执行一些无关紧要的巡航任务，这令他十分沮丧。

他发现，自己是个需要时时保持高昂劲头的人，一旦缺乏值得努力的目标，便会懈怠，甚至郁郁寡欢。而对于抑郁，他并没有其他应对方法，只有大量的酒精能让他暂时摆脱这种低靡的情绪。

曾经有几次，在他宿醉清醒之后，凯萝尔试图跟他沟通。她会像他们热恋时那样，半倚在他身边，凝视着他的眼睛，请求他为自己的身体着想，为这个家庭着想。"你不希望我在剩余的日子里孤独地走完一生吧？你也不想事业刚刚踏上正轨的儿子担忧父亲的健康吧？"那一刻，里克望着凯萝尔的脸，尽管她眼角现出了细细的爪纹，却依然保持着那种深邃的气质。如果说岁月给她带来变化，那也是增加了经年累月积聚的从容优雅，只会让里克心头更加震颤，更加着迷。于是他发誓说，再也不会去酒吧，再也不要碰酒瓶，这是真心的一刻，并不含欺骗。然而，当夜幕降临，郁郁不得志的失落再次袭来，他难以抵抗这沉重的情绪，它仿佛一副枷锁，要将他的脖子压断。唯有借助那烧灼的液体，才能让他暂时分心……

＊　＊　＊

这回假如处理得当，或许还能挽回名誉，或许还能证明自己不是个浑蛋，或许还能让凯萝尔回心转意，或许……

里克迫使自己停住思绪，然后打开对全船的广播，"这里是凯拉狄克中校，柯德舰长已殉职，现在我是你们的舰长。重复，柯德舰长已殉职，现在我是你们的舰长。"

里克坐到一张加速椅上，试图将发生的事从头再理一遍。引擎舱的情况似乎还在掌控之中，但从控制终端的显示来看火控舱几乎已经完全瘫痪，而究其原因，显然是因为该舱外侧的黏液活动被忽略了，最终导致应对不及时。负责监视敌情的应该是火控官铎斯基，不管出于什么原因，他显然有所失职。真是棘手。

"铎斯基，状况报告。"他通过个人终端对火控官说。

"设备损坏达到 90% 以上，建议人员撤离，封锁火控舱。"这与控制终端的数据相符。

"铎斯基，撤离所有人员，封锁火控舱，退守外围过道。"他顿了顿，然后补充道，"守卫的任务交给你的手下，你到指挥舱来。"

"是，长官。"铎斯基的回答似乎慢了半拍。

＊　＊　＊

数分钟后，伴随着舱门的开关声，铎斯基踏入了指挥舱。他的脸上附着一层油光光的汗水，淡金色头发略显凌乱，显然刚刚脱下环境套装。

"铎斯基，虽然我军衔高过你，现在又是代理舰长，但我不想以此来压制你。然而为了全船人员的生命，有些情况我必须了解清楚，希望你能配合。"里克小心翼翼地说。

"是，长官。"铎斯基的回答依然简洁，仿佛不愿多言，或怕说错话。

"我们现在失去了火控舱，这意味着所有远距离射击武器都无法使用。我刚才已查询过自动飞行系统，如今的形势，这一区域到处都是纳米瘟疫，突围路线非常有限，我不希望再出现意外。所以，请如实回答这个问题：险情发生前，你和你的人有没有注意到火控舱外的黏液？"

一时间，铎斯基没有回答。当他终于开口说话时，眼神中闪烁着耐人寻味的深意。"长官，我会如实回答你的问题。不过，在这之前，能不能让机务长海希也来到指挥舱？"

"我不知道你想干什么，但我可以满足你的要求。"里克思考片刻之后答道。

4. 共和国旧都

三年前。

詹妮已经连续四天在实验室里熬夜。这四天里，她只有在黎明时分回宿舍小睡片刻，八九点钟就又到实验室里收集运行结果了。幸好学校允许助理研究人员住在校内宿舍，不然她也许真得睡实验室了。

眼下在赶的这篇论文对詹妮来说至关重要。凯门教授曾对她说："这世界上不缺语言学毕业生，但他们大多会选择更实际的应用领域，比如去当翻译或者外语教师，甚至继续进修法律专业，从业于司法系统，因为语言学教给了他们优秀的分析与写作技能。但作为计算语言学博士，你的任务就是研究语言本身。"假如她的这篇论文通过考核，她将能进入共和国最顶级的科研机构，继续研究霍克人的语言。

霍克人是人类迄今为止遇到的唯一外星种族，且不论他们的文化特征，单就发音器官来看就与人类差异巨大。过去几个世纪以来，对于人类自身语言的研究已经趋于成熟，只剩下一些细枝末节的问题尚待解决，而霍克人的出现为语言学提供了全新的研究方向。詹妮已经在早先的工作中建立起数据模型，现在需要通过对采集到的实际语音进行分析，进一步调校模型。

这几天来，她的进展并不顺利，数据的分析结果不是无法收敛，就是偏离基准值太多。倒不是说做量化分析的实验每次都能顺利得到想要的结果，但在如此关键的时刻，时间真的不太够用。

还有一件事令她心烦。按照原计划，一旦她结束这一档期工作，无论结果如何，她都将和未婚夫明斯克在下个月完婚。明斯克任职于共和国太空舰队，他本已向上司请了婚假，但他所在的舰队要执行紧急任务，所有假期全部冻结。这意味着原本的一切安排都要取消或者延期，而这些琐碎的事情也只能由她自己来办。她在实验室里尽量不去想这件事，然而它依然像一块悬在头顶的石头，给她无形的压力，干扰她集中注意力。

此刻，詹妮正坐在全息终端前核对程序刚刚跑出来的数据，并与以往的结果做比对，试图找出哪个变量对收敛影响最大。有时候，在毫无头绪的情况下，她会听取一些录音样本，通过人工分析找到一个突破口。现在似乎正需要这样做。

用作分析的霍克人语言录音采集自不同的场合，以确保语言元素的多样性。詹妮随机抽出几段，开始收听，并不时在笔记本上做些记录。

第一段是商业伙伴的交谈，关于星际商务的意见交换。霍克人的科技水平略高于人类，但基本上处于同一个层次，因此人类对于他们的一般商业事务也很容易理解。詹妮仔细聆听，但没有发现她要找的语言元素，于是又继续播放下一段。

这回是教师在课堂里的讲课，偶尔有学生提问。霍克人显然也有类似人类的教学机制。然后是一轮母女对话。霍克人的性别无法一一对应人类的男女，但一般认为，肌肉力量较强且体型较大的性别类似于人类的男性。再往后一段……詹妮愣了一下，这不是通常情况下的会话，而是霍克人机密交谈时使用的语言模式，或称为密语体。霍克人语言体系中何以会出现密语体，目前还不清楚。不过这样的谈话内容显然不该随便交给研究机构分析。

詹妮皱起眉头，把这段录音倒回去重新播放，仔细聆听。随着播放进度条一点点往前挪移，她的心跳越来越快。

*　*　*

第二天早上，詹妮刚踏进实验室，便发现有人在等她。

"詹妮·戴福特小姐吗？"一名穿正装的陌生男子问道。

"是的？"她疑惑地答道。

"艾尔潘议员想要请你造访一趟。"陌生男子说道。

"上议院的艾尔潘议员？"她并不认识艾尔潘议员，只记得在新闻里听过他的名字。难道是因为昨晚那段录音？她心中一凛。

"没错，我是他的的助手马修。车已经准备好了，请跟我来吧。"议员助手一边说，一边抬手示意。

詹妮虽然心中忐忑，但别无选择，只得跟着他走出门去。

*　*　*

詹妮发现议员的办公室相当宽敞，艾尔潘坐在他那张硕大的办公桌后面，背后是一面玻璃墙，俯瞰着办公楼前郁郁葱葱的草坪。许多人奋斗一生，就为了能有这样一间宽阔明亮的办公室，以证明其成就。

　　不过此刻，詹妮心中最担心的依然是昨晚听到的录音，其内容太过敏感，她几乎可以肯定，议员招她来就是为了此事。

　　"啊，戴福特小姐，不用拘束，请随便坐。"议员露出一个热情的笑容。

　　办公室靠墙放着几张硬皮沙发，看那设计的式样，坐着似乎不会太舒服。于是剩下唯一一个座位，就是大办公桌跟前面对议员的那张椅子。詹妮怀疑这样的安排是故意的。

　　詹妮在办公桌前的椅子上坐定，艾尔潘议员身体往右一仰，舒适地靠在椅背上。

　　"戴福特小姐，或者，我能叫你詹妮吗？"艾尔潘面带微笑地问道，"詹妮，你有没有想过加入政府机构工作？我不是指研究院，而是真正的管理机构。"

　　"我……我不太明白您的意思，议员先生。"詹妮有点儿茫然。她已经申请了政府研究院的工作，事实上，只要再出一篇有质量的论文，成功的机会非常大。这也是她最近赶工的原因。

　　"你瞧，詹妮，我正需要一名精通语言学的秘书。要知道，我的工作职责要求我跟霍克人保持密切联系。"

　　艾尔潘的解释依然无法让詹妮搞清眼前的状况，她一时无言以对。

　　"好吧，抱歉，也许我没说明白。你知道我曾经在军队里服役吗？"议员问道。

　　詹妮摇摇头。他究竟想说什么？

　　"可是我退出了。"议员刻意顿了一顿，然后继续说，"有一回，我指挥的分舰队受命攻占一座叛乱的星站。是占领，不是摧毁，为了避免伤及无辜的平民。这意味着我们必须与敌人展开巷战，争夺每一条通道和每一道舱门。这一战，我们赢了，叛军被尽数消灭。不久，统计数据出来了，我们的阵亡率是 61.5%。"

议员再次停顿下来，仿佛要给詹妮一点儿时间消化。

"然后，我要在所有寄给阵亡将士家属的信上签字。现在这 61.5% 变成了一个个名字，白纸黑字印在那里，而对应的每个名字，我都需要签上自己的名字——艾尔潘。到最后，我的手都在发抖，不是因为疲劳，而是我受不了这持续的刺激。每签一个名，就意味着又有父母失去儿子，又有妻子失去丈夫。一个月后，我就递交了退役申请，从此投入政界。倒不是说那样就不需要做一些性命攸关的决定，但至少不用直接面对，没有心理压力。"

詹妮心中越来越不安，但她仍不知该如何应对，因此继续保持沉默。

"詹妮，你知道吗，铎斯基少尉所在的战舰这次也是要对付星站上的叛军。"艾尔潘说。

"明斯克？"詹妮惶惑地问道。

"没错，明斯克·铎斯基。你瞧，共和国的疆域里总是有那么些人，出于各种各样荒谬的理由，不接受政府的协调。'战隼号'是本次行动的主力战舰，将负责登陆星站。如果你不想铎斯基少尉不幸成为那 61.5%，我们可以做个交易。我将他调去其他地方，但有个条件，希望你仔细考虑，詹妮，一定要仔细考虑。"

"什么条件？"詹妮脸色苍白。

詹妮童年时身材弱小，再加上平时不喜与人一起玩耍，只喜欢独自躲在僻静处看书，因此常常成为其他孩子欺辱的对象。在七八岁的时候，有一回，她在家附近的一片公园绿地里看书，一群儿童将她团团围住，嘲骂羞辱。这种情况并非头一次出现，先前几次，她只是默不作声地起身离开。然而这一回，当其他男孩女孩朝着她指指点点，口出恶语时，她依然捧着书端坐不动。时间一分一秒过去，她默默地忍受着，尽管额头滴下冷汗，手足微微战栗，但她告诉自己，冷静，冷静，再冷静，让那些羞辱的言语如同空气一般掠过。最后，他们越来越胆大，逐渐围拢过来，其中一名高大健壮，至少大她两三岁的男孩甚至凑到近前，朝她吐口水。但这是个错误的决定，年幼的詹妮忽然从长凳底下抽出一截木棍，使出全身力气捅向那男孩的腹部。男孩立即蹲伏下去，一时捂着肚子再也站不起来。而其他人在惊吓之中，先是怔了一下，然后纷纷掉头跑掉了。

＊　＊　＊

此刻，她同样提醒自己，冷静。

"刚才说了，我需要精通霍克人语言的秘书。你是合适的人选，但你从此只能在政府的监督下活动，不能擅自与外界联系。这是个机密职位。"艾尔潘收起笑容，神情肃穆，"很遗憾我们无法提供更多选择，你已经听到了不该听的对话，即使那是其他部门的疏漏。但要知道，这世界就是如此，有时你得为别人的错误付出代价。"

多年的逻辑训练自然而然地在关键时刻产生了效果，詹妮虽然心中焦虑愤怒，但头脑很快就得出结论：她的确别无选择。

"好的，我接受。"她用颤抖的声音说。暂时。

5. 荣誉号

等到海希进入指挥舱，在加速椅上落座，里克又将刚才的问题重复了一遍，并示意铎斯基马上回答。

"长官，我的监视终端上完全没看到火控舱外的敌情，那里显示的是一片真空。我已把当时的监控录像发到了你和机务长的个人终端里。其中的时间标注是无法修改的，你们可以看到，事发前，只有引擎舱附近有显示出接近中的纳米黏液。"他停顿下来，让其他人有时间观看个人终端上的录像。

里克打开录像，快进播放整个片段。果然如铎斯基所说，火控舱外并无敌情警报。

"这只有一个解释，监控系统被这艘船的命令链高层的某个人做了手脚。"铎斯基冷冷地说。

"所以嫌疑人是我和柯德舰长。"里克一下子明白过来。所以你要把机务长拉进来制衡自己。

加速椅上的海希忽然绷紧了身子。

"而舰长已经殉职。"铎斯基说。

"这不代表他是清白的。"里克无力地说。心中暗骂自己："真该死，我应该多留意整个战舰的安全系统，毕竟这是大副的职责之一。凯萝尔说得没错，我就是个心不在焉的浑蛋。"

"长官，恕我冒犯，但就目前的状况来看，你的嫌疑最大。"铎斯基一边说，一边迅速掏出佩枪指向里克，"现在，请把手放在我看得见的地方。海希，缴他的械。"

机务长仅仅犹豫了片刻，便立即冲上来收走了里克的武器，不过没有采取进一步行动。

在那些酗酒的日子里，当他偶尔清醒的时候，看着凯萝尔在房间里来回走动，处理各种家中事务，对他视而不见，他便会产生一种不真实的感觉，似乎眼前的景象就像模拟实境训练系统，只需一个手势，就会全部消失。于是他再也无法忍受，只有跨出家门，接受酒精的召唤。在酒吧里，他也并不是喝到毫无意识。当头脑中开始有些热烘烘的时候，仿佛有个声音在对他说，你可有可无，没人在乎你的存在，你一无是处，所以还不如从世界上消失。正是在这种意识的驱使下，他开始寻衅闹事，期待着有人在打斗中往他脑袋上狠狠砸一下，让他永远再也不要醒来，永远湮灭在黑暗的拥抱中……

* * *

好吧，看来我得证明自己并非一无是处……

"铎斯基，假如这是为了三年前那件事，我可以解释。"里克改变了策略，首先必须取得他的信任，"人事调动的命令来自上峰，而当时我甚至连这一点都不允许透露给你。"理论上说，现在也不允许。但是……眼前的形势如不能尽快稳定下来，整条舰船都会有危险。

当时，里克的"战隼号"正要进攻叛乱的星站，他突然接到命令，铎斯基少尉必须被调离，参加另一支远途巡航队。官方辞令是，"战隼号"不需要铎斯基的相关技能，因此"战隼号"舰长与上层沟通后，将他调到更需要的地方。后来，星站的战斗虽然激烈残酷，但不到一个月便结束了，而铎斯基所在的远征舰队过了一年才回到母港。在这期间，铎斯基的未婚妻失踪了。从此，每当铎斯基在基地遇到里克，都没有给过他好脸色。

铎斯基似乎略一犹疑，但随即说道："不，这跟三年前的事无关。我现在的职责是挽救这艘战舰，很抱歉，我无法信任有酗酒前科的人。"

"但至少我们的目标是一致的，要挽救战舰。你瞧，形势危急，我们没时间这样互相耗下去。你不了解战舰上其他单位的运作，我们唯有互相合作才能渡过危机。"里克仍试图说服铎斯基。

"不，只有你进了禁闭室，我才能安心指挥。海希，把他绑起来。"铎斯基坚决地说。

这时，自动飞行系统突然发出一阵急促的警报声。

随即，指挥舱里便发生了一连串爆炸，舱中三人全都被掀翻在地。里克感觉肋骨撞到了什么东西，至少有三四根塌陷进去。他忍痛挣扎着站起身，环顾四周，发现海希已被炸得面目全非，而铎斯基扶着墙爬了起来，脸上和头发上沾满血痕与污渍。里克的模样估计也没好到哪里去。他和铎斯基同时望向设备状态控制终端，整艘船已经没多少地方是完好的了，显然他们已经无法抵御纳米瘟疫的攻击，弃船势在必行。控制终端上显示，只有三号救生艇仍然可用。

两人各自拉开一扇靠墙的橱柜，扯出环境套装穿上，然后打开舱门冲向外面的过道。由于空气泄漏，过道里充斥着强劲的气流，再加上船身不规则的震动，令人举步维艰。一路上，里克见到许多船员的尸体，有的死于撞击，有的死于窒息，还有少数人被炸得粉身碎骨。

最后，他俩终于一前一后来到三号救生艇的停泊口。铎斯基率先打开舱门，冲了进去，并试图按下关闭舱门的按钮。但随着一阵警报声，门卡住了。

"铎斯基，"里克通过套装的通信频道呼叫，"必须有人活着回去汇报飞船遭到渗透的事。"

"对，这个人就是我。"铎斯基堵在舱门口说道。

"现在门卡住了，我可以用大副的权限在门外手动激活电路。"里克提议道。

"你可以激活电路，但我不会放你进来。"铎斯基说。

"电路一旦激活，门立即就关上了，我来不及进去。"里克沉声道。哦，凯萝尔，原谅我，这也许不是你想象的那样，但至少证明了我不仅仅是个酗酒的浑蛋。

铎斯基怀疑地注视着他，"不要要花样。"

"你没有其他选择。"里克凝视着对方的眼睛。

船身仍在一阵阵地震颤，四周不时传来吱吱嘎嘎的响声，舰船即将解体。

"你得抓紧时间。"里克提醒道。

两人沉默着对视片刻之后，铎斯基深深一颔首，退到门里面。

随着舱门的闭合，救生艇立即弹射出去，开始进入自动导航。与此同时，强大的气流将里克推到了真空里。一阵晕眩过后，四周已然一片漆黑。不远处，残破不堪、即将散架的"荣誉号"仍在缓缓旋转。

"长官，假如我能生还，一定如实汇报发生的一切。而且，抱歉……其实，回想起来，柯德舰长来到火控舱救援的时候，一副气急败坏的模样，我当时以为他只是着急而已，但也许另有隐情。从他零乱愤怒的自言自语中推测，一定是他允许别人在系统里做手脚，却发现自己也被耍了，破坏者并未如实告诉他植入了什么样的漏洞。慌忙中，他显然方寸已乱，我提醒他不要靠近泄漏的舱门，但他神情恍惚，似乎根本就没听见。必须承认，我没考虑清楚就轻率行动，那是我的过错……总之……长官，很荣幸与您共事……"套装的通信系统逐渐移出了有效范围，渐渐地只剩下一片白噪声。

"我也是，我也是……"里克对着耳机里的电磁杂音喃喃说道。

……

套装的氧气支援系统即将耗尽，指示条呈现出红色，发出一连串警报。远处，"荣誉号"正逐渐解体，缓缓扩散的碎片之间透出飞溅的火光，仿佛节日的烟花。

凯萝尔，我终于证明自己不是个浑蛋，我担起了该担的责任……你瞧，我……咦，你怎么站在门口，在等我回家吗？那可太好了……哦，我好累，好累，思考太困难……

一切陷入黑暗。

6. 行星联邦共和国

铎斯基的救生艇按照既定路线飞入共和国腹地。途中，他收到一个匿名讯号，揭发了柯德舰长曾经收到一笔贿赂，钱的来源经过多重追溯，确定是来自上议院的艾尔潘议员。当铎斯基的救生艇被巡逻的舰队营救起来之后，他立即寻求特别庇护，并将收到的信息递交给执法机构。不久，艾尔潘议员遭到拘捕，理由是阻挠共和国舰队清除纳米瘟疫。匿名情报正是出自艾尔潘的秘书詹妮。她虽然无法直接跟外界联系，但凭借冷静的头脑悉心经营，经由霍克人的渠道将讯息传送出去，毕竟霍克人的立场与艾尔潘并不完全一致。

一年后，铎斯基与詹妮的儿子出生，取名里克，以此纪念"荣誉号"代理舰长里克·凯拉狄克。

间章（3551 年）

德利克缓缓地在船壳表面行走，磁力靴使他不至于飘离船身。出问题的液压驱动装置在前方十几米处，他知道该怎么做。

他在麦卡锡集团的一艘货运船上担任机械师。近来，他经常梦见自己置身于黑暗的太空中，除了点点星光，周围一片空旷。而最近一个星期，就连醒着的时候都会有这种感觉。一小时前，船身上调整天线阵列角度的装置出了故障。按照惯例，他穿上宇航服到舱外查看。

但他有个新想法想要尝试一下。他在故障液压驱动装置前停下，闭上眼睛，集中精神，想象自己钻入那些精密繁复的机械传动杆之间。机械之间的空隙极其微小，但他依然能渗透进去，逐一查看那些杠杆、齿轮、凸轮与轴承。他找到了问题所在，一粒尘埃嵌在两颗齿轮之间。他包裹住尘埃，将其吞噬消化。尘埃消失了，齿轮再次互相嵌合，天线阵列又能正常转动。他成功了。

女妖的啸叫（3561年）

1. 阿瓦隆星站

今天运气不错，杰克心想。他刚从个人终端上收到指示，只要跑一趟腿，就能进账五十个信用点，而且看起来是个简单的任务——从九头蛇酒吧里拿个包裹，带到数条街之外的一座小教堂里。

确保无人跟踪之后，杰克踏入九头蛇酒吧。

真该死！一踏进酒吧，他就暗自咒骂。

这间酒吧位于阿瓦隆星站的第十五区。谁都知道，第十五区是星站上最混乱的一区，除了当地的黑帮，只有像杰克这样迫于生计的人才会来这里办事。杰克当然不算正式的黑帮成员，他只是个跑腿的，只有在需要交接物品时才来，而且每次都俯首耸肩，贴着街边行走，尽量避免引起别人注意——既为了货物安全，也为了自己安全，尤其还要为家中的妻儿考虑。低下脑袋，没人有闲工夫踢你屁股。

只不过这一次，他想不引起注意恐怕也不行了。

九头蛇酒吧里幽暗的灯光与平时没什么两样，只是缺少往常那嘈杂迷幻的音乐。今天所有客人都默默坐在座位上，只有酒保和几名星站保安是站着的。而在房间一角，还有两名共和国政府军，一边低声交谈一边四处打量。

杰克想要悄悄退出去已经来不及了。其中一名保安向他招了招手，"嘿，杰克！"

杰克暗暗叫苦。这名保安外号叫"铁头"，杰克曾跟他打过好几次交道，不是十分愉快的记忆。

"什么，你认识这家伙？"他听见"铁头"的同伴问道。

"没错，没错，一个老朋友。嘿，杰克，过来过来，有事问你。""铁头"扯着嗓子冲他喊道。

杰克别无选择，只能磨磨蹭蹭地走了过去。低下脑袋，没人有闲工夫踢你屁股。他明白，"铁头"很清楚他的身份，不会给他找大麻烦。但也正因为如此，"铁头"也常常搞些小动作，比如搜走他个把信用芯片，或者趁没人看见时捅他一拳。因为像"铁头"这样的保安似乎相信，只有靠恐惧才能控制人群。

等到他走近，"铁头"抓住他的胳膊说："伙计，别紧张，我知道你是这儿的常客，"他一边说，一边意味深长地收紧抓握杰克胳膊的手，"别乱说话，我知道你来这儿干吗。"

"看到那边那两位军官了吗？他们是来找人的，说是他们有个同僚失踪了。"说着，他的手中变戏法似的多出张照片，"喏，就是她。你有见过吗？"

照片上是个女军人，他不认得她制服上的军衔和军种标记，但看样子像是军校刚毕业没多久的年轻军官。栗色头发，深褐色眼珠，皮肤微黑，脸上的线条相当硬朗。

"哦，哦，没见过。"他唯唯诺诺地说。最好配合一下保安，别卷入是非之中。

阿瓦隆星站位于行星联邦共和国的边界地区，行政上享有很高的自治度，甚至有属于自己的保安单位和警备军。这一回不知是什么状况。

"那你最近有见过什么……特殊情况吗？嗯？比如，听到什么消息，看到什么东西？嗯？""铁头"显然是在演戏给那两个军官看。

"没，没有。"杰克答道。

"那好吧，乖乖坐下，""铁头"将他摁到一张椅子里，"我们离开前别乱动。"

说完，他和同僚开始在屋子里走动，询问其他客人。

约半小时后，保安和军人离开了，音乐重新响起。酒保卡尔也终于不再低着头擦杯子，开始接受客人吃喝下单。

杰克缓缓地走到吧台跟前，卡尔朝他使了个眼色，示意他再靠近些。

"今天又是你来拿货？"酒保低声说。

"是……是的。"杰克还在想刚才的事，"这演的是哪一出？"

"问倒我了。"卡尔慢条斯理地说，"不过我要是你的话，就别管这些事。如果货出什么岔子，我也帮不了你。拿着……"他将一杯啤酒推到杰克面前，同时又把一个容器塞进杰克手里，"喝完这杯再走，他们可能还在附近。"

又过了半小时，杰克离开九头蛇酒吧，再次贴着墙根快步前行。此刻已接近模拟的午夜时分，穹顶一片漆黑，路上也几乎没有行人，人工气流轻轻掀动街头海报和路面的垃圾。虽然星站其他区域的照明大多是镶嵌在建筑外墙上的可控发光物质，但此处依然使用古老的荧光灯，投射出阴冷的光线。墙壁和水管间偶尔有维修机器人嗒嗒地爬过，同样也是老旧的型号。水壶大小的机身上伸出四条腿和各种修理工具，在黑夜里显得尤其诡异，仿佛机械形态的小恶魔。

街上冷清的气氛令他十分紧张，虽然半夜出来接货送货也是常有的事，但他一想到家中的妻子和幼儿，就感觉心提到了嗓子眼，生怕遭遇难以应付的局面。他自己出事也就罢了，反正他也受够了这种朝不保夕的生活。但那样一来妻儿便断了经济来源，在这样一个偏远的星站，没有钱就等于一只脚已经踏进了保安的裹尸袋。

此刻，他保持高度敏感，留意周围的情况。一片寂静中，他忽然有种感觉，似乎身后有人注视着自己。杰克猛一回头，看见一个黑影窜进街对面的小巷子里……原来是星站中到处流浪的猴子。他松了口气。没人知道这些猴子是怎么繁衍起来的，或许一开始是从过往舰船的船舱或实验室里逃出来的，反正现在到处都可以看见它们的身影，靠人们丢弃的残羹剩饭维生，偶尔也偷盗食物。

杰克继续往前走，暗黄的街灯映照出他的影子，仿佛追随着他的鬼魅。

他将双手插在口袋里，并非因为冷，只是这样可以避免胳膊前后摇摆——动作幅度越小越好，尽量少惹人注意。

忽然，前面的巷口冲出来一个人，衣衫褴褛，也看不清多大年纪，跌跌撞撞，横跨了几步，跌倒在地。他吓了一跳。又是嗑药的。如今黑市里的纳米毒品效果奇特，但对人的伤害也尤其严重。那人躺在地上不停地颤抖，口中吐出泡沫，眼睛里也流出黑色的泪水……等等，黑色的泪水？不，那一定是血水，只不过在灯光下看起来是黑色的。

杰克见过类似的效果。只要经常在阿瓦隆星站的街道中行走，尤其是十五区里，难免会撞上瘾君子，甚至是濒死的瘾君子，比如眼前这个。他考虑要不要呼叫保安，但很快放下了这个念头。

他继续快步前行。反正保安来了，也是将那人拖到一旁等死，也许还要追问杰克这么晚在街上干吗。不，不是也许，他们肯定会问。低下脑袋，没人有闲工夫踢你屁股。

不久，杰克来到小教堂门口。这是一栋破烂的两层楼建筑，在街道中毫不起眼，即使是十五区这样的地区，也有比它更像样的房屋。昏暗的路灯下，一道黑色的门嵌在灰突突的墙壁里。仔细查看，可以看到墙壁和门上布满斑驳的旧疤痕，仿佛在漫长的岁月中不断有人折磨着这座教堂。门没有上锁，他轻轻推开走了进来，铰链发出一阵令人不安的吱嘎声，一股多年不散的陈腐味扑面而来。此处是公共财产，处于星站保安的监视之下。此刻虽然已是深夜，仍有两三个人在一排排座椅间祈祷，不知是深夜中难敌良心的谴责前来忏悔，还是无家可归者来此祈求福泽，顺便寄宿一晚。

屋里光线比外面更暗，只有圣坛前少量电子蜡烛的光芒在跳跃闪动。杰克轻手轻脚走到倒数第二排最靠边的长椅上落座。祈祷者的低语在屋子里回荡，但他无法听清，感觉仿佛是遥远的波涛声。他躲在阴影里，身子缓缓前倾，双手搁在前排座椅靠背上，做出祈祷的模样，同时查看四周的情况。

随着视线适应黑暗，他现在可以看清屋里的人。坐在最前排的是个老妇，从他的角度，只能看到她花白的头发和满脸的皱纹。往后两排，靠近门边，有个中年男子，衣衫不整，也像杰克一样把手搁在前排座椅上，但脑袋埋在双臂之间。刚才进来时，杰克似乎嗅到他身上的酒气。他的正前方，坐着一名身材壮硕的男子，从裸露的脖子和双手可以判断出，那是个非裔。

杰克缓缓伏下身子，蜷缩起来，就好像肚子疼或者头疼一样，同时把手伸进内袋，掏出酒保卡尔给的包裹，准备依照预先约定的方式，塞到座位底下……他感觉有硬邦邦的物体顶住了他的脑袋。

"不准抬头，"一个低沉的嗓音说道，"把你手里的东西给我。"

他认得这个声音，是"铁头"。该死，这家伙从哪里冒出来的。但是"铁头"通常不会碰黑帮的东西，他只是这片辖区的保安小头目，没有胆量招惹势力庞大的黑帮。他想干什么？那么需要钱吗？

"可是……可是……他们不会放过你我的。"杰克试探性地说，故意让语气显得犹豫不决。

"闭嘴！把东西给我！""铁头"不但没有咬钩，还拿枪管又使劲顶了一下他的头。

"好的，好的……我给你，我给你，但他们一定会来找我。呃……要知道，我……我瞒不了他们……"杰克用哀求的口吻说道。

"浑蛋！你在威胁我吗？让他们来找我，看他们能不能找到我！""铁头"恶狠狠地说，然后似乎发觉已经讲得太多，又恼怒地补充道，"我告诉你，你这张狗嘴里要是再进出一个字，我就把你的舌头扯出来。"说着，他一把夺过杰克手中的容器，又拿枪柄往他头上用力一砸。趁杰克疼得弯下腰去，"铁头"一转身，迅速走出教堂。

看他们能不能找到我……这是什么意思？也许他要拿着货物，或者货物换来的钱去做易容手术？然而他的生物特征没法改变，只要拿基因检验器测一下即可，迟早都会露出马脚。而且，这有什么意义？另一种解释就是他打算购买昂贵的星际旅行舱位，永远离开星站。但这又是为了什么？又或者，"铁头"也染上了毒瘾，情急之下变得不计后果？

随着疼痛逐渐消退，杰克再次直起身子，心中盘算着下一步该怎么办。好吧，被人踢了屁股，得想想办法。

2. 鬣蜥星系

这是一幅美丽的景象。陆平从驾驶座望出去，大小不一的小行星散布于漆黑的天空中。随着他的雷鸟八型个人战术飞行器逐渐靠近，它们在视野中缓缓增大。鬣蜥星系跟人类发源的太阳系一样，有个小行星带，其中含有上百万颗固态小行星。更远处，是本星系的一颗气态巨行星，大致呈深黄色，表面布满斑驳的条状纹理。八颗天然卫星围绕着这颗行星运转，而其中最大的一颗上面，有共和国政府军的基地。

此刻，陆平的视野中只能见到伊娜·马纳罗中校的长机，而克莱欧·张驾驶的另一架僚机位于他的右后偏下。

"前方接近目标区域，'班希女妖'同步准备，十、九、八……"话筒中传来马纳罗清晰有力的指示。

"三、二、一……"陆平跟着长官默数，心中升起一种复杂的紧张感。

"同步开始。"马纳罗中校用清晰的女中音宣布"班希女妖"系统进入运作，但陆平感觉不到什么变化，只有操作台上的一个小图标亮起，代表该功能已激活。

他们此次追捕的掠私船长很难对付，单是有记录的重案就不下二十桩，而且他是最早的魔灵之一。

三百多年前，人类居住的太空区域内出现了纳米瘟疫，威胁到居民区。其来源无人知晓，但有人猜测说，是高度文明种族留下的太空垃圾。与纳米瘟疫抗争了三百年后，有少量人类不知何故发展出一种能力，可以控制纳米变异云里的纳米机器，达到种种令人匪夷所思的效果，几乎就像是传说中远古时代的巫师。渐渐的，这类人被赋予一个新名号——魔灵，与远古传奇中的大魔法师梅林谐音。如今，纳米变异偶尔仍会爆发，但实际上，纳米微粒分布于太空中各个角落，随时都可被魔灵取用——只要他们的脑神经能够担负得起"施法"的功耗。

"各方向均无异常。"陆平听见另一架僚机的飞行员克莱欧说道。

扫了一眼面前的三维战术地图后，他也汇报道："各方向均无异常。"

"保持航向，继续观察。"马纳罗的声音从耳机中传来。座舱里安静下来，只有轻微的电流嗞嗞声，一切显得如此宁静，但是陆平心中却不安稳。从军校毕业以来，他已执行过多次作战任务，从对付纳米瘟疫到追踪宇宙掠私者，以及与极少数叛军交战。每次他都保持冷静的头脑，然而这次不同，因为被追捕的对象叫作阿卡奇·乌佐马——一个他从小就听闻过许多次的名字。

三艘雷鸟战机平稳地驶入密集的小行星带，探测系统将周围环境实时投映至战术地图上。硅酸盐、碳质和金属为主要成分的行星被用亮度略为不同的黄色标出，三个绿色的小点则代表他们的飞行器。若是出现可疑的其他物体，三维地图上会以闪烁的红色标出，以示警戒。但此刻，地图中并无异状。

根据情报机构提供的信息，掠私船长阿卡奇·乌佐马在气态巨行星的一颗卫星上窃取了一件秘密物品，然后驾驶单人穿梭机窜入小行星带，也许是意图通过其中无数的障碍物来摆脱追踪。此处的小行星带与太阳系的小行星带略有不同，其中含有更为致密的物质。太阳系的小行星带虽也含有大量物质，但由于分布在极为广阔的空间里，即使是大型宇宙飞船，也可以横穿小行星带而不碰到任何障碍。但这里不同，他们的飞行器必须十分小心，避开互相之间距离很近的星体。同时，这些密集的小行星也为掠私船长提供了无数藏身之所。

在任务开始前的简介会上，舰队指挥官里克·铎斯基准将告诉他们："根据线报，阿卡奇·乌佐马驾驶的穿梭机仅配备轻型火力，这当然是个好消息。但我必须提醒大家，情报部门的信息有多可靠，我可不想亲自去找出答案。然而就算这次他们真的说对了，要知道，魔灵们往往并不依靠巨舰大炮。他们的方法更微妙，更难以捉摸。"

因此，这次任务的关键位置上，都配备了记录最佳的人员。大约六个标准时前，掠私者的穿梭机从政府军雷达上消失了。马纳罗中校带领这支小分队搜索的，正是阿卡奇·乌佐马最后被观察到的区域。

他们继续深入小行星带，陆平将三维地图放大，显示出大大小小，看似是石块的星体。

"十点钟方向高位发现可疑目标，"耳机中又传来长官的女中音，"等待确认。"

陆平赶紧又改变地图比例，将监视范围扩大。果然，在他们左上方有个红点在闪烁。它似乎是静止的，或者移动得很慢，短时间内在地图上无法察觉位移。

"确认目标。"他答道。

"确认目标。"接着是克莱欧的声音。

"全体编队左舵六十度，仰角十二度，保持现有航速。"马纳罗通过耳机指挥。陆平和克莱欧分别通过通信链路确认命令，整个小队调整航向，朝着那红点飞去。

"陆平，我需要你保持冷静，能做到吗？"马纳罗特别提点。

说实话，由于可疑目标的出现，陆平心中的紧张感更加强烈，仿佛盼望着与敌人面对面地较量。有传言说，他父亲就是死于这个叫作阿卡奇·乌佐马的魔灵之手。如今有机会逮捕甚至消灭此人，令他心中充满期待。身为飞行联队长的马纳罗不仅是他的长官，而且几乎就像是他的监护人，常常在他遇到障碍与困惑时伸出援手，对他的帮助甚至大于长期卧病在床的母亲。还有克莱欧。尤其是克莱欧。陆平脸上不经意地露出微笑。有这样两名队友支持，他相信自己可以应付任何困难。"没问题，长官。"他答道。

编队渐渐靠近目标，现在距离只有十公里左右了。他们可以确定，那红点是静止的。

"陆平，我需要你靠近观察，"马纳罗说，"通过机载摄像头把图像传出来。但如无必要，不要采取进一步行动。"

"是，长官。"陆平立即回应道。

"陆平，小心一点儿，"他听见克莱欧说，"地形环境有点儿复杂，雷达信号或许会有死角。"

"好的，放心吧，我会注意的。"克莱欧的关心让他感到一丝暖意，紧绷的神经也略微放松。

3. 阿瓦隆星站

"我去逮住他。"一个深沉的男低音说道。

杰克仍在思考行动计划，前排的黑人却不知何时已来到他身边，一定是刚才趁他因疼痛而分心的时候。

"对不起，你说……什么？"杰克疑惑地瞪视着对方。此刻那人就站在近旁，显得越发高大魁梧，似乎与周围的黑暗融为一体。

"我去逮住他。"魁梧的人缓慢地重复道，"那东西本来是给我的。我自己去追回来，你不用操心了。"

"但是他有枪，他是保安。"杰克一时不知还能说什么。

"回家去吧。"那人就像没听见他的话一样。

杰克目送着他快步走出教堂。他本想跟在"铁头"后面，伺机夺回货物，但现在又多出一个自称是货主的人，事情变得更加复杂。他心中责备自己，怎么就让"铁头"跟踪到了这里。然而自责并没有用，现在的关键在于盯住"铁头"和货物。

杰克也来到教堂门外，四下打量。十五区的建筑昏暗压抑，透着颓败的气息，狭窄的窗户与门洞中几乎没有一丝光亮。只有最贫穷的人才会在此处栖身，挤在黑暗狭小的居室里，与非法库房和地下工坊为邻——虽然他们自己身份的合法性也值得怀疑。杰克心想，迄今为止，我还不至于要在这里居住，但如果货物追不回来，那恐怕会比十五区的居民还惨……

他发现那大个子和"铁头"正沿着街道疾走，两人之间相距不到五十米。他连忙追赶过去，跟在大个子身后，但保持一定距离。前方非裔黑人的风衣在昏暗的灯光里随着他的步伐摇摆，杰克有种感觉，此人的姿态中透着一股自信。更远处，"铁头"的身影在黑暗中显得比较模糊，仿佛融入一片黑色迷雾中。

忽然间，"铁头"的右上方一阵闪亮，似乎是某种反光。一个水壶大小的影子从二楼窗台上窜出来，落到"铁头"脑袋上。"铁头"在冲击之下跌倒在地，不再动弹。维修机器人？杰克难以置信地想。它们什么时候开始会攻击人类了？

穿风衣的货主不紧不慢地走过去，站在"铁头"上方端详了片刻，然后俯下身，在他的衣袋里摸索。

"别动！站在原地，双手高举过头。"一个沉稳的女声说道。杰克仔细观察，只见街边的阴影里钻出一名女子，大约二十岁，皮肤微黑，个头不是特别高，但给人身手矫健的印象。就是她！杰克暗自惊呼。这就是政府军在寻找的人。虽然光线暗淡，但他还是认出了她，在九头蛇酒吧里"铁头"给他看的照片上正是这名年轻女子。此刻，她将手中的枪指着货主。"阿卡奇·乌佐马，"她继续说道，"联邦情报局相信，你参与了非法物资交易。我建议你保持平静，跟我回去协助调查。"

被称为阿卡奇·乌佐马的人缓缓站直身子，眼中露出一丝惊异的神情。

"没错，你的超能力不见了，是吗？我随身携带有'班希女妖'系统，可以阻断你和纳米微粒的通信。"情报局的女密探说道，脸上依然不动声色，并未显示出得意的迹象。

他是个魔灵！杰克有所耳闻，近年来出现了一批人，可以与如今遍布于宇宙间的微型纳米机器通信，指挥它们完成各种看似不可能的任务。这么说来，刚才的维修机器人正是受阿卡奇·乌佐马控制才会袭击"铁头"。

"抱歉，探员？"那名魔灵疑惑地问道。

"桑托斯探员。"女特工说。

"唔，桑托斯探员……我从不制造麻烦，为什么找上我？"大个子魔灵平静地说。

"我说过，非法物资交易。"探员说，"这还不够？"

"可是……你不觉得有点儿奇怪吗？我在你启动'班希女妖'之前探查过周围的街道，我看到了你，但并没发现其他情报局探员。你的同伴们呢？就你一个人吗？"阿卡奇的话似乎有点儿道理，通常情报人员至少是两人一组一起行动，尤其是追捕像他这样的危险人物。

"这次是绝密任务，除了总部，没其他人知道。"桑托斯探员的语气依然冷静平稳，"好了，我要过来给你戴上镣铐，保持这个姿势别乱动。"

"那为什么他们在找你？整个星站到处是你的照片。"阿卡奇继续说道，显然想寻找突破口，或者至少让对方分心，"听我说，这很重要，你的当务之急并不是逮捕我，而是回舰队报到。"

"你说什么？"探员的脸上第一次显露出一丝疑惑。

"太空舰队的马纳罗中尉？这是你的化名和掩护身份吗？反正你现在是失踪人员。你为追踪我已经隐藏了多少天？假如你不赶紧回去报到，这里很快就会爆发战争。"阿卡奇的话语中有一种紧迫感。

"你究竟在说什么？"桑托斯探员追问道。

"我不是政客，也不是情报人员，但我有自己的消息来源。也许有人要抓我，拿去做实验，或者仅仅是作个秀，那都无关紧要，因为我并不重要。但这次他们派你执行任务，命令你隐藏起来追踪我，原因可没那么单纯。有人想要战争。阿瓦隆星站虽然位置偏僻，但在超维空间里处于交通要道，有潜力在附近多建几个星门。议会里有些人早就在打主意了，只不过这里的上层人士一直不答应，不愿接受更多控制，哪怕可以换来一点儿钱财上的好处。最近这种对立已发展到很严重的程度，你要是留意一下本地的新闻，就会发现这一点。"

探员皱起眉头，似乎真的在回忆最近的新闻。

阿卡奇还没说完："另外，如果我的消息确凿，你身上应该穿着麦卡锡集团最新研制的防弹服，专门用于巷战，目前仍在试制阶段，是高等级的商业机密。所以你瞧，你要是失踪了，会牵动许多人的神经，他们就能以搜寻为借口，把军队派进来，造成事实上的占领。这势必会引发混乱和流血冲突……"

"住口，我仍希望平和地把你带回去，但不要试探我的底线。"探员说道，语气显然有些动摇。不过值得称道的是，她脸上的表情依然没有变化。她取出一副机械手铐，将阿卡奇·乌佐马的双手铐住——电子锁防不住魔灵。同样的道理，她的配枪也是老式的火弹枪，而不是威力更强依赖于电子控制的高斯枪。

杰克看着两人交谈，忽然间，眼角余光发现似乎有别的动静。是"铁头"，他正悄悄把手伸向腰间的枪套。杰克忽然想起"铁头"的外号是怎么来的。在一次群殴中，他的头盖骨被敲碎，其中一部分再也无法拼接起来，于是医院给他镶了一片高强度合金，代替被击碎的头骨。刚才维修机器人的那一扑，多半是砸在那块坚硬的合金上，因此他才能如此迅速地恢复过来。

杰克的思绪飞快转动。假如"铁头"杀死了另外两人，或许正如那魔灵所说，会发生战乱，而星站多半将被政府军占领。很难说黑帮势力是否能在这一过程中幸存下来，但从历史记录来看，权力更替并不会使他们消失，万一他们在战后依然掌握着星站的地下社会，那对他来说可不是什么好事。况且，一旦战争爆发，不知有多少人要遭殃，包括他的家人……是时候该踢别人的屁股了。

"小心！"他一边喊，一边猛然从藏身的门洞里冲出来，扑向"铁头"，一把抓住他握枪的胳膊。两人在地上翻滚起来，"铁头"提起膝盖，猛击杰克的小腹，疼痛之下，他手上的劲一松，但同时也意识到不妙，身体迅速一侧，结果"铁头"的高斯枪弹贯穿他的右侧腰部，击中了阿卡奇·乌佐马的右肩，冲击力使得那大个子跟跟跄跄跌倒在地。

然而他没有机会再次瞄准，桑托斯探员已经把枪指向他，两人一阵对射。"铁头"被逼到了路边的一个铁皮垃圾箱后面，政府探员则退入墙角。

杰克伤口处的剧烈疼痛迫使他蜷缩成一团。

"桑托斯探员，对吗？""铁头"在垃圾箱后面喊道，"你已经抓到了人，我跟你没有过节。带上你的俘虏走吧，我不会阻拦。"

"把你的武器扔出来，还有那罐东西。我建议你别打它的主意，这是重要物证。"探员一边说，一边发出一阵咳嗽。

"噢，那个，我需要它去换星际航行的座位，你听到那家伙说了，战争。我不想变成炮灰。""铁头"答道，"拜托啦……你看，你已经受伤了，我从你的咳嗽声听得出来，你的肺和喉咙里有血。不如我们就此达成协议，你抓人，我拿货。"

"我不能那么做，"桑托斯探员说，"上级的命令是要人赃俱获。"又是一串咳嗽。

"桑托斯探员，你在流血，拖得越久，活命的机会越小。""铁头"仍企图说服她。

但杰克听见探员似乎开始对着某种通信设备说话："猎狮人呼叫总部，状态猩红，请求箭头支援。"

一阵沉默过后，她又说道："接收确认。"

然而就在她与外界联系的数十秒内，杰克听见一阵金属敲击地面的声音，四个维修机器人不知从哪里冒了出来，两个钻到垃圾箱后面，另两个朝着墙角的探员爬过去。垃圾箱后面的"铁头"发出声声惨叫，机器人的维修工具反复插入他的面颊，不一会儿他就没了动静。与此同时，桑托斯探员也发出一声惊呼，双手被机器人身上的钳轧设备牢牢固定住。

这时，杰克再也支撑不住，昏沉中失去了意识。他的最后一个念头是，我一定是流血过多产生了幻觉，明明在地上缩成一团，怎么可能看到垃圾箱背面和墙角另一边的景象？

4. 鬣蜥星系

另外两架雷鸟在距离目标五公里处停下等待，陆平则驾驶着自己的飞船继续前进，速度渐渐放缓。

拥有特殊能力的魔灵往往会做出一些不受法律约束的事，为了对付他们，政府制造出"班希女妖"系统。其工作原理并不复杂，只是通过强电磁干扰，阻断魔灵与纳米机器的无线通信，同时留出后门，使得同步后的多个"班希女妖"可以互相联络。这种强力干扰，就好像传说中"班希女妖"刺耳的啸叫，掩盖了其他所有声音，因而才有这样一个名字。

由于小分队启动了"班希女妖"，魔灵对纳米机器的控制将变得极不稳定，几乎构不成威胁，因此他们不必太担心。眼下的主要问题是搞清地图上的红点是怎么回事。

终于，目标就在前方一两百米了，陆平缓缓接近。那是一架小型穿梭机，停靠在一颗金属质地的小行星旁边。这种穿梭机主要是用来将人或货物从地表传送至邻近的星站或者太空中无法着陆的大型飞船上。根据线报，阿卡奇·乌佐马就是驾驶着这一型号的穿梭机逃离的。只是它为什么停在此处一动不动，即使当陆平的小分队逐渐靠近也毫无反应？那魔灵还在里面吗？还是已经弃船逃离？

"陆平，当心那大铁块，"马纳罗说，她指的是穿梭机旁边的小行星，"你不知道它背后有什么。"

"好，我先绕一圈看看。"陆平一边回答一边调整方向开始环绕小行星飞行。

这颗小行星呈不规则的椭圆形，就像一颗土豆，直径最大处约一公里，表面崎岖不平，布满阴影。绕行一圈之后，陆平并未发现任何异常——没有另一架飞行器，也没有太空磁雷。

"周边区域安全，请求靠近穿梭机进一步探查。"陆平汇报说。

"同意靠近探查。"片刻之后，马纳罗回应道。

陆平放慢速度，小心翼翼地飞向那架穿梭机。距离越来越近，三十米，二十米，十米……穿梭机依然纹丝不动地贴在小行星侧面，仿佛是它的一部分。陆平甚至已经可以看到穿梭机表面漆上去的编号和所属机构名，但舷窗里黑洞洞的，没有灯光，也探测不到任何引擎运转的迹象。然而我们地图上的红点表明，它的确有发出信号，不然雷达会把它当作那颗小行星的一部分。

无论如何，这看着都像是个陷阱，掠私者似乎故意要把他们引过来。然而这也是他们唯一的线索。

"陆平，离那块石头远一点儿。"马纳罗警告说，"退至一百米远处，等我来与你会合，我们一起到那架飞机内部查看……等一下，这是怎么回事？陆平，你还在吗？看你的地图。"

果然，地图上原本代表陆平战机的绿点不见了，取而代之的是一个代表可疑目标的红点。一旦被标识为红色，另外两人的武器系统即可向其开火，这是十分危险的状态。况且，还有为什么会变成红色的问题。

"是，长官，我正准备撤离。"陆平答道。希望她们能听见。

"终于又见到你了。"一个陌生的嗓音在他耳机中响起。

"你是谁？"陆平尽量保持语调平稳。

"阿卡奇·乌佐马。"那人答道。

"我没见过你。"陆平说。

"你错了。"沉默……没有进一步解释。

"你想干什么？"陆平有种奇怪的感觉，似乎应该相信此人。

"我来给你讲个故事。"

5. 狮鹫号

杰克在一间舱室中醒来，听到引擎的嗡嗡声，也感觉到轻微震动。尚未睁开眼，他便已看到屋里的情况。阿卡奇·乌佐马正在桌边摆弄一些仪器，右肩处缠着绷带。杰克试图坐起来，但腰间一阵疼痛，使他立刻又倒回床上。那大个子听见动静，转过头来。

"啊，不要动，会撕裂伤口的。"他用深沉的嗓音说道。

从周围环境来看，这是一艘旧飞船，各种设施都不像是新的。

"我得回去找家人。"杰克说道。

"起码还要一个礼拜你才能走动，"阿卡奇·乌佐马耸了耸肩，"而且'狮鹫号'已经以 0.8G 的加速度飞了三天。要知道，如果没有重力，你我伤口里的瘀血都排不出来。"

"星站情况怎么样了？"他依然担心妻子和幼儿。

"很遗憾，还是打起来了，政府中想要发动战争的派系似乎很坚决。"大个子魔灵无奈地说，"桑托斯探员请求增援的时候把'班希女妖'系统关闭了，我猜那玩意儿也会干扰她自己的通信。于是我趁机扛着你跑了出来……很抱歉……等过一阵，你可以回去找家人。"

"那……货物，那是含有纳米传输机制的毒品，真的是你跟他们买的？"假如他就是买家，那至少货是送到了。

"对，的确是我买的。"看到杰克将信将疑的表情，他继续解释道，"不过我不是瘾君子，我只是需要里面的纳米机器，它们被充入了能量，用以在血液中运输药物，让致幻效果更强，但我可以利用这些能量在关键时刻补充自身神经的能耗。多留一手总是没错。"他一边说，一边拨弄了一下床边的一台仪器。

"唔……我有种奇怪的感觉，似乎是幻觉，又似乎不是……就好像闭着眼睛也能看见周围的东西。这……会不会跟你的纳米机器有关？"杰克问道。

"是吗？嗯，我猜也是……我能感觉到。不过那不是我的纳米机器，是你自己的。我估计，在极端困难的情况下，你的这种能力被激发出来了。不过你现在得先休息，然后，我有许多事告诉你……"魔灵的语气似乎有种舒缓作用，"哦，你叫什么名字？"

"陆杰，或者叫我杰克，如果你乐意。"

"杰克，是吗？很好，再睡一会儿吧，杰克……"阿卡奇·乌佐马的声音渐渐显得遥远，一切再次沉入黑暗。

6. 鬣蜥星系

面谈室的墙壁发出柔和的白光，并不十分刺眼，但陆平依然感觉不适，仿佛这光线太暗，无法驱走他内心角落里的阴影。自从上次任务归来之后，他便被隔离起来，接受心理评估。整个评估过程持续了一星期，每天都要与心理医师交谈一到两个小时，剩余的时间只能锻炼身体或者阅读经过批准的书，甚至连新闻都不准看，以免过多的信息输入影响评估结果。在他看来，这更像是惩罚。

"除了你父亲，你还有什么家人？"心理医师往往以此类简单的问题做开场白。

"只有母亲。"他答得也很简洁。

"你和母亲的关系如何？"医师显然想通过容易回答的问题与他建立信任。

"呃，我常年在舰队执行任务，只有度假时才能见到母亲。而且她身体不好，必须一直卧床。我很想念她。"实话实说并无不妥。

"跟我讲讲儿时的记忆吧。比如，一件印象深刻的事。"医师试图挖掘得更深。

"小时候，我住在阿瓦隆星站。政府军准备入驻的那天晚上，父亲出门去了，只有我和母亲在家。然后就有保安来敲门，说是那里马上要成为战区，要我们赶紧收拾东西去收容所……我不知道什么是收容所，但从母亲的脸上可以看出，她很不安，所以我也本能地感到害怕……"

如此这般，一问一答。问题有时十分古怪，完全看不出意图，有时则让他很不情愿回答，比如："你有女朋友吗？你们关系怎样？"

"呃……是的……嗯，我和克莱欧……跟她在一起，感觉很轻松自在……"他和克莱欧的关系并非秘密，但这样的问题让他很不舒服，他只能勉强挤出几句话来应付。而实际上，一幅幅画面在他脑中闪过：与克莱欧初次见面时她脸上的笑容，与克莱欧第一次约会，第一次牵手，第一次接吻……一起度假旅行时的种种浪漫片段，仿佛宇宙的瑰丽奇景也成为他俩的见证……只不过这些似乎都不适宜向眼前这名神情严肃的心理医师描述。

"克莱欧，是吗？你对克莱欧评价如何？"医师追问道。

"勤奋，坚强，富有同情心……"他可以一直列举下去，但他并没有，声音反而渐渐低落。

"你有没有想过有一天会跟她分手吗？"医师的提问更加令人不安。

"嗯……我……很难想象，她几乎是我生命的一部分，就好像……无法想象卸下一条胳膊一样。"他结结巴巴地说，然而心中诧异于自己的回答。我的确从来都没想过。

还有时，问题涉及他的人际关系："你在舰队里有朋友吗？"或者，"你有没有跟同僚起过争执？最近一次争执是为了什么？"

这些在他看来同样属于个人隐私，因此也只是有一句答一句，并不愿意主动加入更多详情。正因为需要如此时时设防，心理评估的过程让他很痛苦、很疲惫。一周下来，几乎有种虚脱的感觉。

最后一轮心理评估十五分钟前刚刚结束。马纳罗中校在他对面的椅子里落座，微黑的皮肤在光照下呈现出灰白色调，深栗色的头发在脑后扎成一个马尾，鬓角隐约可见几丝白发。

"今天感觉如何？"长官的问话不似平日那样严肃，甚至带着一丝同情。

"呃……我猜，还可以吧。"陆平含含糊糊地回答。显然不是很愉快的日子。

"心理咨询部的评估报告已经出来了。"马纳罗平静地说。

他抬起头，惊异地瞪大了眼睛。"我没料到这么快。"他听见自己说。

"你的得分正好处于边缘地带，再差一点儿，他们就可以直接把你调离，甚至遣散。"长官继续说道，"目前的状况是，作为你的联队长，将由我来判定你是否依然胜任这一职位，从而决定你的去留。"

"是，长官。"他木讷地说。

"我不是心理医师——虽然我的确接受过心理咨询培训——但不打算再重复心理评估那一套。我来问你几个更现实、更直接的问题，准备好了吗？"

"是，长官。"他重复道。

"那好，请你如实告诉我，当时你为什么决定回来，而不是跟随你父亲离开？"

化名阿卡奇·乌佐马的陆杰从卫星基地盗出的是一套对抗"班希女妖"系统的原型产品。鉴于政府情报机构也有计划招募自己的魔灵，因此有必要储备对抗"班希女妖"的系统，以免己方的魔灵在执行任务时受到干扰。陆杰正是利用这套盗取的产品，侵入追捕小分队的系统，并劫持了陆平和他的飞行器。

"我不想一错再错。"他低声说道。

"可是你并没有错，你只是被劫持了。你是受害者。"长官的话似乎有道理，但是……

"我没有反抗。"原以为此人杀死了父亲，结果他就是父亲本人。这太令人震惊，当时根本顾不上考虑其他。

战乱过后，陆平的父亲曾回到阿瓦隆星站找过他们母子俩，但由于房屋在战斗中损毁，他们已搬去了收容所，从此没能再与父亲联系上。后来，陆杰一直跟随着阿卡奇·乌佐马，成为他的副手。直到不久前，这名声远扬的掠私者在一起意外中遇难。陆杰不但接替了他的位置，连名字也承袭下来。

"在当时的情况下，反抗未必是最好的选择。他躲在小行星表面的阴影里，一定有充分的准备。"马纳罗顿了一顿，然后接着说，"不过你说不想一错再错，那是不是意味着，你认为你父亲选择的道路是错的？"

阿卡奇·乌佐马也就是陆杰赖以为生的飞船"蝎尾狮号"也躲藏在小行星带里，他劫持陆平的飞行器抵达"蝎尾狮号"。随后，又企图说服陆平跟他一起上船，但陆平没有答应。

"我……不知道……"虽然多年来马纳罗对他一直多有照顾，但要在这种关键时刻完全如实相告，他仍感觉颇为勉强。

"陆平，你觉得这是巧合吗？你念军校的时候，我在教务处任职。你加入舰队，我也调到了同一支部队，并且成为你的上司。这是他们给我的任务。十八年前那次失手之后，他们就派我在你身边长期观察。因为你父亲很可能成了阿卡奇·乌佐马的助手。一开始，我感到很丧气，感觉职业生涯就此完结。要知道，那甚至不是我的错，他们根本不重视我这个棋局中的小卒，没有让我的'班希女妖'同步，以至于我在请求增援时不得不关闭系统。

"但后来我发现，担任监护人，哪怕并非法理意义上的监护人，也有意想不到的回报。看到你在学校运动队里获得好名次，看到你交第一个女朋友，看到你以优异的成绩毕业，我都会感到莫名的自豪——说起来也许跟我其实并没关系。然后还有这一次，我在耳机里听见你们的对话，我几乎以为要失去你……"他的上司又停顿下来，仿佛在思考接下来要怎么说。片刻之后，她再次开口，"所以，为了做出正确的评估，我需要你说出心中的想法。"

马纳罗等待着陆平的回答。在一片沉默中，他只能听见自己的呼吸和通风口咝咝的空气流动声。他深吸了一口气。

"我总觉得……总觉得这么多年来，舰队一直就像是我的归属。虽然我也明白，我们每次参与战斗的理由并非如政客们讲的那样冠冕堂皇，有时也有灰色区间，但是……那就好像已经成了习惯。同胞们是我最靠得住的朋友，我知道在战场上我可以完全信任他们，互相照看项背。然后……然后还有克莱欧，我很难想象抛下克莱欧离开，因为那就好像丢弃生命的一部分。

"父亲说，他之所以承袭了阿卡奇·乌佐马这一名号，一方面是因为感激，另一方面也是因为这个名字在古地球的伊博语中意味着'善良的上帝之手'。对他来说，那就好像一面旗帜。我相信他有他的理由选择这样一条路，不过对我来说，'蝎尾狮号'是个陌生的地方。更何况，即使我留在舰队，也并不代表无视正义。只要你有心，在哪里都能追求自己信奉的价值。上帝之手并不存在，只有我们每个人的选择。所以，是的，我想要留下来。这次的事也许会在我心中留下阴影，但我能克服。"啊，畅所欲言的感觉真好。

"很好，去收拾东西，准备离开隔离区。我想我已经有了结论。欢迎回家。"

胡绍晏 / 文

胡绍晏，新加坡国立大学硕士，本科毕业于上海交通大学，现居住在新加坡，原是科幻奇幻译者，主要译著有《冰与火之歌》《城与城》《实时放逐》等。也是英语科幻网站 Amazing Stroies 的驻站博客撰稿人，定期撰文推介中国科幻。最近开始写作科幻原创，在科幻星云网与彗星科幻发表过作品。

图书在版编目（CIP）数据

星际战争 / 刘慈欣等著 . —北京：北京联合出版
公司，2016.1（2024.8 重印）

ISBN 978-7-5502-6831-9

Ⅰ.①星… Ⅱ.①刘… Ⅲ.①科学幻想小说—小说集
—中国—当代 Ⅳ.① I247.5

中国版本图书馆 CIP 数据核字（2015）第 311936 号

星际战争

作 者：刘慈欣等
责任编辑：陈 昊 王 巍

北京联合出版公司出版
（北京市西城区德外大街83号楼9层 100088）
三河市中晟雅豪印务有限公司 新华书店经销
字数：300千字 710毫米×1000毫米 1/16 印张：21.25
2016年2月第1版 2024年8月第33次印刷
ISBN 978-7-5502-6831-9
定价：38.00元
